# ヌーヴォー・ロマンと日本文学

江中直紀

せりか書房

# ヌーヴォー・ロマンと日本文学

## 目次

I



II

# I

# ヌーヴォー・ロマン——継承と照応

## さまざまな新しさ

フランス語には「新しい」と訳せそうなことばがふたつある。ひとつは「できたて」「未使用」にかかわるneufであり、もうひとつは「これまでにない」「新鮮さ」にかかわるnouveau。たしかに新本ではあるが、中味はさして新しくないこともめずらしくない。その反対に、読者がページを開くたびに新しい書物、たとえばフローベールのみずみずしさを考えることもできる。文学の新しさとはたぶんこのnouveauのほうにあるのだろう。いわゆるヌーヴォー・ロマンの呼称もまさしくその新しさに由来している。

もっとも、最初はサルトルによる命名、アンチ・ロマン(反小説)のほうがひろく用いられた。『消しゴム』や『ミラノ通り』が発表された五〇年代のはじめ、それはなにか異様なものの出現だったのかもしれない。筋がないうえに、登場人物に貌も名前もないような小説。サルトルの場合はともかく、この空白にたいする驚きと当惑がアンチ・ロマンの一語を支えていたようにもみえる。やがて伝統小説の徹底的な破壊と一見思われたものが、じつは小説とは何かという命題の小説じたいによる探究であり、バルザックやスタンダールの真の継承であることがいっぱんに認められ、それにつれてヌーヴォー・ロマンのほうが通称になって行った。当初は渾沌としていたグループにも確固たる輪郭があたえられた。現在ヌーヴォー・ロマンというとき、その中核だったナタリー・サロート、クロード・シモン、アラン・ロブ＝グリエ、ミシェル・ビュトールのほか、日本ではなぜかあまり紹介されていないロベール・パンジェ、クロード・オリエ、六〇年代に戦列に加わったテル・ケル派出身のジャン・リカルドゥーまでをさすことになっている。

この認知はしかし皮肉にも、運動としてのヌーヴォー・ロマンが終わり、それぞれの作家が独自の道を歩きはじめたころにおこった。ビュトールは六〇年の『段階』を最後に、〈ロマン〉すなわち小説からはなれ、もはや〈テクスト〉しか書かなくなる。一方サロートはけっしてかわろうとしなかったから、類縁と同時に差異がはっきりしたころといってもよい。それがちょうど五九年から六〇年にかけて、ロブ＝グリエの『迷路のなかで』、シモンの『フランドルへの道』、テル・ケル誌創刊などのあいついだ時期であり、むろんいきなり変貌したわけではないが、このあたりに節目のようなものがあったとひとまず考えることができる。

一種の主観的リアリズムの拡大ともみなせる第一期と、言語主義とでもいうべきものへの傾斜があらわれる第二期。かりにこうわけたうえで、フィリップ・ソレルスらもふくめ、この第二期をヌーヴォー・ヌーヴォー・ロマン（新・新小説）とよぶ論者もいる。いずれにしろ、いよいよ後戻りのきかない地平に踏みこむ一群の小説があった。それを空前の光景とみるのはかまわないが、ことばの世界にまったくの空前がはたしてありうるのか、ということもいまや問いなおしてみなければなるまい。

問題の所在と輪郭がようやくみえてきた現在、ヌーヴォー・ロマンを〈文学史〉にとりこむのではなく、その新しさの性格をさらにくっきりと浮彫にするため、継承の側面を問うことも時機尚早どころではないように思える。

まずヌーヴォー・ロマンの異様さといっても、なんの脈絡もなしに突発したものではない。けっして孤絶したテクストの出現ではない。二〇世紀の実験的な小説、カフカ、ジョイス、フォークナーらとの関連がはやくから指摘されている。ほんもとのフランス文学にたいしてはどうか。新しい作家がみずから先駆者の名前をあげている場合も多いが、ただここでは必ずしもはっきりした影響関係だけにかぎる必要はあるまい。むしろヌーヴォー・ロマンの出現により、先行するさまざまな作品に読みとれるようになった共通性、いわば継承ならぬ遡行にもとづく類縁をとらえるべきなのだろう。新しさとは新しい読解の獲得でもあり、そうして文と文が、テクストとテクストがひびきあうことばの圏、文学圏にいまたちうるはずだ。それもまたヌーヴォー・ロマンが提出した方法のひとつにほかならない。

## ジッドとプルースト　小説の探究

プルーストについてはすぐ目につく変奏がある。シモンの一連の作品にあらわれる記憶の主題。過去の体験をしつように問いつめる話者。『ファルサロスの戦い』には『失われた時を求めて』の断片があちこちにはめこまれている。それからサロートの「マグマ」や「会話下の会話」、微粒子の散乱のようなものにみたてられる心理の潜在感。これもフランス心理小説の歴史とプルーストによるその顚覆ぬきにはたぶん考えられない。

ジッドについてはいわゆる〈中心紋〉の技法がある。彼は『日記』のなかで作品の構成法を説きながら、画面の隅に描きこまれた小さい鏡がその画面全体を映しだしている絵を例にとり、そんな作品の作品じたいによる把握をよぶのにこの古い紋章学の用語を使った。物語のすべてを象徴するほんのささやかな断片。この中心紋の技法をヌーヴォー・ロマンほど多用する小説はめったにない。

けれども問題はもっと根深いようにみえる。ヌーヴォー・ロマンはとくにその第一期、探究と再構成の物語をつぎつぎに生んだ。シモンの『フランドルへの道』などがその代表であり、これは第二次大戦後の一夜、どうやらたった数時間のあいだに、騎兵部隊の敗走、隊長の死、ある旧家の歴史、捕虜収容所の生活等々、一見無秩序につらなる断片的挿話のいっさいが話者の脳裡にひしめくていの小説らしいのだが、本当のところはどうだったのか、どうなのかという問がその虚構全体を貫いていて、話者は〈真相〉をつきとめるか、すくなくとも再構成しようとたえず執念をもやしつづけている。それは結局ひとつの物語をつくる努力にひとしく、その試行じたいが『フランドルへの道』になる仕掛だから、そこには作家の所有する真実を固定した小説のかわりに、小説をめざしつつある過程の小説があらわれてくる。同様の解釈はオリエの「移動する視点」、ロブ＝グリエの「描写の運動」についても可能であり、それらの探究はたぶん一語また一語とことばを書きつけるいとなみじたいを指示している。ことにパンジェの『息子』『だれか』では探究の対象がずばり書く行為（手紙・小説）そのものとなった。

これはビュトールも試みている。第一評論集『レペルトワールⅠ』の冒頭におかれた「探究としての小説」もさることながら、彼はなによりも最後の小説『段階』において、ある高校の授業一時間にしぼりこまれるすべての人間関係、知・物・事件の関係を書きとめようとする企図とその挫折を描いてみせた。

探究としての小説。小説自身による小説の探究であるほかない小説。これはただちに『失われた時を求めて』、しかもそのテーマ系よりも構造のほうに照応する。この大作はいまさらいうまでもなく、貌のない話者マルセルが作品を書こうとして書けないところに成立し、「時」をこえる書物にいよいよ着手しようと決意するところで終わっている。つまり作品成立にいたる経緯そのものがこの作品にばけるのである。この小説の構造化こそ、虚点としての話者とともに、サルトルの『嘔吐』とロカンタンをへてヌーヴォー・ロマンへなだれこむ奔流にほかならない。たとえばシモンの『ファルサロスの戦い』にも、ことばの連鎖がついに作家の仕事部屋の描写を産み、作家がこの小説の最初の一行を書きつけるという円環をみることができる。

一方ジッドの純粋小説の試み、彼が唯一〈ロマン〉と銘打った『贋金つくり』もやはり小説の探究であり、探究としての小説だった。登場人物のひとり作家エドゥワールがおなじ題名の小説を書こうとしていて、その日記が〈中心紋〉をかたちづくっている。現実を料理しようとする小説家の模索がまさしく〈主題〉に擬されている。彼はしかし成功するとは思われない。前述のプルースト、シモンが成就の予感をただよわせるのにたいして、ジッド、とりわけ『贋金つくり』には詩人の挫折があり、それがパンジェやビュトールの書くことの失敗、頓挫の過程としての小説につながってゆくのではあるまいか。サロートの場合はややずれるかもしれないが、アンチ・ロマンなる語がはじめて用いられた『見知らぬ男の肖像』の序文において、サルトルは彼女の小説を『贋金つくり』とならべ、ともに「つくられず、つくられえない小説の小説」の典型としている。サロートはまた『黄金の果実』のように、同名の架空の小説にたいする人びとの反応、集団的な意識（あるいは無意識）の推移を描いた小説も書いている。

こうして小説とは何かを問うふたつの原型がある。そのいずれにも全体小説とよべそうなものへの志向をかぎとることができる。『失われた時』にはいわゆる「知性の文章」、認識論とみなしうる部分がふくまれ、『贋金つくり』には宗教論から社会思想、芸術論までがつめこまれている。純粋小説とは小説から夾雑物をとりのぞくと同時に、小説にとりこめるすべてをとりこむ場でもあったのだろう。エドゥワールが自分の小説に「なにもかも入れたい」と願うとき、その影はやはりサルトルを経由したのち、ビュトールの「全体としての現実」にまで届いているようにみえる。

## サルトル　問題の提起

実存主義はかならずしも先行者ではなく、サロートとシモンにとっては同世代のことばである。一九〇五年生まれのサルトルにたいして、一九〇二年生まれのサロート。彼女の処女作『トロピスム』は三八年、つまり『壁』の一年後、『嘔吐』とちょうど同年に発表されている。カミュとシモンはともに一九一三年、かたやアルジェリア、かたやマダガスカルと、当時の植民地に生まれている。シモンの処女作『ペテン師』は四五年、『異邦人』の三年後に発表されたが、その主題はきわめてカミュの思想に近く、「不条理」ということばも多用されていて、人間の意志がつねに不条理にみちた世界につきあたり、偶然によってペテンにかけられる物語だった。その痕跡は後年の『ル・パラス』や『フランドルへの道』にもみることができる。

しかしヌーヴォー・ロマンが実存主義のあとに来たととらえられたのも事実である。それが注目されたのはやはり五三年、ロブ゠グリエの『消しゴム』とサロートの『マルトロー』からであり、シモンがはっきり反リアリズムに踏みこむのは五七年の『風』からにすぎない。また評論集『新しい小説のために』からもわかるとおり、ロブ＝グリエにはつねにサルトル、カミュにたいしてみずからの位置をたてるようなところがあり、ビュトールもソルボンヌの学生時代に聞いたサルトルの講演とその感動について語っている。

そのあたりの脈絡をどうつければよいのか。すぐにみてとれるのは『文学とは何か』やフランソワ・モーリアック批判など、サルトルの伝統小説への異議申したてだろう。その柱は「絶対的真実や神の視点を小説のなかに導入しないこと」にある。これはたしかにもっともな見解だが、手法としてみるかぎり、ヌーヴォー・ロマンがこれをそのまま挺子にしたとは思われない。おそらくアメリカ小説の影響をふくめて、サルトルとヌーヴォー・ロマンがおなじ問題意識をもったということなのだ。それならジッドのほうがはるかにたくみに表現している。「去りゆく人物は背後からしかみることができない」。他方『自由への道』の第二部、『猶予』でとられた多元同時中継のような〈同時性〉の技法はどうか。これもまたあまりにたわいなさすぎる。

結局サルトルの場合も表層の類似はほとんどとるにたらない。真の問題はサルトルが乗りこえるべきものを対象化し、乗りこえるべき方角を模索したことじたいのなかにある。『自由への道』ではたぶん全体小説への志向。これは自由の問題を根底にすえて、状況のなかの人間、現実の総体にたいする人間をとらえようとした壮大な失敗である。そう読むことができる。

すでに触れたように、この方向への展開はビュトールの手にゆだねられた。人間の意識と「全体としての現実」の重層性をさぐる作品はなにも『段階』ばかりではない。ある建物の住人たちの日常を立体的・同時的に現前させる『ミラノ通り』。イギリスの工業都市を舞台に、日記というかたちでその土地の呪力、土地とのかかわりの全貌を解明しようとする『時間割』。パリ・ローマ間の列車に乗った「きみ」とよばれる男の脳裡に、妻と恋人のいるふたつの都市、回想と空想、ローマ精神とキリスト教精神とがせめぎあう『心変わり』。ことにこの二人称の使用こそ、サルトルが規定した「読者の自由への呼びかけ」の実現、すくなくともその構造化の一例にちがいあるまい。読者は「きみ」の空虚を一語づつ埋めながら、その変身の過程、「ある事態をしだいに意識してゆく過程」を、たどるというよりもみずから構築しなければならないのだ。この読者の参加は本来あらゆるヌーヴォー・ロマンの要請でもあるのだが、それが『心変わり』ではとくに尖鋭にあらわれているように思える。いずれにしろ、ビュトールは小説以外のテクストでも歴史・文化の総体としての現実を追いつづけていて、たとえば『土地の精霊』シリーズの三冊目、七八年刊行の『ブーメラン』などにその圧倒的な力を発揮している。

こうしてサルトルが問題を提起し、ヌーヴォー・ロマンがその実現にむかうという図式がある。ロブ＝グリエたちの側からみれば当然そうなるのだろう。モーリアック批判もそのひとつである。サルトルはあらかじめ作中人物の〈本質〉をでっちあげたり、〈永遠の相〉のもとに色あせた真実を描いたりする立場を否定したが、それではいったいどうすればよいというのか。外からの描写と内的独白の分離が、また『自由への道』じたいがその解答たりえているわけではあるまい。それは「かすかに現代まで尾を引いた十九世紀末期的小説」にすぎないとロブ＝グリエはいう。自由の問題は作中人物のなかにではなく、テクストの構造のなかに組みこまれねばならない。判決のついた事件の時称であり、作家による真実の所有をあばきたてる単純過去形を棄てねばならない。これはサルトルにもむろんわかっていたのだろう。『自由への道』の第三部、ほとんど現在形だけで書かれた『魂のなかの死』

の後半がそれを実証している。あるいはこの未完の小説により、サルトルは十九世紀的小説にみずからの手で始末をつけたのかもしれない。そしてヌーヴォー・ロマンこそ、ジッド、プルーストにつづく彼の異議のあとをうけ、異議の対象の形式とはことなる形式をぎりぎりまで展開したとみることができる。

サルトルの影はそれにしても大きい。「実存が本質にさきだつ」という把握は彼のあとにきた世代をすっかり覆いつくしている。ロブ＝グリエにしても例外ではない。彼は『嘔吐』を「消化吸収したらしい」ことをはっきり認めている。『嘔吐』はたしかに小説の企図にたどりつくまでの小説であって、ロカンタンを虚点としての話者にしたてあげたばかりか、カミュの『異邦人』、とりわけその前半とともに、人間性の本質をあらかじめ規定することなく、人間的とみなされていた秩序から描写を解放したことばの嚆矢でもあった。神の視点を排した〈状況の小説〉もことばの自立による〈作者の死〉からほんの一歩のところにある。ヌーヴォー・ロマンはサルトルの把握を意味論の次元にずらしたところから出発した。すなわちテクストにおいては「ことばが意味＝実体にさきだつ」というのである。

## レーモン・ルーセル　戯れることば

この言語の軸への突出こそヌーヴォー・ロマンの最大の特徴である。それはまず反リアリズムとしてあらわれた。シモンがなだれこむ記憶の侵入に従い、サロートがほそくほそく意識下の事象を追いつめる場合、それらの記述は精神生活の実際を写したものではないことがすぐに感じとれる。そこにはことばが生産した〈ずれ〉があり、ことばの世界のなかに構築されたドラマがある。

ヌーヴォー・ロマンの転機はこの〈ずれ〉をめぐって、たぶんそれしかなく、それが最重要だと考えるところにあった。文学の言語はどうやら表象＝再現《ルプレザンテ》するものではない。ことばが書かれるまえには何もなく、まして〈意味〉などありはしない。書くことはことばの世界を産出することであり、現実という意味の網の変革はことばの変革によって準備されるほかないのだろう。こんな態度をもっとも尖鋭に理論化したのはジャン・リカルドゥーだが、彼は「死んでゆく子供のまえで『嘔吐』にはなんの意味もない」というサルトルにたいして、餓死する子供をスキャンダルと感じさせるのがほかならぬ文学であり、『嘔吐』も文学として現実解釈のありようを決定するのだと応えている。またロブ＝グリエもおなじ地平から、サルトルの参加の思想にたいして、「作家にとって唯一可能な参加は文学である」と反論した。

　これはプルーストの「光学器械」としての作品、ことばによる独特の視角で事象を切りとる作品という考えにも近い。しかし言語を表現の道具としてではなく、実現の素材としてじっさいに使いきった先行者、それはやはりレーモン・ルーセル（一八七七〜一九三三）だろう。『眺望』『アフリカの印象』など、孤立といえばこれほど孤立したテクストもめずらしい。シュールレアリスト以外にはほとんど評価されず、ロブ＝グリエとの類縁を指摘されてから注目をあつめるようになった。写実性・論理性をよそおう叙述のかげには地口や多義語の配列によるきわめて厳密な方法がひそんでいて、その秘密は死後出版された『私はいかにして書いたか』にみることができる。よく引合に出されるもっとも印象的な例、『アフリカの印象』の原型となった短篇『黒人たちのあいだで』をとると、はじめに綴字の隣接によって選んだ二語 billard（玉突台）／pillard（略奪者）を核に、ふたつの統合(1) Les lettres du blanc sur les bandes du vieux *b*illard／(2) Les lettres du blanc sur les bandes du vieux *p*illard をつくりあげる。

たった一字ちがうだけなのに、それぞれ最後の語とのかかわりからすべての語意が変化し、(1)は「古い玉突台のクッションのうえに書かれたチョークの文字」、(2)は「老いた略奪者の一味にかんする白人の書簡」をさすことになる。そこで(1)を冒頭に、(2)を末尾に置くことにして、同様の〈横滑り〉であいだをつないでいった結果、「白人」の探検家が黒人の「略奪者」の「一味」について書いた「書簡体」の小説、『黒人たちのあいだで』なる題の小説をめぐるこの短篇ができあがったというのである。

ここには作家があらかじめ所有する真実とか、ことばにさきだつ物語など影も形もない。意味や物語はあとから、しかもこのうえなく豊かに産みだされてくるだろう。語っているのはもはや作者どころか、作者をまきこんだ言語そのものであるかのようにみえる。

こうして新しい進路がひらけた。ことばの指示機能ではなく、それが他のことばとひびきあう機能のほうに。なかでもロブ＝グリエはこのルーセル的要素をはじめから色濃くにじませていた。「視覚派」「客観描写」として喧伝された『嫉妬』にしろ、よく読めばブラインド jalousie のかげにいるらしい夫の嫉妬 jalousie による主観的リアリズムであり、さらに読めば jalousie なる語の多義性を核に、ことばの運動じたいが物語を産出してゆく装置にほかならない。

「意味作用の結び目」としてのことば。これはたぶんクロード・オリエの出発点でもある。彼は描写の運動からさらに〈語り〉の機構のほうへむかっていった。オリエのおもな作品にはみな番号が打たれていて、それが上昇する螺旋軌道をあらわしている。すなわちⅣの『ノランの失敗』までが一段目の旋回、あとはⅤがⅠの叙述の形式を、ⅥがⅡの叙述の形式をふたたびとりあげる仕組である。その結果、『演出』Ⅰでは北アフリカの回教圏にある都市、『イプシロンでの生活』ⅤではSFめいた架空の惑星と、おなじ語りかたからおよそかけはなれた虚構の世界がたちあらわれる。

これがほぼ第二期ヌーヴォー・ロマンの領土にあたるのだが、するとサロートはもちろん、すぐれたルーセル論を書いたビュトールですらやや後景にさがり、かわりに『文体練習』『はまむぎ』のレーモン・クノーがそのあたりまで近づいてくるのかもしれない。中心には『導体』『事物の教え』のシモン、『ニューヨーク革命計画』『幻影都市のトポロジー』のロブ゠グリエがいる。それからヌーヴォー・ロマンの第二世代ともいうべきリカルドゥー。彼の第二作『コンスタンチノープルの占領』をみると、表表紙に印刷された書題 La prise de Constantinople から裏表紙の La prose de Constantinople（コンスタンチノープルの散文）まで、すべてがルーセル的な地口と意味の横滑りで構成されている。またシモンやパンジェの作風の変化にも、ヌーヴォー・ロマンの言語の軸をえぐりだしたリカルドゥーの評論集、『言葉と小説』『小説のテクスト』が触媒の役割をはたしていたにちがいあるまい。おまけに、そんな彼の読解はただヌーヴォー・ロマンだけにかぎらず、いわゆる伝統小説、〈古典〉にもそっくり適用しうる方法にもとづいていた。

## 新しい読解

まず対象とされたのはフローベールである。このリアリズム小説の確立者、ティボーデのいう文学圏における極右が、シモン、サロートらの評価、リカルドゥー、ジェラール・ジュネットらの分析により、一転して極左の位置におさまることになった。生きることをやめ、ことばだけに奉仕したクロワッセの隠遁者。彼は「的確な一語」をどのように選んだのか。気の遠くなりそうな推敲の作業はどのようにすすめられたのか。フローベールが信じていたか、信じるふりをしていたように、事象をもっとも的確に〈あらわす〉ことばが選ばれたわけではあるまい。事物は一瞬のうちに全体として知覚されるが、ことばによる描写は線的・時間的であるほかなく、そこには要素への分解、その選択・配列などの問題がはいりこんで来るから、「リアルな描写」というのは語の矛盾であって、ことばはつねにみずからの論理によって選ばれるだろう。フローベールのテクストはその好例であり、リアルとみなされる描写ほど語りの言語性をあばきだしてしまう。また客観主義が例の「ボヴァリー夫人とは私だ」に結びつくとき、それは書く主体の拡散と失踪、〈作者の死〉につながる道ではなかったのか。

この描写の問題はもちろんフローベールの専売特許ではない。スタンダールにもあり、バルザックにもある。地口や掛詞もバルザックは使っている。これらの大作家を例にとるまでもなく、言語主義の側面をもたない文学などもともとありえなかったのだ。ヌーヴォー・ロマンの読解はしたがって文学的言語の一般性にむかうはずだが、そこにこの読解の強みも弱みも共存しているらしい。さまざまな作品の差異をどう測定すればよいのか。リカルドゥーの理論はこのところ停滞ぎみであり、ロブ＝グリエは身をひるがえして〈作者の死〉をとなえなくなった。ヌーヴォー・ロマンが今後どんな作品、どんな読解を生みだすのか、おおよその方向はさだまったものの、最終的にわかってしまったわけではない。サロートはともかく、五〇前のリカルドゥーから六〇代のシモンまで、ヌーヴォー・ロマンはまだまだ終わるどころではないのだから。

最後にいくつかの註釈。当然はいるべき照応を見取図に書きこめなかった。たとえばマラルメからブランショにいたる系譜、シュールレアリスムなどとの共鳴である。とりあげた照応もロブ＝グリエらの〈実像〉とか、プルースト、ジッドらの〈全貌〉にかかわるものではなく、せいぜいいからみあう仮説としてみた〈ヌーヴォー・ロマン〉、その新しさを支えるテクスト連関のささやかな素描というところなのだ。テクストを一ページ読めばたちまち吹きとばされてしまう略図。ここにあるいっさいがただ吹きとばされるための見取図にすぎない。

# クロード・シモン論——その謎の探究と運動

いわゆる《ヌーヴォー・ロマン》という呼称がある。クロード・シモンもこの流派に属するということになるらしいが、サロートやロブ゠グリエなど、およそ傾向の違う作家を一まとめにして、殊更《新しい》という形容がつけられているのは何故だろうか。彼らの作品を読むと伝統的な小説からの隔りが確かに感じられて、それに対する驚きがこの呼名を生み出したのだろうが、この隔りは作品の外観だけに止まらず、その背後には、小説、或いは物語に対する新しい態度が認められるように思われる。

シモンの場合は、例えばあの長い錯綜した文章。あるインタヴューの中でシモンは、「終止符や短い文章で区切りをつけてしまうことは、現実の中で切れていないものを切離してしまうことになる」と語っている。それならば現実とは何か。現実の中で切れていないものを切り離さないように書くとはどういうことなのか。この現実という言葉は、普通使われているような我々を取巻く外的世界という意味は持っていない。「私が書こうとするのは、いつか、ある日起ったことではなく、まさにそれを書く瞬間に起ったことで、記憶ないしは想像力が換起するイメージを書きつけるのだ」とシモンは言う。現実とは我々の外側にあるのではなく、むしろ内側にあるもの、いわば内的現実とでも呼ぶべきものなのである。そしてこのような考え方は、言葉による虚構は現実世界の再現ではないという認識に結びついている。人間の知覚自体が既に完全ではなく、記憶の段階でのデフォルメがあり、更に想像力の作用が加わって、初めて一つの作品が書き始められるわけだからなのである。

こう書いてくると、すぐジョイスのことが頭に浮かぶ。実際にシモンの作品は、ある短い時間——数時間、或いは一日——の中で、主人公の意識の流れを追うという形を取っている。だがそれだからといって、シモンは内的現実を描きだしたなどと言うと、これもまた誤りになる。というのは、「知覚したものを言葉にしてしまうと、そこにまた知覚したものとは異なる一つの現実が現われる」からである。少なくとも文学作品に関する限りにおいては、《文章力学》というものが存在し、書くことはそれ自身の法則に支配されるのである。書くという行為に先立つ何かがあるわけではなく、作品が何か——たとえ内的現実であろうと——をそのまま描きだすなどということはあり得ない。《新しい小説》とは、このような態度の作品による有形化なのである。

もう一つ《アンチ・ロマン》という呼び方がある。シモンの作品は、本当に反小説であり、小説の伝統に対する反逆なのだろうか。物語という言葉を使うとすれば、新しい小説一般についてよく言われるように、物語意識は崩壊してしまったのだろうか。来日した時の日仏会館での講演でシモンは、《histoire》（物語）という言葉について大体次のようなことを語った。《histoire》という言葉は、今では《ある行為の報告》へと意味がデフォルメされているが、原義においては《事件を探究していく行為そのもの》を指していた。従って物語は単なるアネクドートに止まらず、作家自身による世界の探究の一手段によらなければいけない、と。それでシモンは、情報の言語と文学の言語を区別して考える。前者は複合過去《a été》で代表される再現を目指す言語であり、例えば新聞記事などのように、書くことが行為に先立たれている場合である。後者は現在形《est》、半過去形《était》で表わされるものであり、そこでは書くことと行為が同時に起る。もっとも半過去形については留保が必要で、『盲目のオリオン』以後の作品ではそれさえ追放されてしまうのだが。

いずれにせよ、《それが今どうであるか（Comment c'est maintenant）》を書くこと、それがシモンの創作の第一原理である。そしてこの態度は、世界の探究という行為に結びつく。おそらくは物語の質が変化したのであり、物語が新しい意味と目的を獲得しただけなので、それにもかかわらず崩壊ということが言われるのは、物語の本質を逸話として捉えているからだと思われる。確かにシモンの作品は、完結と明確な形を前提とする逸話とは相容れない。そのような意味で物語の崩壊が云々される時、それは何が書かれているのかよく解らないという苦情から発しているようである。例えば一貫した筋が欠けている、人物の輪郭がはっきりしていない、等々。仮に不確定性という物理学の用語を借用するとすれば、このような不確定性が何を意味するのかということを、『フランドルへの道』と『ル・パラス』を中心にして、これから考えていくことにする。

まず問題になるのはシモンの文体である。句読法に対して宣戦布告をしたような長い文の中に踏みこんだ読者は、文の中での自分の位置を忘れてしまうのだ。「彼には目に見えるような気がした」という表現が文頭にあったとしても、読み進むに従って、それが確定的な事実であるかのような錯覚が生まれてくるわけで、すると括弧が叙述の流れを中断し、それが想像であることを思い出すように強制する。この括孤も非常に多用されており、時には括孤の中の部分が数ページにわたる場合さえある。「……のように」などによって導かれる従属節や言換えが異常とも思える長さになり、比喩や仮定であった筈のものがいつの間にか主題になることも始終ある。いわば文章自体が絶えず枝分かれを起すので、そうして主題が次々と転換されていく結果、読者は自分の立つ地盤が流動的であり、いつ足の下からなくなるか解らないという印象を抱くのである。

一つの文が複数の主題を反映するというような言葉の重層構造も、不確定性の一要因である。ある一節には二重の意味がこめられていることがあり、読者はそこに何が書かれているのかを探っていかなければならない。更に一見した諸事件の間の時間的な関係が不明であることや、繰返しの多用という要素が加わって、シモンの作品の不確定性は不動のものとなる。だが明解だからといって真実に近いとは限らない。また何が書かれているか解らないというシモンに対する非難は、大抵の場合読みとることをしないためか、読み方が間違っているためであることが多い。そこでこの不確定性という表皮の下に隠れているものを見極めるために、まず言葉自体の問題に溯ってみることにする。

確かにシモンの文体は、ある意味で文の崩壊と言えないこともない。だが崩壊と思えるものを裏返して見ると、そこに新しい秩序が浮かび上がってくる。それを簡単に言ってしまえば、言葉が後の言葉を生み出していくような構造ということになるのだが、まず幾つかの例を見ていくことにしよう。

この新しい秩序の最も単純な形は、類似した音の結びつきである。

《…J'avais l'habitude je veux dire j'habitais l'attitude je veux dire j'habitudais de monter long（僕は脚を長く伸ばして乗る習慣を持っていた言換えれば習慣化していた）》

語呂合わせと言ってしまえばそれまでだが、ここでは馬に乗る姿勢のことが問題となっているので、《J'avais l'habitude》と言いだしたのが《attitude》(姿勢)に引かれて《J'habitais l'attitude》という妙な言い方になり、ついには《habituder》などという動詞を作り出してしまうのである。《moule poulpe pulpe vulve(貽貝・蛸・果肉・陰門)》というのは、女性の性器のイメージを喚起する言葉を音によって連結したわけである。

《reflets émeraude sur la nuque et cuivrés sur le poitrail, pattes corail(襟首の上のエメラルド色の反射、胸のあたりは赤褐色、脚は珊瑚色)》

これは鳩の描写である。我々が鳩なら鳩を見る時、全体を同時に見るわけだが、それを描写するとなると描写の順序や言葉の選択という問題が入ってくる。この例ではその選択と展開が音に支配されているので、《poitrail(胸)》が《pattes corail(珊瑚色の脚)》を引出すのである。このような現象は至るところに見出せる。

これまでの例は、どちらかというとまだ比較的単純なものだった。中にはただ一つの語呂合わせが後まで尾を引き、様々なイメージの上に支配力を振う場合がある。例えば『ル・パラス』の中で、駅のホームに立つ二人の男の描写には、

《Le vent agitant (…) leurs cheveux comme sur la tête des morts (maures)(死人《モール》(モール人)の頭髪をそ

よがせるみたいに風が彼らの髪の毛をそよがせ)》

という一節が忍びこむ。この掛詞は、この後に繰返して出てくる黒い髪と土色の顔を持つ男たち(労働者、兵士)や銃を持つイタリア人に死の影を与えることになる。『フランドルへの道』では、例えば最初の所に、《Saumur》と《saumure》という語呂合わせがある。

《Ces réflexes et traditions ancestralement conservés comme qui dirait dans la Saumur》

「ソーミュールにある騎兵学校に大昔から保存されていた伝統と反射運動」ということなのだが、この伝統が騎兵学校のものであると同時に、塩水(saumure)の中に漬けられたような伝統という意味にもとれるわけである。そして「祖先の時代からの(ancestralement)」という言葉とあわせて考えると、この作品の重要な主題の一つ、自殺したド・レシャック家の祖先とド・レシャック大尉との二重映しの諸口がこの一行にあることが解る。

このような掛詞は、単なる言葉の遊びではなく、主題を転換させる一つの梃子になっている場合が多い。普通の洒落ではこのような現象は起らないので、ある言葉の中に第二の意味が現れて思いがけぬ感じを与えても、すぐにまた元の叙述の流れが辿られることになるのだが、シモンの場合はそこで主題が転換されてしまうのである。J・リカルドゥーが構造的な蝶番と呼んだこのような装置の原型は、シモンの処女作である『いかさま師』(一九四五)においても既に現れていた。ただ『風』以後の作品では、その仕掛けが一層巧妙になり、一見しただけでは切目がよく解らないような形になっていることも確かである。例えば先程あげた『フランドルへの道』の中の《貽貝・蛸・果肉・陰門》という個所を取ってみよう。この前後の叙述は次のように展開される。

(1)馬小屋の中でジョルジュが見た女。
(2)その女の印象、彼はあらゆる女の象徴としての女を見る。
(3) moule（貽貝） poulpe pulpe vulve
(4)子供の頃彼がそれで遊んだ《moules》（鋳型）。捏粉を入れて指で押すと無数の兵隊が出てくる。
(5)大地の上を行進していく騎兵たち、無数の馬の蹄の音。

鋳型（le moule）という言葉は勿論貽貝（la moule）と掛けられており、兵隊を生み出す鋳型のイメージは、人間を生産する女の性器のイメージと結びつけられている。そこで性という主題から戦争という主題への転換が行なわれるのである。更に細かく見ていくと、女の腿や乳房は「柔かい粘土を細工して作られた」と書かれていて、捏粉で作られた兵隊と対をなしており、二つの主題の結合を助けている。このように注意深く読んでいくと、この一節の隠された意味が明らかになってくる。すなわちこの掛詞と主題の移行が指しているのは、性行為（生殖）は戦争のためであるという皮肉に他ならない。

主題の脱線と移行を裏返して見ると、様々なイメージを結びつける統一という問題が現れてくる。例えば『ル・パラス』の冒頭の数ページを支配しているのは灰色のイメージである。灰色の鳩、そしてトリアノン風の灰色に塗られた壁の鏡板。バルコニーに飛んできた鳩から部屋の中への描写の転換は、《baguette》（奇術師の杖＝玉縁）という言葉によってなされている。《baguette》という言葉の多義性が主題の転換を引起するわけだが、それがもたらすのは灰色による統一である。

このような移行の過程が最も極端な形をとると、例えばこんな風になる。

《le boiteux, le disgraciado tenant ce fusil de chasse avec lequel j'avais toujours cru qu'il s'était tué（びっこの男不運な男が猟銃を持っていて、僕は昔から彼があの猟銃で自殺したと思いこんでいたものだが）》

これは『フランドルへの道』の一節だが、ここでは《猟銃》という言葉を軸として主題が転換されている。この猟銃は、それまでの文脈からいうと義妹を守ろうとするびっこの男のものであり、後との関係で考えると自殺したレシャック家の祖先の肖像画に描かれた銃ということになる。《ce fusil de chasse》は確かに猟銃という一つの意味で使われているが、話者の意識の中では、それが二つの別な銃のことを同時に指しているわけである。

ここで注意しておきたいのは、叙述の進行が一本の線になっていないということであろう。言葉による表現は、形式的に全て一本の直線に還元できるのだが、その時間的展開に対し、掛詞や括弧でそれと交叉するもう一本の軸を顕在化していくのである。どのような小説でも言葉で書かれているわけだから、統合《サンタグム》だけでなく屈折《パラディグム》の軸も考えに入れなければならないのは当然なのだが、ただシモンの作品の場合、言葉自体がそれを意識するように強いるのである。掛詞に限らず、一般に主題の転換の梃子となる部分には幾つかのイメージが重ねられているので、掛詞ではそれが語義の多重性によって強調されているにすぎない。つまり《猟銃》という部分には叙述の線が二本重なっていると見るべきなのであって、叙述の展開という点から見れば、《ソーミュール》と《漬物の塩水《ソーミュール》》の掛詞と質的に同じものなのである。そしてこのような現象が数行以上にわたって見られることも決して珍しくはない。

その他《……かのような》などによって導かれる従属節の部分が増殖していき、それ自体が一つの主題になる場合が多いことも既に述べた。これは実際に読んでみればすぐに解ることなので、ここで例を挙げることはしない。いずれにせよあらゆる機会を捉えて叙述は脱線していくのであり、その結果として様々なイメージが緊密に結びつけられることになる。

このような構造を説明するためにシモンは、「言葉は意味作用の結び目である」というJ・ラカンの言葉をよく引合いに出す。或いは、ある単語の第一義、第二義というものは存在しないので、その単語の歴史によって積重ねられた意味の全てがそれにこめられているという言い方をしてみせる。そして一つの言葉を交叉点に喩え、その言葉の中に含まれた、他のイメージとの組合わせの可能性を問題にする。だがこのような説明を俟つまでもなく、シモンの作品の言語が連想の働きに基礎を置くことは、今までに見てきた僅かな例からも解るであろう。ラカンは、《rideau》（カーテン）という言葉を例にとって《意味作用の結び目》のことを説明しているのだが、その説明はまさに言葉による連想の典型とも言える。一々訳語をつけるのも煩わしいので日本語で考えると、例えば髫髪《うない》という言葉は、髪型、幼い子供という意味から、それに関連したかつての風俗を連想させ、またそれと対照的な現代の女の髪型のことを思い起させる。髫髪松ということから連想は幼児と反対の方向へ延びて、墓標、死というイメージもこの言葉の中へ入りこんでいる。更には菟原処女《うないおとめ》の伝説も思い出されるので、一度この妻争いの物語が意識されると、連想の輪は、中大兄の三山歌のことや、グィネヴィアを中心としたアーサー王とランスロットの物語にまで拡がるかもしれない。そこでまた一転して、そのような理由で自殺したり、僧院に入ったりするなどということが絶えて見られなくなった現代の風俗へ立戻るということも考えられる。シモンの作品は、人間の意識の中で起るこのような連想の動きを映し出しているとも言えるので、絶えざる主題の転換という構造はそのための仕掛けなのである。そしてその連想には必ず言葉の論理というものが認められて、そのことを問題にすると、シモンの文体はむしろ明確なのだとも言える。但しそれが人間の意識の忠実な報告ではないことは言うまでもあるまい。連想は虚構によって誇張されており、一定の方向性を与えられている。

この連想の作用を助け、と同時に、それにある程度制限を加えるような仕組も工夫されている。二重映しの構造、二つ組の方法とでも呼べばよいだろうか。『フランドルへの道』を読むと解るのだが、ほとんど全ての作中人物が互に二人ずつの組を作っているのである。人間に限らず物や動物、事件についても同じことが言える。ド・レシャック大尉と彼の祖先、その男の妻とコリンヌなどは勿論だが、馬小屋の女とコリンヌ、自殺した将軍とド・レシャックの祖先も対になっており、二人のド・レシャックは、コキュであることによってびっこの男に結びつけられる。競馬と騎馬行軍の二重映し、百五十年前のスペインでの敗北とジョルジュたちの敗走という二重映しなど。そしてこの馬を走らせるという行為は、性行為のイメージと重なりあっている。このようなリストはまだいくらでも続けられるので、ある意味でこれは言葉による生成の結果なのだが、二つ組が連想の枠になっていることも間違いないようだ。こうしてある一つの挿話には、他の挿話が《透し》として常に入りこむことになる。極端な場合になると、二つの主題が融合し、それぞれの要素が交換されることさえある。例えばコリンヌと雌馬の場合、栗毛の雌馬とブロンドのコリンヌのイメージが重なりあっているのだが、いつの間にか、「今度はあの栗毛の女のことなんだが、あのブロンドの雌馬さ」というように逆転が起るのである。

『ル・パラス』においてこのような役割を果しているのは、おそらくバルセロナの街自身である。あの革命の試みにもかかわらず、そして十五年も経ったのに、少しも変化していないように見える街。「あの同じ臭気、腐った油と便所のあのむっとする臭い、窓の向うにはまったく同じ広場、同じ夾竹桃の茂み、同じ棕櫚の並木、同じ鳩たち」

この同じ風景の中で最も際立っているのは、鳩と、そして路面電車である。かつては赤と黒に塗り分けられていた電車の車体に、派手な色の広告が付けられていることによって十五年の隔りが浮かび上がるのだが、それと同時に、電車は時の変換をも引起す。例えば、革命の中の風景を路面電車が横切っていくと十五年後の街が現れ、通過してしまうとまた革命の最中に戻るというような構造が見出せるのである。このような転換が鳩によって行なわれる場合もある。十五年後の街に属する筈の老人と子供が、広場の上を飛ぶ鳩を見るために顔を上げる。そして腕を組んだ恋人たち。だが《鳩の死骸みたいな》捨てられた新聞紙というイメージを梃子として、旋回する鳩の群が再び現れた時、その群が横切るのは革命下の豪華ホテルのファサードなどなのである。『ル・パラス』の最後の十ページ余りでは、このような転換が絶えず起って物語の時間は混沌の極に達している。

このような二つ組の方法もやはり『いかさま師』以来のものである。そして最近の『ファルサロスの戦い』や『導体』もこの延長線上にあると言えるのだが、今まで見てきたようなことを考える時、シモンの作品に時間的秩序がないのはむしろ自然のように思われる。連想の動きが事件の時間的順序に従う筈はなく、言葉で書かれたものは言葉自身の軌跡を辿るほかはないのだから。

これが絵画の分野だと、例えば画餅という言葉もあって、題材ではなくまず色と線が問題にされるのに、言葉を素材として作り上げられた小説のことになると、すぐに主題や筋のことが取上げられ、まるで本物の人間を相手にしているかのように作中人物の心理や思想が云々されるのはどういうわけなのだろうか。そしてこの人物は本当らしくない、拵え物だ、というような評語など。もっともこれは適評かもしれないので、というのは、あらゆる小説は拵え物だからである。言葉は決して現実を再現しない。シモンの文体の真の問題とは、そのような言葉の性質を言葉自身が指し示すという所に求められる。いつでも反対意見が用意されているような事柄、例えば作中人物の心理だとか事件の推移が辿るべき論理的必然などに頼るかわりに、シモンは言葉の論理によって物語を作ろうとする。『赤と黒』の結末については、その必然性に関してまったく正反対の意見があるとしても、馬小屋の女から騎馬行軍のことへ話が移る理由、――《la moule》と《le moule》の掛詞――は誰も疑うことをしないだろう。

過去の再現が不可能でも、現在における過去の再構成という問題は残っている。そしてシモンの作品では、話者が過去を再構成していく過程そのものが物語という形をとると言えるように思われる。例えば『フランドルへの道』では、事件の意味を探究していく行為そのものが主題として取上げられている。競馬騎手イグレジアとコリンヌの関係を知ろうとするジョルジュとブルムの二人は、《無秩序で断片的な》形であれこれの部分をイグレジアから引出し、それを復元して《物語全体を再構成していった》のであり、大尉の死の真相について考えをめぐらすジョルジュの場合も同様である。またこの作品の構成自体も探究という行為を指し示しているようだ。謎（事件の真相）が完全に解明されることはないのだが、転換が繰返され、同じ主題が何度か反復して取上げられていくうちに、その事情は少しずつ明らかになっていくのである。

ここではあのびっこの男に関する挿話、カーテンの陰に隠れた女が何者なのかを知るためにジョルジュが態々居酒屋まで出かけていくという挿話について見ることにする。第一部の兵士たちの会話から辛うじて解るのは、びっこの男とその女が兄妹であること、女の夫は出征しているらしく、そこで村の助役が女に手を出そうとし、びっこの男が猟銃を振りまわしたらしいということである。ところが第二部のジョルジュとブルムの会話を読むと、二人の男の対立はもっと根の深いものであること、女はびっこの男の実の妹ではなく弟の妻であることなどが解ってくる。びっこの男は助役の妹と結婚したことがあって、助役が妹と関係を持ったために離婚する羽目に陥ったのであり、すると今度はこの助役がびっこの男の義妹にも手を出したので猟銃騒ぎが起ったわけである。といってもこのような形で説明がなされるのではなく、二人の女が問題になっているということを呑込めないブルムが何度も同じ質問を繰返し、ジョルジュがそれに答えていくうちに事情が解ってくるという構成になっている。

『ル・パラス』もやはり探究と再構成の物語である。その鍵はまず《銃の男の物語》に求められる。この章はいわゆる物語というものに対するイロニーなのであって、様々な段階での事件の探究が積重ねられたという構造を持っている。その中で核となっているのは、数年前自分が果した暗殺という事件を再構成しようとするイタリア人の試みである。だが《銃の男の物語》とはこのイタリア人が語った物語そのものではなく、学生が聞いたもの、学生が自分の想像も加えて再構成したものに他ならない。そこで表面にあるのは、イタリア人の話を聞いている学生の意識の動きという層のようにも見えるのだが、実はそれも十五年後の主人公の記憶（探究）という見えない層に覆われているのである。『ル・パラス』という作品全体を問題にするならば、例えば次のような言葉がある。「一体それはどんなだったのだろう、どんなだったのだろうか。」『ル・パラス』の物語は、十五年後に再びバルセロナを訪れた話者が、《あの革命》の正体を突きとめようとするところに成立している。

物語を、そうした事件の探究という行為そのものとして捉える時、シモンの作品における時間的な秩序の欠落は新しい意味を持つことになる。『ル・パラス』などの中に流れている時間は、書いている現在と読んでいる現在だけであり、そこでは会話も幻も、思い出も想像も、全てが同時的なものとなっている。これは内的現実を映し出そうとしたことの当然の結果であり、「記憶ないしは想像力が喚起するイメージを書きつける」という意図は、このような形式を必然的に選び取る。多分記憶というものは、時が経つにつれ浸蝕され、或いは隆起して、新しい様相を表わす地層のようなものなので、書くという行為に関する限り、思い出している現在という鉱脈の露頭だけが問題になるのである。もっともその下には時間の経過による堆積があるという言い方も確かにできて、また事実この記憶の深い層へ遡ろうという試みを我々は日常行なっているわけなのだが、そうやって捉えたものはやはり現在という層なのである。このような記憶の性質からして現在は当然一つの変数であり、思い出している間も時は移り過ぎていくのだから、それを書きつけていくということは、この変数の動きの方程式をも表現することになる。そしてそれが探究の進行になり、物語の進行にもなるわけである。

さて、再構成へと向う動きが物語となるならば、その動きも言葉の段階に移されなければならない。シモンの文体の流動性はこの要求に対する答えなのである。例えば現在分詞の多用も、書いていく時に起ること、意識の中で次々と生成されていくイメージを捉えるための工夫なのである。この現在分詞の問題は既に言いつくされた感があるので、ここでは特に取上げないが、《……のように》《或いはむしろ》などの表現とともに、決して決定しないこと、決定できるような振りをしないことという態度を指し示していることには注意する必要がある。

探究の物語に関して最も問題になるのは、作中人物の探究の努力の中に、物語を言葉によって作り上げていこうとする作者の努力が読みとれるということである。言い換えれば、作者による物語の探究が、作品という虚構の段階において、その作中人物の中に反映されているということである。その時作品は物語についての物語という形をとるのであって、作品の重心が、話者による探究から言葉の動きそのものに移ったかのように思える『ファルサロスの戦い』や『導体』においても、物語がもつこの様相には変りがない。

ところで、「一体それはどんなだったのだろう?」という問いは、「どうして知ることができよう?」という問いに裏打ちされている。この問いから、そして何ものをも決定しないという態度から生まれるのが、シモンの作品のもう一つの特性、謎物語という性格である。びっこの男と助役の関係が明らかにされたといっても、それはジョルジュが居酒屋の主人から聞きだしたことにすぎないので、或いは真相ではないのかもしれない。またコリンヌは、イグレジアとの関係をはっきり否定するのである。レイモンド・チャンドラーに言わせると、「理想的なミステリーとは結末がなくなっていても読む気を起させるような作品だ」ということになるのだが、それが当っているかどうかはともかくとして、この『フランドルへの道』には解決編がない。唯一つの決定的な解答というものは存在せず、あくまで「その時はそれがどうであるか」が書かれているにすぎないので、解答を作るのは読者に任されていると言うことができる。

この謎物語という形式もシモンにとっては一つの必然なのであり、本質的な問題なのである。シモンは初めから謎の要素を書こうという意図のもとに謎の要素を導入したのではない。探究と再構成を扱う作品が謎解きという形をとるのは当然だとしても、その探究の結果もまた一つの謎なのであって、それは現在が変数であるということに由来する。世界の意味、ある事件やある人間の存在の意味は、私なら私がそれをどう考えどう観るかということの中にしかないという考え方が一方にあり、その時私がどれだけ考えをめぐらせてみても依然として謎が残るという事実がもう一方にはあって、この二律背反から逃れる術はないわけである。ただ謎解きは続けられなければならない。このような考え方の言葉による有形化が謎物語という形をとると言うことができる。そしてその謎を無理に解決してしまうことは、作者には許されていない。

こうしてシモンの作品は、謎と探究の動き——それも物語自体の探究——という二本の軸を持つわけだが、それがいわゆる伝統的な物語という形式の枠から外れているのか、ということも考えてみる必要がある。そこで物語の成立に不可欠な要素は何かというと、一連の行為或いは事件、登場人物、虚構の三つしかないように思える。言い換えれば、一人ないしは複数の人物の行為が虚構という形で——言葉によって——語られる時、一つの物語が必ずできあがる。シモンの作品も当然この枠組から外れるものではない。波瀾万丈が物語の特性ではないことぐらい誰でも解っているのだが、それでも何処かにそのような考え方の痕跡が残っており、そうでなければ物語意識の崩壊などという言葉が出てくる筈がない。この間の事情は、新聞記事などで現実の事件に対し悲劇という言葉をよく使うのに似ている。だが物語とは、たんに言葉による虚構のある一分野を指す呼称である。

虚構の主題に何が選ばれるかということから考えても、シモンの作品は伝統的な物語に繋がると言うことができる。物語を書く技術ということに関してノースロップ・フライは、「古来想像力の焦点は、結婚と死と通過儀礼という三つの瞬間に合わせられてきた」と書いているが、シモンのどの作品でも、死とエロティスムの二つの主題が正面に据えられていることは今更言うまでもないという気がする。死の恐怖、性的な固定観念に取り憑かれた人物たち、戦争と崩壊していく世界、嫉妬という主題など。そして言葉そのものについて見ても、『フランドルへの道』に関してリカルドゥーが指摘しているように、文章の崩壊の背後にエロティックな秩序に基く言葉の再構成が読みとれるのである。これは『フランドルへの道』だけには限らない。初期の作品でもそのような傾向が見られたし、例えば『ファルサロスの戦い』には、《con pro mettre la con struction du barrage（ダムの建造工事を危険にさらす）》というような表現が出てくる。《con》（女性性器）という言葉を引出すために綴りが分解されているのであり、この後一ページ位このような表記法が続けて採用されている。死とエロティスムは、このように言葉の段階にまで移されているのである。

もう一つの焦点である通過儀礼もシモンの作品の重要な主題になっている。例えば『春の聖別式』では、題名からも解るように、この人類学で言う通過儀礼に焦点が当られており、少年が聖別を受けて成人になる過程が作品になっている。これも『春の聖別式』だけには限らない。『いかさま師』から『ル・パラス』に至るまで、シモンはこの未知の経験を通って別な人間に変るという過程を繰返し取り上げてきた。初期の作品では、運命を変えるために行為を選んだ主人公が現実によって裏切られ、一種の麻痺状態に陥るという幻滅の過程が物語になっていた。『ル・パラス』では革命、『フランドルへの道』では戦争という主題がそれに当る。戦争から帰ったジョルジュはおそらく別の人間になって、酒や賭博にふけるようになり、『草』の中に出てくるようなジョルジュへと傾斜していくのである。『歴史』ではこの過程がもっと長い期間にわたって取扱われており、作中人物の比重が小さくなったように思える『ファルサロスの戦い』や『導体』でも、やはり通過というテーマは残っている。

結局、シモンの作品もフライが言うような《文学が文学を生み出す》過程と無縁なものではない。言葉というものの性質からいってそうなのであり、《意味作用の結び目》という考えはまさにそのことを指し示している。髫髪という言葉から『源氏物語』や『宇津保物語』を思い出すこと、更には『生田川』や『三山歌』、アーサー王の伝説を連想することが自然なのであり、それが言葉を読むということなのである。作品が書かれる前にも言葉はあり、ある一つの言葉はそれ自身の歴史を持っている。このような意味でならあらゆる表現は再現であるという言い方を許されることになる。虚構の作品は決して現実を再現しないが、作品は常に言葉を再現するからである。

シモンの場合、既に存在している文学作品を自作の素材として使うというような極くプリミティフな形に限って言っても、その例は枚挙に遑がない程である。『ガリヴァー』がスウィフトの作品を素材にしていることは言うまでもない。『フランドルへの道』を取り上げてみると、祖先のレシャックとその妻はアルノルフとアニェス(モリエールの『女房学校』の登場人物)に比定されており、ル・サージュの『びっこの悪魔』が顔を覗かせるかと思えば、今度は新しい所でプレヴェールの『バルバラ』の一節が挿入されていたりする。大体シモン程エピグラフや引用が好きな作家もいないように思われ、例えば『ファルサロスの戦い』はその典型である。冒頭に掲げられた『海辺の墓地』の一節は単にエピグラフであるに止まらず、その中を言葉一つ一つから様々な虚構が生み出されていくのであり、また至る所に鏤められた引用――プルースト、アプレウスから旅行案内と思われるものまで――は、それぞれ歪められ、いわばシモンの言葉に同化させられているとはいうものの、どこかエリオットの方法を思わせる所がある。

物語の枠としての構成が欠けているという非難も、シモンの場合は的外れである。シモンに限らずヌーヴォー・ロマン一般についても同様で、幾何学的とも呼べるような明確な構成への志向が認められるのだが、シモンはその中でも特に際立っているようである。初期の作品ではその構成がまだ時間的秩序に頼っていて、物語の中の現在をA、過去をBとすると、AABAという音楽の二部形式に類比される枠組を持っていた。『フランドルへの道』や『ル・パラス』になると、様々な段階の過去と現在が同一平面上で交錯し、断片的な主題がただ連想だけによって繋げられているように見えるわけだが、これは方法が変っただけなので、構成はやはり存在している。例えば『フランドルへの道』は、シモン自身も色々な所で説明しているのだが、騎兵中隊の壊滅という挿話を中心にした二つ折という構成を持っている。或はシンメトリックな構造とでも言ったらよいだろうか。騎兵中隊の壊滅を取囲むように置かれた競馬の挿話、冒頭と末尾に置かれたド・レシャック大尉の死など、全ての構成要素が点対称を形作るように配置されているのである。『ル・パラス』はどうかというと、これも作品の中心に置かれた一人の革命家の死で折返せるような構成になっており、各章が対称形を形作っている。こうして作品は時間的秩序の代りに形態的秩序を獲得したわけで、またこの形態的秩序は連想の動きを妨げないのである。

時間的秩序による構成は物語を作る方法の中の一つにすぎず、一人の男の誕生に始まりその男の死に終るというような形が物語の典型なのではない。言葉が一本の線を作りながら進んでいくということがまずあって、そのような物語の進行が自らの性質を示すために、時間の進行を借りるということは考えられるが、それならば他に進行を表わす方法はいくらでもあるので、例えば連想による主題の移行はその一つである。そして物語の始まりと終りの必然性もシモンの作品には認められる。『歴史』では時間の進行が逆転された形で利用されており、古い絵葉書から生み出された連想の輪が話者の懐胎を捉える所で終っている。『ファルサロスの戦い』では、通りに立つ男と部屋の中にいる女を結ぶ直線と鳩の飛翔が描く軌跡が交叉し、この嫉妬による視線が顕在化される所から物語が始まるのであり、男が立去り視線が消失した後、作家Oが鳩の飛翔の印象からこの作品の書きだしとまったく同じ文を紙の上に書く所で物語が終る。

この繰返しによる回転運動という構成法もシモンはよく用いている。『ファルサロスの戦い』を取上げて分析すると非常に長くなるので、ここでは『ル・パラス』の「夜の闇」という一章について見ていくことにする。そこでこの章の叙述の進行を簡単にまとめると大体次のようになる。

(1)朝、前の日に買った新聞。
(2)前日の夜、カーテンとその陰に見えた女の体。テーブルの上のスペイン語の新聞。
(3)朝、今は既に死んだ事件の残骸にすぎない新聞。学生はホテルのバーに降りていく。
(4)前日の夜、バーのテラスの同じテーブル。学生、アメリカ人、イタリア人、禿の男、アメリカ人と禿の男の対話。
(5)夜の中で絶えず出血を続ける街のイメージ。
(6)前と同じ二人の対話。(3)(4)(6)で薬局の広告――スペイン語――が繰返し出てくる。)
(7)夜の闇、部屋で学生は横になっているのだが、暑さのために寝つかれない。
(8)鐘の音、高い音が四回に低い音が二回(二時)。新聞、そのスペイン語の見出し、シガリロのケースの描写(またしてもスペイン語で書かれた品質表示など)。
(9)三十分を告げる鐘の音(高い音が二回)。夜の闇、滲み出していく街。
(10)鐘の音、高い音が四回に低い音が四回(四時)。
(11)アメリカ人の部屋に燈がつき、カーテンが引かれる前に一瞬女の体が見える。女の体とカーテンに映るその影。(この二十行ばかりの一節には、(2)の部分とほとんど同じイメージが書きつけられている。単語や句点の打ちかたに多少の違いはあるが、普通に読み進んだ場合前の部分がそのまま繰返されたという印象を受ける。)

⑿アメリカ人の部屋の燈が消えた後、闇の中にいる学生。

⒀その時また鐘が鳴る。高い音が四回、だが今度は低い音は十回である。

このように時間は円を描いている。実際には《学生(つまりその時学生だった彼)》というような表現があるとおり、十五年後の話者の記憶というか、思い出している現在という時間しかないのだが、その場合も話者の意識が回転運動をすると考えることができる。そしてその回転の引金となっているのは、女の体のイメージ、同じ文の繰返しである。更にこの大きな円の内部で、叙述が何度もスペイン語の単語に立戻ることにより、小さな円が幾つも描かれるという構成になっている。

これはおそらく連想による拡散を防ぐためなので、意識の動きが立戻っていく定点を繰返しによって確保するということに関わる。無制限な連想からは物語は生まれないのであり、またある言葉から拡がる連想は必ずその言葉自身に帰るということもあって、この叙述の回転運動も言葉というものの性格を指し示しているようだ。『フランドルへの道』では三度繰返して現れる馬の屍体がこの定点に当る。ジョルジュたちの敗走は馬の死骸という空間上の一点に戻ることによって何度も円を描き、それと同時にジョルジュの意識も円を描くことになるのである。この原型もやはり『いかさま師』にあった。この作品の第一部は、ベルを置去りにしたルイの思考が絶えず彼女のことに帰っていき、結局捨てきれずに彼女の所へ戻るという構成になっているので、やはり二重の円が描かれているのである。

このような円環構造は、シモンの作品が謎物語という形を取っていることとも密接な関係を持っている。謎解きというとすぐに思い出すのはチェスタートンのことで、例えばスペインの城館での一夜という額縁に入れられ、一つの円という構成を持つ『ブラウン神父の秘密』という短篇集のことや、彼の自伝の中に出てくる「私はこの本を探偵小説を書くようにして書いた」という言葉のことが頭に浮かぶ。彼が言おうとしているのは、現在の自分という結果が既に発端——幼年時代——の中にあったということ、彼の一生は幼年時代の光へ向って円を描きながら戻っていく過程であったということなので、それが探偵小説の構成と同じだというのである。確かに探偵小説は再構成の物語として捉えることができる。まず最初に事件が起り、探偵たちが残された手掛りからその事件を再構成していき、最後の章になると謎が解明されて事件が再現されるわけで、物語は円を描いて出発点へ戻るのである。シモンの作品では謎が最終的に固定された形で解明されることはないのだが、やはり探究の物語であることに変りはなく、それが円環と回転運動という形式を選び取るのは必然であるように思われる。『ル・パラス』ではこの回転運動が主題にまでなっている。この作品のエピグラフとして引かれているのはラルースの《révolution》の定義で、虚構全体がこの《回転=革命》という軸をめぐって展開されるとも言えよう。例えば旋回する鳩の群、路面電車の輪舞。更には次のような暗示的な一節。

《何か栗色をした黒っぽい物が、ある家の六階で虚空の中に傾いており、ゆっくりと旋回しながら徐々に速度をまして降りていき、だからその壮大で厳粛な旋回と、その後をバルコニーが次々と通過していくものすごい速度との間には奇妙なコントラストがあった》

この一節で問題になるのは、一つの紋章を他の紋章の中に嵌めこむという方法に似ていることから

《中心紋》とジイドが名付けた、細部が物語全体を映し出すような仕掛けのことであろう。『ル・パラス』は墜落した革命（回転）の物語なのであり、この落下する家具のイメージは、まさに「描かれた場面全体を映し出すような、絵の片隅に置かれた小さな凸面鏡」になっている。『ル・パラス』からもう一つ中心紋の例を挙げておくとすれば、あの古新聞に包まれた死産児という断片が典型的な場合ではないだろうか。これも死産した革命という全体の主題を映し出しているので、一度それが意識されると、他の様々な断片もこの死産児に収斂していくかの如くに思えてくる。豪華ホテルは全ての家具や装飾品を運び出され、《掻爬されて》いる。夜の中へ滲み出していく街、内部から破裂した街は分娩に喩えられている。それから何度となく繰り返して現れる赤と黒の色、赤は出血であり、黒はおそらく喪章なのである。あのCNT（労働者同盟）の赤と黒の旗、死んだ将軍の棺を飾る黒い駝鳥の羽飾りと血の色をした花束、やはり赤と黒に塗り分けられた路面電車の車体など。そして街に漂う悪臭も死産児の屍体の臭い、腐敗の臭いになり、靴みがきたちの箱、足をのせる台——これは平和な街の風景に属すのだが——も、死児たちの柩に変身することになる。こうして古新聞に包まれた死産児のイメージは、作品全体の意味を決定してしまうのだとも言える。バルセロナの街という母体から取上げられたもののその時は既に死んでいた革命、それを納める棺としての豪華ホテル《パラス》というように。『フランドルへの道』では、例えばあの肖像画がある。画面がひび割れていて赤褐色の下塗りが露出しているために額の傷口から血が流れているように見えるこの肖像画は、自殺したその男の運命の有形化であるに止まらず、大尉の死の真相をも映し出し、物語の隠された意味を発き出すのである。更には《貽貝》の掛詞に関して取上げた馬小屋の女の挿話も中心紋になっている。「この果しない夜の騎馬行軍も、深く濃い夜の闇から作りあげたあの半透明の肉体を最後になって発見するということ以外の理由、それ以外の目的を持っていなかったとでもいうようで……」

戦争を経てコリンヌとの情事へ行き着くジョルジュの物語がこの一節に集約されているわけだが、これはまた崩壊と性的秩序による再構成を指し示しているという言い方もできるだろう。いずれにしても結果が目的にすりかえられ、戦争に対するイロニーになっていることは確かである。シモンの作品の場合、全体を映し出す小さな鏡には奇妙な歪みがあって、そこに皮肉がこめられていることが多い。そして互いに矛盾する写像が共存しているという問題があって、例えば《貽貝》の掛詞は生殖が戦争のためにあるという読み方を可能にしたのに、今度は生殖のために戦争があるという読み方が可能になってくる。このような中心紋の技法の多用も、物語の崩壊という評語を否定している。この小さな凸面鏡が指し示しているのは、物語自身による解釈ということであり、物語の意味を、従って物語が確かに存在するということを、その物語自身が細部において明らかにしようと努めているということだからである。

シモンの作品やその他の《新しい小説》が物語の崩壊と呼ばれるのは、一つには読み方が悪いということもある。読者には判読の作業が必要だということが忘れられてしまっているのである。判読の作業と言っても別に難しいことではなく、例えば推理小説を読む時のような読み方をすればよいので、ただ物語は言葉で書かれるということを忘れなければよいのである。言い換えれば、何故ここに黄色い帽子のことが書かれているのだろうと考える代りに、何故ここに「黄色い帽子」という言葉が書かれているのだろうと考えればよい。そのような読み方をする時、シモンの作品の中の言葉の関係について実に多くの解釈が可能だということに驚きを感じるに違いない。例えばこんな読み方もできる。『ファルサロスの戦い』で断片的な主題の連続という形をとっている個所から、《maintenant》(今)と

いう言葉で改行されている所だけを抜き出してみると、

(1)今彼は横たわる

(2)今彼は突き進む

(3)今彼女は彼の肩を抱きしめる

(4)今彼女はただ叫び声をあげるばかりなので

(1)と(2)の《彼》は兵士のことなので、兵士が敵に向かって突き進むと女が男を抱きしめるという関係が設定されているのである。

読めるということは無闇と読みやすいということを意味するのではあるまい。言葉に注意を払わなくても読めるような作品は読むに値しないのである。読書の楽しみというものは、その作品がどのようなものであろうと、作品の中に設定された関係を読み解いていくという所にあり、そしてそれは必ず言葉で書かれている。書物を読むということの本質は、シモンの作品においても少しも変わらない。頁を開くと言葉があり、謎がある。

シモンの小説の真の新しさは、作品が自らの性質を指し示そうとするという所に求められる。言葉が現実を再現しないということは、実に様々な仕方で言葉自身が示しているのであり、物語は物語を語るという行為そのものに関わるようになったのである。『導体』になると話者の探究への努力さえ見られなくなり、言葉が次の言葉を探していくことによって物語が進行していく過程だけが問題になる。それは物語の崩壊ではなく、おそらく物語という形式がとる究極の姿である。

マラルメ以後、そして小説においてはプルースト以後、書物が書くという行為そのものを示すという傾向、或は書物というもの自体に関わるという傾向はいよいよ支配的になってきた。これから書かれる小説も更にその方向へ進んでいくことだろう。《自己を映し出す言葉》という命題が一度定式化された以上、この動きを逆転することはもはや不可能である。クロード・シモンが試みたのは、そして《新しい小説》一般が試みているのは、様々な方法によるこの命題の有形化なのである。

# 作品とテクストのあいだ——クロード・シモンの中心紋をめぐって

およそ作品とよばれるかぎり、閉ざされた体系でありつづけるほかないようにみえる。作品とは自律することばの群であり、一定の個性をもつかわりに（もつからこそ）箍をはめられていて、その圏内の整備にもっぱらみずからの存立を賭けようとしている。それは比類のない意味の堅塁であるともいうことができる。むろんあらゆることばの実現が特殊であり、意味をもつにちがいないのだが、作品とはその特殊化の理想をさしているのかもしれない。

作品はこうしてかけがえのない意味、すなわち〈真実〉をになっている。作品を構成することばはおずおずとその統制にしたがうだろう。こぞって矛尖をそろえ、意味＝真実の方位にひたすら奉仕しようとする。なにしろこの方位こそ排除する箍でもあって、作品という均質の全体を練りあげ、保持するため、まつろわぬ要素などその圏外へあっさりと弾きとばしてしまうからだ。

こんな作品にたいしては批評の命運もたかが知れている。たんなる侍女にすぎない。それは眼下にある（はずの）作品の真実、統括しかつ排斥する原理をつかみだしさえすればよく、対象やその意味のありよう、ひいては真実がはたして存在するかいなかに想いをいたす必要がない。すくなくとも素朴な批評においてそうであるばかりか、作品を二重底、三重底とみなすばあいもまったく軌を一にしていて、先行する批評をただ擬装にふれただけのものと断じながら、その深奥に秘められた意味、あらかじめ迷彩をほどこされた真相をあばきだす作業にいそしみ、いわば発掘者の役割にとくとくと甘んじつづけている。さらにひねって作品の表層のみを顕彰するにしろ、意味のありかについては不問のまま、いっさいを手管として、方法論とは無縁のところでことばをもてあそんでいることに変わりはない。

一方、テクストなる呼称がある。作品というおおざっぱな前提をくつがえしたのもそのあらたな実践と、その生成の過程じたいを領野とするあらたな理論、すなわちテクストとテクスト理論のもつ批判的価値のはたらきだったようにみえる。いったい作品の真実とはなにか。意味とは読者の有無にかかわりなく、はじめから、動かしがたいかたちで作品のなかに仕掛けられてあるものなのか。

そんなはずはあるまい。ただ意味とはなにかとあらためて問われればやはりことばに詰まってしまう。それは雲のようにつかみがたい。

というのも作品の概念に毒されたあげく、いっぱんに実体としての意味をついかんがえたがるのにたいして、じつは言語をめぐるいっさいの省察と同様、意味についてもまず仮説の設定からはいってゆくほかないからだろう。意味＝虚点の手懸ならあんがい手近にみつかるはずだ。語の意味がその指示物からはみだすことを第一の了解事項として、そこからさきへはいっかな進めそうにもないようだが、それでも仮説をたてるべき基礎をさがしつづけると、意味作用にかんする過程がもうひとつだけたしかにわかっている。意味の穿鑿がかならず書換をともなうという事実である。ある言説の意味を云々するにはどうしてもその言説についての言説、べつのことばで書換えてやらねばならない。また逆に、どんなことばにもつねに書換の操作をほどこすことができる。それならふたつの辞項の落差、書換の運動そのものを〈意味するはたらき〉とみなせるのではないか。この意味の回路がひとたびつながるなり、与えられた言説にたいする沈黙や同語反復ですらなにかを雄弁に語りはじめずにはいない。そんな書換の可能性の総体をとりあえずことばの〈意味〉とよんでみることにしよう。

これは作品という特殊なことばの群についてもついに同断である。意味するはたらきは読解＝批評＝書換のさなかにようやくたちあらわれてくる（書きつつある瞬間をけして無視しているわけではない。意味の場においては作者もたんに最初の読者であるにすぎず、撰択や推敲、再読の作業をまぬがれる方策など夢のまた夢であって、書くとはひっきょう書換えてゆくことにほかならないようにおもえる）。批評はしたがって先在する方位をかぎとったり、擬態をはぎとったりするどころか、まさにそれらの仮面を生産し、対象にそのつどはりつけながら、ことばを意味作用の渦中にひきずりこんでしまう実践なのだ。作品の真実はつまりたいてい倒錯している。特権的なことばだから批評の媚態をさそうのではなく、批評の欲望をかりたてるから特権的なことばとみなしうるのであり、この逆転こそたぶん意味するテクスト、意味しようとするテクストからはなたれる不可解な（ろこつな）問題性にちがいあるまい。

批評のさまざまな振舞はこうして意味にかんする格好の露頭をかたちづくっている。そのひとつとして、たとえば『失われた時』のマドレーヌのように、作品論が好んでとりあげ、あくことなく引用しつづける部分のばあいがある。この偏執は書換の公理によればどのように演繹されるだろうか。作品の〈主題〉にかかわるからと断定するまえに、主題とはいったいなにか、なぜ撰りぬきの断片がありうるかをまずかんがえてみると、主題も主題と指摘されたとたんにはじめて出現するのだから、作品からの抽出物ではなくやはり作品の書換にすぎないのだが、どうやらみたてられたその〈主題〉をとくによく反映し、かつ凝集するような断片があるということらしい。すなわち部分がそこでは作品全体のひとつの書換に擬されている。

この書換はまた作品をつくる技術のほうからも語りうるだろう。ジャン・リカルドゥーを筆頭に、ヌーヴォー・ロマンの分析者がひんぱんに言及したいわゆる〈中心紋〉の技法。発端は周知のとおりアンドレ・ジッドの日記にある。

わたしは芸術作品のなかで、主題そのものが作中人物の段階に移されているのをみつけておおいによろこぶ。これほど作品の主題をあきらかにし、全体の均衡をたしかにするものはない。たとえばメムリンクやクェンティン・メッティスのある絵のなかにはほの暗い小さな凸面鏡があって、それが描きこまれた当の場面じたいをさらに映しだしている。（中略）文学においては『ハムレット』のあの芝居の場面をはじめ、そのほか多くの作品に例がある。『ウィルヘルム・マイスター』では城のなかでの人形の場面や祭礼の場面。『アッシャー家の崩壊』ではロダリックに本を読んできかせる場面など。(1)

ジッドはある紋章の中央にはめこまれたべつの紋章の例にならい、この作品の作品じたいによる把握を中心紋の技法と命名したが、これは書換による意味作用の回路を作品そのものにしこむ装置、書換を作品そのものに内在させる装置にほかならないようにみえる。このようにみずからを映しだすことばはジッドの列挙からもわかるとおりけして特殊なものではない。しかし中心紋がまさにヌーヴォー・ロマンにおいて「異常なほど多用されている」[2]としたら、そのテクスト性の問題とあわせ、そこに頻出する中心紋のはたらきを再検討しておくのもあながち無駄ではあるまい。

あの肖像画のなかでは時間が——自然的損傷が——あとになって（ちょうどおどけた、というかむしろ融通のきかない修正師みたいに）画家の手ぬかり——というかむしろ先見の明のなさ——をとりつくろって、手を加えそれもピストルの弾丸とおなじやり方、つまり額のひとかけらをはじきとばすというやり方だったから、あとで修正を依頼された第二の画家がやるような、加筆による改修だったのではなく、顔に——というか顔を模した絵の具の層に——穴をあけ、その下にあるものが見えるようにしたのであって）、あの血なまぐさい赤い汚点をつけ、それがまるでなにかきたないもののようにほかのすべて、あのおだやかな表情——さらには気だるそうな様子——、あの雌鹿の目、服装のあの田園的で親しみのもてる無造作な着こなしにまで悲劇的な反論を加えているみたいで[3]

テクストはクロード・シモンの『フランドルへの道』。肖像画に描かれているのは一五〇〇年まえに死んだ男、スペインで敗走し、あげくに額を打ちぬいて自殺した（らしい）レシャック家の祖先なのだが、この絵の挿話にはまさにそれがはめこまれた物語のすべて、つまり第二次大戦におけるフランス軍の潰走と、そのさなかに戦死した騎兵大尉ド・レシャックの物語全体がいわば縮尺で映しだされている。ひとまずそうかんがえて差支あるまい。なにしろ惨敗と銃弾による死のほかにも、ふたりの作中人物が共有する辞項をかぞえあげると、第一にほとんど人馬一体をなすようにみえ、しかも「ブロンドの雌馬」(4)コリンヌを妻にしている大尉にたいして、祖先のレシャックも貴族すなわち純血種の馬に比定されている。

祖先たちというかむしろ代々の当主たち、「というかむしろ種馬だな」とブルムはいった(5)

つぎに「女房を寝取られた男」(6)という属性がある。若い浮気なコリンヌが大尉の傭った騎手(のちにその従卒)と密通するように、もうひとりの妻も下男を寝室に引きこんでいたらしい。

彼女は――いかにも処女みたいなアニェスは――すでに起きあがって、情夫の肩を――御者、馬丁、肝をつぶしているぶこつ男を――あのおきまりの神の救いのような押し入れか小部屋のほうへ押してゆく(7)

最後にできあいの思想にからめとられた人間として、大尉が軍人気質をたたきこまれていたのと同様、国民公会の議員になった祖先もルソーのロマン主義に心酔しきっている。

一冊また一冊と涙っぽい、牧歌的でもうろうとした散文の二三冊をまじめに読み、和声学やソルフェージュや教育論や戯言や感情の吐露や天才などのめちゃくちゃにまじったくだくだしいジュ

ネーヴ調の教戒をまるのみにする(8)

部分と全体の照応は一目瞭然といえるだろう。過去の物語はこうしてそれをふくむ現在の物語をいちいち〈要約〉している。肖像画の挿話こそまぎれもなくほの暗い凸面鏡、典型的な中心紋＝書換の活用にほかならない。

ただ典型とはいっても、それだけでかたをつけたり、標本の抽斗にしまいこんだりできるものではなさそうだ。このテクストには通常のテクニックの次元にどうしてもおさまりきらないところがある。微視的な写像はここでは効果の美学(「全体の均衡をたしかにする」云々)によるばあいとことなり、物語の輪郭をあらかじめ知悉した作者の手でひそかにしかけられた要約というだけのものではない。作者ないしかれのプランの専制にのみ由来しているのではない。この中心紋はむしろ作中人物みずからの書換にその多くを負っている。というのもふつうそうであるように、読者がある叙述(ここでは肖像画の挿話)に全体のプラン、作者の意図をかぎとり、それを中心紋にみたてる恒例の書換にまつまでもなく、すでに虚構の人物たちがその細部を意識し、全体に重ねあわせつつ、ふたりのレシャックの対峙、ふたつの物語の書換からなんらかの意味をつむぎだそうとしている(と読むことができる)からだ。

つねに過去の砕片から現在を類推しようとする話者ジョルジュとその友人ブルム。じっさい引用の括弧がことばの大半をくくりこみ、「考える」「想像する」「目に見えるような気がする」等々がおもうさまはびこるテクストにあって、祖先のレシャックも作者(ないし超越的な話者)によって直接話法で語られるのではなく、ふたりの読解(噂や絵や古文書の読解)のなかで大尉に結びつけられ、そのときから意味を発散しはじめるだろう。たとえば古びたノートを読んだジョルジュは「なるほど、こんなことを書くのは馬ぐらいだ(9)」と納得し、意を強くしたブルムは「まるで女房に悩まされるというだけでは事たりなくて、おまけに思想、観念まで背負いこみ、もてあましでもしたみたいで(10)」とさらに追討をかける。

ふたりはまずこんな想定をひっさげて事態にたちむかい、大尉の生と死のうえにさまざまな色彩を塗りかさねてゆくのであり、中心紋の頻出もしたがってその逆説的な結果、いわば裏がえしの解読の方法だったにちがいあるまい。ある対象のミニアチュールをこしらえ、その対象のなかにはめこむかわりに、砕片の拡大、敷衍から対象じたいを組みたててしまうこと。これは〈表象＝再現〉のドグマのまさしく対蹠点にあたっている。浮気なコリンヌのイメージにしろ、

例のあの勝手に空想された女（ブルムのことばなのだが――というかむしろ戦争の、俘虜生活の、強いられた禁欲のながい年月のあいだに、競馬大会のある一日ただ一度ちらりと目にはいった映像とか、サビーヌの噂話とか、忍耐と手管のかぎりをつくしてイグレジアから無理に引きだした断片的なことば（それ自体現実の断片しか伝えていなかったが）、ほとんど一シラブルの単語ばかりの打ち明け話、というかむしろつぶやきをもとにして、いやもっととるにたりないもの、一枚の版画、それも実在してさえいない版画とか、一五〇年前に描かれた肖像画をもとにしてでっちあげられた女(11)）

とことわってあったとおり、たんに微細な読みとりの集積にすぎないのだろう。この関係はちょうど

描かれた人物が無数の小さな鏡を描いている構図にひとしい。

『フランドルへの道』は結局なによりも読むこと、書換えることの物語だったのかもしれない。作中人物はひたすら歴史＝物語《イストワール》の対置を読み、そこに意味するはたらきを発現させようとしている。語られる行為じたいもそんな読みとりの結果だったり、あるいは対置の実現、書換を可能にするための指手にほかならないのであって、たぶんジョルジュたちのまえに、当の大尉みずからも過去と現在を重ねあわせながら、読みとったあるべき照応をその行為においてつぎつぎと具体化していったらしい。なにしろ二〇歳も年下のコリンヌと結婚したときから、「すでに完全に自分の運命を知っていたのであり、いうなればあの《受難》を前もって受けいれ引き受け前もって成就していた(12)」はずではないか。

作中人物としての大尉はいわば読みながら書き、書きながら読んでいる。書換のドラマを自作自演している。あるいはジョルジュがそう読んだとたしかに読むことができる。祖先のレシャックという中心紋はしたがって二拍子、読者もいれれば三拍子で機能していて、それぞれの読解をへるごとに全体との整合をおしすすめ、それをいっそう精密に、完璧にしたてあげてゆくのだろう。しかも絵のなかの鏡がその絵にしたがうわけではない。全体は部分のあとからやってくるのであり、歪んだ写像がそれをふくむ画面をここでは逆に掣肘しているようにみえる。大尉はなぜ伏兵があると知りながらまっすぐその罠に突っこんでいったのか。かれの死も祖先のばあいとおなじ自死とみなければつじつまが合わなくなってしまう。

彼はあの最終的な帰結というか結論あの自殺さえ予見していたかすくなくとも考慮に入れていたかもしれず、結局戦争がその自殺をスマートなかたちで（中略）事故に偽装して、といっても戦場で殺されることを事故とみなすことができるとしたらの話だがとにかく事故に偽装して遂行する機会を与えたのであり、彼はいわば思慮と適切な状況判断をもって与えられた機会を利用し四年前本来なら始めるべきでないのに始めたあの経験の最後をしめくくった[13]…

プランの専制はこうして破綻をきたすほかない。大尉の死は宿命だった。しかしその結末がはじめに語られれば挿話の配列などたちまち否定されてしまう。むろんどんな中心紋（全体の要約）もじつは結末の予定であり、そのかぎりにおいてあらかじめ定められた物語の時間的秩序をかきみだすものだが、ここではその攪乱が作中人物の段階にまでもちこまれていて、読者は時間の抹殺をあとからたどりなおす証人にすぎないかのようだ。

それともこれまた一種のプランであり、いっさいが計算にはいっているとしたら、プランの方向がすっかり反転したのかもしれない。全体から部分へではなく、部分から全体への波及。作品そのものがこんどはひとつの大きな鏡、無数の挿話を映しだす万華鏡になろうとしている。

中心紋の機能もそれにつれて当然変わらざるをえない証拠に、自殺した男のエピソードも読者にとってはけして予示ではないということができる。ひとつには『フランドルへの道』が結末のない物語であるからだ。これはシモンのほかの作品のばあいと同様、あくまでも想像と探究の物語であって、大尉の死の真相（唯一無二の真相）をしまいに開示固定するかわりに、ありうる解釈をつぎつぎに提出し、かれの死の〈意味〉を可能な真相の集合（作品のことばじたいその部分集合であるような集合）のなかにときはなっている。またひとつにはヌーヴォー・ロマン一般に共通する特徴として、挿話の配列がいわゆるクロノロジーの秩序によらず、経験的時間の流れにいちじるしく背馳しているからでもある。『フランドルへの道』はシンメトリックな構成をもっていて、[14] 大尉の戦死がはじめとおわりに語られ、たえず書換えられる解釈がそのあいだをつないでいる。この書換の運動じたいとしての語りのなかにあって、中心紋も予兆ならぬひとつの過程、意味するはたらきの現在を指示するだけにとどまるのだろう。

ただ肖像画の挿話はなかでもきわめて有力な中心紋である。その反復のほかに、大尉・ジョルジュ・読者という三段がまえの書換により、意味作用のありようをあきらかに具現していて、テクスト性そのものにかかわるからとかんがえてもよい。いずれにしろ、中心紋とは作品の大勢を制するような断片であり、全体の虚構Fがそれで割りきれるような部分fのことだとしたら、この原理はさらにいちだんと拡張しうるはずだ。挿話の断片の長さをとって調べると、

$$0<\frac{f}{F}<1$$

というかたちであらゆる中心紋を書きあらわせるが、この値が『フランドルへの道』ではかなり0に近いのにたいして、以前の作品ではもっとはるかに大きいことがわかる。ことに初期の三作、『ペテン師』『ガリヴァー』『春の祭典』の構成までぴたりと中心紋の公式にはめこめるのではあるまいか。

つまりいずれも四部からなり、まだ時間的秩序にのみしたがってはいるものの、物語のなかの現在をA、過去をBとすると、AABA(『ペテン師』はABAA)という音楽の二部形式にちょうど類比の枠組をもっていて、そのAとBの虚構がそれぞれたがいに共鳴しあう仕掛である。たとえばもっとも厳格な形式をとる『春の祭典』のばあい、四つの章につぎのような副題がつけられてい

る。「一九五二年一二月十日」「一九五二年一二月一一日」「一九三六年一二月十日・一一日・一二日」「一九五二年一二月一二日」。またふたりのレシャックのように、AとBにあらわれる人物たちがたがいの運命を映しあい、相手のなかにみずからの意味を読みとろうとしている。『ペテン師』では過去にかすむカトリーヌにゴーティエと、現在にただようその娘ベルにルイ（ちなみにこのあとのふたりこそすべてのシモン的男女の原型である）。画家になりそこね、〈永生〉への最後の夢をたくした娘にも裏切られるゴーティエにたいして、〈偶然〉にペテンにかけられ、行動への意志をくじかれるルイ。前者の敗北がここでは後者の挫折を予言し、前者の現在がたぶん後者の未来を暗示している気配だ。『春の祭典』もやはり少年が挫折をとおして成人する物語、義父という〈先任司祭〉によるベルナールの聖別の物語だが、その義父も司祭の位につくためにまず聖別をうけねばならなかったのであり、かれの敗北の経緯がBにあたる第Ⅲ部のスペイン内乱の挿話で描かれ、ベルナールの運命と物語全体の結末をかたどおりあらわに予示することになる。最後に『ガリヴァー』では対応のいっさいがひとりの人物に集約されているにしろ、Bによる予言の原理にはまったく変わりがない。第Ⅲ部で語られるマックスの過去、働いて生活するのをやめ、それまでかたくなに拒んでいた遺産を相続するエピソードこそ、原則の放棄、比喩的な生の放棄という鏡面により、物語をしめくくるマックスの自殺、最終的な生の放棄をあらかじめいやおうなく明示してしまっている。

くりかえしておこう。過去と現在がたがいの書換を用意している虚構の形式。AとBは対置された鏡のようであり、小さいほうのBにはそれをふくむAの要素がすべて縮尺で映しだされている。あるいはBの要素がすべてAのうえに大きくひきのばされている。はめこまれた鏡がひとつの章にあたり、$f/F$の値が$1/4$にまで達するとはいえ、これもまた中心紋の一変種だったにちがいあるまい。

もっとも二部形式のほうを原型とよび、祖先のレシャックをその発展とよぶこともできる。この順逆はどちらでもかまわない。書換という意味作用の場を作品に内在させている点ではとにかく地つづきなのだ。ただふたつの時間がまだ峻別されていた初期の三作にたいして、『風』以降のテクストでは過去も現在も作中人物による読みの渦中にまきこまれ、いわば同一平面上で交錯するようになり、やがてほの暗い鏡もしだいに縮小と繁殖の一途をたどってゆくのだが、それとともにもうひとつの中心紋の変型があらわれ、ついにはシモンの書法において完全な主流を占めるにいたるだろう。

このあらたな方法についてはは以前に〈二重映し〉〈系列〉ということばをつかって記述したことがある。(15) ここではざっとそのあとをなぞっておくと、『フランドルへの道』にみられる二重映しはたんにレシャックふたりにとどまらず、ほとんどすべての作中人物に加えて、物や動物、事件などもかならず一対として語られていた。馬小屋の女とコリンヌ、自殺した将軍と祖先のレシャック、大尉とびっこの男、競馬と騎馬行軍、乗馬と性行為、等々。一方を読めば他方を連想せずにはいられないのだから、ひとつの挿話にはもうひとつの挿話がつねに〈透し〉としてはいりこむことになる。つまりある断片が全体の虚構ではなく、大小の差はあってもやはり部分にはちがいない対の断片を映しだしている。これはまぎれもなく中心紋の方法、書換による意味作用の拡散＝一般化にほかなるまい。

この傾向は『ファルサロスの戦い』以降さらにひろがり、『導体』では挿話の破砕がほぼ極限にまで達した結果、おそらく系列とでもよぶしかないような仕組があらわれてくる。虚構の砕片は対をなすどころか、無数に群れつどい、たがいに書換をほどこし、連想の網をはりめぐらしはじめる。ひとつの挿話にはほかの数十の挿話が同時に〈透し〉になっているのだ。たとえば密林のなかをすすむ隊列のリーダーにたいして、おなじシャルル・カンふうの髭をはやした代議士、公園のベンチの男、おなじように前進をつづける病気の男、盲目のオリオン、さまざまな通行人たち、ロビーの老婦人、飛行機、等々。このなかから任意の二項〔隊長と代議士・隊長と病人〕をぬきだせばまた二重映しにもどるのだが、それはもはや〔髭〕の系列、〔前進〕の系列の一局面にすぎないかのようにみえる。

あるいは意識のはたらくむきがちがっているのだろうか。ちょうどサンタグムとパラディグムのように交差する二本の軸。ふたりのレシャックは〔馬、浮気な妻、敗北……〕という成分の共有で二重映しになるが、(16)こんどはその一成分が無数の虚構を撰びとり、えんえんと系列を生成していったあげく、たとえば〔矩形・正方形〕なる属性にかんするだけでも、石塊をくみあげた壁、建物の断面図、本屋の店頭にぎっしりとならんだポルノグラフィー、摩天楼の窓、飛行機からみおろした都市の巨大な碁盤、映画の広告をのせた新聞の紙面そのほかがたがいに共鳴しあっている。

もちろん各辞項はひとつの系列だけに属するのではない。建物の壁の描写には〔隔壁〕〔街路・導体〕〔正面〕などの諸系列があつまっているように、ひとつの虚構はおびただしい系列の交点をかたちづくっている。しかも密林の挿話とマンハッタンの挿話を共有する〔前進〕〔蛇行〕〔スペイン語〕(17)のように、複数のおなじ系列がつぎつぎと虚構の断片をつらぬくばあいもままあるのだから、こうしたいっさいは基本的につぎのような書換の連鎖としても形式化することができる。

$$f_1〔a_1, b_1, c_1, \cdots n_1〕/ f_2〔a_2, b_2, c_2, \cdots n_2〕/ f_3〔a_3, b_3, c_3, \cdots n_3〕/ \cdots / f_n〔a_n, b_n, c_n, \cdots n_n〕$$

中心紋はたぶんこの連鎖の特殊なばあい、項がふたつしかなく、その一方が全体Fであるような極値だったのだろう。もっとも多項式が成立するのは巨視的に〈構成〉をみたときにかぎるのであって、微視的に〈生成〉、すなわち作品が一本の話線としてしだいにのびてゆく過程をとらえると、断片がつぎの断片をよぶ瞬間には二重映しの軸のみがあらわに析出していて、対偶による書換のはたらきしかそこでは目にはいらない。

逆にそれが物語をつくる方法であるともかんがえられる。雲海のうえを飛行機がすすむにつれて、がらんとしたロビーでも老婦人が歩きはじめるというように、作品の構成とともに生成も一般化した中心紋に支配されている。ひとつの挿話にあらたな要素が加わったとたん、対の挿話にもそれに応ずる要素が書きこまれねばならないとしたら、むかいあう鏡こそ語るべき対象の産出・撰択・配列をつかさどる原理、要するに語りの原理そのものなのだ。

じじつ『導体』の語りはつねに二重映しの均衡を確保するため、語られる照応をいっそう完璧に、いっそう緻密にする方向をめざしつつ、話線のあらゆるところで熾烈なシーソーゲームを展開してゆく。ここでは作家会議と電話する男女にかんするエピソードの対を例にとると、両者はともに「すれちがいの対話、堂々めぐりと漸進」でくくられている。問題は一方への書きこみがとたんに他方に波及してゆく通底器さながらの仕掛だ。電話のおしゃべりがしばしば文のかたちをなさないいじょう、演説もそれにつきあって文の途中でたちきられてしまう。電話の会話につきものの紋切型に連動して演説のトポス。議事は傍聴者の発言で中断されるが、すると電話もほっておかれた子供のよびかけでいったん切られねばならない。議場やパンフレットの描写にあらわれる大文字のラテン語、スペイン語にたいして、電話ボックスからみえるポスターに書かれた大文字の英語、スペイン語。ついにはひかえめな拍手が演説の一節をくぎるたびごとに、その「はじける音」まで「受話器からきこえてくる遠い雑音のように(18)」くぐもってひびくと、こんどは会話のとぎれた沈黙のすきをついて、「受話器のなかでざわざわとした拍手の音がふたたびはじける」(19)ことになる。

ことばはふたつの挿話のあいだを往復しながら、みずからを模倣するかたちでかってに増殖してゆくようだ。この地点からもういちど中心紋の技法をふりかえってみよう。それが系列・二重映しの特殊なばあいと規定されたうえに、書換が作品生成のばねにもなったいま、中心紋による予言というみたてを撤回しなければなるまい。予兆・成就の裏には原因・結果がはりついている。途中にはさまれた砕片が物語全体の結末を予示するのも道理、一語また一語と書きつがれてゆく生成の時間にあって、先行する砕片にみあう書換がいっさいの結末として要求されているのだから。ルイの敗北もベルナールの挫折もじつはBの挿話からそれぞれうみだされてくる。

中心紋はしたがってさらに転移してゆくらしい。虚構の断片には当の断片、ひいては虚構全体をうむ語りのありようまで映しだされることがある。肖像画のエピソードは『フランドルへの道』がいかに書かれたか（二重映しによる書換）を指示しているのではないか。作家会議と電話の虚構もあきらかに語りの性格じたい、すなわち系列から系列へとびうつり、中断と再開、堂々めぐりをくりかえしながら漸進する話線について語っている。『導体』ではいっぱんに語られるものが語る方法Nをたえず明示せずにはいない。そこでふたたび構成の軸にもどると、

$$\frac{f_2 \cdot f_3 \cdots f_n}{f_1} = \frac{f_1 \cdot f_3 \cdots f_n}{f_2} \cdots = \frac{f_1 \cdot f_2 \cdots f_{n-1}}{f_n} = N$$

という連鎖がここになりたつだろう。ほかのあらゆる鏡の書換であり、意味するはたらきの場をかた

ちづくり、しかも語りそのものについて語る無数の鏡。『三枚つづきの絵』も『事物の教え』もやはりこの延長線上にあり、すくなくとも現在までのところ、これこそ二部形式にはじまった中心紋の最終的な拡散とみなすことができる。

クロード・シモンは現代小説の歴史を一身に体現しているていの作家だが、その作風の変遷をここでは中心紋という技法の観点からながめてきた。それは全体の虚構Fを映しだす部分fがしだいに小さくなり、二重映し、系列をへたのち、やがてあらゆる砕片fが全体の語りかたNを映しだすにいたる一連の歩みである。

中心紋はそのどの段階においても書換による意味作用の場を提供していた。そこに最後の韜晦がひそんでいる。むかいあう鏡は一見作品じたいのなかに書換を封じこめ、作品を閉ざされた体系にしたてあげるかのようにみえる。一定の読解(大尉の死の〈真相〉)を強要し、意味の堅塁をきづきあげる装置にみたてられなくもない。読者はまたしても排除されてしまい、作品にあらかじめ仕掛けられた方位、自律することばがまるで神託のようによみがえってくるのだろうか。

それはしかしテクストの擬態なのだ。作品のなかの書換はまずつねに矛盾を内包していて、けして相似の群でも整然とした群でもない。小さな鏡面はみな固有のゆがみをもち、たがいの像を否定しようといっさんにせめぎあっている。たとえば『フランドルへの道』のきれぎれの挿話を時間的に整理しなおしてみると、ジョルジュが戦争(死・世界の崩壊)をくぐりぬけ、かねて想いをはせていた女コリンヌ(生殖・世界の再構成)にあうまでの物語であり、戦争のさなかのエピソード、馬小屋の女をめぐるつぎのような一節をその中心紋に擬すことができる。

このはてしない夜の騎馬行軍も結局は最後に、濃密な夜の闇からこねあげたあの半透明の肉体を発見する以外の理由、以外の目的はなかった[20]

この時間の縮約はきわめて明白にちがいない。ただし歪曲もおなじくらい目をうつ。戦争がなければ大尉の死もコリンヌへの欲望の肥大も出来しなかったはずなのに、崩壊も死もただ捏造と女のためにあると明記されているのだから、ここでは結果が理由・目的にすりかえられてしまっている。

それだけではない。ジョルジュとコリンヌとの一夜はいつのまにか戦後から戦前へずれこむのかもしれない。ようやく発見した女は「女という観念そのもの、あらゆる女の象徴」でもあり、もっぱらその性のちからにより、ふたたび兵士と戦争を産みだすとも読みとれるからだ。

あの子宮の開口部彼には宇宙のはらわたの内部に見るような気のする本然のるつぼで、それは子供のころ彼が歩兵や騎兵を押し型することを教わった型台にも似て、ただいくらかの捏粉を親指で押せば、伝説にしたがって完全に武装し鉄かぶとをかぶった無数の兵隊が出てきて群れをなしうごめき大地の表面に散らばってゆき[21]

同様の偏流は例の肖像画もただよわせている。さきほどは過去にそくした現在の読解、大尉の偽装された自死という書換だけをとりあげたが、過去もまた現在をとおして読まれるのであり、祖先の死ももちろん大尉の挿話にそくして書換えられずにはいない。ブルムにいわせると、それは伝説どおりの自死ではなく、むしろふいをうたれた妻の情夫による殺人と想定すべきなのだ。

押し入れまで歩いてゆき、その戸をあけ、そこで至近距離から発射されたピストルの弾丸をまっこうから顔にうけ(22)

さらにつじつまを合わせるためのつぎのような虚構。

ほかの召使いの連中がかけつけるまでの数分間のあいだに、彼女らが彼のからだを動かし、まだ煙のたちのぼっているピストルを彼の手に押しこんだ(23)

つまり大尉のばあいとおなじく偽装された自殺である。ただ糊塗のむきが一八〇度ことなり、大尉みずから自殺を他殺に偽装したのにたいして、こんどは犯人たちが他殺を自殺に偽装している。すると大尉の自死もすべてがジョルジュの捏造だったのではあるまいか。たぶんそうなのだろう。他人（ジョルジュ）が粉飾をほどこすのでなければこの二重映しが完成されない。ここでの鏡像はしたがってすっかり倒立している。大尉の死はやはり自殺であってはならない。たがいに否定しあい、相殺をめざすふたつの読解。これをどのように重ねあわせるか、収拾はあくまでも読者の手にゆだねられている。

というよりもこの矛盾はそれぞれが意味作用のひとつの場にすぎないことを指示しているようだ。ついうっかりと忘れがち（作品が忘れるようにしむけがち）だが、この物語のいっさいがはてしない読解＝書換の連鎖に由来している。前述の祖先・大尉・ジョルジュという段階ばかりでなく、肖像画の読みにはジョルジュの母サビーヌの噂話、さらにそのまえに「伝説、というかサビーヌの言いぐさによれば仇敵たちのでっちあげた中傷[24]」がじつは介在している。跋扈するゆがみはそんな意味するはたらきをたえず喚起してやまない。全裸で発見された祖先の屍体はそれだけさまざまな書換を可能としたのであり、その矛盾の総体がとりもなおさずかれの物語の〈意味〉だったというのだ。

すでに再三くりかえしたとおり、唯一無二の〈真相〉〈起原〉などどこにもない。全裸でというのもやはり伝説ないし中傷の語るところにすぎない。なによりも現在を過去から、過去を現在からでっちあげることとじたい〈起原〉の存在をろこつに否定している。それなのに（それだからこそ）探究をはてしなくつづけねばならない。いつからかそこに物語があるいじょう、それをべつの物語に書換えてやり、そうすることでもとの物語をそこにあらしめねばならない。相反する無数の鏡像はそうつぶやいているようにみえる。

書換はこうして自律する運動にほかならなかった。読解はつぎの読解をおびきよせる。ことばはそれについてのことばを求めている。また逆に読みもことばもその連鎖なしにはたちまち死にたえてしまう。ふたりのレシャックをはじめとする対置にしろ、だれもがその対置をみとめるかぎりにおいて作品に〈内在する〉ともいえるのだが、それをみとめたとたんに、意味しつつある書換の連鎖、はたらきつつあるテクストにも直面せざるをえない。祖先の挿話を読む大尉を読むジョルジュを読みつつある〈わたし〉。対置を作品のなかにあらしめるのは読んでいる（書換えている）自分なのだ。

中心紋はこの作品とテクストのあいだ、個々の意味と意味する方法論のあいだに位置している。あるいはつねに両者のあいだを往復している。シモンのことばはその中心紋＝書換をせいいっぱい利用しつつ、まずみずからの圏内にそれを封じこめるふりをし、やがて作品という完結にかぎりなく近づくことにより、一転その対極にあるテクスト性、〈意味〉を真相や起原からときはなつちからを獲得しようとする。とりあえず書物を開かねばなるまい。いま読みはじめないかぎり、すべてが作品とよばれ、閉ざされた体系でありつづけるほかないようにみえる。

註

(1) Andre Gide, *Journal* 1889-1939, Bibliothèque de la Pléiade, Gallimard, p. 41.
(2) Jean Ricardou, *Problèmes du nouveau roman*, Seuil, 1967, p. 182.
(3) Claude Simon, *La Route des Flandres*, Ed. de Minuit, 1960, pp. 80-81. 以下このテクストの引用はすべて平岡篤頼訳（白水社）による。
(4) *Ibid*., p. 185.
(5) *Ibid*., p. 54.
(6) *Ibid*., p. 186.
(7) *Ibid*., p. 198.
(8) *Ibid*., p. 83.
(9) *Ibid*., p. 56.
(10) *Ibid*., p. 84.
(11) *Ibid*., pp. 230-231.

(12) *Ibid.*, p. 13.

(13) *Ibid.*, pp. 13-14.

(14) これについてはシモンの自解がある。*Nouveau Roman: hier aujourd'hui*, Collection 10/18, t. 2, pp. 92-93.

(15) 「クロード・シモン論」（早稲田文学一九七四年四月号）および「小説は如何に書かれるか」（早稲田大学大学院文学研究科紀要別冊一号)。

(16) これを〔祖先レシャック〕の系列、〔レシャック大尉〕の系列とかんがえることもできる。

(17) この共有・対応はつぎのような関係になっている。

| | 前　進 | 蛇　行 | スペイン語 |
|---|---|---|---|
| マンハッタン | 病気の男 | 子供が引きずる糸のS字 | 葉巻の名 Garcia |
| 密　林 | 隊　列 | 川のS字 | 案内人の名 Garcia |

(18) Claude Simon, *Les Corps conducteurs*, Ed.de Minuit, p. 100.

(19) *Ibid.*, p. 104.

(20) *La Route des Flandres*, p. 41.

(21) *Ibid.*, p. 42.

(22) *Ibid.*, p. 200.

(23) *Ibid.*, p. 201.

(24) *Ibid.*, p. 87.
ほかに文中言及したシモンのテクストは
*Le Tricheur*, Sagitaire, 1945.

*Gulliver*, Calmann-Lévy, 1952.
*Le Sacre du printemps*, Calmann-Lévy, 1954.
*Le Vent*, Ed. de Minuit, 1957.
*La Bataille de Pharsale*, Ed. de Minuit, 1969.
*Triptyque*, Ed. de Minuit, 1973.
*Leçon de Choses*, Ed. de Minuit, 1975.

# ロブ＝グリエを愉しく読む

## 反面教師「真相」

事件はたしかに起きたのだろう。屍体はいつでも残っているし、薬莢や足跡、目撃者たちの証言、さらに容疑者そのひとの言明にもことかきはしない。すでに事件があるいじょうかならず真相があって、しかも隠蔽されている。そうかんがえるところに週刊文春的疑惑がつぎつぎと生じねばならない。これはもちろん顛倒した図式なのだ。むしろ真相を設定し、かぎあてようとする疑惑がはじめにあるからこそ、隠蔽された真相なるものがやみくもに生みだされてしまう。いわば疑惑のほうが真相を隠蔽するのだ。真相の発見はしたがってつねに顛倒をともなっているばかりか、発見じたいにおいて顛倒をうろんに抹消しようとする。

真相の仮設＝発見はしかしはてしなく反復されつつある。事実性への妄信はそれほど根深い。それにしても検証しえないはずの虚構においてさえ（あるいは虚構においてことに）、真相に固執し、しかも真相をきまってさぐりあててしまう探偵がなぜこうもはびこっているのだろうか。

作品の〈語り手〉と〈絶えず作中人物に視線をあてながら語る語り手〉との交錯が、ただ現前する風景のなかの人間の動きを描き出していること、視野に切り取られた空間と現前という時間とによって投げだされた事象をただそこに露呈させること、これが『嫉妬』という作品のすべてだといっていい。何が〈嫉妬〉なのか？　一人の人間の視野に切り取られた空間を、絶えず視線の現前だけで描いていること、それが〈嫉妬〉に特有の視線であるとみなされている。それは嫉妬された内面性の動きの描写でもなく、嫉妬によって展開されるA夫妻と友人夫妻の葛藤のドラマの描写でもない。ただ嫉妬に特有の、繰返しおなじところに固執される狭窄された視野で対象が切りとること自体だといってよい。

吉本はもとよりロブ゠グリエを読んでいるわけではない。問題のテクストは『嫉妬』ではないのだ。一義的にそう訳されてしまったjalousieとはどうじにブラインドでもあって、この書題にはあきらかな二が決定しがたい一としてゆらぎつづけている。そのことを考慮にいれるとしても、「現前する風景」「人間の動きを描き出している」「視線の現前」等々、まるでひとむかしまえの新刊紹介文さながら、とうてい信じられないほど型どおりに退屈な物語ではないか。吉本ふうにいえば二十年、いやすくなくとも五十年は遅れている。ゴジラはおろかキング・コングの恫喝なのだ。たとえ翻訳で読んだとしても、描写されない間隙こそ『嫉妬』と訳されたこの物語全体をささえていて、時間的秩序をまったく無視した描写の断片がいかに配列されてゆくか、とぎれとぎれの断片がいかに照応し、機能するようになってゆくか、そこに函数としてあらわれるテクストが一目瞭然ろこつに目をうたずにはいないだろう。たとえばそこにはある事態の昂進・絶頂・鎮静の物語をみることができるが、Aの帰宅が絶頂のまえにはやくも語られてしまうように、この過程は人物たちの心理や事件の時間的継起からうまれるどころか、たんに線状の語りのなかで動き、働き、いまここではないものを産出する描写の生成＝構成にかかっているにすぎない。あるいは書題にまで明示された隠喩のありようをとりあげることもできる。一見罪のない現前とおもえるものがじつは非現前をたえずよびだしてしまう構造。J・リカルドゥーのいわゆる構造的隠喩である。じっさいフランクがナフキンでむかでをたたけばAもすぐさまブラシで髪をたたかねばならないし、またこのふたりをめぐることばの交歓にしろ、フランクが「目的地」へ急ごうと車の「速度をさらにあ」げ、「揺れがいっそう激しくなる」というふたりの道行の描写にしろ、けっして語られない交媾の場景といやおうなくかさなりあっていて、La Jalousie にはこんな此処と他処との重層がほぼあらゆる描写にみちあふれているようにみえる。ようするに物語にくりぬかれた不在、たとえば本文のどこにもいない「無名のプレザンス」（ブランショ）について、「嫉妬して絶えず妻であるAを注視している夫」などと吉本に語らせてしまうものはいったいどんな函数かということなのだ。

べつに吉本の誤読をあげつらっているつもりはない。耄碌した探偵がよせばよいのに唯一の真相をみぬこうとしたら、なんともヒサンな推理譚を語ってしまっただけの話であって、なにしろ発見された真相なるものがまずあまりといえばあまりに陳腐すぎる。この「嫉妬」云々はまるで番組案内にのったメロドラマの要約さながらではないか。まさにロブ＝グリエが戯れようとしたステレオタイプそのものを、ただそれだけを、ずらそうとする契機も実践もみないままにおおまじめで逮捕してしまっている。だからある閉塞のなかでは気恥しいほど正解なのかもしれず、吉本ひとりの症例よりも、むしろその閉塞じたいをあげつらわねばならないのだろう。すなわち律義に、臆面もなく、あいもかわらぬ真相をどこにでも発見してしまう（発見させられてしまう）心性、「『嫉妬』という作品のすべて」などと書きうる文春的心性こそなによりもずらされねばならない。

探偵たちの手口はじっさいいつでもきまっている。かれらの側の意味からテクストのかなたの意味、作者＝犯人の所有する意味（「ロブ＝グリエの自然」等々）へさかのぼったうえ、例によって顚倒するとどうじに顚倒じたいを抹消しつつ、かなたの意味からこなたの意味を導きだしたふりをし、その意味の合同のなかに函数としてのテクストを隠蔽するのだ。意味の切断という意味を称揚する柄谷行人から迫真のニューヨークに感動する某女流評論家（とくに名を秘す）にいたるまで、いまだにテクストそのものよりも、まずかれの評論集、『新しい小説のために』の引用からはじめるのもゆえないことではないし、また吉本隆明もその例にもれない。しかし「自然・ヒューマニズム・悲劇」こそすでに古びてしまった「意匠」であり、「《ある》だけ」の世界こそしごく重宝な意味にほかならないのだ。「対象」はむろんニューヨークでも「嫉妬」そのものでもない。『ニューヨーク革命計画』に描写された地下鉄はあきらかにパリのメトロだし、フランスの緊急自動車のサイレンが街にやかましく鳴りひびいている。『嫉妬』ではアメリカふうの邸宅がアフリカのバナナ園にはめこまれている。テクストの空間とはようするにどこにもない場所、たぶんその場所じたいもふくめて、ほかのあらゆる場所が他処でしかないようなどこかなのだ。また jalousie から「嫉妬」をきりとるとしたら、対象とかろうじてよびうるかもしれないのは「嫉妬」のまわりにはりめぐらされた物語の束、つまり「嫉妬」なるものをかたちづくっている神話じたいにほかならない。

復誦しておこう。ロブ＝グリエが「現実」ないし「真実」というばあい、けっして鮎川信夫流の事件の核心、疑惑の事実性をさしているのではない。むしろなぜあんな物語がとめどなく反復され、消費されるか、なぜいつでも疑惑―隠蔽された真相という図式になるのか、そこに機能している不可視のシステムこそテクストがきりとる「現実」なのだ。さらには厳密なゲームの規則にしたがった固有名詞の加工により、たとえば三浦和義がいつのまにか三浦友和になり、ついでに免許証偽造の三浦某、アメリカへ逃亡した批評家三浦某までページのなかにまきこむばかりか、三浦が浦和に、新浦に、キムに、モンキー・センターのモモエちゃんにむかってずれ、三浦に発するいかがわしい名の空間を産みだしてゆくような運動があって、こんなことばの道行こそじつにテクストの「真実」そのものとみなすことができる。

ロブ＝グリエは十年一日のように、意味こそ最大の敵、唯一の敵ととなえつづけている。いわゆる制度化された意味ばかりではない。唯一あばきだされる真相を否定しつつ、テクストが産出する意味はそのつど複数的で動いているといってみても、それもまた意味であり、意味のつねとして凝固すなわちことばの死をとりかえしがたく惹起してしまう。この議論じたいはいつもながらの退屈なパラドックスにちがいないが、ここでロブ＝グリエはそのつど逆説を生きてしまうテクストにたいして、いかなる理論も反面教師でしかないといっているのだろう。ほんとうにそうなのだろうか。かれじしんの証言などむろんどうでもよい。ただ探偵たちの真相がおよそ退屈であればあるほど、三浦事件のとめどなさ、とりとめのなさとどうように教訓的であり、かえって読むためのすぐれた反面教師たりえてしまうようにみえる。

教師「作品」

事件はたしかに起きることになるのだろう。『ジン』のシモン・ルクールは「プロローグ」で失踪し、「エピローグ」ではシモンにそっくりな女の屍体が発見される。真相はしかしここでは不可能な反面教師でしかありえないし、疑惑も疑惑のまま、いたるところにくりぬかれた「孔」や「切目」を埋めつくすことができない。「詮索好きな秩序の番人」はついに物語の末尾、「われわれの手のものたち」によって「そっと遮」られ、「ふたたび、はじめの枡目に連れもど」されてしまう。しかしいったいどんな物語なのか。「秩序の番人」とはだれで、「われわれ」とはなにものなのか。

そんな問いそのものを教えるのがもちろん作品なのだ。反面教師が反面教師たりうるのも作品なるものがやはり教訓的だからである。作品は教育するのだ。とりあえずどう問えばよいか、ときにはとりあえずどう答えればよいかさえも教育する。というのも閉ざされた場所としての作品はいわばそれじたいに固有の文法をもっていて、この文法は当の作品を読むことにより、しかも読みすすむにつれてしだいに学んでゆくほかない性質をもっている。というよりもその文法が作品を閉ざされた場所たらしめるのであって、それなしにはそもそも作品たりえないのだから、作品はみずからの文法をなんらかのかたちでかならず教えねばならないのだ。

『ジン』のばあいはロブ゠グリエの書物のなかでもとりわけ教育的で、文法そのものがあるいは作品なのかもしれないとおもわせるほど、しだいに生成されてゆく文法をできるかぎり明示しようとしている。すなわちまさに「文法」とよばれる伝統的な語学学習システムこそひとまず『ジン』の文法にほかならないようにみえる。フランス語文法というよりも古典的なフランス語教本の形式。この作品の起原は文字どおりのテクストであって、アメリカ人を対象とした中級フランス語読本として書かれたのだという。じじつフランス版とほぼどうじに刊行されたアメリカ版があり、その『ランデヴー』では動詞の法と時制、形容詞の性数一致から比較級など、文法項目にあわせた課が章をさらにわけてもうけられ、一課ごとにかなりの練習問題、巻末には語彙のリストまでつけられている。これらの付録はむろんフランス版の「小説」にはないかわりに、「プロローグ」と「エピローグ」があらたに書きくわえられ、題も『ジン――ずれた舗石のあいだの赤い穴』とあらためられたわけだ。そしてこんな情報がすべて書物の外部にあるならまだしも、「エピローグ」のなかにほとんど明記されてしまっている。すなわちこの作品の一章から八章まで、シモンの失踪のあとにのこされたという原稿の教科書的な構成と、さらにニューヨークの教科書出版による公刊がこれは脚注であからさまに語られてしまっている。

　たとえば第一章、シモンが倉庫で対決する相手は一階では男から女、ついで偽の女であるマネキン人形に変身し、二階では逆にマネキン人形からその偽物、つまり女に変身するが、これもマネキンが男性名詞であるところから、形容詞の性をつぎつぎに変換させるという要請にしたがった仕掛にちがいあるまい。反復される「演出」なる語もひとつにはたぶんこの文法的演出じたいを指示している。

　またここで変身のきっかけがほかならぬ名前、jean の二重性（フランスの男ジャンとアメリカの女ジーン）だったように、学ぶべき綴字と発音の関係もしじゅう虚構の産出に利用される。第三章ではふしぎな女の子が「ジャンはあたしの夫」といったり、船乗だったその父の写真が飾られていたりするが、それも彼女の名 Marie があらかじめ夫 mari や水兵 marin を用意しているからだろうし、おなじ頭韻 m がそのまわりに「死《モール》」や「嘘つき《マントゥーズ》」「虚言症《ミトマーヌ》」をまといつかせてしまうのだろう。さらにマリーの父が「海で亡くなった《モール・アン・メール》」のではなく、「海難死した《ペリ・アン・メール》」と訂正されるのも、フランス語のいいまわしの問題にくわえて、こんどは父 père がこの過去分詞 péri をよびださずにはいないからだ。

第七章はなかでも文法的である。前半は「わたし」による直説法現在と複合過去の地に未来と未来完了、条件法の現在と過去、後半はこの前半の形式をすべて会話の部分に封じこめつつ、「彼」をめぐる直説法単純過去と半過去の地に過去完了、やはり条件法。さらに全体をへめぐる接続法もふくめて、動詞のあらゆる法と時制がぞんぶんに駆使されている。過去と未来の交錯・倒錯、死後の現在など、この章の非現実的な虚構はたいていこんな動詞の文法的現実、ことにはじめて導入される直説法未来と条件法の現実にかかっているのだ。すなわち過去未来としての条件法に書きかえられる未来と、非現実を設定する条件法。そのおかげで二、三年まえに死んだジンと、二、三年のちの写真をのこして死ぬことになり、死に、死んだシモンと、過去と未来とがたぶん現在死につつあるジャンの夢のなかで出会う。

「来週のなかば」に部屋をおとずれるだろうシモン。目下「エコロジストの集会」に参加しているシモン。いまここで（いつどこで?）ジャンに「夢みられている」シモンとジン。「ジャンの過去」に属していたジン。ジャンが夢からさめても「したがってどこにも行かない」ジン。

この図はもちろん攪乱さるべき仮説にほかならない。過去も未来もこうして基点しだいとなり、当の時点ではそれぞれ現在であるばかりか、夢みつづけるジャンが「まだ起っていないことを思い出して」しまうように、じつはあらゆるベクトルがいつでも方向を変えようとしていて、どの現在も現実と非現実のあいだをたえず翻転しているのだ。未来のシモンはたちまち（あるいはどうじに）ジャンの過去となり、過去だったジンは逆に未来をすっかり知りつくしていて、「すべてがとうに成就されてしまった未来の世界」にたっているようにみえる。

ここではラリイ・ニーヴン（「タイムトラベルの理論と実際」）のように、時間旅行を描きえない言語の無能をなげくべきなのだろうか。過去のわたし、未来のわたし、現在のわたしを区別する代名詞、基本過去形、変更過去形、変更未来形、削除未来形、基点現在形、現在現在形、過去未来形（「一時間後に、邪馬台国で会おう」）、未来過去形（「百世紀後へ行ってお土産を買ってきた」）等々、あらたな分節を発明するべきなのだろうか。そうではない。それこそ探偵たちの夢みそうな偽似真相である。『ジン』はむしろ言語のねじれをそのつど実現しつつ、そのねじれから豊かな虚構を産みだそうとしているのだ。

たとえば描写じたいはけっして描写されるもののレヴェルを指定しえない。描写された女は生きているのか、絵に描かれているのか、夢みられているのか、描写の質だけではどうしても決定しえない。したがって図1の虚構もまるごとジャンの夢のなかにはめこまれているのかもしれない。

この決定不能性もまた『ジン』の文法だったのだろう。反転する入れ子はすくなくとも可能性としていたるところにみることができる。まずはじめに読むひとにかんする入れ子。ルクールなる名が読者レクトゥールにふくまれているように、シモンはなによりも読むひとだった。語られるシモンは求人広告、ジンの命令、ジャンとマリーの正体、組織の実態など、物語をつぎつぎと読みながら行動する。語るシモンもどうようであり、とりわけ第五章のおわりで気絶したあと、第六章の覚醒からすべてが過去形で反芻されるにいたって、語られるシモンがみずからの体験を読みすすむありさまをまた読みながら語りはじめる。さらに序章と終章の「わたし」「われわれ」がそんなシモンの読みをまた読みとこうとしている。

この図2はたぶん語る／語られるの入れ子にも書きかえられるだろう。ここでも第八章、女性の語り手の出現により、最下層の謎と語られるシモンとがいれかわってしまうのだが、「文法」的にはまず一章から五章まで、「わたし」と現在形の組あわせがあり、それが六章以降、現在からすっかり切断された物語の過去（単純過去）と「彼」にずらされた結果、空位となった「わたし」を謎の女がおそわねばならないのだとしても、この演出もまた語ることの重層性をこのうえなくきわだたせてしまうようにみえる。すなわち女の語る物語は「だれかほかの人間によって書かれた」のであり、「シモン・ルクールの物語」とよばれる「全体にあまりにもあきらかに統合され」ていて、しかもほかならぬ「わたし」「われわれ」みずからそのことを語っているのだ。

作品はくりかえし作品じたいについて教育する。『ジン』はまたしても読むことと書くこと、ようするにことばじたいをめぐる物語なのだ。その文法規則はどうやら反復とねじれに依拠していて、一章から五章までを六章と七章で、さらに七章までを八章でまた語りなおそうとするシステムこそ、さまざまな入れ子の決定不能性を産みだしながら、あらゆる学習のつねとして反復学習を強いようとしている仕掛だったらしい。それにしても「秩序の番人」とはだれで、「われわれ」とはいったいなにものなのか。

## 函数「テクスト」

事件はたしかにまたしても起きるのだろう。過去の事件が真相として再現されるのではない。あらゆる事件が二度目を生きているのだ。パロディないしコメディとしての二度目。物語全体に横行する

図1

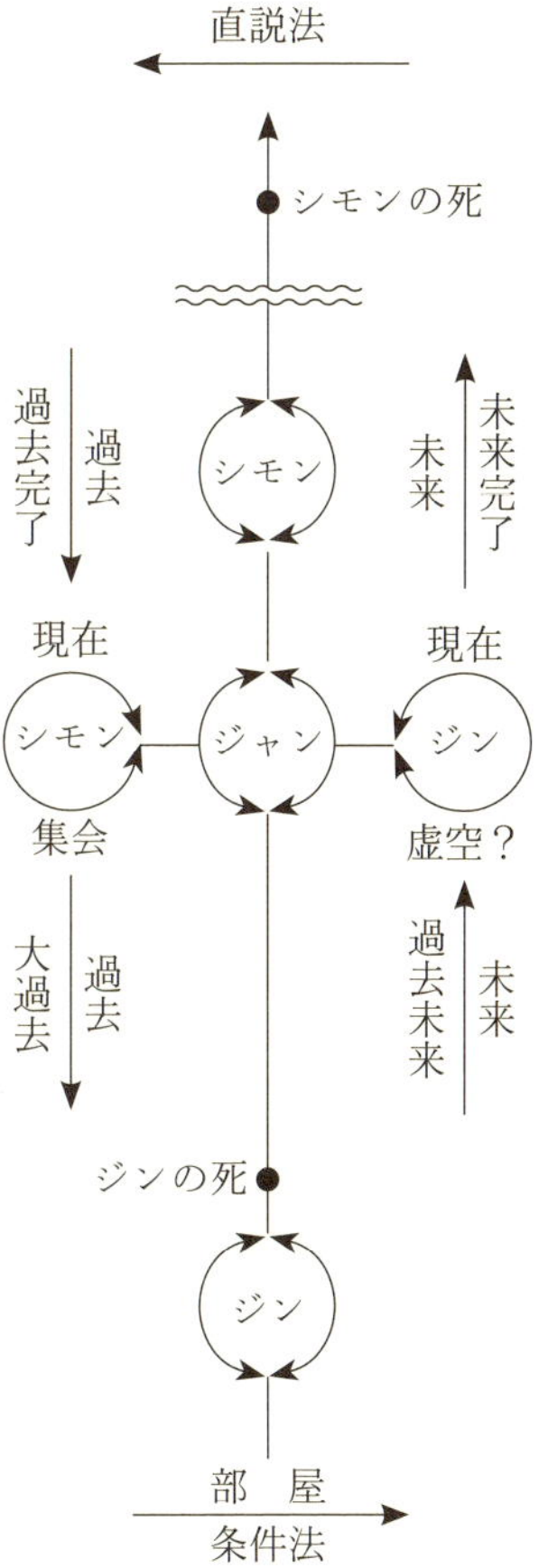


円環はそれぞれ直説法現在。接続法はどのベクトルにも重なりうる。

図2

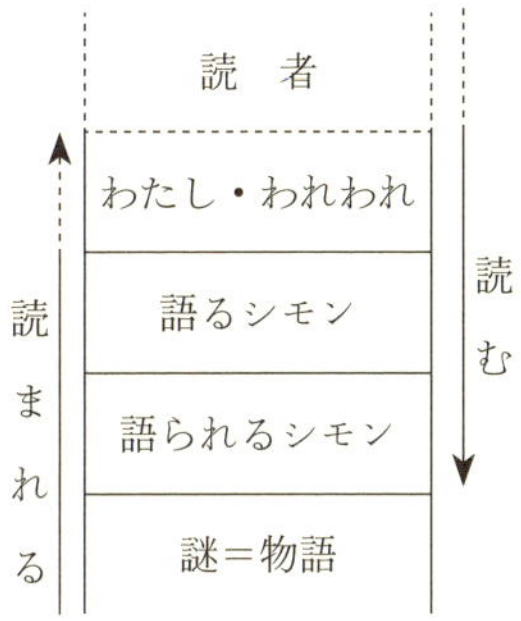


図3

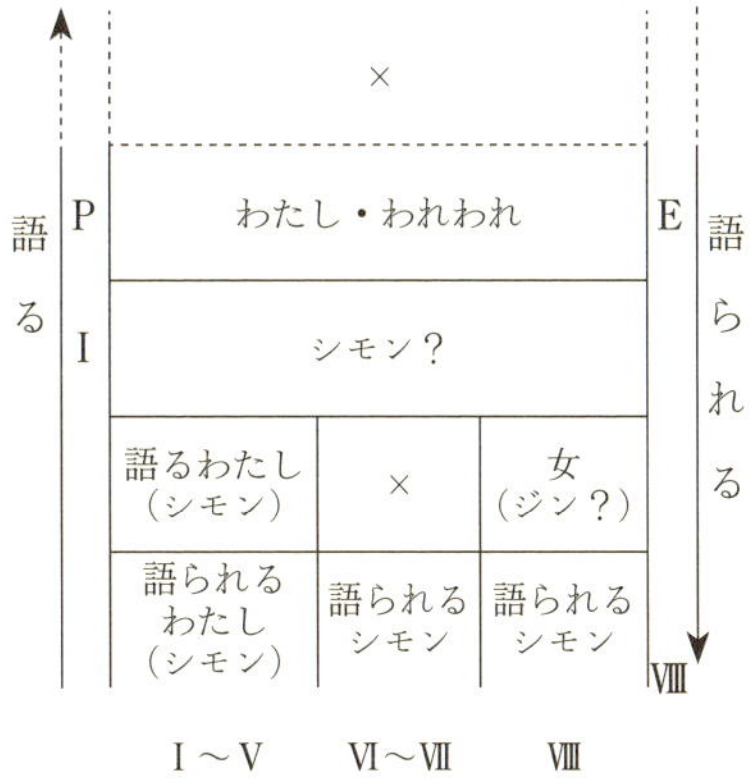

偽物たちもやはり二度目の存在であり、そもそもシモン・ルクール（またの名ボリス・ケルシメン、ロビン・ケルシモス）じしんにしろ、読みかつ読まれるあいまいな身分であることからも、物語のはじめですでに失踪し、ある意味では物語のあいだじゅう不在であることからも、偽の主人公 Lecœur すなわち偽の核心 le cœur に擬されているにちがいあるまい。

『ジン』はじっさいいたるところで反復の装置であることをみずから明示しようとしている。まずロブ＝グリエのほかの書物や映画との関係において、『ニューヨーク革命計画』などのばあいとどうように、例によっておなじ虚構とおなじ名前がしつように利用される。がらくただらけの倉庫、秘密結社、マネキン人形、赤い液体、廃墟のような空家にあらわれる幻影の少女。シモンはあきらかに『消しゴム』のワラスいらいおなじみの追跡するとどうじに追跡される探偵＝犯人だし、フランクらとどうように姓でもありうる洗礼名をもっていて、異名のボリスとロビンでは『嘘をつく男』の二人組の名を一身にひきうけてもいる。ボリスはことに『弑逆者』『快楽の館』などにも出てくるほか、『ヨーロッパ横断特急』でロブ＝グリエみずから演じた男の名前ジャンをはじめ、ローラ、フランク（こんどは女の姓）、キャロリーヌ、ドクター・モーガンら、固有名詞の反復がもはや完全にシステム化されてしまっている。

ついで物語内部における反復についてはー読ただちにあきらかだろうが、ただし反復がねじれた逆行のかたちをとることはあらためてなぞっておかねばならない。すなわち一章から三章前半で倉庫から路地の家、三章後半から五章で路地の家からたぶん倉庫とおぼしい集会所と、ここまでで一段落したあと、六章の覚醒（réveil ＝二度目の覚醒）から七章にかけて、すでにみた時間のねじれをひきおこしながら、倉庫から路地の家までの行程がまたしてもたどられることになる。

図4

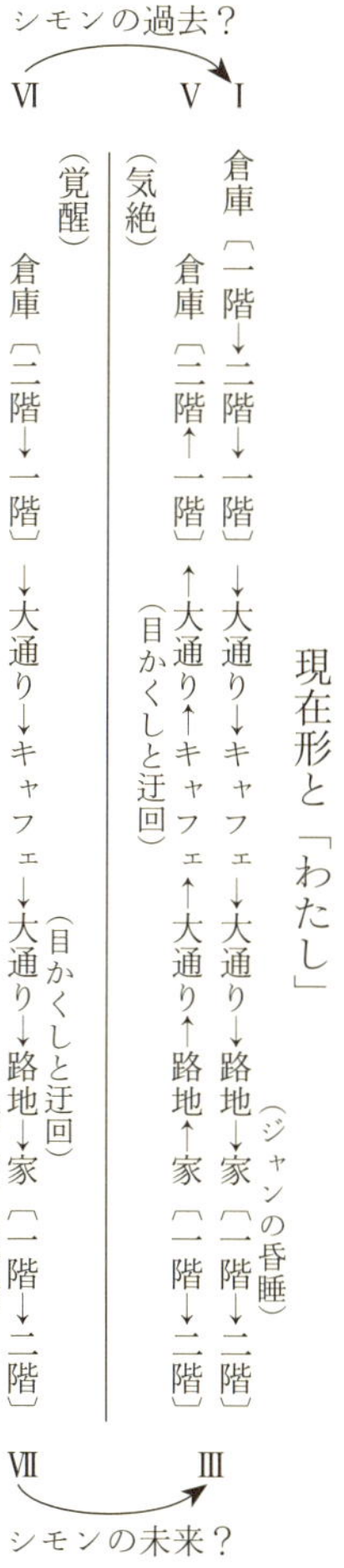


さらに細部にもこの折りかえしがあって、第一章の女↓人形、人形↓女の変身もそのひとつだったのだろう。第八章ではこんどは女性の語り手により、気絶と覚醒の二拍子がまたたどりなおされ、倉庫への到着がただ時制だけかえてふたたび上演されるのだが、シモンとジンの抱擁のせつなに変換されるらしいこの性の倒錯こそ、第一章で折りかえされずにおわった男↓女の変身をあらためて強調する反復であるかのようにみえる。

これはけっして円環（Boris のアナグラムを構成するラテン語 orbis）ではない。むしろ螺旋か、偽の円環たるメビウスの環のほうに近い。図4も時制と時間のねじれからみて、まだしもそんな位相で描いておくべきだったのかもしれない。

復誦しておこう。反面教師の図などもちろんどうでもよいのだ。問題はこの偽の語学教本の偽物たちがついに本物をもたないことである。『ジン』は先行する作品からあくまでも切りはなされていて、真の語学教本などどこにもありえないのだし、ここでは人形が偽の人間であるとどうじに人間も偽の人形にすぎない。すべてが原典のないパロディを演じているのだ。犯人たりえない探偵たちの物語がかならず一度目の事件を前提とし、二度目にそこへ回帰しようとするのにたいして、ここでは倉庫での出会いもキャフェへの寄り道も、偽の盲人と案内者の道行も、赤い液体も死の床も、あらゆるものが一度目のない二度目（すくなくとも二度目）の事件として実現されている。「きみはマリーという名前かい」「もちろんよ」という部屋での会話と、「あなたはマリーという名前ですね」「もちろんよ」というキャフェでの会話。「またしても突拍子もない話をでっちあげる」マリーと、ジンから「突拍子もない話をいくつも聞かされている」シモン。用意された黒眼鏡で盲人に変装させられるシモンと、黒眼鏡を買ってみずから盲人に変装するシモン。前者が一度目で後者が二度目だなどとどうしていえるだろうか。部屋にまだ来たことのないシモンがすでに部屋に来ていたり、過去完了のジンが未来完了で語りえたりするように、昨日・今日・明日の連鎖もそれに並行する因果関係もトポロジックなねじれのなかで失調させること、ようするに真相の論理を失効させること、それが『ジン』というテクストの函数そのものだったのではないか。

それもこれもおそらく改竄のめざましい成果なのだ。現在形と「わたし」の物語を単純過去と「彼」の物語に、ついで複合過去と「わたし」の物語に書きかえてゆくと、過去形の物語がふつうもつような堅固さをかえって失ってしまうらしい。語る時間においては現在、単純過去、複合過去の順序で継起するのに、語られる時間においてはほんらい現在と完全に切りはなされた単純過去、現在とつながりをもつ複合過去、ついで現在の順序になるはずであって、三章までのできごとよりもそれを反復する六章のできごとのほうが、七章までのできごとよりもそれを反復する八章のできごとのほうがまえにきてしまうのだろうか、いわば物語の過去が未来に、未来が過去にともすればたえず翻転しようとしているのだ。

オイディプス神話のしつような反芻もたぶんおなじ文脈でかんがえることができる。というのもそれが叙述と虚構の両面で時間をかきみだす物語にほかならないからだ。すなわち二度の神託、スフィンクスの問いと、三度にわたってしかけられた予言が語りの時間を錯乱させ、他方で母子相姦がこれは語られる時間ばかりか、母↔妻、父↔兄、子↔兄弟と、名辞の関係まですっかり錯乱させてしまう。『ジン』ではどうやら通称ヤンとよばれるシモンとその母ジンとのあいだにジャンがうまれるらしいのだが、ヤンによって書きつけられるジン、ジャンによって夢みられるヤンとジン等々、たえざる構図の反転がいっそう渾沌に拍車をかけようとしている。

なにがいったい最初なのか。順序の決定不能によってつねに二度目でありつづける事件。いかなる起原・基点もその動きのなかであっけらかんと抹消されてしまう。あとはもうゲームの規則にのっとり、でたらめに、あらゆるレヴェルで錯乱を反復していけばよいのだ。「百年前の衣裳」を着こんだシモンの子供たち。「昨年」（単純過去の物語よりも複合過去の物語のほうが古い?）に追いやられる邂逅。「ムッシュー・ジン」という男・女。「わたしは嘘つき」というマリー。夢のなかにいるとどうじにその夢を夢みつづけているジャン。「わたし」je にたぶん連動している Jean。とどめにヤン、ジン、ジャンの三位一体と、第一章ですでに予言されていた男↓女、ヤン↓ジンの変身。テクストとはこんなもろもろの決定不能性を産みだす改竄の函数ということができる。そこでは例の「わたしは死んだ」という不可能な言説（バルト）さえ、デリダの議論（「ロラン・バルトの複数の死（者）」）をもちだすまでもなくあっさりと可能になってしまう。しかも「ぼくはなんで死んだのかね。なんで死んだのだろうかね。というよりもむしろ、なんで死んでしまったのかね」と、未来の事件がそれぞれ複合過去、条件法過去、単純過去のずれのなかに荒唐無稽にひきずりこまれてしまう。

語学教本ほどおもうさま改竄されることばはたぶんまたとあるまい。あらゆる文が例文であり、時制や人称の変換、疑問・否定への変換などのためにくまなく使用される。例によって「無《リヤン》」、「なにも存在していない」からはじまる『ジン』も、したがってさらなる改竄をめざして読まれねばならない。ジャンに夢みられたシモンはいま集会所にいるのだから、ジャンの夢とは気絶したシモンの悪夢ではないか。ジンとはジンの飲みすぎによる幻覚ではないのか。その証拠にシモンもジンも前夜「飲みすぎたかのよう」な気分でめざめる。さらに「秩序の番人」も読者、「わたし」、シモン、ジンら、あらゆる読むひとに書きかえてみよう。なぜ「わたし」か。序章と終章の「わたし」こそ失踪したシモンを追いかける詮索好きな人間のはずだから、それが「われわれ」によって最初の枡目、「無」に連れもどされるときこそ、クラインの壺の全体がはじめて完成する瞬間だろうし、また内部が外部、外部が内部になり、追う人間が追われる人間、探偵が犯人になる原則にのっとるとしたら、「わたし」とはシモン＝ボリス＝ヤンそのひと（何人いるのだろう?）、「われわれ」とは彼（ら）とジンそのひとのことであって、最後の女の屍体にしろ、ヤンがジンを殺したというよりも「わたし」が「わたし」を、「われわれ」が「われわれ」を殺した改竄＝抹消にほかならないのだろう。

こんな書換はマリーのあらわな「嘘」とどうよう、嘘をまことにするまえに嘘／まことの対立をくりぬいてしまう。それがテクストの力なのだ。「孔」「切目」を産みだす改竄をさらにつづけねばならない。反面教師と教師をそのつど、もろともに、ねじれのなかに循環させねばならない。たとえば吉本一派を吉本興業によってずらしながら、いかがわしい名前の空間をはりめぐらすとき、すべての真相が目にもとまらぬ一瞬（その一瞬だけ）いまここから消えうせようとするのかもしれない。

# 新しい小説家たち（抄）――ロベール・パンジェ

## パンジェ的なもの

ロベール・パンジェは一応ヌーヴォー・ロマンの作家と考えられている。さらに『死者のための祈り』*Le Libera*（六八）、『パッサカリア』*Passacaille*（六九）以降のテクストについて、ヌーヴォー・ヌーヴォー・ロマンなる呼称も一部で行なわれている。パンジェ自身は作家のつねとしてこんなレッテルには迷惑顔をしているのだが、世界に意味をあたえる言語、その言語のはたらきだけに依存するテクストという立場によって、たしかにヌーヴォー・ロマンの文学圏に属しているともみなしうるのだろう。たとえば知人の示した冒頭の一文、「靴屋の娘が死んだ」から生まれた『息子』*Le Fiston*（五九）。五百頁の小説が書けるかどうか、編集者との賭から生まれた『審問』*L'Inquisitoire*（六二）。シモンやロブ＝グリエの場合と同様、ことばにさきだつ世界などどこにもない。

戯曲もふくめればすでに二十作あまり、新しい小説家のなかでは異例に多産といえるパンジェだが、書きはじめるまでにはさまざまな迂余曲折があった。母国スイスで法律を修め、弁護士の資格までとりながら、二十七歳でパリへ出てまず画家になろうとしている。個展もどうやら好評だったらしい。やがてイギリスへ渡り、語学教師などの半端仕事をへたのち、処女短編集『ファントワーヌとアガパのあいだ』*Entre Fantoine et Agapa* の発表がようやく五一年、パンジェ三十二歳のときである。ことばへの完全な転向はその翌年、長編『マユあるいは素材』*Mahu ou le matériau* からにすぎない。

いずれにしろ、この二冊の本はパンジェの書法をよくあらわしている。主観的リアリズムの気配をまだただよわせていた第一期（ヌーヴォー・ロマン）、言語主義の方へはっきりと傾いていった第二期（ヌーヴォー・ヌーヴォー・ロマン）という区分もあるものの、それはパンジェの場合けっして劇的な転換ではなかった。繋がっているからこそ切目がみえて来る。そんな成行だったようだ。とりわけ『マユあるいは素材』をみると、ロブ＝グリエ、ベケットというふたりの忠実な読者を獲得するきっかけとなった作品だけに、後期のパンジェをいろどる要素がすでにほぼ出つくしていて、そのかぎりにおいて前期のパンジェを代表するテクストのひとつということができる。

ただちに目につくのは一見無秩序に『マユ』にあふれる登場人物である。衣服も身体も貌も、独自の性格さえも失ってしまったが、名前だけはがんとして手ばなさないペルソナージュの群。たかだか二百頁あまりのあいだに六十弱の名前がばらまかれている。この異様な人口密度から、やがて五百名以上の人物を擁する『審問』をはじめ、名の饗宴とでもよぶべきものがつぎつぎに導きだされてゆくだろう。

つぎに構成ないしは語りのリズムの特徴がある。『マユ』はいわば二拍子で書かれていて、それだけならべつにめずらしくもないが、そのリズムがじつは一定の機能をになっているのだ。「小説家」と題された第一部と「マユがたわごとをいう」と題された第二部。前半にはまだ〈物語〉を、すくなくとも〈物語〉への意志を読みとることができる。それはマユの目覚めからはじまっていた。十四人のおない年の兄弟にならって仕事をみつけると、マユはただひとり家をはなれ、雑多な人間、とりわけ嘘つきの小娘、小説家のラティライユ、おなじく小説家のロルパイユール嬢など、なんらかの虚構をつむぎだそうとする人びとに出会うことになる。けれども語り手たちの努力はつねにむなしい。彼らはあらかじめ存在する〈現実〉を首尾ととのった物語にしたてあげようとするのだが、筋のはこびはどうしても紛糾し、語るためにじたばたすればするほど収拾のつかないものになって行く。マユはそこで家へ戻り、これら模糊とした人物たち、というよりも名前の群とわかれる覚悟を決めるのだった。第一部は彼の「アディユー」という科白で終わっている。

一方、「ぼく」となのる話者が気をとりなおして語りを再開する後半はどうか。たいてい二人称単数の「きみ」にむかって語られることばは文字どおりとりとめもないの一語につきるようにみえる。前半の虚構が処女作の舞台でもあったファントワーヌ、アガパという架空の町に集中していたのにたいして、こんどはパリにある実在の街路が登場するのだが、いわゆる挿話のかわりに「なまのままの素材」、「分解された現実」の断片とおぼしきものが雑然とひしめきあっていて、物語はいまやなりふりかまわず解体をめざしているようにさえみえる。この二拍子による語りの反復と物語の変容・消滅。これこそまさにパンジェ的なトリックそのものであり、のちに『バガ』*Baga*（五八）から『息子』、『寓話』*Fable*（七一）にまで発展してゆくテクスト構成の原理にほかならない。

二部形式はこうして書こうとする欲望とその挫折という構図をはらんでいた。とすればなにも章立てのありかたにこだわる義理はないのかもしれない。それはパンジェのテクストすべてをつらぬく主題系とでもよびうるものなのだから。小説はもちろん、覚書、調書、書簡など、ことばをめぐる虚構はどのテクストにもおもうさま跋扈していて、『グラール・フリビュスト』*Graal Flibuste*（五六）から『この声』*Cette voix*（七五）、『アポクリフ』*L'Apocryphe*（八〇）にひびきわたるこだまの網をかたちづくっているが、そんな共鳴の発端もじつに『マユ』にあったようだ。前半はいくつかの小説（小説のなかの小説）のからみあいであり、後半はたぶんすべて手紙。これらことばの構築ははたしてどのように崩されてゆくだろうか。

## 物語の解体

第一歩は近代小説を支えてきたとりきめの侵犯である。虚構はありうること、ありうべきことを指示するか、象徴しなければならない。そんな定石があっさりと骨抜にされてしまっている。すでにやかましい議論のある年代記的《クロノロジー》秩序の瓦壊もそのひとつだった。おない年の十四人兄弟そのほかの荒唐無稽な設定にしても同様だが、これらは〈神話〉という便利なことばにたちまちからめとられかねないから、むしろ挿話の芽となる断片がかならず対の断片をおびきよせ、ある意味をそれとは逆の意味によってかきみだす過程のほうに注目すべきだろう。つまり二部形式の毒だ。それはテクストの最大の枠組であるばかりか、このうえなく微細な挿話もすっかり汚染している。

たとえば会社へ行くために起きだす兄弟たちにたいして、仕事のないマユはベッドにはいったまま、「起こしてさえくれれば自分も会社へ行けるのに」と考える。職がみつかり、いざ出かける段になると、こんどは朝の身仕度の手順をすべて逆にたどってしまう。その結果はむろんナンセンスなどたばた劇だ。

『マユ』の世界では理があればかならず背理がある。いっぱんに、ある叙述のあとにはつねにその一部を倒立させた叙述がつづいていて、その連鎖が読者の足もとをすくい、雲をつかむような虚構の泥沼に読者を引きずりこもうとしている。マユと雇主の娘プティット・フィアントとの交渉をとりあげてみると、はじめはマユの欲望のなかのできごとにすぎなかった。いやみな小娘に平手打をくわせたいと思ったものの、柵にへだてられてはたせなかったのだ。それが次頁ではっきり〈事実〉になり、マユは父親に知られたら馘首になりかねないと心配している。そこへ娘から手紙がとどくのだが、打たれた自分を恥じているのか、父に告口されないかとひどく怯えているような文面だった。それだけではない。この経緯を耳にはさんだ雇主はマユにむかって謝罪するのであり、結局いつのまにか娘のほうがマユに平手打をくわせたことになってしまう。整理すれば(1)マユは殴らなかった↓(2)マユは殴った↓(3)怯えるマユ↓(4)怯える娘↓(5)娘が殴ったという移行である。〈真実〉はしだいに固まるどころか、ますます拡散し、焦点がずれて行くばかり。これが二拍子による挿話の解体なのだ。

この反転の力は登場人物の群にもはたらいている。小説家のラティライユとロルパイユールの組をはじめとして、人物が産みだされるのはただ天秤のバランスをとるためであるようにさえみえる。おまけにみな心理も外観もなく、名がわかれれば人格もわかれるような存在にすぎないのだから、登場人物はいわば対称形の原理を誇示しつつ、人間的な行為の主語としてのみ機能しているのかもしれない。

けれども、なんらかの指示物をもつ名前、ことに事物を指示する一連の名前もある。プティット・フィアント＝鳥の糞、デクルー＝釘、ブーシェ＝肉屋、トロン＝幹、サンチュール Sinture ＝ ceinture ベルト、等々。固有名詞の感触はその羅列のなかでしだいに薄れざるをえない。これほど事物の呼称をになった人間がいるのなら、人間の名前をかぶった事物があってもよいはずではないか。そんな気さえしてくる。それに戯画化された小説家ラティライユの場合、書くとはものに魂をこめることだと考え、なんとか「対象の内側にはいりこもう」とつとめていた。描写したものいっさいが「わたし」ラティライユの投影であるという狂信。事物はしたがってやみくもに〈擬人化〉されてしまう。まずプーとよばれる人物が巨大な「虱（プー）」に変身するのにつづいて、「魅惑」が逃亡し、「時間」が人びとを殺し、「椅子」が語りかけ、「眼」があちこちをとびまわるなど、それぞれ人間とまったく同格の主辞としてどうどうと活躍しはじめるだろう。これは揶手からのペルソナージュの風化にちがいあるまい。

解体はさらに回帰不能な地点をめざしてすすんでゆく。その仕掛をいまかりに虚構のレベルの混乱とでもよんでおこう。前述のとおり、『マユ』には小説家や嘘つきがはびこっているため、挿話のなかにあきらかな水準のちがいを想定することができる。物語をつくろうとする人物たちの営為は虚構の第一段階。それぞれの小説・嘘の内容は第二段階にあたる。これはいわゆる劇中劇としておなじみの構造だが、ふつうはっきりと読みとれる劇と劇中劇の区別、その階層の垣根をとっぱらったらどうなるか。それが『マユ』の世界なのだ。たとえばマユは小説家ラティライユをたずねた帰途、ラティライユの創作にかかわるはずの男に出会い、対話をする。書きなやむラティライユはあれこれと細部をいじるのだが、ある人物の名をフィオンからブーシェーズに変えたとたん、新聞に古物商フィオンの絞殺事件の記事をみいだすという按配。犯人はもちろんブーシェーズ（やはり古物商でフィオンの越したあとにはいる予定だった男）である。

この二例にかぎらず、脇役たちはほぼ全員さまざまなレベルを往来していて、読者の足もとはつねに定まらない。それはたんに語られる事柄の混乱ばかりか、語る主体の錯綜もまきこんでしまうだろう。いったいだれが語っているのか。「ぼく＝マユ」である。そう答えるのは簡単だが、すでに冒頭の一節に、「ぼくもラティライユの一作中人物なのかもしれない」とことわってあったとおり、マユもじつは語りかつ語られる鵺《ぬえ》のような存在にすぎないのだ。

そこで一連の語り手たち、とくに対をなす小説家ふたりにかんする挿話を整理してみると、郵便局長のサンチュールがそのかなめとして浮かびあがってくる。彼はあらゆる郵便物を局留にし、自分のみているまえでしか読ませず、その情報をもとに「みんなに小説を口述して」いる。ラティライユの小説もロルパイユールらの書簡をそっくりうつしたものであり、題の「虱をさがす人びと」もまず競争相手の名前、**Lorpailleur** ＝ **L'orpailleur**「砂金をさがすひと」から思いついたという。他方、ロルパイユールもやはり局長の世話になっていて、こちらはラティライユの生活を題材に、いまは「釘（クルー）をさがす人びと」と改題された彼の小説にならい、「さがすひとデクルー」なる題の小説を書きはじめるらしい。

作家ふたりの泥仕合はこうして瓜ふたつの作品を産み、「一方を買えば他方も読める」のだから、第二段階の挿話とおぼしき部分をだれが語っているのか、かいもく見当がつかないという結果になる。つまり語り手が対称形のなかに行方をくらまし、もはや唯一無二の物語の所有者などどこにもみつからない。対偶の原理だけがかってにひとり歩きし、作者を無視（支配）してジグザグに前進してゆく場。これこそ二拍子による解体の極致にほかならないということができる。

## 語りの成就

さてここから逆転がはじまる。これまで述べてきた物語の解体とはそれを解体とみるところにしか成立しない。それは語る行為のまえに語られるべき物語の存在を想定し、その所有者と出どころを穿鑿したがる習性の裏がえしでもあった。この事実＝起原への無意識の信頼にたいして、およそ語り手すなわち嘘つきだとくる見解もずっとうけつがれて来ている。疑いぶかい聞き手をだますため、『危険な関係』のように蒐集された書信とか、『ジャン・サントゥイユ』のように死後にのこされたノートとか、いわば責任転嫁の枠組がさまざまに工夫されているが、『マユ』におけるレベルの混乱、物語の起原のはてしない転送もそのパロディーだったのではあるまいか。起原などどこにもない。マユはそういっているようにみえる。

それとも、もし起原なることばを使うとしたら、書く行為こそたぶん起原そのものなのだ。物語はことばのあとに到来するのであり、一語また一語と語っていった結果にすぎない。これはまず前述のマユの二重性にかんする断章があり、それからほんらいの発端（マユの覚醒）が来るという二拍子にちょうど一致している。

この語りの力をせいいっぱい利用すること。ことばがことばを産む自律的な運動にどこまでもつきしたがうこと。たとえば手紙をいたるところにはびこらせ、そこに書かれた物語のなかの物語を物語そのものに引きあげてしまう。それなら万事つじつまが合うだろう。一見ナンセンスに思えたすべてがじつはことばの論理に従い、ことばの力を誇示している。ラティライユが旅先から出した古手紙の束を焼くと、ことばが消えたとたんにその旅の記憶も、ひいては体験・事実も消えうせてしまう断章にしろ、そう考えればなんのふしぎもない。さらには pou という音節のある語いっさいを発音できなくなる警官の挿話。なにしろその音のもつ呪力により、「プー」といえばまた巨大な「虱《プー》」がとびだしかねないからだ。

例証はいたるところにある。語りの進行はほぼつねにいわゆることば遊び、「ヌーヴォー・ロマン」の章(*)で触れたルーセル的手法をばねにしている。ただそれだけに訳文では説明しがたい部分が多く、ここではほんの一端を示すだけにとどめておくと、さきほどの擬人法でさえたいがい掛詞のはたらきに由来していた。もっとも劇的な殺戮者としての「時間」の場合、たえず過ぎゆく時間という〈本質〉を意志のある存在になぞらえた〈表現〉ではなく、その挿話のはじめに再三繰りかえされる文章、ça va être l'heure「もうすぐ時間だ」にもとづく地口の〈実現〉にほかならない。この文にひとつ読点を打ってみよう。すると動詞 être の多義性により、ça va être, l'heure「それがもうすぐ存在しはじめる、時間が」というまったくべつの文が生まれる。あとは存在しはじめた「時間」が己にふさわしい意味を引きよせ、雪だるま式に挿話をふくれあがらせて行く。

文、語彙のレベルばかりではない。『マユ』の物語の生成には音節や文字までが参与している。というよりもむしろ最大の因子ともみなせるほどであり、そこに手段としての言語から素材としての言語、ことばによる表現からことばの実現への転換がいきづいているのかもしれない。

いずれにしろ、これまたページを開きさえすればすぐわかるのだが、『マユ』にはあきらかに特権的な音・文字がいくつかある。フィクション、ファンテジー、フラーズ（文）などの頭音として頻出する《f》。とりわけ Mahu という名前にふくまれる《m》と《h》。ことばは意味よりもまず音、文字によって選びだされ、その集合が物語をかたちづくってゆく気配なのだ。マユの口癖は「マニフィック（すばらしい）」「フォルミダブル（すごい）」、「ママン」のつくる「ミエル（蜜）」を好み、カフェでは「ミント」を注文する。彼はたぶん一人称 moi、文字 m の原理をになっているほか、テクスト中の語彙でいえば「モ（語）」「モワイヤン（手段）」「マチエール（素材）」「マンソンジュ

〈嘘〉」「メール（母）」「モール（死）」などとなれあっていたのだろう。むろん名前や文字じたいがあらかじめ意味に裏打されていたわけではなく、あくまでもはじめに文字《m》があり、それがマユのまわりに《m》をふくむことばをむらがらせ、意味の網を一語また一語とはりめぐらしていった結果である。

こうしていっさいがリアリズムの次元からはみだすことになった。物語はいわゆる〈現実〉との相似ではなく、言語に内在する関係、その特殊な実現（《m》をふくむ語の集合、相反する二文の集合など）に依拠している。文字から語、文、断章にいたるまで、ことばを素材とした対偶の生成と消滅。語りとはこのはこびそのものであり、二拍子の君臨、挿話・人物の風化、レベルの混乱、行方不明の語り手など、一見物語の解体じつは整然たる語りの構築にほかならなかった。支離滅裂どころか、頓挫（一拍目）の裏には成就（二拍目）がひかえていたのである。

## 勝ちほこることば

『マユあるいは素材』の結語はきわめて象徴的だ。「ぼくにはもはやなにもいうべきことがない。それにもかかわらず、すべてがぼくには残っている。ぼくは勝った」。これはことば・文学の凱歌そのもののようにみえる。もはや嘘つきの詩人も、あらかじめ存在したことばを書きうつすふりも信じられないものの、挫折する語り手、語りの不可能性を語る演技ならまだかろうじて信じられるのだろうか。

〈現実〉の模写についてはたえず失敗を繰りかえしていながら、そのあげくにふと気づいてみると、〈物語〉の頓挫を語ることばのはこびがたしかに残っている。『マユ』の結語をまたあらたな起点に、パンジェはそんな二拍子の実践をさらに推しすすめてゆくことになる。

次作の『狐と羅針盤』*Le Renard et la boussole*（五三）ではまたしてもリアルな発端、模範的な書きだしがしだいに幻想を産み、つぎつぎと枝わかれし、やはり脈絡のない文の断片に意味不明と思える「雑音」になりさがってしまう。再登場したロルパイユールの主張どおり、「私は……に生まれた」からはじめる試みもまったく歯止めの用をなさない。『グラール・フリビュスト』は仮空の国の旅行記、聖杯《グラール》＝目的のない冒険譚であり、書題になった神を中心とする神話、歴史や風俗、奇怪な動植物がはてしない列挙と脱線のうちにでっちあげられて行く。これはいわゆる客観的な記述のパロディーなのだ。結局は虚構とことばの論理にからめとられてしまう〈記録〉。つづく『バガ』『息子』でもその経緯が変奏されているが、記録につきまとう偏向と不可能性は模写の場合よりもいっそうはなはだしい。『バガ』においては流産した回想録。語り手は書きすすむにつれて矛盾と究明の連鎖にまきこまれ、ついに自分がなにものなのか、なにがおこったのかをつまびらかにしそこなう。『息子』ではふたたび手紙とはっきりした二部形式。どうやら家出した息子に周囲の事件（事件ともいえないような日常）をちくいち書きおくり、そのことばの力で息子を呼びもどそうとしているらしいのだが、やはり情報の欠落や不明確のためにたえず書きなおしを強いられ、そのあいだにも書くべきことがらがどんどんたまって行き、発端の淡々とした擬似リアリズムもやがてヒステリックな繰言で寸断されてゆく。手紙はいっこうに清書されないまま、最後まで送られずに終わるだろう。

こうしてあくことなく失敗しつづけ、敗北の経過をそのつど物語にしたてあげる枠組にかわりはない。ただそれがしだいに要約をこばむ方向へむかうのも確かなようだ。挿話の断片はますます小さく、物語全体の再構成などとうていできそうにない。たとえば『死者のための祈り』には何が書かれているか、そう問われるとことばにつまる。モルタンとロルパイユールの確執、云々と答えてもなんの意味もなさない。「もはやつづけることも締めくくることも問題ではなく」、反復・変奏される文が音楽のようにひびきわたるばかりであり、語りの進行をつかさどるのも挿話や作中人物の動きから文法、シンタックスの相似・対照のほうに移行している。

こんな傾向はすでに『審問』のころからみることができた。訊問者と参考人の応答に終始するこの作品にあって、つぎのような書きだしに代表されるとおり、いわば〈折りかえせる文〉が二部形式による生成に重要な役割をはたしている。

「ウイかノンか答えなさい
ウイかノンかウイかノンか私が知っていることなんてあなたも知っているとおり、つまり私がいいたいのは私はただの雇人でまずなんでも屋とでもいえる人間で私にいえることなんて、だいたい私はなにも知らないのです」

もはや事件や人物の対偶にたよるまでもない。『パッサカリア』以降はあれほど氾濫していた固有名詞さえすっかり影をひそめるようになる。

それでもパンジェ的なものが消えうせたわけではない。彼はずっとひとつのことを書きつづける型の作家だった。バルザックの『人間喜劇』ほどではないが、やはり再三登場するロルパイユールらの人物、ファントワーヌ、アガパなどの土地。名ざされなくてもおなじ（と思われる）人間や風景が描かれつづけている。

八〇年の暮に刊行された『アポクリフ』をみても、何かを語ろうとする老人とその召使、親族たちのからみあう網にしろ、双子のようなふたつの家、町中の邸と田舎の城館（精密に描写される窓、バルコニー、塔などの外観、庭園、間どり）にしろ、すでにまったくおなじみの虚構ばかりである。いっそう堅固なのはたぶん主題系とよびうるはずの焦点だろう。これはまたしても書物についての書物なのだ。アポクリフとは著者や典拠のわからない書物の謂であり、とくに聖書外典をさすことばである。聖書、ウェルギリウスの農耕詩や牧歌集、さらにはありとあらゆる書物の外典。そしてなによりもみずからがいかに書かれたかを示唆する外典。ここにあるのはパンジェのあらゆる小説の反復、すなわち語ることとその頓挫についての物語にほかならない。

はじめには老人の書いた（書こうとしていた）回想録＝農耕詩＝小説があった。きっとそうにちがいない。その遺稿をさまざまな人間、とりわけ老人の甥と甥の息子がなんとか読みほぐし、語りに筋道をつけようとする。しかしテクストの迷路に踏みこむと、いったんみいだしたはずの核心、「意味をあかす秘密の鍵」をそのたびにまた見失ってしまう。やがて各人がページを差しかえ、余白を注釈でうめ、かってな想像（たとえば病気、発作、自殺、暗殺、老衰と翻転する老人の死因）をつけくわえた結果、語ろうとする老人の声じたいがどこかへたちきえて行くことになる。老人の声ばかりではない。血縁で結ばれた注釈者たちの声もたがいに置換可能であり、独自の声紋をついには喪ってしまうだろう。聞こえるのはくぐもった匿名のざわめきばかり。ただ語ろうとする仕草だけがことばという非人称の場ではてしなく繰りひろげられる。

あらゆる作品はマラルメの夢みた〈唯一の書物〉の外典にすぎないのかもしれない。できあがるのはかならず偽書であって、しかもたしかに書物でもある。パンジェのテクストは結局どこにもない究極の書物の変奏、つねに失敗するためにけっして終わることのない変奏のようにみえる。

＊編註　この「ロベール・パンジェ」は、石崎晴己らとの共著『フランス小説の現在』の第五章「新しい小説家たち」に収められた七本の論考のうちの一本であり、注箇所での「「ヌーヴォー・ロマン」の章」という記述は、本書に収載の「ヌーヴォー・ロマン――継承と照応」のことを指している。

# ステレオタイプからテクストへ——ロベール・パンジェ『ソンジュ氏』(1)を中心に

あまりの常套句にどう応対するか、たぶんだれひとり悩むものなどいそうにない。嗤ってやればよいのだ。ただし慎重に、笑死しないように気をつけながら。というのも常套とよばれるだけあって、相手はそれこそいたるところ、つねに瀰漫しつつある言説にちがいないのだから。

いわゆる文学はほかならぬこの紋切型をなによりも憎んでいるようにみえる。その汚染にたいして、病的な潔癖症にとりつかれているのだ。手垢のついた修辞、擦りきれた譬喩など、それじたい紋切型の呼称でステレオタイプを指弾しつつ、それにかわるみずみずしい表現、まっさらの語法をひたすら捜しあてようとしている。異化などもたぶんその最新の変種にすぎないのかもしれない。

いったいなぜ、いつから、こんな固着が生じてしまったのか。ことばの鮮度にこだわりつづけるかぎり、書くことはきまって頓挫につぐ頓挫。たんにあらかじめ月並の地があるからこそ、斬新な文様がはじめてそこに浮かびあがるというだけではなくて、いつまでも擦りきれない言辞などむろんありうべくもないからだし、またじつは擦りきれるまえに、いっさいが書かれた瞬間たちまち修辞の体系のどこかに嵌めこまれざるをえないからだ。書くことはするとマゾヒズムの実践になりかわってしまう。紋切型を嗤うことじたい紋切型であるいじょうに、書けば書くほどクリシェを産みつつ、はじめの企図にそむき、たえず敗北しつづけていかなければならない。

これはどうやらきわめてパンジェ的な主題である。短篇集『ファントワーヌとアガパのあいだで』以来、ロベール・パンジェは手をかえ品をかえ、もっぱら語りの頓挫を語りつづけてきた。『マユあるいは素材』の小説、『バガ』の回想録をはじめ、旅行記、手紙、調書、寓話等々と、一作ごとにおよそ多様な語りの形式をつぎつぎと破産させながら、語ることにくりかえし失敗しつづけてきた(失敗するふりをしつづけてきた)のだ。(2) まるでつねに書きそこねるからこそふたたび書きだせるとでもいうかのように。かれは当然その過程でありとあらゆるステレオタイプに逢着する。というよりも虚構のなかの語り手たち、語ろうとする欲望に憑かれた人物たちが、それぞれに型にはまった物語のありようをくりかえし変奏してゆく。『ソンジュ氏』ではたとえば終章の「結論」、語り手の老独身者がひさかたぶりに街で出会った女流詩人の場合。

ルイーズ・ボチュはあたらしい詩集を上梓しようとしているところだ。まるではじめて聖体拝領の儀式にのぞむかのように、感動にみちた口調で、その詩集について語る。そのなかに出てくるのはただ日の出、青い鳥、花々、恋のたわむれ(3)……

この月並はけっして意匠の新旧にかかわるものではない。ソンジュ氏がやはり昔なじみの作家ロルパイユール嬢に再会してみると、かつて主張していた「わたしは……に生まれた」にはじまる年代誌的物語どころか、いまや一転「断片形式の理論的フィクション」だけを書きついでいるのだという。

それでたちまち猛然とまくしたてはじめるのだが、その論述のなかに出てくるのはただシニフィアン、シニフィエ、指示対象、メタファー、メトニミー、形態素、音素、サンタグム、アルゴリズム、中心紋、メタ言語、コノテーション(4)……

これはヌーヴォー・ロマンの周縁の戯画にすぎないとはいえ、意匠=衣装としてみるかぎり、ヌーヴォー・ロマンじたいもとうに一種の常套になりさがっているのだろう。『ソンジュ氏』では「ホテル」と題された章で、毎日昼食をとりにくる男のエピソードを三様に描きわけているうち、「いわゆる知的な方法」による「ヴァリアントⅡ」がある。その反=物語はもちろん「分断された複数のディスクール」「曖昧なことば」「集合的無意識」「条件法、不定法、括弧」「まったく形式的な反復」にみちみちていなければならないのだ(5)。

ようするに言語すなわち常套、制度だという水準まで降りていかなくても、いっさいがやがてステレオタイプに行きつくのだとしたら、だれひとり紋切型を嗤うことなどできない。ずらす？　たとえばロラン・バルトのように、どこへむかって進めばよいのかと自問しながら、はてしない転位の要請にしたがってゆくこと(6)。手段はそれだけしかないのだろうか。クリシェの汚染から遁れようとしたり、すくなくとも最小限の汚染にとどめようとしたりするかわりに、書くことの欲望をむしろ紋切型の過剰のほうにふりむけるとしたら……。

パンジェはだんここの逆転に踏みこんでゆくようにみえる。磨滅のはてのはてにこそ、動かしがたいことば、ものじたいのようなことばが、一瞬まぼろしのように現出するのではないか。じっさいある種の常套句ほど、詩のことばにもまして、異言語に翻訳不可能なものはない。『ソンジュ氏』のタイトルにも二重、三重の含意（「夢《ソンジュ》」「彼の私《ソン・ジュ》」）があるが、それにつづく連作の場合、書題の訳しにくさはまさにそれが常套句にちなんでいるからにほかならない。まずだいいちに『アルネ』[7]。これはいまふつうは牛馬の引き具のことだが、古語では甲冑、現代の用法では軍装の意があり、転義として軍職、つらい仕事をさすことがある。辞書の成句の項にも「アルネを背につける」「アルノワ（アルネの古形）のもとに白くなる」がならんでいて、前者は軍人となる、転じてある職業につく、後者は軍役に服して老いる、転じて仕事に孜々として老いるの意。そしてテクストも老作家ソンジュ氏がまたしても書きつける一文、「嬉々としてふたたびおぞましいアルネをつける」にはじまり、しかもその第一章が「文学」と題されてさえいるのだから、「アルネ」なる書題はなによりも語る行為、書字そのものを指示しようとしているのだ。ある紹介記事で『甲羅』と仮訳してみたのはまったくの苦しまぎれにすぎない。さらにつづいて『シャリュ』[8]。これもふつうは引き具につなぐ犂のことで、『アルネ』との平仄もきちんとあっているが、もはやタイトルを一瞥しただけでも、「犂を手にとる」「犂を引く」「犂をつけた馬」（それぞれ古い成句でみずからことにあたる、つらい労働をする、とんまな男）をたちまち連想してしまうだろう。

こんな多義性にたいする偏愛もヌーヴォー・ロマンに共通の常套なのかもしれない。ただしパンジェの場合、それが最初期のテクストから、なんらかの紋切型を核とした多義性にまず集中している。たとえば『マユあるいは素材』のナンセンスにしろ、たいてい転義的な成句を字義どおりにとったり、古義にさかのぼったり、それこそもう擦りきれたか、擦りきれかけた常套句の誤読（？）から産みだされてくるのだ。

ひとりのユーゴスラビア人が、いかにもお国ぶりの魅力《シャルム》をいっぱいにたたえて、地下鉄の電車を待っている。その魅力はもう自分がユーゴ風であることにあきあきしていて、扉のそばにいる半身不随の男にとびうつる。半身不随の男はみんなとおなじように立ちあがる。するとどういうことだ。かれはユーゴスラビア人を殴りたおす。まわりのものたちは呪縛される。半身不随の男は地下鉄に乗りこむ。ふたつめの駅をすぎたところでくずおれる。身体のすっかりよじれたもとの麻痺患者にもどっている。ひとびとはあまりの混雑で気にもとめない。それに魅力はもうほかのだれかにとりついている。醜い娘に。娘が気づいてみると、男たちの視線がとつぜん自分のほうにむけられている。(9)

「お国ぶりの魅力」なる紋切型には「魅力」ならずともうんざりする。しかしなぜ半身麻痺の男がいきなり動きまわりはじめるのか。欧文をすべて後註にまわした訳文ではただ不条理があるだけだが、フランス語ではそこに必須の経緯をたどるか、すくなくとも逆算することができる。「魔法にかかったようにみずからを持している（嘘みたいに健康だ）」という成句があるからなのだ。「シャルム」とはもともと呪文、魔力のことで、護符、魔法の薬までついでに含意する。ここでだけやむをえず欧文を提示しておくと、問題の成句は《se porter comme un charme》。さらにパンジェ固有の誤読法をおしはかると、たぶんこの代名動詞が間接目的補語の se をとったかのように、「シャルムのようなものを身につけている」と読んでもかまわないのだろう。「シャルム」がついた男はしたがってたちまち健康体にならざるをえない。そして動詞「殴りたおす《assommer》」には「うんざりさせる」の意もあるから、辟易させられた「シャルム」が男をつかって復讐し、こんどは辟易させる側にまわったというように読むこともできる。「シャルム」はこのあともあちこちを飛びまわったあげくに、とどめに飛行機のステュワードにとりついてしまうため、ちょうど蛇の眼に射すくめられた蛙のように、その飛行機さえふいにエンジンが停止して海に墜落するはめにおちいるのだ。

凝固した表現によるおもいもかけない意味の生成。『ソンジュ氏』ではこの紋切型をめぐるゲームがさらにいっそう過剰になろうとしている。初期のテクストではそれが一見ナンセンスな「たわごと」、悪夢のようなイメージを産出しつつ、いわば語りのステレオタイプ、語りのリアリズムの解体をよそおっていたのにたいして、こんどは語ることばじたいの脈絡も型どおりにたどることができるし、語られたいちいちの細部もたしかにありそうな、というよりもあまりにありきたりで、むしろ日常とよびうるかもしれないステレオタイプをそのまま演出しているかのようにみえる。第一章「年金生活者」の発端がくまなく予告するとおり、どんな挿話もつねに、常軌を逸するほどに、それだけとりだせばおよそ平明で退屈きわまる場面にこだわりつづけてゆくのだから。

ソンジュ氏はバルコニーの陽だまりに腰かけている。余生にはいった男なのだ。家政婦といっしょに、海辺の別荘に滞在している。アガパの町までわずかのところで、これは夏はひとでいっぱいになり、冬はおよそなにもない小さな保養地である。

ソンジュ氏は空のコーヒー・カップをテーブルにおいて地方新聞をひろげている。読んでいるわけではないのだが、ソンジュ氏みずからの目からみて、それがないと格好がつかない。かれほどの年齢になると、それまでの生涯をすごすにあたって、自分自身のあらゆる性癖を監視しつづけ、自分自身のあらゆる反応を弁明したり、非難したりしつづけてきた人間の場合、もはや恣意的な生活などほとんどできなくなってしまっている。自分の頭のなかに、ちゃんとした人間の精神のありようにしろ、平常心にしろ、そんなものを映しだすはずの姿勢をいくつもたくわえている。午前十時、海にむかって新聞なしに坐っているだなんて、やるべきことではない。(10)

こうして物語らしい物語の定型までそっくりなぞられようとしているのだ。ヌーヴォー・ロマンの大勢にさからうかのように、架空の町とはいえ、地名がいきなりあらわれるし、登場人物がはじめから名前、立場をもち、性格らしきものまでそなえている。すくなくとも型と習慣にとらわれている男なのだ。ナタリー・サロートがかつてとなえた無一物(11)どころか、部屋数のある家も、庭園も、さらには家具類もふんだんに所有していて、その描写がほどよい均衡をたもちながら、いかにも典型的な隠遁生活の書割をすこしづつかたちづくってゆく。ソンジュ氏はそのただなかで海をながめ、浜辺の塵芥をかたづけ、テラスのテーブルでウェルギリウスの著作集をひもとくだろう。そして十年一日のごとくに、郵便の配達、儀式のような老女中との応酬、定時に昼食をつげる鈴の音……。

しかしこれほど波瀾のない日常もとうてい語りつくすことができない。というよりも紋切型のはてしない蒐集が、その過剰がかえって渾沌をまねきよせるのか、物語がやがてこの昼食のあたりからじりじりと変質しはじめてゆくのだ。料理のレパートリーも給仕の仕方も、女中にかけることばさえもとうに定まってはいるが、たとえばチーズの種類に応じて、「カマンベールなら食べごろかねとたずね、グリュイエールならねっとりしているかねとたずね、ブルーならブレスのだね(12)」とたずねるわけだし、また果物の種類によっても、バナナ、オレンジと、食べる手順についてそれぞれにつくさなければならない。食後の習慣ともなればまずコーヒーをすぐに飲むかいなか、飲めばすぐ二杯目をつぐが、それをこんどはどこで飲むか、飲まなければいつのまにか居眠りをするか、そうでなければ云々と、語りはもうポイントごとにとめどなく分岐していってしまう。

前者の場合、つまり二者択一ぅとうとするかいなかにおいて、つまりそれじたいも最初の二者択一コーヒーを飲むか冷めるまでほっておくかの後者の選択から生じた二者択一において、前者になった場合、ソンジュ氏は二杯目のコーヒーを飲み、ついでに立ちあがると、テーブルの周囲をまわりながら省察にふける。後者の場合、つまり(13)……

この枝わかれがさきへ進むと、最初の二者択一からの道筋がひとつの選択ごとに再確認されるのだから、翻訳などとうてい不可能な長文のなかに、「前者」「後者」「下位選択肢」「下位-下位選択肢」などが錯綜することになる。分岐点の大半にあらわれる居眠りのように、またふりだしに戻るような堂々めぐりもしばしば出来する。それでいて収束にたいしたちがいがあるわけでもない。どんな経緯をたどるにしろ、出てくるのはいつも「おなじ省察」でしかないのだし、ソンジュ氏は結局のところ、「請求書の束をしらべ、テーブルのまわりを歩きまわる(14)」にきまっているのだ。それから庭に出て、鉄のテーブルにむかって腰をおろすと、またしても断続的な睡魔。その叙述はしかも発端のステレオタイプとどうように淡々としている。こうして定型のきちがいじみた増殖ののちに、その第一章をしめくくるにあたって、ふたたび退職官吏の生活にちなんだ平穏なステレオタイプが描出されるだろう。物語はそしてたしかにそのあいだにある。それは午前と午後と、月並なふたつの情景をつなぐ運動、祖型から祖型をつむぎだす生成じたいにほかならないからだ。

じつは前記の女流詩人と女流作家の挿話もまったくおなじ過程にしたがっていた。ふたりとも極端な紋切型、ちょうど両極端の紋切型をみずから提示するとともに、最後にソンジュ氏から、あまりにもありふれた同一の感慨をひきだすため、その反復のためにこそ登場してくるかのようにみえる。「ああ女というやつ、これにはいくつになっても驚かされる!」[15]。ようするにふたりとも、たがいに排斥しあう選択肢でありながら、ステレオタイプということにかけてはあくまでも瓜ふたつなのだ。コーヒーを飲むにしろ飲まないにしろ、それが年金生活者の日常であることにすこしも変りがなかったように。

語られる場面ばかりではない。瓜ふたつという主題じたいもあらわな紋切型にちがいないとしたら、こんどはそれがテーマ系のレヴェルでも物語の産出にぎりぎり利用しつくされないはずがない。たとえばソンジュ氏は第二章の「八月」で女中に「ソジーという名をつける」。これはモリエールの『アンフィトリオン』をはじめ、喜劇に出てくる召使の名の典型であるばかりか、普通名詞としても瓜ふたつの人間を意味している。この章ではじっさいすくなくとも二度、あらゆる叙述がかならずそっくり復誦されずにはいない。ソンジュ氏の夢想とその実現というかたちをとるにしろ、たんになんの変哲もない一日の再来というかたちをとるにしろ、物語はひさかたぶりの姪シゾー[16](!)の訪問をめぐって、そんな反復と蔓延する類似と、対句と連禱と、「ソジー」の主題をあますところなくほとんど自動的に展開してゆくのだ。

女中はただちに応える。眼鏡も写真も要りませんね、あなたの顔は伯父さんにすっかり瓜ふたつですよ。それにおなじ性格におなじ偏執でしょう。言語にたいする偏愛と、人間にたいする嫌悪と。なんでそんなことをいうの、ソジー、とシゾーはいう。

だって真実だからですよ、とソジーはいう。[17]

姪のシゾーはソンジュ氏と瓜ふたつであり、たぶん女中のソジーの鏡像でもあって、この連鎖はおまけにどこまでも拡張することができる。シゾーはほんとうに存在するのかどうか、ソンジュ氏の妄想の産物にすぎないのかもしれないのだが、その語りをもたらす相似の原理にはすこしも疑問の余地がない。つまり相同によって、ステレオタイプがみるまに自己増殖する。ソンジュ氏を姪が、ついで女中が反復するうちに、偏愛されることば、瓜ふたつのことばだけが、まるでジョーカーのようにいたるところに跳梁する。その過程だけはもう「事実」をこえた「真実」なのだ。なにしろ「およそことなる状況について、無限におなじ文例を使うことができる」[18]のだから、同語反復がまるで系統樹のように、下位対偶、さらに下位－下位対偶へと、双子のテーマによる虚構の触手をきりなく枝わかれさせてしまう。自己分裂による無性生殖のようなフィクションの生成。というよりも『マユあるいは素材』のおない年の十四人兄弟のように、一見箍のはずれたありえない繁殖なのだろう。この姪もいつのまにか甥たちになり、ソンジュ氏はやがてその甥たちと、甥の子供たち、甥の甥たち、さらにその子供たちをあつめて一大パーティを開催する。その会食にははじめてエドゥワールと洗礼名でよばれるソンジュ氏の旧友三人、やはり老独身者でいわば四つ子のようなエドモン、エティエンヌ、エルネストにくわえて、それぞれの甥たちの一家眷族も招待されるのだが、いったい何人やってきたのか、何回数えてもはっきりしないほどの混乱のなかで、ソンジュ氏はもちろん滑稽かつありがちなとりちがえをくりかえし演じつづけなければならない。

それからエドモンの一家が到着する。ソンジュ氏は迎えに出て旧友を抱きしめるが、相手はすこし抵抗し、たぶん伯父とおまちがえになったのでしょうけれど、ほら、あれが伯父ですという。ソンジュ氏は笑いながら歩みよって、調子がずいぶんよさそうじゃないか、ほんとうに……といいかけるが、いいおわりもしないうちに、相手はいう。たぶんおまちがえになったのでしょうけれど……[19]

「ソンジュ家の饗宴」はしたがってドタバタ劇じみたものになりはてざるをえないのだが、それはたんにステレオタイプがいくえにも折りかえされ、あまりにも過剰に書きつらねられてしまった結果にすぎない。そのくせ宴がひとたびはててみると、ソンジュ氏もかれの甥も、またしても平凡きわまる情景のきれはしだけしか記憶していない。料理がすばらしかったこと、なんておいしいんでしょうと口々にいいあい、食物談義がとりかわされたこと、趣味とコレクションの話、子供たちがさわいだこと……。

ステレオタイプとはむろんはじめから、またついに箍そのものでありながら、どこかで箍のはずれた力でもある。物語という枠組をそうして保証するとどうじに、ほんの一瞬にしろ、唯一その枠組を破砕しうるかもしれない力をちらりと夢想させてくれもするのだ。それはみずからを無秩序にみさかいなく反復させつつ、反復による秩序そのものをつくりあげるだろう。逆にこの文脈のなかにあるかぎり、どんなに突飛な挿話にしろ、きまって反復による馴致の影響をこうむらずにはいない。というよりもその馴致にやすんじてみずからを託すことができる。たとえばいつも十一時と正午のあいだに、カーラーをつけた盲の老女がソンジュ氏の家のまえを通りすぎるのだが、やがてそれが強迫観念のようにソンジュ氏にとりつくまでになると、女中の口から、カーラーをつけた盲の老女でいっぱいの養老院があって、毎日ひとりづつ交代で散歩しているということがあきらかにされる。復誦による紋切型はそんな妄想まで可能にするのだ。すなわちこれまたありきたりの定式として、ひとりとして特異ならざる人間はいないのだし、ひとりとして相同ならざる人間もいないのだから。

最後に言語じたいのレヴェル。虚構のレヴェル、主題系のレヴェルいじょうに、紋切型はここでこそ猛威をほしいままにしている。ソンジュ氏は姪の訪問の場面で、彼女が昔の習慣を忘れてしまったと非難しつつ、自分もしばしばもの忘れし、その記憶力の減退をしきりになげくのだが、それは老人の生理のリアリズムであるとどうじに、その日のご馳走、兎のシチューとともにやってくることばの失調なのだ。

彼女は十一時半の特急で到着し、まず台所によって、なんのご馳走かみようとするだろう。

しかし突然、ソンジュ氏の脳髄のなかですべてがぼやける。あっというまに、兎が鍋からとびだし(20)……

兎はソテーされるかわりに、鍋のそとへと跳躍《ソテ》する。このあとも兎料理がまるで物語すべての結節点のように生起するたびごとに、姪が「うーん、おいしい」とだけ復誦しつづけ、ソンジュ氏の脳髄になにかがひっかかり、記憶にくりかえし杜絶が生じてしまうだろう。元兇はたぶん野兎をめぐる一連の成句。「野兎がそこにひそんでいる」とあればそこに問題の核心があることだし、「野兎を狩りだす」とあればやっかいな問題をいきなりつきつけること、「兎の記憶」とあれば薄弱であてにならない記憶のことを指示しているのだから。女中が献立を秘密にしようとするのも(「お嬢さま、まだまだびっくりなさいますよ」)、あるいは「ラビット・パンチ」、すなわちだましうちの謂からきているのかもしれない(21)。

紋切型に、ことばに導かれるままに、手にしたペンの運動に身をまかせること。ソンジュ氏はすべて自分のことばでないと暗にことわってみせる。作者の死、エクリチュールの論理と、そういえばやはり身も蓋もないステレオタイプにおちいってしまうが、パンジェはそこでも奇妙な常套句とのたわむれ(またしても紋切型)を用意している。難問はなによりも「筆〔プリュム〕」の動きにつれて解決されなければならない。この装飾品の謎めいた軽さはよく知られている(22)」というのだ。「プリュム」とはペン、羽根、羽根飾りで、だから羽毛のように軽い。その軽さにつきしたがっているかぎり、どんなことでも起こりうるにちがいないが、それはたとえばまず字義につきすぎたナンセンス＝ステレオタイプの重合だったりする。

日が暮れると、街の騒音がひどくなるようにみえる。まるで昼の光がその音を忘れさせていたかのようだ。ペンがいまなにを読ませてくれようとしているのか考えながら、ソンジュ氏は書きちらす。ところがそのことを考えれば考えるほど、ペンがさきへ進まなくなる。ソンジュ氏はしたがって、頭がからっぽなものだから、街の騒音にかんするおなじ文をずっと書きつづけざるをえない。

それがあまりにもくりかえし書きつけられたせいで、騒音がとてつもなくふくれあがり、ソンジュ氏はおかげで耳をふさぐためにペンをおかなければならない。
そこへ友人がやってきて、なにを書いているのかと訊ねる。ソンジュ氏はその文章を読んできかせる。友人はありきたりだと判断し、だいいちまちがっているよ、騒音なんて皆無じゃないかとつけくわえる。ソンジュ氏はわたしが書いているわけじゃないんだと応え、友人は辞去しながら、筆禍ということに思いをめぐらす。(23)

これが紋切型＝ことばの力そのものなのだ。ひとつまたひとつと、筆がさらなる常套を捜しもとめてゆくあいだに、なにか突拍子もない事態がかならずその過剰のなかに凝集する。それが一瞬まぼろしのように通りすぎると、「筆禍」というおちがここにもあったように、おもわず笑わずにはいられない定型をかたどった収束。ステレオタイプからの遁走がつねに頓挫、悲嘆、不能をもたらすのにたいして、過剰なステレオタイプの蒐集こそ、いまここに、紋切型による紋切型への哄笑をあっけらかんと現出させるだろう。みずみずしい表現のかわりに、とうに老いたことばをいかにふくらませ、いっそう過度に老いさせるか。老ソンジュ氏のテクストはこうしてステレオタイプにいつまでも回帰しようとしている。ソンジュ氏と姪シゾーの箴言めいたやりとりにしたがうとしたら、皮肉なことに、まさにただひとつ「きまり文句こそわが回春の秘薬(24)」にほかならないのだから。

## 註

(1) Robert Pinget, *Monsieur Songe*, 1982, Ed. de Minuit.
(2) これら一連の失敗譚については『フランス小説の現在』(高文堂出版)、V「ロベール・パンジェ」, pp. 98-111.
(3) *Monsieur Songe*, p. 135.
(4) *Ibid.*, p. 134.
(5) *Ibid.*, pp. 128-129.
(6) Roland Barthes, *Roland Barthes par Roland Barthes*, p. 75, 1975, Seuil.
(7) Robert Pinget, *Le Harnais*, 1984, Ed. de Minuit.
(8) *Charrue*, 1985, Ed. de Minuit.
(9) *Mahu ou le matériau*, p. 52, 1952, Robert Laffont.
(10) *Monsieur Songe*, p. 11.
(11) Nathalie Sarraute, *Ere du Soupçon*, p. 57, 1956, Gallimard.
(12) *Monsieur Songe*, p. 19.
(13) *Ibid.*, p. 20.
(14) *Ibid.*, p. 22.
(15) *Ibid.*, p. 134, p. 135.
(16) Sosie と Siso。パンジェにおけるアナグラムと対称形の固有名詞については、Naoki Enaka, *Robert Pinget ou le pouvoir des lettres*, in Etudes de Langue et Littérature françaises, No. 40, pp. 135-136.
(17) *Monsieur Songe*, p. 33.

(18) *Ibid.*, p. 41.

(19) *Ibid.*, p. 117.

(20) *Ibid.*, p. 35.

(21) 《c'est là que gît le lièvre》《lever un lièvre》《mémoire de lièvre》《coup du lapin》.

(22) *Monsieur Songe*, p. 29.

(23) *Ibid.*, p. 92.

(24) *Ibid.*, p. 64.

# ヌーヴォー・ロマン以後——さまざまな模索

## ソレルスとル・クレジオ

ヌーヴォー・ロマンはある回帰不能な一点を超えてしまったのだろうか。どうやらそのようにみえる。あとは隘路と袋小路。そんな判決をくだしたがるものも多いだろう。けれども小説という形式の歴史じたい、つねに隘路と袋小路の連続だったとみることもできる。新しい地平はそれが切りひらかれたとたんに袋小路とならざるをえない。たとえばプルーストの『失われた時を求めて』、それからフローベールの『ブヴァールとペキュシェ』もたぶんこの反転の一瞬である。そしてヌーヴォー・ロマンはその連鎖のどんづまりに位置している。

この現在の小説の切羽をもっともよく代表しているのはテル・ケル誌の主宰者、フィリップ・ソレルスかもしれない。彼は二十歳のときに書いた短編『挑戦』*Le Défi* で登場した。ついで翌五八年アラゴンらに絶讃された『奇妙な孤独』*Une curieuse solitude*。この二作はいたって古典的（文語的）な文体をもつ規矩ただしい恋愛心理小説だった。しかしみずみずしい官能性はたちまち書くことの自覚にからめとられてしまう。あきらかにヌーヴォー・ロマンの影響のもとに、小説を書きつつある「ぼく」の意識を描いた六一年の『公園』*Le Parc*。さらに次作の『ドラマ』*Drame*（六五）ではそんな一人称による小説のためのノート、死、生殖、夢などをめぐる断章に、書きつつある「ぼく」をとらえる言語の場とか、「ぼく」の意識・無意識のはたらきなどを分析した断章、つまり三人称によるメタ小説とでもいうべきものが重ねられていて、その試みがこんどはヌーヴォー・ロマンを突きぬけ、逆にクロード・シモンらに大きな影響をあたえたとさえ考えられる。以後ヌーヴォー・ヌーヴォー・ロマンともよばれる『数』*Nombres*（六八）、『法』*Lois*（七二）、『H』（七三）、テル・ケル誌連載のテクスト『パラディ』*Paradis*（八一）まで、いよいよ尖鋭化する方法意識のもと、言語学、マルクス、フロイト、聖書など、あらゆる知と思想の領野をジグザグによぎりつつ、小説の革新どころか文化・社会の革命をめざすことばの極限に挑みつづけている。

ソレルスはたぶん思いこみのきわめて強いひとなのだろう。そうでなければあれほど転向を繰りかえし、書法変革をいちずにおしすすめえたはずがない。一方、つねにソレルスに対比されるJ・M・G・ル・クレジオではだいぶようすが違っている。彼はソレルスほど過激ではなく、統辞法や物語性のいっさいを扼殺したりはしない。しかしその〈読みうるテクスト〉のうえにもやはりヌーヴォー・ロマンの濃い影がただよっている。

というのもル・クレジオがもし十九世紀に生まれていたら、きっとおそるべき物語作者になっていただろうと思えるからだ。二十三歳のときに発表した処女作『調書』*Le Procès-verbal*（六三）からもはっきりうかがえるとおり、彼にはまぎれもない〈文体〉と話術の才能がある。その資質にとってはヌーヴォー・ロマンも一種の軛だったのだろう。もはや日常のできごとを〈模倣・再現〉する物語など書くことができない。「ただエクリチュールだけ」が中心を占めるにつれて、初期の作品にはまだ残っていた物語性も『戦争』*La Guerre*（七〇）、『巨人たち』*Les Géants*（七三）としだいに希薄になっていった（もっとも『砂漠』*Désert*（八〇）でいくらか小説らしさへ回帰したとみられなくもない）。

ル・クレジオといえばすぐ都市文明の闇、太陽にひたされた物質との親和そのほかの主題系や、幻視による詩的世界がいきなり問題にされるが、すべての発端がまず言語、書く行為の自覚にあったことを忘れてはならない。どんな幻視の風景もことばによって産みだされるのだ。いいかえれば都市の荒廃にたいする反撥も宇宙的な夢想によるその闇からの脱出も、現実を表象するかわりに否定することばのばねを武器にしている。現実とはことなるものを産出することばの力。小説の起原もほんらいその斥力にあったはずだ。ル・クレジオのとなえる「非個人的な詩」、いわば神話的な想像力の束への融合にしろ、あるいはソレルスらのテクストの概念、あらゆる作品がその断片であるようなテクストの網に通底しているのかもしれない。

## 新しいエクリチュールの展開

すでにさまざまに論じられているこのふたりから目を転じると、とりあえずヌーヴォー・ロマン系とみなしうる作家たち、とりわけ『開』*Ouverture*（六六）シリーズのジャン・ティボードー、『オポポナクス』（訳題『子供の領分』）のモニック・ウィティッグがいる。ふたりともロブ＝グリエが文芸部長をつとめるミニュイ社から六〇年代前半に処女作を出した。ティボードーのほうはのちにテル・ケル叢書に移っている。したがって彼のいう「自叙伝としての小説」（テル・ケルの『理論総括』所収）とはむろん作者の自伝を意味するわけではない。彼はあるひとりの作家をたまたま構成することになった現実的所与から出発するふりをしながら、そんな基盤をしだいに無化し、ただことばだけが開いてゆく幼年期の光や欲望の闇のなかに、不透明な〈ぼく＝作家〉をとけこませたりまぎれこませたりする。それはみずからの生成を無限に指示しつづけるテクストの自叙伝というべきものだ。

たとえば『夜を想像せよ』*Imaginez la nuit*（六八）（『開2』）をとると、書題とおなじ起句にはじまり、それにつづく二人称の要請、「どうなっているはずか想像せよ」、「想像したものを視よ」等々に応えるように、一人称の「ぼく」が産みだされてくる。その「ぼく」が想い、眺めるにつれて、「はじめは底しれぬ闇」だったところに「光がさし」、「夜が色づき」、物語の世界が少しづつ彩度をましていったあげくに、あらゆる色彩＝虚構の重合がつぎのような結語、これまた視力を奪いとる白一色の空虚のなかに解消されてしまう。

「おもて、底には、ますます深く、ますます白くふりつもる雪。だからすべてがひとつに溶けあい、すべての物音がくぐもって圧しころされる。ぼくは寒い、狂っている。もう語られてしまったことだ。物語」

話線は最後の読点を打たれぬまま、こうしてふいにとだえる。物語は「物語」という結句に行きつき、完結をよそおったとたんに消失する。漆黒の無からあらわれたことばが純白の無をつくりだすまでの物語。これはちょうど書くこと、読むことの場と時間に比例していて、表表紙と裏表紙にはさまれた書物という過程そのもの、ことばの運動が一語また一語と物語を築きあげ、しかし築きおえたとたんにふたたび無にかえる過程そのものに符合している。ただし書いたり読んだりするまえとあとではことばの経験によるなんらかの変容が生じるにちがいない。『夜を想像せよ』における光の獲得はまたその事実についても語っている。

他方、ウィティッグの場合はすこし事情がことなり、そのテクスト性よりも、むしろフェミニスムという〈主題〉の次元でとかく云々されがちのようだ。この読解のかたよりにもいちおう無理からぬところがあり、まずなによりも女権運動の闘士という選択において、ウィティッグを前衛的な女流作家の典型とみなしうるのかもしれない。たんに男性の読者がそう思うだけではなく、彼女にいわせれば女の奴隷制を支えてきた言語・神話の体系と、その顛覆をめざすテクストとの軋轢が、このすぐれた作家の位置を規定してしまっている。

闘争は第二作の『女ゲリラたち』*Les Geurrières*（六九）からはじまった。メディシス賞をとった『オポポナクス——子供の領分』ではまだおもてだった動きはない。この処女作は全篇現在形で書かれていて、ひとりの少女におこったかおこりえた事件の報告ではなく、読む行為じたいが物語をつくり、幼年時代にかんする神話から読者をときはなっていくテクストであり、おそらくヌーヴォー・ロマンの影響が生んだもっとも美しい作品のひとつということができる。『女ゲリラたち』の衝撃はそれだけにいっそう大きかった。そこには六八年の五月革命に通じるあきらかな断層が走っているようにもみえる。一種のスキャンダルをもたらしたその〈内容〉を要約すると、女たちが奴隷状態からの解放をめざし、男性優位の文明・社会をくつがえすために、みずからにまつわりつく象徴の網をふりすて、いっせいに武器をとってたたかうという物語である。いわば空想の「階級闘争」をうたった壮大な叙事詩。それがやはり紋切型にみえるところに現在の位相をさだめうるにちがいないが、ウィティッグは『レスビアンの躰』*Le Corps lesbien*（七三）、『愛しあう女たちのための辞書草案』*Brouillon pour un dictionnaire des amantes*（七六）といさいかまわず前進し、ついに男たちを戯画化することさえやめ、ほぼ完全な男性無視にまでたどりつくだろう。

しかしウィティッグのことばが力をもちうるのはたんに〈主題〉の切実さのみによるものではない。問題はだいいちに「女たちを描きだすことばを発明すること」にあった。『女ゲリラたち』の語り手はじつに無数の女たち、「大胆で仮借するところのない女戦士」一人ひとりであり、その声の束がいかにもあらたな叙事詩にふさわしいことばの世界を開いている。数ページごとに列挙される女たちの名前。さらには章の区切にあたるところに挿入される全ページ大の円環。それはいっさいの語りの原点、いっさいの生命の原点にほかならない。

「彼女たちはときどき歌いはじめる。その歌から聞えてくるのはただOの連続だけだと彼女たちはいう。だから、その歌は零とか円とかOをおもいださせるすべてのものと同様、陰門の環を彼女たちにおもいおこさせる。」

記号Oはこうしてテクスト全体を支配している。虚構のさまざまな要素もまず記号の整合を策していて、「O連合軍」は「すべて頭文字にOをいただく」女戦士からなり、そのもっともおそるべき武器も「オスパ」とよばれているのだ。

結局ウィティッグは女性のエクリチュールの確立をめざしているとみることができる。『内部』*Dedans*（六九）『第三の身体』*Les Troisième Corps*（七〇）などで注目をあつめ、最近は「女性社」から作品を出しているエレーヌ・シクスースもふくめ、それは前衛的な女流作家たちに共通する姿勢にちがいあるまい。彼女たちはつまり意味の体系にはたらきかけようとしている。文学における意味とはむしろんことばの指示物じたいではなく、むしろ〈語感〉の側にかたむいてゆくはずだが、それがほとんど男性の価値でくくられているとしたら、そのコノテーションの制度をすこしづつ編みかえてゆかねばならないからだ。この遠大な企図がはたしてなにを産みだすのか、いまはまだほんの胎動の時期にすぎないのかもしれない。

## 文法への挑戦

もういちど復誦しておこう。新しい作家たちにはことばにかんするひとつの基本認識がある。言語とはいわゆる〈世界＝現実〉を表象する媒体ではなく、それをいかに分節するか、すなわちそのありようじたいを決定する装置にほかならない。人間的な世界を切りとるものこそ言語であり、その変革がただちに〈世界＝現実〉の変革につながってゆくというのだ。対象はあくまでも言語である。しかも意味・コノテーションの水準のみにとどまらず、いまや意味を可能にする統辞・文法の水準にまで踏みこまざるをえないのだろう。

じっさいそれがヌーヴォー・ヌーヴォー・ロマン固有の問題性でもあるようにみえる。小説は言語＝文法を問わねばならないのだ。フランス語という言語は思考の形態をどのように規制しているのか。人類の思考の一般性がいつの日か言語の深層構造から抽出されるとしても、個々の言語の特殊性がそれで消えうせるはずもあるまい。直説法、条件法、接続法をへめぐるフランス語の動詞。日本語はもちろん、直説法と仮定法しかもたない英語とくらべても、事象の分節・把握のありかたがまったくことなっている。ソレルスらをはじめとするテル・ケル派はそんなフランス語文法（学習の手引ではなく構造としての文法）と戯れているのであり、それが彼らのテクストの難解さ、すくなくとも訳書における難解さの一因だったらしい。翻訳不可能性はふつうそうであるような作品の結果ではなく、ここではフランス語の構造解明という作品の目的そのものに組みこまれてしまっている。

したがってこれからとりあげるジャン＝ルイ・ボードリーの場合も、日本語で記述しうる部分がきわめて少ないため、『人称』*Personnes*（六七）を中心に、比較的わかりやすい代名詞のドラマをざっとなぞっておくことしかできない。それはすくなくとも作品の骨組ではあった。『人称』は文字どおり人称代名詞のからみあう舞台であり、その用法と機能、とりわけフランス語の三人称単数 il（彼・それ）elle（彼女・それ）の特性を最大限に活用している。

「私がいま elle によびかけようとするなら、私にその遁走を想起させるいっさいをよびさまさねばならないのかもしれない。さいわいにも、あらたな一語があらわれるたびごとに、ある意味が開いては没しさり、私はあまりにも厳密な書割で elle を釘づけにすることを避ける。」

この elle はなにをさしているのだろう。代名詞がなにをうけているのか、たいていは文脈から一意的に定まるものだが、ここではどうしても特定できないばかりか、それが人間なのか物なのかさえ判然としない。elle はこの物語の女主人公でもあり、いま書かれつつある文 la phrase でもありうる。『さまざまな人称』では代名詞をふくむあらゆる文がいくとおりもの読みを可能にするのだ。フランス語の三人称のほんらいにそくして il はテクスト中のあらゆる男性名詞を、elle はあらゆる女性名詞を代行しようとしている。読者はほとんど無限に近い読みの順列をしらみつぶしに実践してゆくほかな

| | je | elle | il | je | il | elle | elle | je | il |
|---|---|---|---|---|---|---|---|---|---|
| elle | 1 | 5 | 13 | 21 | 29 | 27 | 19 | 11 | 3 |
| il | 9 | 33 | 37 | 45 | 56 | 51 | 43 | 35 | 7 |
| je | 17 | 41 | 57 | 61 | 69 | 67 | 59 | 39 | 15 |
| il | 25 | 49 | 65 | 73 | 77 | 75 | 63 | 47 | 23 |
| je | 32 | 53 | 72 | 80 | 81 | 79 | 71 | 55 | 31 |
| elle | 24 | 48 | 64 | 76 | 78 | 74 | 66 | 50 | 26 |
| il | 16 | 40 | 60 | 68 | 70 | 62 | 58 | 42 | 18 |
| elle | 8 | 36 | 44 | 52 | 54 | 46 | 38 | 34 | 10 |
| je | 4 | 12 | 20 | 28 | 30 | 22 | 14 | 6 | 2 |

い。さらには何もうけない代名詞があることも計算に入れねばならない。さきほどの「文」がじつはそうだったのだが、代名詞は文中にはけっして名ざされない名詞を逆に喚起してしまう。elle = 文に対抗するかのように、il は物語のなかの男と同時に書物 le livre なる名詞も指示していて、この代名詞の対偶が『人称』を書くことについての物語にしたてあげてゆくのだろう。

ことは作品構成の要素にいたっていっそうくっきりと浮彫にされる。この作品は八一（三の四乗）のシークェンスからなりたっているが、それも三つの代名詞（il・elle と「私」je）をまんべんなく組みあわせるためであり、巻末には各断章に代名詞をわりふる配電盤のような表までつけられている。

つまり三要素による六とおりの配列（je, elle, il/je, il, elle/…/il, elle, je）を横軸と縦軸に分配し、八一の枡目に規則ただしく数字を配置したうえで、たとえば断章1では主節に je、従属節に elle をはめこんだ文、断章33では主節に elle、従属節に il をはめこんだ文をつらねてゆくのである。もはや疑問の余地はまったくあるまい。この小説の主役は作中人物《ペルソナージュ》ならぬ人称《ペルソンヌ》なのだ。

ボードリーは次作『創造というもの』*La "Création"*（七〇）でも代名

詞の活性化を追いつづけている。ことに物語の掉尾、「私 je」ははっきりと、私自身が閉じこめられている塊《ボオリューム》＝書物の内部に、一定の緩慢な航跡をみてとった」というような文において、一人称のあらたな用法の誕生にたちあうことができる。作者ボードリーはおろか、虚点としての話者、仮定された書く主体一般でさえなく、いま書かれつつあるテクスト、そこまで書きつがれてきたテクストじたいを指示する「私」。これはみずからについて語るテクストの一人称という新機軸にちがいあるまい。

ただこうしてできあがった作品が豊かな〈主題〉を産みだすことも留意しておく必要がある。文法の伴侶はかならずしも無味乾燥ではない。『創造というもの』は〈文学〉〈創造〉なる神話への問いかけであると同時に、四季の循環による死と再生、古代の四大文明にたくした聖性の宇宙論、夢にみなぎる生殖とリビドーなどの物語でもあった。

ボードリーにいわば雁行するジャン＝ピエール・ファイユの場合も事情にかわりはない。彼は六七年にテル・ケルからはなれてシャンジュ誌を創刊したが、そのテクストはやはり「言語学的小説」とよばれるていのものだ。物語の像はたえず溶けさって行くとはいえ、虚構の輪郭はおおづかみながらたしかにとらえることができる。たとえば『インフェルノ・陳述』*Inferno, versions*（七五）はかなりきわものめいた状況小説の要素さえふくんでいる。これは地底と空中で繰りひろげられるふたつの「作戦」の物語らしいのだが、映画の撮影がいつのまにか現実のアクションになることばのだまし絵をとおして、かたや地下の叛乱、かたや飛行機のハイジャックと、ユダヤ人の戦いとパレスチナ人の戦いのまぼろしがそれぞれ相似と対照のうちに浮かびあがってくる。このいたって政治的な〈主題〉にもかかわらず、読みの重心はどうしても継続する語りの原理、断片を組織する「陳述」の方法にかからざるをえない。ファイユの工夫はまさにそんな読解を誘導するところにあるからだ。

なかでも示唆的なのは完成に十年以上をついやした連作『六方書系』*Hexagramme* である。これは六つの物語《レシ》からなる共鳴の場＝小説《ロマン》であり、そのどれから読みはじめても、どんな順序で読みついでもかまわない網状のテクスト群なのだ。六冊の書物にかこまれた虚空のなかに、語りと語り手、読みと意味そのほかの構図がかならず産みだされてしまう。全サイクルをひととおり踏破したあとなら、各巻をかってにときほぐし、第六作『トロイアびと』*Les troyens*（七〇）の一ページを第一作『通りのあいだで』*Entre les rues*（五八）の一ページにつないでもよいのだろう。

　文法の問題にもどれば第三作『振動』*Battement*（六二）などにみられる人称と時制のねじれがとくに目をひく。ファイユみずから『物語の理論』に引用した言語学者バンヴェニストの指摘にもあるとおり、談話の場においてはふつう一人称（および二人称）と現在形が、事件の叙述においては三人称と半過去形が支配的であるのにたいして、『振動』ではその対偶の関係がすっかり捻転してしまっている。いっさいの物語はつねに **je**・半過去と **il**・現在という異常な結合、「半過去形による物語の〈私〉——現在形によるその描写の〈彼〉」のあいだを振動しているのだ。つまり〈私の物語〉はすでに過去にたくされたものの、過去形の叙述はすすむにつれて〈私の行動〉をいま産みだしてゆくから、その〈行動する私〉が同時に〈彼〉としてながめられ、現在形で描かれてゆく。

　そこに顕現するものこそ〈物語〉ほんらいの構図にほかなるまい。ことばは過去の事件を再現するふりをしながらまたしても事件の現在を産出している。『振動』の二重構造はおまけに二拍からなることばのリズムも指示するのだろう。かならず二度たどられるべきことば＝物語。ことばの意味はことばが書かれ、読まれるときにのみ（そのつど）生起するのであり、『振動』にもし過去の事件があるとしたら、それは書かれつつあることばの時間のなかに想定するほかあるまい。事件とは書くことじたいなのだ。ファイユのje・半過去はじつにそう語りつづけている。

## 共鳴と拡散

ヌーヴォー・ロマンの波紋はこうして拡がっていった。テル・ケル派やファイユ、ここではとりあげられなかったモーリス・ロッシュらがその最前線をかたちづくっている。また彼らほど過激ではなくても、ほとんどの作家が新小説になんらかの反応をしめし、作品にその痕跡をのこしている。たとえばフェリシアン・マルソーのような既成作家でさえそうであり、『浮気な娘』*Bergère legère*（六〇）『クリージー』*Creezy*（六九）など、いかにも物語らしい物語をこしらえていた彼が、七五年の『敵の身体』*Le Corps de mon ennemi*ではいわゆる探究の小説、謎を解こうとする「私」の物語を書いた。ことに冒頭の数ページ、灰色の建物や中庭の現在形による精密な描写を読むと、パンジェかロブ＝グリエの文章ではないかと錯覚するほどである。

ましてヌーヴォー・ロマン以後に出発した作家にとって、それがいかに大きな重圧だったか、ときには桎梏でさえあったことも想像にかたくない。いまやヌーヴォー・ロマンの提起した問題性を無視して書くことなど、とうてい不可能のようにみえる。『男像柱の家』*La Maison des Atlantes*（七二）のアンジェロ・リナルディが口をきわめてシモンらを酷評するのも、そのひとつのあらわれ（裏がえしの意識）なのだろう。ちょうどロブ＝グリエらがサルトル、カミュにたいしてみずからの位置を規定したように、後続世代にとってはヌーヴォー・ロマンがまぎれもない基準点、共鳴と反撥のみなもとの役割をはたしている。

じっさい〈物語への回帰〉なる標語も新しい小説にたいする意識以外のなにものでもない。六八年以降、マックス・ガロの『天使の入江』*La Baie des Anges*（七六）をはじめとする歴史小説がきわだった隆勢をみせているのも、ひとつには現代の〈物語〉がもはや書けなくなったからではあるまいか。すくなくとも無垢の説話はもはやありえないのだ。ドミニック・フェルナンデスは『ポルポリーノ』*Porporino ou les Mystères du Naples*（七六）で十八世紀のナポリを描いたが、それは去勢されたオペラ歌手をめぐるきわめて精神分析的なテクストでもあった。「私には伝統的小説しか問題になりえなかった」というミシェル・トゥールニエにしろ、十九世紀レアリスムふうの現実再現ではなく、少年の肉をこのむ食人鬼とか、聖書外典の東方の博士たちとか、すぐれて象徴的な形象にみちた神話世界の実現にむかおうとしている。

他方、ヌーヴォー・ロマンとの共鳴についてみると、だいいちに探究の小説のさまざまな変奏をあげねばなるまい。パトリック・モディアノはドイツ占領下の「昔昏の世界」を描いたその「懐古趣味《レトロ》」と、たくみな語り口で多くの読者をつかんだが、彼の新しさは『暗いブティック通り』*La Rue des boutiques obscures*（七八）に代表されるように、小説のなかの「私」の過去・アイデンティティーの探究と、「私」の探究の過程がそのまま小説になる自己完結のシステムにある。さらにこの方向へ突出した若手として、第一作でメディシス賞をとったジャック・アルミラもいる。jil（私 je＋彼 il）という人物の命名もさることながら、『ノークラティスへの旅』*Le Voyage à Naucratis*（七五）はまず〈小説の小説〉の典型であって、書きつつある作家をめぐる身体とエクリチュールとの葛藤の物語のなかに、プルースト、ジョイス、ヌーヴォー・ロマンとの親和をたしかに認知することができる。

ついでことばからの出発という原理も射程がこのうえなくながい。ここではただひとつアギュスタン・ゴメス＝アルコスの『アナ・ノン』*Ana Non*（七七）だけにふれておく。これは夫と息子たちの喪に服する老婆アナの旅をとおして、スペイン人である作者のフランコにたいする怒りを描いた小説とも読めるが、その物語がすべてことばの運動から生まれたものであり、起句の「アナ・パウシャ、目をさませ」による人物の誕生から、結句の「否《ノン》」にいたるエクリチュールの旅でもあるところにこそ、ゴメス＝アルコスの現代性が刻印されているにちがいあるまい。

最後にヌーヴォー・ロマンはきわめて精密な構成を作家たちに要請した。数学の公式にのっとって挿話を配列するジョルジュ・ペレック。「よりひろい階層の聴衆をみいだすため、際物的なテーマを厳格な形式のなかにもりこ」み、パリとプラハの六八年春、話者の現在と過去を対位法で重ねあわせた『ふたつの春』*Les Deux Printemps*（七一）のレーモン・ジャン。男色をあつかった主題のスキャンダルばかりがとりざたされるが、むしろ少年たちの姿態の順列組あわせというテクスト性の場にたつトニー・デュヴェール。列挙ははてしなくつづけることができる。

小説の貌はこうして六〇年以降がらりとかわってしまった。変動のきっかけはやはりヌーヴォー・ロマン、小説じたいによる小説の探究であるようなテクスト群と、それに拮抗するヌーヴェル・クリティック、ロラン・バルトらによる読解の革新にほかなるまい。ある問題がひとたび意識されてしまったいじょう、かつての無意識＝エデンにはもうどうしても戻りえないのだ。ただヌーヴォー・ロマンの切羽をみとめると同時に、それとはことなる方向への試掘がいまおこなわれつつあるわけだが、その模索がはたしてどんな鉱脈をさぐりあてることになるのか、あらたな視野はまだまったくひらけていないようにみえる。

# II

# 濃密な言葉の渦から生まれる「物語」を綴るヌーヴォー・ロマンの作家

　去年の十月末、ノーベル賞受賞者日本フォーラムとかに参加したクロード・シモンをみて、あっ、似てきたなと思った。一九八五年の受賞直後、いずこもおなじ大騒ぎで、写真にもやや憔悴の影があったけれど、いまは精気ももどり、ずいぶんと元気そうなようすだった。すこしはハッタリでもかませばいいのに、淡々と、なぜこんな場所にいるのかという当惑をかくしながら、義務としての講演・討論を律儀にこなしている。さすがに頬、首のあたりの肉がいくらか落ちた感じで、しゃべると皮膚がひきつれ、筋がくっきりと浮きあがる。イースター島の石像みたいな蓮實重彥、気のいい学者犬みたいな大江健三郎とならんでいたせいもあるのか、そう、そのシモンの風貌がなんとなく似てきたような気がしたのだ、鳥に。

　というのも鳥に似た老人たちがくりかえし登場してくるからだ。シモンの世界ではすべてが「とりかえしのつかない時間」にさらされ、ひたすら腐敗し、崩壊してゆく。その形象のひとつ、老醜も初期からしつように描写されていて、しかもたいてい鳥がそのトーテムであるかのようにみえる。昨秋の新刊『アカシア』にも、しだいに尖った鳥のような貌《かお》になってゆく母が出てくるし、さらに『歴史』の場合など、祖母とその友人たちがいっせいに鳥に変身してしまう。

《彼女たちが陰鬱で悲痛な顔をして網の目のようなこの枝にとまっているさまが想像される　ちょうど歴史の教科書にのっているあのオルレアン派のカリカチュアのように　それは王家の系統図なのだが成員は人間の頭をした鳥の形で（……）怪物のようなブルボン家特有の鼻（というよりはむしろ嘴）もちゃんとついていて枝のあいだを飛びかっているのだった（……）年のせいで青味がかったというよりはむしろ黒ずんだ瞼、爬虫類のあのじっと動かない瞳のうえをすべる皺だらけの膜に似てい

るその瞼をせわしなくぱちぱちまばたきする（……）》

（岩崎力訳）

シモンそのひともまた鳥にかわり、そうして一族の系統樹にとまるのだろうか、とつい型どおりの感慨におちこみそうになる。もう七十六歳。騎兵将校だった父の赴任地、仏領マダガスカル島のタナナリヴで、一九一三年十月十日にうまれた。第一次世界大戦の勃発とともに、一家は翌年フランスに帰国するが、父は戦闘のごく初期、長男のシモンがまだ一歳にもならないうちに戦死。母もちょうど十年後に死んで、その実家だった南仏の旧家、スペイン国境に近いペルピニャンの伯父のもとで育てられたらしい。パリのスタニスラス校で中等教育をおえたあと、短期間オックスフォード、ケンブリッジに文字どおり遊学したほか、ギリシャ、ソ連へ旅行するなど、どうやら遺産があったおかげで、一九三〇年代をほぼぶらぶらしてすごしたらしい。

じつはほとんどすべて、らしい、としか書きようがない。言語のディナミスム、小説じたいによる小説の探究、ようするに作者の死……。そんなヌーヴォー・ロマンの渦中にいた作家だから、伝記的研究がまったくない。それでいて『風』や『草』から、『フランドルへの道』『ル・パラス』『ファルサロスの戦い』『農耕詩』と、おなじ体験とおぼしきものが、それだけがくりかえし語りつがれているようにさえみえる。南仏の葡萄園の日常、スペイン内乱のバルセロナ攻防戦、第二次大戦のフランス軍の大敗、俘虜収容所からの脱走……。この作品ごとに揺動する自伝的要素と、あとはインタヴューでのことばの断片と、そんなものからシモンそのひとの幻影を捏造しているにすぎない。

そこで幻のクロード少年はたぶんラグビーに打ちこんでいる。シャンペン・ラグビーというけれど、じつはシャンパーニュ地方よりも、ベジエ、ナルボンヌからバイヨンヌという南西のラインが隆盛で、ペルピニャンも一時期ずいぶん強かったはずだ。牡牛のような大男たちが、ただし北の人間の筋ばった感じではなくて、ずんぐりと、腹がすこし出かかっているみたいなのに、信じられない速さで突進する。シモンの体軀はきっとバックスだったのだろう。『ガリヴァー』では霧雨に溶解するスタジアムが描かれ、さらに試合後のロッカールームではじめて中心人物が登場する。『歴史』では名フルバックだった従弟が、もう肥って走れなくなりながら、動物的な予知能力にでもよるのか、ボールが落ちてくる瞬間、ふいに、かならず、無から出現したようにそこで待ちかまえているのだ。

もうすこしたって、三〇年代のなかば、クロード青年はせっせと美術学校に通っている。キュービスム、表現主義、シュルレアリスムと、さまざまな潮流がぶつかりあっていた時代で、シモンはまず画家になろうとしたらしい。『アカシア』にはその自画像（?）が「キュービストの学生」として書きこまれている。後年になってもコラージュなどを試みているし、ミロの絵によせた『女たち』（のちに『ベレニスの髪』と改題）のほか、デュビュッフェ、ラウシェンバーグら、絵画からことばが始動するかたちの『盲いたるオリオン』があり、その扉にはシモン自身のデッサンもかかげられている。断片的挿話のパズルのような小説のつくりにしても、アサンブラージュの技法にどこか似ていなくもない。たとえば『フランドルへの道』の場合、エピソードごとに画鋲の色をきめ、長い紙にひいた一本の直線上に、書いたぶんだけ刺しこみながら、それらの配置を目でみてすこしづつ構成していったのだという。

この「キュービストの学生」はさらに三六年秋、動乱のただなかのスペインへ越境し、バルセロナの市民軍（たぶんアナーキスト派）のなかにまぎれこむ。これまた『春の祭典』以降おなじみの、林立する赤旗や赤と黒の旗、穴だらけの建物、焼けこげた教会など、「憤激と暴力の観念そのもの」の男たちの手で破壊されたというよりも、街がみずから革命という「死児」を産みおとしたかのような風景。とりわけ『ル・パラス』になると、それが戦後再訪した街にかさねあわされ、時間の重層性のなかで、血と喪のグロテスクな旋舞がめまいをもよおすほどに展開されてゆくのだ。当時二十三歳だったシモンの写真が残っているけれど、隣には銃を地面に突きたてた男がいて、ちょうど『ル・パラス』の第二章、武器が軀の一部になったのか、むしろ軀のほうが武器の付属品になったのか、そんな「銃＝男」たるイタリア人をはるかに連想させてしまう。

《そのときイタリア人、つまり銃の男がポケットを探り、例の栗色のつなぎの作業服、ズック靴とともに彼が所有している、所有したいと思っているすべてを成しているらしい（銃はべつで、いわば彼のからだの一部分となっている以上かならずしもそれを財産とみなすことができないわけで）その作業服のポケットのひとつを（……）》
（平岡篤頼訳）

そこでは戦後の語り手からみて、かつての自分が「笑うべき人物」であり、「はるかかなた、非常に遠いところで、滑稽で小生意気な格好をして動きまわるのが見える」。そして『アカシア』でも、一九三九年八月二十七日、まさに父の命日に動員され、兵営へむかう列車のなかで、つい数年まえの「キュービストの学生」について、「おれはなんて若かったのか」というつぶやきが復唱される。

《いまはそうしたすべてが遠く、おしまいになり、おれはもうすぐ死のうとしている》

じつはその瞬間がシモンの始点だったのかもしれない。四〇年五月のフランス軍壊滅を生きのびて、ようやく戦後、硝煙の匂い、雨、土、樹木と草、女の匂いにみちみちたことばの渦から、いわば歴史《イストワール》＝物語の悲鳴のようなテクストがつぎつぎに産みだされてくるのだから。『アカシア』では収容所から脱走したあと、南仏にまいもどり、終章でやがて小説を書きはじめるらしい男。かれは生の無意味、死の無意味をくぐりぬけたあとで、たぶん不可能とは知りながらも、世界の意味をなんとか片鱗なりとも探りだそうとしている。もういっさいを円錐、球、円柱に変形させることもできないまま、枯葉や小石のおよそ精密なデッサンを試みたりしたあげくに、とうとうある春の晩、一枚の白紙をのせた机にむかってじっと坐っている。

シモンの第一作『ペテン師』はじっさい四一年に書かれ、四五年に出版された。五七年の『風』が「新手法」として喧伝され、おなじミニュイ社に拠っていたロブ＝グリエ、ビュトールらとともに、いわゆるヌーヴォー・ロマンの戦列にくわわり、以後ほぼ二年おきに長篇小説を発表してきた。八一年の『農耕詩』には六年、『アカシア』には八年かかったといっても、それぞれ五〇〇ページ、三八〇ページにのぼる大作なのだ。シモン特有の濃密な性描写こそあまり出てこなくなったけれど、『アカシア』の冒頭、戦死した父の墓を捜しもとめて、五歳の子供と女たちが砲撃の痕だらけの田野を彷徨するところなど、シモンが書いたもっとも美しい場面のひとつである。一九一四年と一九四〇年と、ふたつの戦争を刻印されたクロード・シモン。講演のことばがすらすらと流れだすにつれて、鳥のような印象のむこうに、血気さかんな「学生」の面影がかすかに透けてみえたような気がする……。

# 想定・書換のはてしない連鎖——数が物語・説話における陥没点に

**蓮實重彦著『大江健三郎論』**

　語りだされるまでにどれほどのことばが要るというのだろう。またしても「とりあえずの序章」があり、第一章もまとうべき「倒錯的戦略性」の指示からはじまる倒錯的な戦略。それはいまでは耳馴れた主題曲のようなものだ。ことばを選択＝無視＝排除する装置、すなわち「文学という幻影」にとりあえず同調するふりを装わねばならない。「批評」は装置の限界ぎりぎりまで行って踏みとどまり、「言葉ならざる時空で不意に目醒め」ることを夢みている。そんな「批評」と「作品」の遭遇こそ、不可視の反＝装置を作動させる「事件＝できごと」である、云々。

　さらに、ともすればテマティスムめく解読への強心剤、ないしはその防腐剤もあらかじめ処方してある。語られるべき挿話の総体であり、年代記的な秩序にしたがう物語の時間にたいして、それを一定の視点から再統合していく語りの時間、話者による「説話的持続」という線条がまず引かれ、そのうえでこの継起軸を逸脱し、無方向に戯れあうものたちがしかるべく顕彰される。ときには「作品」の枠すら突きぬけるようなイメージの「無媒介的な共鳴の場」。それが「主題体系」だというのである。

　べつに厄介なものではない。大江的作品ではいたるところに跳梁する数詞が「理不尽な刺激」の網をはりめぐらしている。数は「作品」のはじまりに、語りの時間の節目ごとにかならずあらわれるだろう。たとえば『個人的な体験』の冒頭、鳥《バード》が買いこむ二冊の地図に打たれた三桁の番号。『ピンチランナー調書』に引かれた『往生要集』の一節、肉体の細部をめぐってほとばしる数の羅列。これらの数字には物語的な有効性がまったく欠けているようにみえる。説話的持続もそこではとどこおり、ひびわれてしまうのだが、そのかわりに浮上してくるのがまさに主題的な意味というものなのだ。二つの番号は「双頭の鷲」のような新生児の頭蓋やゲーム機械の点数表示と、肉体の計量は正選手の九からはみだした二人の男の遭遇といきなり響きあうことができる。

　数は物語・説話における陥没点であればあるほど、主題の水準ではこうして隆起点をかたちづくり、およそ異質な挿話のあいだに「身分のいかがわしい等号＝イクォール」を設置してまわる。それは「作品」の枠をあっさり跨ぎこえ、『個人的な体験』以後のテクストがそれ以前のテクストの模倣にはじまり、その意図的な反復から贋の起源の廃棄にむかうことを読みとらせようとする。やがて数に導かれた彷徨のはてに、『万延元年のフットボール』は定員一の空位をめぐる相補的な二（蜜三郎と鷹四）の葛藤として、『洪水はわが魂に及び』は耐えつづけねばならない二（二度目の名前で二つの魂を代理する大木勇魚）の零による解放として、それぞれ上演されることになるだろう。

　これらの数の物語はなれた手つきで分析されている。数字をゴシックで組んだ引用もたしかに圧倒的だ。ただ分析じたいにはことさら驚くべきところはない。数を共有する野球試合と歯石治療にしろ、「百分間の穴居生活」と「百姓一揆」にしろ、意味によらない連繫の数々がめざましい「荒唐無稽」であるとはとうてい思われない。8によって通底する二組の円型、自転車と黒眼鏡の挿話になると、ロブ＝グリエの『覗く人』に出没する8をリカルドゥーが分析していて、ひとこと挨拶しろなどというつもりはまったくないが、そんな読みが「禁じられている」とか「回避されている」とか、手ばなしで騒ぎたてるのはどんなものか。

　というのもそれが『大江健三郎論』の書法にかかわってくるからだ。例によって連体形の動詞をつらねた長文はたんなる生理ではなく、たぶん述辞の出現をできるだけ遅らせようとする企みである。さらには一文がようやく完結しても、つぎの一文がそれをたちまち対象化してしまうため、述辞の姿態はつねに開かれていて、安定した単位として切りぬくことができない。

　これは文のレベルをこえても同様である。一連の叙述がまずなされる。つづいて対象化され、一つの想定の位置に追いやられ、その水準（文学による汚染、安易な主題論的還元、等々）がはかられる。想定と書換のはてしない連鎖。この書換（大江のではなくもちろん自己の書換）こそ運動するテクストの蠱惑であり、想定と書換の落差こそことばの意味するはたらきにほかならない。そして運動を推進する掛声がここでは「荒唐無稽」の一語なのだが、その挺子がはずされたら、つまり数の道化がきまじめな貌につくられてしまったらどうなるのだろう。

　数の戯れはいつまでも荒唐無稽でいられるとたかをくくっている。それはもっともなことだが、はじめに触れた批評の夢とは批評の死そのものであったはずだ。それなのにたかをくくっているとしたら、これはずいぶんと楽観的なことばのようにみえる。ずいぶんと悲観的なことばのようにみえる。

# センチメンタル——昭和六〇年人物論《田中小実昌》

テツジンにもいろいろある。鉄人といえばいまは広島のアデランスのひとをさすのだろうし、すこしまえまでは二八号だったらしいが、そのまたすこしまえ（いつのことか）にはテツがちがい、たとえば哲人カーペンターなどとよばれたひともいて、とりあえず田中小実昌、というよりもそう署名された作品の「ぼく」のばあい、このどことなくのんびりした称号のおかしさがちょうど似あっているようにもみえる。

テツジン・コミマサ。こういってしまえば冗談めくとしても、「海燕」を中心に、ここ一、二年に書きつがれた作品群の読者にとって、「哲学」小説なる呼称もいまさらあたりまえすぎるジョーシキにおもえるだろう。むろんどうしても名づけねばならないときのことだ。『洞窟の比喩』（「海燕」84・6）や『カント節』（同84・9）のように、まさに哲学とよばれるテクストを語り、ぽろぽろと引用した作品のほか、『ジョーシキ』（同83・6）、『ダウンタウンの広場』（「海」83・8）、『同類』（「すばる」83・9）、『ぐじゅぐじゅ』（「文藝」83・9）など、いずれもスピノザやベルクソン、プラトンらが出てくるからというより、あくまでも名づけることと、語ることのささくれを問いつづけているからこそ「哲学」小説とよびうるのだ。一時は目次に田中小実昌の名があるとほっとしたことをおぼえている。

べつに雑誌ばかり読んでいるわけではない。かつてファンだったミステリー誌、車中でとりあげた中間小説誌、去年よんどころなく読まざるをえなかった文芸誌。むしろ発疹のような読みものにすぎないのに、なぜか田中小実昌のテクストにいつもたまたまぶつかっている。そして最近の「哲学」小説にかぎらず、七〇年代の「小説現代」を舞台にした『港のある町で』や『闇の道行き』にしろ、六〇年代はじめの「マンハント」に連載された『G線上のアリァ』にしろ、いわゆる理屈（「ぼく」のいう「屁理屈」）が跋扈するありさまをそのつどおもしろがっていたらしい。田中小実昌はまずなによりも問うひとなのだ。

ぼくは、本気になってうたがいだした。疑問を、そのままのこしておくのは、立小便の途中で、おマワリにとめられたみたいに、からだにわるい。

（『ヌード学入門』「マンハント」63・5）

ほんとにだいじなことは、問いだけがあって、答えはないのではないか。しかし、問わずにはいられない。

（『闇の道行き』「小説現代」74・6）

といっても田中小実昌はやはり東大の哲学科で、云々のようなおはなしをでっちあげるつもりもない。たとえば『ポロポロ』について、「例の語り口のうまいエンターテインメントと思って気楽に読み出した」ところ、「途中で居住いをただした」りするはめになるひともいるので、そんな上昇（「純」文学への上昇？）の物語にたいする解毒剤としてことさら引用してみただけのことにすぎない。

もちろん奥野健男も「居住いをただす」なることばのいかがわしさくらいさすがに承知しているのだろうし、「物語では消えてしまう真実を、ポロポロで、言葉を使いながら小説、物語になってしまわない表現で書こうと苦闘している」と解説するさい、事態をうすうす察知しつつ、そのうえで「真実」「表現」「苦闘」などのハレンチな意味のなかにまたなんとかたてこもろうとしている。物語性なるものはそれほど希薄になりつつあるのだ。あきらかに物語ふうにしたてあげられた『乙女鳥のおとめ』や『闇の道行き』の「ぼく」ばかりか、『G線上のアリァ』の「おれ」をはじめとする短文の語り手たちにしろ、テキヤ稼業とか米軍キャンプとか、たとえそれが「小説」とうたわれず、書きつけられた（書きだされた）「事実」のていさいをよそおったものだとしても、やはり虚構の場のただなかに生きる人物の気分をいっぱいにたたえてしまっていた。『ポロポロ』や一連の初年兵のでもおなじロマネスクがじつはかなり濃密だったのにたいして、『同類』や『ぐじゅぐじゅ』などではいまそれがほとんど消えうせようとしているのではないか。

女房と娘の留守に犬猫のせわをする男。「雨でない日のけはい」を寝床でうかがう男。試写会へのいきかえりに文庫本の哲学書をひろげる男。せいぜいどこか外国の田舎でぶらぶらしている男。この「ぼく」たちがいささか特異な小説家だったりしても、こう名づければそれなりに「退屈な日常」になってしまう。

それだけではない（それだけなら「心境小説」でもおなじことだ）。物語の稀釈はまず語られるできごと（非できごと）よりも、語ることじたい、語りようじたいにおおむね連動しているようにみえる。あと一歩ふみだせばおはなしにかたまってしまう寸前（すくなくとも寸前とおもえる瞬間）、

タイマーの音がとまった。ユキの腕が、ぼくの顔の上をもどっていく。そっと、しずかなうごきだ。腕の腹のほうで、ぼくの鼻の頭をこすったりはしない。ユキはそんなあそびはやらない。ユキは、ぼくが眠りこんでるのではないのを知っていて、そっとしてるのではないか。こういう知りかたは、ふつうの知りかたとはちがうみたいだ。自分のことのように知っている。知るというより、見えてるのだ。（『あそんでる』「海燕」83・10）

とたとえば理窟のほうへ語りがいつのまにかずれていったり、

ココロのあたたかさみたいなものか。これまた、冗談っぽくて、おセンチだ。ぼくの顔にふれたわけでもなく、においもない、ユキの腕のあたたかみなど、ぼくのとろとろのおセンチさ以外のなにものでもないのだろう。（同右）

とそれまでに書きつがれたことばがきまって対象化され、括弧つきの「おはなし」という身分にあっさりと追いやられてしまったりするのだ。

とりわけ「おセンチ」というコメントはじっさいいたるところに出没し、「安ロマンチック」「ジョーシキ」「センエツ」などのキーワードめいた自註とともに、一段また一段と、レヴェルのずれによる物語の煉獄をおよそやすみなく産みだしつづけている。

ずっと前のポピュラーソングの“Bei mir bist du Shöne”（ぼくのそばにいて、きみは美しい）みたいに、ユキがぼくといて、そっとしてるみたいにおもうが、おセンチもいいかげんにしろと叱られそうだな。

山の冷気と言えば、これまた大げさでおセンチだが（そんなことをくりかえすほうがおセンチか）（『あそんでる』）

駅の案内係《インフォメーション》はいいかげんでアテにならないなどと顔をしかめるのは、おセンチな言いかただが、愛してることもある。

ぼくもきょとんとオジンで、なにを考えてるかわか

らないほうだろう。Don't pity me！それも、自分で自分をｐｉｔｙするなんて、おセンチすぎて、たいへんみっともない。

　ある時期、ホテルのこの部屋に住んでいた男が、この絵を描いたのだろう。センチメンタルで陳腐な推理だが、ということはおおいにありうることだけど、その男の故郷の絵ではないのか。（『ダウンタウンの広場』）

父とぼくはうんとちがう。まるっきりちがえば、ウラとオモテでぴったりかさなるなんてのは、安ロマンチックすぎる。

もちろん、ぼく自身なんてはっきりしたものはない。ただ、漠然とした不安がぼく自身、と言うのも安ロマンチックだな。（『カント節』）

引用はさらにほかの自註についてもきりなくつづけることができる。こんな無数の転轍機がはたらくたびごとに、一種の肩すかしだろうか、それまでたどってきた「言いかた」が「ウソっぽ」かったり、「安易すぎ」たり、ようするによくある「おはなし」にすぎないことを納得させられるのだ。

　むろんそれでも物語からのがれられるわけではない。『大尾のこと』の「ぼく」がいうように、物語は「なまやさしい相手ではない」し、「なにかをおもいかえし、記録しようとすると、もう物語がはじまってしまう」。ことばで語ればなにかをきめてしまうし、きめずにはなにひとつ語ることができない。「かなしそうなとか、わらってるとかきまってはいない」と書いてみても、「きまってはいない」ことじたいがとりかえしがたくきまってしまう。そのはてには語彙がひとつまたひとつと失効し、たぶんもう沈黙するほかない暗闇がまちかまえているのだろう。


この日付は、べつに意味はない、と書こうとして、べつに意味はないと言うと、なんだか意味がありそうなので、やめた。それに、意味とはなにか？　やれやれ、意味という文字もつかえなくなったのか。（『ぐじゅぐじゅ』）

だから自註とは語りつづけるための苦肉の策であるようにもみえる。いわばあらゆる語りをたえず間接話法にくりこむことによって、「ぼく」はてれくさい物語のにおいをのがれ、語るべきことばをようやく獲得しうるのではないか。

　それとものがれるといってはいけないのだろうか。むしろ一語一語にしらみつぶしにひっかかり、ひっかかったとたんに脱線しつつ、物語をつぎつぎと産みだすそばから、産みだすとどうじに抹消してゆく運動。この文字はつかえないとかおセンチだとか宣言しつつ、排除したときにはすでに「愛」「意味」なることばを書きつけてしまっている背理。それこそまさに「哲学」小説、というよりも小説とよびうる小説のほんらいだったのかもしれない。小説こそほかならぬことばの分節を問いつづける装置なのだ。「ぼく」たちテツジン・コミマサはそこで川と海、こんなカッコをするとこんなカッコになる、ながめたとながめていた等々のちがいにはてしなく敏感に反応しつづけねばならない。

　ことばからの遁走とことばの追跡とがこうしていまぐるぐると循環しようとしている。問うべき文字はいくらでもあって、なにしろとりあえず書きつけてみさえすればよいのだ。そのとたんにおはなしが生まれる、というよりもそのとき生まれている。たとえば「目がさめる」とはちがう「眠ってるのではない状態」でもよいし、「トイレにいかなきゃ」「トイレはいった」「トイレにいこう」と活用してもさしつかえない。あとはもうことばがことばを産みだすように、問いの連鎖がただかってにのびられるだけのびてゆくのだから。

> トイレにいかなきゃというのは、「トイレにいきたい！」というのとはちがう。（中略）でも、トイレにいきたくてたまらない、というのにも問題があるな。これも、判断じゃないか。いきたくてたまらないとは、どういうことか。そんな屁理屈をこねてるのは、ふつうに考えて、いきたくてたまらないとは言えないだろう。しかし、ふつうとはなにか？　これはふつうか。いつだって、ふつうというのはないのではないか。だとすると、逆もどりして、ふつうというのがあるのではないか。
>
> （『ジョーシキ』）

　こんな「むりやり理屈にする」問いにもやはりはじめとおわりがある。その問いのずれも物語だといいつのるのはしかし文字どおりのジョーシキだろう。いつでもあらためてはじめるしかないのだし、いつでもまたはじめることができる。そしていつか中断されてしまうまえに、たとえば『ダウンタウンの広場』で白人の年輩の女性の cane をながめていたときのように、「その cane が杖になり、ステッキにかわり、また杖にもどり、そのたびにそいつは、がっしりした存在みたいにな」り、しかも「名前がどうかわろうと、それとはべつにというのではなく、名前も実質としてがっしりなっていい」くような一瞬を、センチメンタルにいえばたえず夢みることさえできるようにおもえる。

# なんの因果か……——色川武大・阿佐田哲也について

たとえば『麻雀放浪記』の幸福な読書体験だけをいま語ってはいられない。色川武大をめぐって、年とともに、一種のいたましさがしだいに昂進してくるような気がする。『怪しい来客簿』ならほぼ三年おきに再読していて、『生家へ』はちょっと苦しいけれど、それでも1から11まで番号をふられた「作品」のうち、いずれかのページを思い出したように開くことがある。しかし『狂人日記』はどうか。このような小説がなぜ書かれねばならなかったのかとも思うし、そこから反転して、このひとがなぜよりにもよって小説家になってしまったのか、そもそもなんの因果でという独語をつぶやきさえする。

すべてがみなれた風景なのだ。作品のなかの「私」はもっぱら凝視しつづけている。他人、あるいは世界をみつめ、ただ認識するだけで、根源的なかかわりをけっしてもとうとしない。「私」はしたがってまったく変化しないか、じっと、できるだけ現状のままにわだかまりたがる。修羅場をくぐりぬけることで、世間智にかけては成長し、しのぎの型を身につけたとしても、生きづらい個=孤のありようが緩解するわけではない。もののはずみで境涯が変ったり、じたばたもがくはめに陥ったとしても、存在の底のところではどこふく風という貌をくずそうとしない。そしてそのはずみなのか、他者、夢魔、それとも死の影なのか、なにものかの顕現をいまここでひたすら待ちつづけている(麻雀だってまず牌を待つというゲームだった)。

これは小説という複数性の場におよそ縁遠い偏執的モノローグのようにみえる。他なるものに遭遇し、関係をむすび、そこに生起する変化の瞬間、変化の過程。小説とはなによりもそんな事件をめぐる多声のことばの函数にほかならないのだから。

いや、色川武大は事件ならいくらでも体験した、奇怪な異郷から還ってきた旅人のように、語るべき素材などふんだんにもちあわせていたと反論されるかもしれない。そうではない。小説でもエッセイでも、かぎられた場面、かぎられた挿話にどれほどつきあわされてきたことか。文筆稼業のやむをえぬ要請をこえて、もうコケの一念とも思えるほど、おなじ矢来の生家、おなじゼッペキ頭、おなじ指相撲のゲーム、等々の反復がひきもきらずあたりに瀰漫している。しかもそうして語りなおされるとしても、そのつど、意味がなにがしか書きかえられるならまだしも、いつだって頑固のきわみに一定してしまっている。

そんなことははなからよく承知していたのだろう。だから書きはじめるにあたって、作品の結構をととのえるために、たぶん輪郭と芯と、ふたつの要所をことばの目処にしようと考えたのではないか。ひとつはようするに物語の型である。逸話が語られるさいの形式のさまざまなヴァリエーション。これは「見」をする対象にことかかなかったはずだし、たとえば旧約聖書を読みこむだけでも、おおよその型については通暁することができる。存在の不変という因子がなかったら、型というよりも、ほとんど構造とよんでみたいくらいなのだ。なにしろ物語のなかで、人物たちはかならず、とりあえず「役割」を演じつづけている。老編集長にたいするやんちゃ息子、愛馬、二番手、患者にたいする看護婦等々、たがいの「位置」がそのつど相補的、対置的にとりきめられるようで、物語の意味もつねにその関係性の場にしか生じてこない。

もうひとつはあちこちにちりばめられた箴言ふうのレトリックである。「笑いがこみあげてくるようなことは、例外なくもっとも怖ろしいことなのである」「こういう愚かしいことを、軟らかくいえる人物はさぞ魅力的だったろうと思われる」「破局がくるまでは、そんなもの他人の運命で、生命に決着をつけたり、生きざまを評価したりはいっさいしない」。この凝集こそが認識をことばの力に転位する。たんなることばだとむろん知りながらも、色川武大はあるていどまで、そんな文の効用をぎりぎり信じていたのかもしれない。すくなくともその対極、これまたテクストのいたるところに噴出し、響きわたる擬音語にたいして、これらの箴言＝呪文でナンセンスな音の流れに棹さすことができる。ギッ、ギッ、ココココ、ピィ、アール、ピイ、アール、モモ、モモン、モモモモ、ドッ、ドッ、ドッ、ドッと、首尾ととのった文でそいつをしめつけないかぎり、連打のリズムがどんどん切迫してゆくばかりだから……。

いずれにしろ悪魔の跳梁をおさえるため、しのぐために、なんらかの「フォーム」が必須だったように、モノローグの物語にあって、ふたつの水準のフォルムがやはりどうしても不可欠だった。これはしかし短篇、いわゆるレシやコントか、エッセイの文法であって、ロマン、長篇小説をうむ推力にはならない。『麻雀放浪記』はたしかに長尺だけれど、ピカレスクの定跡どおり、個々の悪行＝功業がそれぞれ話群としてつぎあわされているにすぎない。そして色川武大の名を冠したテクストの蠱惑といったら、短い物語のそれじたい閉ざされた規矩のなかから、あの擬音のように、枠におさまりきらない過剰がにわかに現出するところ、その一瞬一瞬にこそまずかかっているように思える。『生家へ』はさながら水の物語のようにも読めるだろうし、海辺でひとり洗濯する女の美人画にはじまって、絵のなかの波音をきいて眠りつつ、父が親和した海にひそかに嫉妬する少年の水底の夢として、テマティックな分析さえその気になれば容易にできるかもしれない。夢譚はしかしいっさんに逸走する。ひとつの悪夢がそれなりの意味をたたえはじめるなり、またべつの悪夢がぽんぽんとむぞうさに抛りこまれる。つぎからつぎへと、度をこえて、語りのいまここは放埒にとりとめがない。

ところが、もういちど、『狂人日記』はどうかとくりかえさねばならないのだろう。短篇とはちがって、いわば手ぶらで長篇にとりくむ筆勢をみていると、モノローグをひっぱる力業にはただ感嘆するほかないが、そう、エッセイストだったらよかったのに、なんの因果かとあらためていたましさを感じる。水をくむかたちの女の両掌、小便のような涙、水腫、水癲癇、沼地、湯のなかの退嬰など、頻出する水の主題系にしても、どうやら長さにみあったほどよい表情におさまっているかのようだ。あえて蛇足をつけくわえるとしたら、この色川武大の悪戦苦闘に、日本の近代文学というやつの物語がきっところつに雕りこまれている。そんなブンガクにもかかわらず、潮はときとしてやみくもに奔逸するとだけいいすてておいて、語り手がたぶん身すぎと考えていた話群の愉楽のほうにもう戻ってゆくことにしよう……。

# 解説　金井美恵子『単語集』

この解説にかぎらず、あらゆる解説があらかじめ封じられているようにみえる。前衛性という名のステロタイプですでに覆いつくされているか、それをすこしでもずらそうとする金井美恵子自身により、あれこれのエッセーとなによりもあらわな作品ですべて予言されてしまっている。読めばわかるじゃありませんか。そんな声まであっけらかんと聞えてきそうな気がする。

たとえばもう帯の惹句にまで使われるようになった「小説の小説」。この連作ならぬ連鎖反応もたしかに書くことじたいについて、書くわたし（わたしたち）についてくりかえし語ろうとしている。かつての素朴な語り手がかえりみられたり（「薔薇のタンゴ」）、当の小説とおなじ題の奇妙な文章が「クロノロジックに再構成」されたりする（「人生の時間」）。そんな語り手や文章はしかしいったいどこにみいだされるのか。「結局は小説のなかでは書かれずに終る」余白もまた、あるいはまさに、「窓」という小説そのものをかたちづくっているのではないか。かなたの物語についていまここで語ることばがそのままかなたの物語になってしまう。メタ言語すなわち言語？

このねじれを「小説の小説」とよびうるとしても、けっして書くことの原理一般などではないのだろう。金井美恵子の読者にはとうにしたしい位相のエロスなのだ。ここではいつともわからぬいま書きつつあることがまず問われているのだし、その問いがようするにただ書いている身体を実現してもいるのだから。

書くわたしたちはそのときこそなまなましい。「わたし」といえばこのわたしだけしかいないような死の対極に生きているのだ。わたしひとりの自己証明はそれにたんなる擬制にすぎない。「わたし」はそうなのる人格をしっかりくくるどころか、その素姓をおよそうろんに拡散させる。金井美恵子の「わたし」をたちまち女とおもいこむものがまだいるとしても、「わたし」はほんらいだれでもありうるし、だれでもない無数のものたちの場にほかならなかったはずだ。

ここでは冒頭の「競争者」から、わたしのしたり顔がいたるところで骨抜にされるだろう。まずことばそのものの水準において、言語学者たちのいう虚辞「わたし」の身許（「わたし」なる語をふくむ発語行為をいまなしつつあるもの）、というよりも書かれているかぎり、書かれた瞬間から、語るひとの現前などはぎとられてしまうのだから、むしろその身許不明（読者のいまここにはけっしていないだれか）がくっきりと上演される。ふたりの人物が「わたし」の場をつぎつぎと占めるのだが、その交替はいつもいきなりであって、職業を語るわたしもピルゼン・ビールを飲むわたしも、もうはじめの「わたし」ではないことがあとから逆算されるほかない。はたしてどちらなのか、読みだされる正体はそのつど、すくなくともしばらくは定まらないままだ。

ついで語る行為じたいの水準。「わたし」となのりでたとたんに、わたしはつねに分裂する。物語のなかのわたしはすでにこのわたしのようではない。この書きつつあるわたしと書かれつつあるわたしの乖離こそ、いわゆるドゥーブル、分身の物語がくりかえし産みだされてきた動機のひとつであるようにみえる。

さらに書きつけられた虚構の水準において、これこそ一目瞭然、瓜ふたつのノートがまたしても出没する。当然「彼」も「わたし」もそれぞれに書くひとであり、それぞれもうひとりの自分にとりつかれている。それとも「わたし」の競争者はひょっとして（もちろん）「彼」だったのだろうか。自分につきまとうもうひとりの自分につきまとうもうひとりの自分。この連鎖・入れ子はトポロジックに第一項（？）にもどるか、原則として無限につづくかしなければならない。

ここにもたぶん名があらかじめまちうけているのだろう。不可解なノートにも輻輳するわたしたちのエロスにも、「夢」の一語があっさりとはりつけられてしまう。むろん「夢」とよんでもよいのだし、『岸辺のない海』や『夢の時間』とともに、『単語集』もやはり夢にはちがいないとしても、ただし日常として経験されるあの夢そのものにちなんでいるのではあるまい。夢の世界をにょじつに描きだすなどと口ばしるなり、「現実」からのへだたりを価値とするリアリズムの顚倒か、「夢」を先在する実質にみたて、その再現をこととするリアリズムの残滓にたちまちとりこまれてしまうのだから。「無限につづく夢」がなにしろ夢みられているのだ。「目ざめることのない夢」とはそしてまさに書くことの異名にほかならないともいう（『添寝の悪夢 午睡の夢』所収「アンデルセンの歯痛」）。この無窮性はじっさいことばにより、ことばのなかでしか夢みられない。「月」のような父と子の循環、というよりもみずからに折りかさなることばじたいの反復、読むことのはてしない捻転。その例もまたいたるところにみることができる。

それにしても夢すなわち書くことだとしたら、「競争者《ライバル》を映す鏡」、夢みられる彼女もまずテクストの喩だったのかもしれない。筆尖をまちつつ、拒絶するとどうじに誘惑する白紙さながら、その白い肉体がまぶしい。彼女といかにして媾合し、物語をはらませるか。いかにして文字で覆いつくし、つまりふたたび裸にするか。例によってきわめて引用性のある文がここにもすでに用意されてしまっている。「彼女は世界と等しい数の言葉で呼ばれるだろう」。

こうしてあらゆる名でよばれる運動のうちに、変奏もなぞりうるし、変容もたどりうるのだ。たとえば金井美恵子の作品群にかんして、『兎』でふんだんに流れた血もいまでは点々と、粒状ににじみでてくるにすぎない(「フィクション」「調理場芝居」)。書くことはかつて切開をめざしていたが、いまやそれがほんらいだったように、表面を掻きつつ、かろうじて擦傷という刻印をぬうように記そうとしている、云々。そんなお話をでっちあげることもできる。

あるいはここにある十二の連鎖にかんして、聞き手から語り手、「わたし」から「彼」、それと逆行するように溶けてゆく物語の輪廓、等々の変容をしゃべりちらしてもよい。「声」まではっきりと「わたし」にわりふられていた聞き手にかわって、ようやく語り手、すくなくとも無断で引用する語り手があらわれると、「わたし」もいちど「フィクション」の「彼」からよみがえったあと、最後の三篇ではついに括弧のなかにくりこまれ、表むきの主辞の座をきっぱりと「彼」にゆずりわたすだろう。分身だった「彼」のあとはどうやら「男」がおそう。ところがこの「彼」「男」はふつうの三人称とことなり、物語をしっかりと固定するどころか、これまでもいちいちの作品でそうだったように、むしろ全連鎖をますますかきみだし、複数性のなかにただよわせてしまう。「彼」とよばれるのはこのわたしなのか、もうひとりのわたしなのか。虚構の時間もしだいにいっそうきれぎれに塗りかさねられてしまう。おなじ「わたし」でいたときでさえ、「競争者」ではとりあえずの主体をあとから比定できたのにたいして、商店街を歩くのが少年のわたしなのか、彼女と連れだったわたしなのか、「月」ではもはやどうしても身許をかぎれなくなった。こんどは「彼」と引用される「わたし」において、この物語じたいの過去がつぎつぎと再言され、いわばその上塗がたえず意味のゆらぎをあらためて産出しようとしている、云々。これもまたむろんはじめての話ではない。

　変奏はだからもうついでに歴然としている。一篇ごとに、さらに一篇を細分する断片ごとに、たとえばおなじ彼女があらゆる名でむしかえされる。とりわけ「書くことのはじまり」、「不可能な始原」という名でなじみの仲になってくれる。断章をそのつど書きはじめる快楽にたいして、はじまりをそのつど繰りのべる悦楽。小説の小説も分身もむろんはじまりをかなたへ追いやろうとしている。聞き手と語り手の関係もたぶんこのおなじ始原に呼応しているのだ。たんにそれが読者から作者への神話的移行をなぞっているばかりか、このふたりをわかつ書く主体の場がまずあるからだし、語る「彼」がかならず聞く「わたし」よりもあとから登場してくるのだから。

　ようするに先が後になり、後が先になる。この顚倒はしばしば語りの時間と、語られる時間と、ふたつの水準の相撃ちにちなんでいる。すなわちさきに語られるあとの事件、第二の出発と、あとから語られるさきの事件、第一の出発とが組みあわされねばならない（「曖昧な時間」）。問題はしかしこのそれじたい単純な構造よりも、その構造をくりかえしえらびとらせる欲動のほうにあるようにみえる。これまたあまりにもあらわなのだ。はじまりはいつでも偽られ、ねじられ、はぐらかされ、無限に遠ざけられようとしている。

　「添寝の夢」はあらかじめ語られてしまったいま、あれこれの切片をせいぜいでたらめに蒐集してまわるしかないのだろうか。どんな変容・変奏にもことばがかならずたちどまる一瞬、それだけを切りとれるような一瞬があるものなのだ。たとえばにじみでる汗、血液、唾液。いずれもある身体に属すようで属さない（あるいはその逆）。どうように髪の毛、におい、乳首によるその「見えない痣」。水蜜桃の身体、陶器の身体。さらに音と色彩のかさなりとして、血、乳、父。跳梁する赤と白のなかに、父には「ミルク紅茶色」の石鹼とボルサリノが配されている。無数になだれおち、際限なくまわる赤い球体。紅玉を食べる赤い牛の白いミルク。母はその牛乳を日に一リットル飲む。

　こんな切片の再組織はしかしきたるべき批評にまかせておけばよいのだろう。このりんごやミルクをたとえば血と精液に結びつけるよりも、まずはじめの封印をとこうとしなければならない。すべてがもう書かれているのになぜ書くのか。欲望の対象としての作家とその精神分析による答をこえて、すでに書かれたものを書くこと、書くことについて書くこと、それがすなわちただ書くことにほかならないからだ。すくなくともそんなテクストがたしかに存在している。「月」「境界線」と共鳴するらしい『絵のない絵本』『失われた時を求めて』のように、金井美恵子の書物もはてしない模倣の欲望をかきたてようとしている。金井美恵子のように書きたいのではなくて、たんに書きたいという気分をいたるところに伝染させてゆくのだ。この「解説」でさえもその衝動にそっくりしたがわされた結果にすぎないようにみえる。

# 金井美恵子『本を書く人読まぬ人　とかくこの世はままならぬ』を読む

　金井美恵子の小説を読んでいると、こんな品のないことばを使いたくないのだけれど、突然めげるとしかいいようのない気分に陥ることがある。引用の織物をギャグにしたてた『文章教室』など、カルチャー主婦と現役作家のやりとりについ笑いころげていると、その隙をつかれて、匿れていた粒胡椒をいきなり嚙むはめになってしまう。登場人物の男の言動に、ああ、そういえば自分もあのとき、と思いあたらされてしまうからだ。これはたぶんこっちが男だからで、もしかしたら金井美恵子の小説について、若手中年批評家たちがあまりことあげしないのも、批評家みたいにばかな職業（あるいは肩書？）を選ぶのはたいてい男ばかりだし、かれらもじつはめげているのではないかと思っていた。ところが女友だちに訊いてみたら、女性でもやはりどきんとするのだという。

　今度の長いタイトルのエッセイ集でも、絵本を読むカマトトだとか他人につるつると媚びる俵万智だとか、「若い女性」や「ネエちゃん」への風あたりがずいぶんきついし、それはもちろんあたしだって、絵本をかかえた女の子ってあんまり型どおりで、あんなふうに少女っぽいのはなんとも厭味ねと思うんだけど、そのあたしの反応がそのまま「陳腐な風俗作家的な紋切り型の感想」だって書いてあるでしょ、そこでメタレヴェル的にたじろがざるをえないのよ、なんだそうだ。

　金井美恵子はたしかにとびぬけた耳をもっている。たんに紋切型をつかまえるだけではなくて、それにいらだつ人間、いわば知的優位にたとうとする人間の、そのどうしようもない紋切型まで的確に聴きとってしまう。巻頭と巻末の長めのエッセイ二篇、「売れようと売れまいとおおきなお世話だ」「文化的体験」をみると、ほとんどステレオタイプ便覧の一章を読んでいるような気がする。前者では八六年の衆院選後の中曽根演説、後者では『イントレランス』上映によせた協賛各社の社長たちの挨拶。それぞれ「時代の変化」やら「人類の愛とロマン」やらをうたった発言にたいして、およそ縁のなさそうな文学や映画、テレビの問題が重ねあわされ、たとえば中曽根のいうように「地味で生真面目で切々と実行された」現代小説が批判される。政治家や社長たちを嗤うだけなら簡単だけれど、その嗤っている人間の呑気さまでとらえかえされていて、こっちもつい古びたクリシェそのままにめげたり、たじろいだりするのだろう。

しかもたいていの場合、つまりよほど腹をたてていないかぎり、紋切型の引用がじつに弾んでいるのだ。この本のタイトルは一種の替歌のようなもので、マキノ正博のオペレッタ映画『鴛鴦《おしどり》歌合戦』の挿入歌、それじたい「駕籠に乗る人担ぐ人」をもじった、「とかく浮世はままならぬ　絵日傘さす人作る人」のもじりだというけれど、中曽根の知的水準発言だって、それを小説や批評の文脈にひきこみつつ（あるいはその逆?）、いわば替歌づくりをいそいそと愉しんでいるかのようにみえる。すくなくとも揚足とりの陰湿さなどここにはいっさいない。

それにフローベールが『紋切型辞典』だけを書いたのではないように、金井美恵子もむろん常套句の蒐集や指弾にこだわってばかりいるわけではない。若い女の子を語り手にした『小春日和』など、まさに題名のとおり、お縁側でぽかぽかとひなたぼっことという感じの小説だったし、このエッセイ集でも、むしろ小説や映画をめぐる幸福な体験をまず語ろうとしている。たとえば文学なるものについて、「読んで、ただ気持ちが良くなればいい」という吉田健一と共振しながら、フローベール、内田百閒、石川淳、チェーホフらへの頌歌がうたわれている。絵画や映画でも基本的にはおなじことで、フラ・アンジェリコやルノワール（もちろん息子のジャンのほうだ）の魅力が、さらにかれらを愛してやまないものたち、山田宏一やトリュフォーらの書物が、クリシェの批判とはうってかわった高揚のうちに描写されてゆく。

その至福はことに幼年期の読書にきわまるようにみえる。金井美恵子にはいわゆる童話にたいする愛惜があって、今度もヒュー・ロフティング、ビアトリクス・ポターらがとりあげられている。その書評のいくつかではなんと犬や猫が議論をはじめるのだ。「わかってるんだよな、センダックって、おれの趣味が」と犬が吐息をついたり、「森鷗外の文体じゃあ駄目なのよ。泉鏡花みたいな文体だったらアンデルセンにぴったりだった」と猫が翻訳論をぶったりする。「文學界」に書かれた「電子の迷路のおちこぼれについて」でも、ベランダの文芸誌を読みすぎたらしい雀が登場し、島田雅彦ふうの科白をないまぜにまくしたてたりする。もちろん猫や雀のことだから、しかつめらしい言説のあいまに、「人魚姫の下半身の形態を思い出し」て舌なめずりもするし、トマス・ピンチョンの名前が気にいって「チョンとさえずり」もするのだ。うっかりつられてしまって、『ドリトル先生の郵便局』を書棚からひっぱりだしたら、これがシリーズの全巻を読むまでついにやめられそうにもない。

愛する書物や映画のほうに読者をさしむけること。悪口の愉しみとともに、それがようするにこの本の基本原理にちがいない。Xを読めばじっさいタメになるとか、Yの名前でいま知的にスノッブできるとか、ここにはそんな啓蒙がまったく皆無であるばかりか、たぶん反＝ブック・ガイドとして、「役立たずの読書」がいわば反語的にすすめられてもいる。「本など、何を読んだってかまいはしない」のだから。

そのかわりに、いちいちの本の具体的なディテールが沸騰する。たとえば「『ボヴァリー夫人』と私」ではロドルフとの密会の場面。明けがた、エンマが露にぬれた草原を駆けぬけ、樹液と緑のにおいを身にまとって、春の朝のように男の部屋へとびこむと、黄金のやわらかい光のなかで、女の軀の輪郭がトパーズ色に燃えあがるかのようだ……。男がじつはろくでもないやつで、エンマもやがて裏切られるのだけれど、この情景描写にはしかしたしかな恋の官能があり、だからこそまぎれもない恋愛小説の像をつかみとることができる。核心がそこにぴたりと切りぬかれているからだ。おかげでフローベールをまた読みたくなる。本をただ読みたくなる。金井美恵子はすこしも啓蒙しないいまま、たんに愛するものについて、はしたなさぎりぎりのところで語りながら、思いがけずうららかに教育的でありうるのかもしれない。

# 彼らの、そして「私」の「郊外」とはいかなる場所か――堀江敏幸『郊外へ』を読む

このイノセンスはいったいなにを意味しているのだろう。「郊外へ」といぅ書題にまずいささかたまげ、すこし読みすすんでから、もういちど、ぅーん、郊外ねと思った。まだ年ごとに知己が減ってゆくほどではない（去年はふたり減った）が、年ごとにつかえない語彙がどんどん増えてゆくなかで、郊外などということばももうとうのむかしに死語になりおおせていたからだ。

「郊外」とはここではフランス語の「バンリュー」の訳語である。かつてはパリ最外廓の城壁、いまではパリ環状道路でくぎられた歪んだ楕円の、そのさらに外側にずっとひろがる一帯。堀江のように、ジャック・レダの詩集の題にならって「壁の外」とよんでもいいし、ただたんにパリの「へり」、パリ周縁とよぶこともできる。そこを憑かれたように歩きまわるのだ、「ある公的機関」から「月々の給付金」をもらってフランスにきたという「私」が、どうしたわけか、こづかいかせぎの半端仕事の必要にせまられたり、ロベール・ドワノーの写真集『パリ郊外』に、あるいは道案内となる詩人、作家らのことばにいやおうなく導かれたりしながら。たとえばレダのほかにも、フランソワ・マスペロ、ミシェル・ヴォルコヴィッチ、パトリック・モディアノ……。

それでは彼らの、そして「私」の「郊外」とはいかなる場所なのか。それはレダの詩に出てくる「どうしよう《フチ》もない《ュ》」の一語に凝集される（「フチュ」にはもっときつい訳語がほしいところだ）。「都市になろうとしてなれずにいる郊外」とも語られているが、ようするに工場や倉庫、空地をはさんで廃屋がならび、常連だけのうろんなカフェ、アラブ人の店がぽつんとあり、なかばスラム

化した団地HLMを高速道の高架が分断し、なにもない土手のむこうに係船ドックがある――それが「パリ郊外」にほかならない。ドワノーの生地ジャンティイは「ずいぶん醜い場所」で、鞣革工場がひどい悪臭をはなち、川も排水でよごれきっていたが、それでも「パリの郊外ではましなほうだった」。暴力沙汰やら麻薬密売ともからんで、「パリのゴミ箱」のようにみなされる郊外団地のなかでも、マスペロの語るドランシーの場合、占領下にユダヤ人の強制収容所として転用された(マックス・ジャコブはそこで死んだ)。戦後は一転、こんどは対独協力者の収容につかわれたあと、いまでもそのコンクリートの街に、四百人ほどの、おそらくは低所得者や移民たちが住みくらしているのだという。

そう、こんなところを「郊外」とはよべない、こちらの感覚ではとりとめもなくひろがる「場末」というあたりで、と考えているうちに気がついた。語られた時間ではまだ三十まえの「私」には記憶がないのだ。すこしのところでずいぶんとちがう。わたしと同世代の街そだちの人間にとって、郊外そのものはすでに消えうせていたとしても、「湘南電車」とともに、「郊外」ということばはまだ輝かしい記憶をたもっていた(だからいまその語がつかえない)。この本のはじまりについてもおなじことがいえる。古物市で買ったレミントンのポータブル・タイプライターからことばが始動するのだが、なにもサンドラールの詩でその名を知るまでもなく、もうすこし年長のある種の街そだちの人間なら、部屋や物置の片隅にころがっている機械をきっとみかけたはずだし、げんにいまここにも一台ころがっている。

そう気がついたときにもうひとつ納得する。この「パリ郊外」の景観を語るにあたって、そこにうまれそだったわけでもないのに、なにか哀惜、というよりも郷愁のようなものがこめられている(こめねばならないようにしたてられている)こと――たぶん一九六〇年代なかばのどこかで、すくなくとも東京では「風景」が崩壊したと考えているが、その崩壊以降、いわば巨大な「郊外」=「場末」で生きるほかない人間の、これはあらたな、あらためての、「風景」じたいの発見=構築のこころみであるようにみえる。ここがそういう場所でも、ここを故郷にするしかない。それは「異郷」だから発見できたというようなものではあるまい。

# 文芸時評　一九八三年七月〜一二月

## 〈七月〉秘所を露わにしようとする見せ物
### ——文芸は限りなくストリップに似てしまう

**平野純「さようなら、風見鶏」**（「文藝」七月号）
**四方田犬彦「貴種の終焉　小説の誕生」**（「新潮」七月号）

ストリップはとうにティーズから独立している。語としても事態としてもそうだ。見せることによって秘し、秘すことによって見せるかわりに、性器＝起原を、しかもその内部を、それが拡がり擦られるありさまをただひたすら見せる。

文芸なるものはいまも（いまでは）独立していない。だれがこんな語だけを使うだろう。評論、雑誌、時評等々につくたんなる接頭辞ではないか。それでもなにか実体があるように思われている証拠に、べつの名前、たとえば文学の名のもとに、意味＝起原の大股開きがここをせんどと励行されている。文芸はだからストリップにどうしようもなく似てしまっているのだ。世界・作者の秘所をあらわにしようとする見せ物。読者に挿入するように誘いかけねばならない。ナマイタに乗るのも文芸雑誌に載るのも、いまやビョーキいがいのなにものでもないようにみえる。

むろん舞台にかけあがる読者にことかきはしない。むしろ女のほうで制限する。一回のショーに一人だけで、あとはカクしかないのだから、書かせてもらうためには女の機嫌をもっぱらとりむすばねばならない。新潮新人賞の**左能典代「ハイデラパシャの魔法」**（「新潮」七月号）はその意味でかなりの優等生（ヘンタイヨイコ）である。砂漠をえんえんと走りつづける列車に乗った日本人とアメリカ人の女二人を、白一色のふしぎな風景が不意打ちする。「流動する紋白蝶の大群を思わせる無気味な景色」。

あらゆる意味をはぎとられたかのようなその描写がこの作品全体をささえている。あるいはささえるはずだった。というのも意味がたちまち開陳されてしまうからだ。「そこの白い丸いもの」はただちに月であり、純白の風景はきわめてまれな月の位置による飛砂の輝きにほかならない。さらにそうした夜には「よその女（ひと）とセックスできる」という奇習が、またとどめとして、逃亡中の殺人犯だというアメリカ女の正体があきらかにされる。描写＝ことばの快楽はこうしてあっけなく果ててしまうだろう。

## トコロテン派

文藝賞受賞第一作の**平野純「さようなら、風見鶏」**（「文藝」七月号）もやはりヘンタイヨイコにちがいない。こちらははじめから意味にみちみちている。嘘／まことの対立なるおよそ古めかしい意味。自分のまわりにたえず物語を織りなす庄司君と「ぼく」ら、三人の男の子が遊んでいる禁断の原っぱに、同級生のあこがれの的マドノさんが「嘘じゃない」ことばをひっさげて登場する。追いつめられた嘘は反撃し、ついにまことになり、庄司君はマドノさんの下着を脱がせておそいかかる。この凌辱はしかし冒頭ですでに告知されていたのだ。草叢に棄てられた裸の人形が「残酷すぎるほどの明瞭さで、主人の禍を、告知していた」というのである。あとは起原としての嘘＝物語がなれた指さきで開かれるばかり。嘘をつく不安と悦びを「頭上に糸で吊されたナイフ」にたとえるなど、おきまりのグラインドも忘れられてはいない。いわゆる新人をとりあげたのは文芸がそこでもっとも緊縮するからにすぎない。この二人はそれにずいぶんとましなほうなのだ。おなじ受賞後第一作でも、文學界新人賞の**田野武裕「夢殿」**（「文學界」七月号）では解剖実習の医学生がようやく人間の尊厳を発見する。これはもう猥褻物陳列といってもよい。

新人いがいもほぼどうようである。欲情を刺激するという良い意味でこの語を使うとしたら、猥褻になどとうてい手が届きそうにもない。**青野聰「二十四時間のコンタクト」**（「群像」七月号）のおめでたさ、**立松和平「筵旗」**（「文藝」七月号）の魯鈍、**高橋たか子「遠く、苦痛の谷を歩いている時」**（「群像」七月号）の知恵熱。かさかさの起原＝意味をこじあけようとしているばかりで、つまりなにもチンレツしていない。たとえば**増田みず子「人の影」**（「すばる」七月号）の紋切型。「とっくに没落してはいるが、広大な地主の虚弱な長男として生まれたという父の、自分では手を汚さないエリート主義の血が、どうしようもなく薫にもまぶされているのだ」。ここには語られるものいじょうに語ることばがない。かつて悪意などといわれた固有なるものの気分もとうに消えてしまっている。いくらトクダシをされてもきみのなんか見たくないよといおうとしたら、その性器までそうそうに消えうせてしまった気配なのだ。

　ことばはついに意味にからめとられるにきまっている。ことばはしかし意味に抗して、できるだけながく快楽に耐えねばならないのだ。早漏ばかりが横行するなかで、数すくないまっとうな身体はどうふるまえばよいのか。**金井美恵子「グレート・ヤーマスへ」**（「新潮」七月号）の饒舌もだからやむをえぬ仕儀なのかもしれない。一方ではことばいがいの起原がないことを明示し、一方ではトコロテン派（一突派）にもわかるような所作を演じねばならないのだから。

## 連鎖の一環

　さきへつづく連載をのぞくと、今月読みごたえのあった小説は結局ただひとつ、かろうじて**後藤明生「吠える犬とお喋り馬鹿」**（「文藝」七月号）だけだった。というよりも三年がかりで完結した連作「汝の隣人」。ここにあるのは徹底してずらすことによる起原の無化である。はじめは作家自身を思わせるGとやはり頭文字であらわされる同業者たちと、さまざまな遠近の布置が語られ、他方Gがつぎつぎと忘れさり、ほとんどなにも知らぬ偶然の隣人たちのありようが対置される。ところが物語はみるまに変質しはじめ、題に欠けている愛・エロスのほうへにじりよりつつ、ことに第四話の「饗宴」からはその欠如をめぐる註、いわば前作に付された註のはてしない連鎖になりかわってしまう。ちょうどプラトンの作品のように、幾重にもかさねられた伝聞また伝聞の対話、しかもつねにかみあわぬ対話のなかにあって、起原は無限遠のかなたへ押しやられてしまう。この註のある小説はまた非起原の欠如をめぐる註としての小説なのだ。

　非ストリップ小説はこれほどすくないのにたいして、起原があるとみなされている批評はかえってその不在によく耐えているようにみえる。まず雨後の筍のような中上健次論のうち、**四方田犬彦**の**「貴種の終焉　小説の誕生」**（「新潮」七月号）。映画批評とちがってややぎこちない書法だが、「『地の果て』が『枯木灘』において提示された物語の悪しき円環」を、「そっくりなぞり返し、まだ形をとっていない物語を先取りしたうえで、究極的に消滅へと操作してゆく」ありさまを論じてほぼ間然とするところがない。さらに村上春樹・高橋源一郎を語る**絓秀実**の**「折り返された『未来』」**（「すばる」七月号）。未来＝過去、目的＝終末の「折り返し」を拒否し、現在へむかって逸脱することばの可能性／不可能性をめぐって、とりわけ『さようなら、ギャングたち』のいたるところに、「中島みゆきソング・ブック」、すなわちS・Bの二文字をデリダ的に撒種してしまう。

絓・四方田の物語はかれらのものであってかれらのものではない。書くとは註によって書きけす作業であり、みずからがはてしない連鎖の一環であることを、認識するというよりもいまここで演じ、できるだけながいあいだ立ちつづけようとしているからだ。これらわずかな例外をのぞくと、起原＝性器をめざす文芸の穴があかあかと、ますます大きく拡がり、眼前をいっぱいにふさごうとしている。

## 〈八月〉読めてしまう物語の共犯関係

### ——学習と偏差値の効用にも似た手練の習熟度

**中里恒子「鍋座」（「群像」八月号）**
**清岡卓行「大連の海辺で」（「文學界」八月号）**
**田中小実昌「ダウンタウンの広場」（「海」八月号）**

読めてしまう物語というものがある。差す手引く手がほぼ自動的に、円滑にたどられ、型どおりの見得へとなだれこんでゆくのだ。まさかこうなったら恥しいなとおもっていると、恥知らずにもきまってそのとおりになってしまう。書き手も読み手もつまり物語にすっかり狎れきっているのだろう。いちいちの部位に触れたときの反応、前戯から後戯にいたる曲線などを知悉し、変わりばえのしない仕草を芸にしたてあげている共犯関係。それが因果なことに読めてしまう物語なのだ。

たとえば戦争とか境遇の変化があって、ひとりの女が台所道具をすべて売りはらうか、使いきるかするだろう。戦後のある日、「突風のやう」に鍋薬鑵を買いあさりはじめる。やがて道楽の末路がたいていそうであるように、ひとつだけが手になじみ、どんな鍋をみても心しずかな自由自在の極地にたどりつくと、「わたし、欲ばりですよ、捨てる為にどれほどのものを欲しがつたか……でも無駄をしたとは思つてゐません」と述懐するかもしれない。むろん「鍋のうつりかはりに、人間の変化が重な」り、鍋釜をダシにするその手際において、ある境地（人生、道、そのほかなんでもかまわない）がつきづきしく説かれねばならないからだ。

あるいは還暦をむかえた男が三十数年ぶりに故郷に帰還するというよりも渡航する。そこはたまたま外地であって、戦後は異国になっている。街衢も風俗も、すべてが三つの眼の緊張関係を強いずにはいない。すなわち

「個人的な感傷旅行、自国の昔の侵略の反省、他国の今の現実の認識」。しかもたんに旧日本から新中国への変遷にとどまらず、ひとつの建物なり風景なりが想像のなかの相貌、かつてのロシア統治下やさらに悠久の伝説をもふくむ時の重合において語られるようにみえる。

この歴史性はしかし皮肉な背景にすぎない。物語のオチははじめからきまっているようなものだ。男は「泣きたいほど青い空」をながめるだろう。「郷愁はようやく自然の中で、それもまったく人事にかかわらない海辺の青空の中で、初めて深く満たされ」ねばならない。こうして歴史が自然に刻みこまれるかわりに、歴史を地に自然なる図柄がみごとに浮かびあがる。この倒錯とよばれるかもしれない関係こそ、じつにわたしたちの物語のはるかな一典型だったはずだ。

ヨクアルハナシジャナイカ。**中里恒子「鍋座」**（「群像」八月号）も**清岡卓行「大連の海辺で」**（「文學界」八月号）もようするにそう歌っている。物語との抱擁の隙のなさに、なんなら感動することさえできる。しかもきわめて道徳的に。というのも学習と偏差値の効用にも似て、物語なる身体はいっさい不問のまま、肌をぴたりとあわせる手練のみがそのとき奨揚され、その習熟度ではかった階梯のみがいたるところに設定されてしまうのだから。

## 故郷／異郷の対立

それほどおなじ話ばかりが横行している。今月読んだなかばほどが故郷／異郷をめぐる物語だった。異郷から故郷をおもったり、異郷をへめぐったあげくに故郷をめざしたり、さすがにそこまでひどくない清岡のように、故郷＝異郷がおなじ場所で振動していたり、いずれにしてもそれがどこかはまったく問題ではない。すくなくとも物語の存立にとって、大連もサン・パウロも、サイゴンもタイの難民キャンプも、瀬戸内の島も高岡も、すべての地名がいわば口実であり、ただこの二項、故郷／異郷の対立にいっさいの構築がかかっているかのようにみえる。

さらに戦争、疎開、幼時体験という辞項をつけくわえると、ほぼ八、九割がからめとられてしまうのではないか。相対評価をよってたかって慫慂するこの偏執のうち、まず目につくものとして**夫馬基彦「伊勢から」**（「文學界」八月号）。これは「見た事もない幻じみた父なる男」をめぐる探究の物語である。

なぜ憑かれたように戦後疎開を強行したあげくに病死してしまったのか。どんな性格で、たとえば神仏を信じていたのか、女にもてるほうだったのか、等々。手懸といえば靄のかかった記憶、空想の断片、母や祖母たちの話、どこか芝居がかってみえる古写真くらいしかないなかで、死んだ父の年齢をすぎた話者はそこに父と自分の類似、つまり自分のなかで反復される父の物語をすこしづつ読みとっていこうとする。とりあえず型どおりの首尾にはちがいあるまい。

ついで**冥王まさ子「白馬」**（「群像」八月号）にもやはり読むことの意識がある。終戦前後に長野の山村へ疎開した五歳のときのできごと、というよりもたぶん歪められ、編集されたその記憶＝物語が、いま「わたし」のなかで読みとられるとどうじに書かれてゆく。ただし生成にともなう変容も矛盾もながく保持されるわけではない。いつでもつじつまがたちまち合ってしまう。

おもわせぶりにほのめかされる夢の裂目についても、これなら**三枝和子「群ら雲の村の物語」**（「すばる」八月号）のほうがはるかに黝々としている。またしても戦中・敗戦直後にすごした山村の再訪をきっかけに、群らがりつどう生者・死者たちの輪唱によって、神隠し、黄泉の国への道行など、ムラという幻想が可能にする神話がいかにも蠱惑するように語られるだろう。これもまたすぐれて読めてしまう物語なのだ。

## ヨクアルハナシ

もちろんどんな物語もついにヨクアルハナシであるほかない。しかしヨクアルハナシでしかないわけではない。物語のことばをそっくりずらす虚点をさがすとしたら、かろうじて**田中小実昌「ダウンタウンの広場」**（「海」八月号）くらいらしい。うさんくさい広場、うさんくさい街頭伝道師。「ぼく」がこの説教男とわかちもつ「恥ずかしさ」はたぶんくそまじめに語ることにかかわる。どうすればそのいかがわしさの罠をのがれ、逆に罠をかけられるのだろうか。

話は例によっていちいちのことばに引っかかり、すこしも物語にならない。あるいはことばに引っかかり、反芻するところに物語がうまれる。たとえばステッキ・ケーン・杖という日本語、英語の交錯から、老女のもつ cane にかんすることばの運動がうまれる。「その cane が杖になり、ステッキにかわり、また杖にもどり、そのたびにそいつは、がっしりした存在みたいになった。名前がどうかわろうと、それとはべつにというのではなく、名前も実質としてがっしりなってい」くというのだ。

だからアメリカ西海岸や子供のころいた広島県の軍港町が出てくるにもかかわらず、これは教訓的な故郷／異郷の物語ではない。「ぼくにもカヨにも故郷なんてない。だが、こんなふうに言ってはいけない。故郷なんてないと言うと、そういう意味がでてくる。なんにもないのだ。（中略）カヨにもぼくにも故郷という文字がまるでない」

（傍点引用者）。この空虚はすくなくともはればれとしているようにみえる。

例外はしかしなにも証明しない。鍋釜＝人間も青空＝根原もまだまだすたりそうにないようだ。それに因果なことに読めてしまうのならまだしも、バルト的な意味で読めないのではなく、端的に読めないものが多すぎるし、**高木有一「この国の空」**（「新潮」八月号）をはじめ、なんの因果か書かれてしまった物語がいかにも多すぎる。抹殺しなければなるまい。こんな物語との媾合だけはなんとしてもそのつど書きけしてやらねばなるまい。

## 〈九月〉広場の恐怖にとりつかれる作品達——短冊型にしきられた囲いの中の閉所恐怖症

**津島佑子「浴室」（「新潮」九月号）**
**富岡多恵子「松拍（まつばやし）」（「文學界」九月号）**

作品のことばはどうして閉所恐怖症にかからないのだろう。文芸雑誌なる奈落においても、折りたたまれた目次がさらに開かれねばならない。題名と作者の名がたいてい短冊型にしきられた囲いのなかに閉じこめられている。そして指示されたページにふたたびおなじ名辞の封印。作品はこうしてまず二重三重に画され、また画されたからこそ特権的なことばを、唯一無二の作品たりえていて、その結界のなかでしか覗きこむ眼にみずからを開示しえないようにみえる。

ところが覗きの小部屋の所作などみるからにきまりきっている。戦争や異郷という八月の時疾ほどではないにしろ、物語がわれがちにむらがりよろうとする焦点もいくつかとうに登録されてしまっている。たとえば家族・親族もそのひとつにちがいあるまい。これほど普遍的な場所もないし、これほど固有性の錯覚をあたえる場所もない。それはしかも反復と関係性にうってつけの装置なのだ。虚構の人物は個であるよりもまず家族を構成する辞項であり、血の連鎖のなかにかならず相似をもたらす一環でもある。

### 血縁の関係

**津島佑子「浴室」**（「新潮」九月号）もこの死と再生の場所にとりついている。ここではだれも固有の名をもたない。すなわち母、死んだ兄、私、女の子、下の男の子等々。むろんそれぞれが祖母、孫、生きている妹といってもずれていってしまう。「私」の父がはやくに死んだように、ふたりの子供にもいま父がいないかわり、母の浴室の窓にはヤモリの影が、「私」の浴室のガラス戸には飼猫の影がうつっている。さらにリンパ肉腫で死んでゆくこの猫と一六歳になってもろくに数も数えられなかった兄。「私」は兄の死後、「私」のいる浴室の窓のそばに立ち、なかにはいろうとしてはいれない兄の夢をくりかえしみつづけたのではなかったのか。物語は死の意味をめぐってこれらの照応の網をかたちづくることでかたちづくられ、やがて女の子がまた仔猫をもらってきたあと、浴室の「私」が「かつて見慣れていたのと寸分変わらぬ猫の影」をみるところで閉ざされるだろう。

この浴室はそれにしても作品という閉ざされた場所によく似てしまっている。そこは夜だれもが「素裸」になり、孤立したひかりへ嗜欲の眼をすいよせようとするところなのだ。「浴室」はたぶん作品のありようを語ることで作品になるとどうじに、作品の囲いからかろうじて遁れさろうとしているのかもしれない。

もうひとつ血縁の関係を語るものとして、**富岡多恵子「松拍（まつばやし）」**（「文學界」九月号）。こんどは「わたしの母親」をのぞくと、役名のかわりにまず田川光男、田川夏枝らの姓名がそっけなく記されていて、「お父さん」「長女」「姉」などの呼称はほぼつねに括弧つきでしかあらわれない。母親でさえときに「母」を演じたり、ハルエという名でよばれたりしている。「田川光男の『父親』である田川幸次郎」と書かれるとき、かれらは「家族」の場でそれぞれ役割をわりふられているにすぎないのだ。じっさい父のない子供四人を親兄姉にまかせて結婚したハルエを中心に、だれとだれが「わたし」にとってほんとうの「家族」を構成しているのか。母の夢みていた「家庭」をもつ夏枝と母のにくんだ「幕内者」まがいの「わたし」と、芸人の世界を脱けだすために子供まで棄てた母親をいったいどちらが継承しているのか。「従姉」の夏枝はじつは「異父姉」であり、「従兄」の光男はじつは「異父兄」にほかならない。「丘に向ってひとは並ぶ」いらいなじみのそんな関係を物語はしだいに開示するというよりも産出してゆく。

「松拍」はしかし血縁を発見ないし再構成する物語ではない。「兄姉」とわかっても光男、夏枝の固有名がそのまま保持され、仮象と実象の別もついに判然としない（あるいはその名において仮象も実象も存在しない）としたら、血縁も役割もはっきりと語られることでかえってねじれ、無意味な関係になってしまいかねないのだろう。この「長女」にはなにしろ「姉」がいなければならないからだ。「母親」もしまいにハルエになり、さらにハラジュクの大通りで踊りだした「若い衆」に重なりあってしまう。「松の木をかついで、どこかからオトズレてきた」ハルエと幸次郎、門々に松を生やして歌い踊るかれらを「わたし」がそこに幻視したとたん、「家族」のまぼろしも定着するとどうじに拡散するのだ。「松拍」はたぶん「松柏」にも通じている。すなわち死んだハルエの墓をかざる常磐木でもあるようにみえる。

こうして作品のなかで作品からずれようとする契機がすこしでもないと、よほどの愚かでないかぎり自動的に語りうる物語を無自覚になぞり、ワタシは文芸誌ニノッタ作品デスヨとただそればかりを朗誦する作品ができあがることになる。当世風の離婚譚をいかにも当世風めかして語った**干刈あがた「ウホッホ探険隊」**（「海燕」九月号）、むやみと古めかしい母・息子・嫁のからみあう**高橋昌男「蛙」**（同上）、バイオリンをめぐる母娘の因果話にフロイトをまぶした**森瑤子「発汗の家」**（「すばる」九月号）等々、罵倒することさえ面倒くさいくらいのできばえである。

## 覗き小説

そのとどめはなんといってもファミリー・ロマンスからはなれて、**佐江衆一「横浜ストリートライフ」**（「新潮」九月号）なる覗き小説にちがいない。中学生による「浮浪者連続殺傷事件」にうかれた「私」佐江衆一がドヤ街に住みこむのだが、寿町の一郭から山下公園の生垣の陰、立入禁止にされた少年たちのアジト、さらには「老浮浪者」や紹介者のカメラマンの過去、犯人の心理と、この「私」は閉ざされた場所をつぎつぎに覗いてまわることしかしていない。「マイホーム・ファミリー」「ドヤの臭気」などと連呼し、「ヤンカラ」「アオカン」「マグロ」などの語を嬉々として使いながら、三五〇枚をすっかり紋切型だけで押しとおしている。なんの因果でこのひとが書かねばならないのか、ここには変容の動機などひとかけらもない。これならおなじドヤ街を語っていても、**池田みち子「カインとその仲間たち」**（「海燕」九月号）のほうがまだましにおもえる。すくなくとも山谷の警官刺殺事件の公判にかよった時間が黴くさい作品のなかにそれなりに封じこまれている。

最後に、しばしば突拍子もない企画で楽しませてくれる「すばる」九月号の**「立松和平封切り文庫」**「創作五篇＋エッセイ一挙掲載」。表紙と目次を入れると、立松和平なる大文字に八回つきあわされたことになる。残ったのはやはり閉ざされた場の印象だけだ。異界との交渉がそれぞれに語られていながら、語ることばじたいは異界を捨象しきっていて、途中で投げずに「エッセイ」までたどりつくと、「栃木の方言を話す者を（中略）、任意のある一点の人間に置換えても、何ら異和を覚えないような世界の取込み方をしたい」云々の譫言で納得する仕掛である。どうやら閉所恐怖症にかかるほうがむしろ正常に近いのかもしれない。作品たちはいま広場の恐怖にとりつかれている。

## 〈一〇月〉際立つ特性＝隠居のディスクール
### ――横行するインロー主義とでも呼ぶべき言説

**奥野健男「『鏡子の家』と『豊饒の海』」（「文學界」一〇月号）**
**井口時男「伝達という出来事」（「群像」一〇月号）**

わたしは物語のあやをくまなくこころえている。はじめこそ無知をよそおい、物語にまきこまれた一読者のふりをするとしても、じつは肚にいちもつ、全知のわたしが開示される劇的な結末にあらかじめほくそえみながら、みずからの権威をそのときまで倒錯的にためようとしているにすぎない。わたしだけが「真実」ないし「真実」にいたる道筋を知っているのだ。その証拠にわたしの所有している「文学と人生の構造」「日本の現実」「生の最も単純な原理」等々をみるがよい。作品なり作者なり、語るべき対象をとりしきっている起原。わたしはこうして切札をひけらかす機会をたえずうかがっているようにみえる。

こんなわたしがもし批評と自称するとしたら、どうしようもなくコーモン的な物語にはめこまれてしまっているのだ。この起原の紋所が目にはいらぬか。じっさい創刊五〇周年記念特大号と銘うたれた「文學界」一〇月号、〝評論特集〟なるものを読むと、いわばインロー主義とでもよぶべき言説がわがもの顔に横行している。

### 回顧の姿態

まずはじめに**奥野健男「『鏡子の家』と『豊饒の海』」**。三島そのひとの自註をなによりの手懸りに、自分と三島との交渉をときおりサント＝ブーヴふうに回顧しながら、『豊饒の海』が作者そのひとの「死を前提とすることによってのみ成立した」いじょう、かれが死なないかぎり「その作品の真の文学性、真実性は成立し得ない」云々と、テクストのことばじたいにはいっさい手を触れないまま、そのむこうに、三島そのひとのうちに、「人生と芸術という緊張した対立関係」なる起原だけをせっせと錯視しようとつとめている。あいもかわらずなのだ。すなわち作者はこういっている。作者の知己たるわたしはだれよりもたしかに神託をつたえることができる。この起原にそくして作品を読んでみると、作者とわたしのいうとおりであり、起原はまちがいなく起原にほかならなかった。証明終わり、という按配である。しかも奥野のばあい、この手の「批評家」にありがちなしたり顔をそのまま模倣するなら、「文章」のひどさをどうしてもあげつらいたくなる。「特に『天人五衰』は、自ら課した輪廻転生の宿命、それは文学者として一度企画した物語を、最後における破滅的な自分の生首が床にころがるまでの身体演技（パーフォーマンス）によって、すべてを混沌化、相対化させ〈心心（こころごころ）〉によって遊びながら空無、いや虚無とも絶対とも言える場所に連れて行こうとした文学と人生の構造を論じてみようと……」。統辞の論理に行きづまるおもわせぶりな中断符をうつあたり、刊行予定の長篇の一部をあらためて書きなおしてさえこうなのだから、なんともすさまじいかぎりではないか。

それにしてもなぜ「起原」にこれほどこだわるのだろう。印籠はついに印籠であり、ことばはついにことばであるほかないのに、それがなんらかの権威、起原を宿したり、映しだしたりする結末＝目的に引きつけられずにはいない。**西尾幹二「『旅愁』再考」**ではことばがまったくの「鏡」になってしまう。『旅愁』はようするに「日本人の精神の病理」「世界の中での自己客観視を欠いた自閉的性格」を「再生している」というのだ。日本人だけで日本主義・西洋主義を論じあう不毛さをついたあと、『旅愁』を取巻く日本の現実がいくら変わっても、少しも変わらないものを見つめている作家の眼の確さ」を称揚している。この起原志向はたとえば**篠田一士「短篇小説のなかの詩」**にみられる「作品の原形質となるべきポエジー」、「対象を正確に記述すべき本務」などの語句にも通底しているにちがいあるまい。さらに**川村二郎「柳田国男の神」**も「生の最も単純な原理」としての「古代」「根源」をさぐっているし、**高橋英夫「文学と友情」**も吉田健一の「文学観の中の根本思想」だった友人観を、また初期「文學界」において「作品を生みだす地下の根」だった友情をうたっている。

つまりなんらかの起原がまずはじめにあり、それから作品が、物語がうまれてくる。物語についての物語たる批評などしたがってまったく問題にならない。だれもが作品の歴史、物語の歴史を構築することにもっぱら汲々としている。それもじつは物語の物語でしかないのに、歴史であるとけんめいに信じこみ、また信じこませようとしている。これこそまさに隠居のディスクールのきわだった特性なのだ。

これはたぶん五〇周年記念という回顧の姿態とからみあっているのだろう。現在としてある過去を探究してゆくかわりに、現在の起原としてあった過去をただちに指示してしまう書法。**江藤淳「『文學界』との四半世紀」**

はみずからの文壇的出発、「文學界」による新人発掘のシステム化という変革を語ったあと、「人はいまや地平線の彼方を望むどころか、蛇が自分の尾を呑むような運動を繰り返しながら、饐えた空気に倦みはじめている」というが、「饐えた空気」はほかならぬ江藤じしんの叙述、すなわち例によって六〇年安保、アメリカ留学の体験と、みずからの歴史と戦後文学の歴史とをかさねあわせつつ、「戦後の言語空間の実体」を起原において劃定しようとする痼疾に由来している。さすがに川村二郎のように、『以前』は、『以後』の土壌に施さるべき肥料」とまではいわないにしろ、過去と未来をはりあわせたあとに現在のことばが脱落していることに変わりはない。そんな江藤が最後にふりかざす印籠はいわずとしれた終戦の詔勅である。その全文を引用したあげくに、「これがやはり、原点なのであった」と大見得を切っているのだ。はじめからずいぶんと隠居くさいひとにはちがいなかったが、いよいよコーモン病の末期にさしかかっているようにみえる。

## 起原神話

インロー主義はどうやら伝染病なのかもしれない。たとえば「群像」一〇月号にふたつならんだ新人賞受賞第一作のうち、格段にできのよい**井口時男「伝達という出来事」**。村上春樹を論じるのに、物語が語られたとたんにいつか聞いた物語となり、なにごともなく消費されてしまうという「一般論」から、たえず逸脱する偶然性をばねとする「表現」、「一般論」には解消しえない事件としてそのつど生じる「伝達」にむかって、無数の物語のなかに「唯一の物語」をかくす『風の歌を聴け』の詐術、「数える僕」と「数えられる僕」の分裂であがなわれた「主体性」をうしなう『羊をめぐる冒険』の転機、云々をたくみになぞっている。しかし「もはや『語る僕』は『語られる僕』と分離されて安全保証された主体性ではありえない。このとき『僕』は崩壊した主体性をどのようにして摑み直すか」と書かれたとたんに、それこそいつか読んだ物語がやみくもに立ちあがってしまうだろう。かりに『風の歌を聴け』から『羊をめぐる冒険』への「軌跡」なるものをひとまず受けいれるとしても、これまたあまりにもありふれた作家の成長・歴史なる起原神話をたちまち反復してしまうのではないか。

物語としての批評はむしろ「批評」となのらないところに産みだされていたりする。**高橋源一郎「ジョン・レノン対火星人」**(「野性時代」一〇月号)ははたして「作品」たりえているかいないかをこえて、「パパゲーノ」から「石野真子」、「不思議の国のアリス」、「ヘーゲルの大論理学」まで、あらゆる言説をポルノグラフィー化する書換のうちに、批評を散乱させるはればれとした批評そのものにもなっているようにみえる。ことばはそこでことばいがいの起原をもたない。小説にしろ批評にしろ、ミロのヴィーナスの内臓を云々するたぐいの起原譚にはもういいかげんうんざりしているのだ。おばけ番組にも終わりがある。隠居のディスクールを文字どおりそうそうに隠居させてしまわねばならない。

## 〈一一月〉「わたし」と海のアンビヴァレントな交渉
——風景を視ると同時に風景によって視られている一辞項

**三木卓「海辺で」**（「群像」一月・四月・七月・一一月号）
**鈴木貞美「言いだしかねて」**（「文藝」一一月号）
**小田実「D」**（「海」一一月号）

かりに作者そのひとの意図なるものがあるとして、その意図にもかかわらず、あるいはその意図にさからって読みたくなるような作品がある。むろんそれこそが作品なのだといってしまえば身も蓋もないが、月々の雑誌ではめったにかきたてられない欲望であることもまちがいない。今月完結した**三木卓**の連作**「海辺で」**（「群像」一月・四月・七月・一一月号）はどうやらそんな作品のひとつであるようにみえる。

もちろん意図なるものはどこか作品のそとに公言されているわけではない。あくまでも作品じたいから逆算され、臆断されるみたてにすぎないのだ。四〇代も残りすくない「わたし」はじっさい作者そのひとに容易に重ねあわせることができる。題名のとおり、相模湾をのぞむ海辺のマンションにひとりで暮らしていて、その属目が四季の移りかわりにつれて四〇あまりの断章に書きつがれている。遍在する潮風、いっさいを染めあげる夕陽、月蝕、颱風、はてしない波の運動。海草類、茸、クズの蔓。磯の生物から蝶、蛾、犬猫まで、人間とほとんどおなじレヴェルで描写される動物たち。そんなスケッチじたいが書くことの目的だとみなされてしまいかねない。みごとな自然観察、自然描写（じじつみごとにはちがいない）、云々の評言が型どおりにはりつけられてしまうだろう。

さらには自然が発散する「共棲の誘惑」が語られているといってもよい。これは死の誘惑とわかちがたく結びついていて、生物は「どこまでも弛み、分解していくことをねが」うだろうし、「わたし」も赤い光のなかで、「ポケットに手をつっこんだまま、夕焼けのなかへ拡散していってしまえばそれでいい」と思う。むろん不可能な欲望なのだ。この連作は「わたし」と海（自然）とのアンビヴァレントな交渉を描いている。海への親和・反撥の振幅のうちに、「海辺にいるのに、わたしは海に入ることができない」というありようがやがて開示され、それにもかかわらずある闇夜に海へはいるが、結局むなしく陸へ戻らざるをえない。しかも友人の腕時計をなくすという「咎め」をうけねばならない。そんな物語が浮かびあがってくるだろう。

## エロスの共鳴

これはしかし自然のまえに「わたし」があったり、「わたし」のまえに自然があったりという物語ではない。ここに「在る」のはたぶんひとつの（もろもろの）関係性だけだ。たとえば「わたしは、水という物質のひとつの状態である雪にまで、孤独を感じることがない。わたしは風景と性的関係を結んでいる」。あるいは「生きものの外界とのひとつの関係の持ち方」であるような「匂い」。この「わたし」はありきたりの個でも主体でもない。双眼鏡の視野のなかのサーファーがまさしく「わたし」をみつめているように、風景を視るとどうじに風景によって視られている一辞項なのだ。

「わたし」はしたがって一見視点そのものであるようにみえる。おもにアパートの窓・バルコンから、ときにはドアの覗き穴から、また一筋の道のはてをめざしながら視る。たとえば曲りかどまで行った犬のすがたも、「からだの前半が向う側に消え、尻尾だけが名残惜しげにいくどか閃いた上で見えなくなり、こうして犬は視界から消えた」と書かれねばならない。ところが視座が厳格にさだめられればさだめられるほど、逆に「わたし」も厳格なフレームのなかにとらえられてしまう（視られてしまう）。「わたし」はむしろ犬の尻尾を視させられているというべきなのかもしれない。

しかしほんとうに視ているのか。ほんとうに属目なのか。というのも雲にかくれた山、月蝕、坂のうえを横切る〝かもしれない〟バス、犬小屋のうえに降っている〝はず〟の雨、植物の成育からわかる潮風の力等々、いまそこには見えないものがあまりにも氾濫しているからだ。「今はまっくらで見えない」が、崖があり、そこにハトの巣があり、風がその「巣を揺すぶり、頂上へ消えていっているはず」という按配である。しかも青いビニール袋と思えたものがじつはカツオノエボシであり、腐った玉葱・洩れたガスと思えたものがじつは汗で変質した時計バンドの臭いだったように、「わたし」はしじゅう見まちがえてばかりいるのだ。さらにはしゃりしゃりとこすれあう音が新築の家をつつむビニールの膜を告知するように、見えないものから見えるものへのたえざる移行。この連鎖からたちあらわれるものこそ、つねに意味をつむぎださずにはいられない「ヒト」のありようにちがいあるまい。小動物たちの生態に人間が重ねあわされているとしても、その「ヒト」のいとなみはまさに記号をあやつり、意味をたえず産みだしてゆくところにある。要するにさまざまな断章、たとえば夕焼の光とマンジュシャゲの色が、雪景色と春の女たちのエロスが共鳴しあうなかに、視るとどうじに視られる「わたし」をこえて、海の見えない部屋で海を書きつつある「わたし」、だれともつかぬ「わたし」の生＝ことばがぐいぐいと膨れあがってゆくようにみえる。

## ことばの不幸

「海辺で」がいわば幸福な作品であるのにたいして、**鈴木貞美「言いだしかねて」**（「文藝」一一月号）は不幸な立場にあるということができる。作者の意図ならぬことばの意図が隠されないように見せられ、しかもそうして見せられているということじたいがまた隠されねばならない気配だからだ。それとも物語＝ことばがあまりにも字義どおりに直叙しているのに、たぶんその字義どおりをだれも信じそうにないからだというべきだろうか。

「それでヒツジは？」と訊くなり、女はヒツジという名になる。「一瞬やくざにでも脅されてる雰囲気だった」と女がいうなり、「俺はヤクザだよ」と答える。さらに「これまでのことは、週刊誌に出てるはしたない小説みたいな気もしてたし」といわれると、「俺は俗っぽいフィクションの世界に生きてきた」ことになり、小説にでも書いてみたらとすすめられたとおりに、通俗ではしたない物語が繰りひろげられることになってしまう。すなわちかつての婚約者でいまは人妻となったヒツジとの密会、母の病気、立ちのきを迫られた都営住宅、経営している塾の危機、私生児である「俺」と父の対面等々。これは小説であると規定されたとたんに、「書いている俺」「書かれている俺」の対立があらわれもするが、やがて「小説の中の俺」が優位にたつにつれて、物語はしだいに堅固な「現実」の様相をかちとってゆくだろう。というよりもことばが語られるにつれて「現実」をかたちづくっていったあげくに、やはりことばでしかない物語を隠すとどうじに見せてゆくのだ。じっさい一節ごとにジッドの『贋金つくり』のエピグラフがそのまま付されていて、あれこれの挿話はじつはその文句から産みだされたものとおぼしい。

「喋らなければ、現実にはならない」が、喋られても、「ことばならフィクションにすぎない」。「言いだしかねて」に語られたこの公理をよそに、有象無象があいもかわらず先在する意味の充実を引きずっている。**小田実「D」**（「海」一一月号）は軽みをよそおった語り口のかげに、脱走兵、どうもならん、ダメ、ダークネス、ディバイン、ダーティ、ディジーズ、デスのDという重しを用意している。記号Dはたんなる口実にすぎない。なぜDのでたらめであってはいけないのか。**唐十郎「別れた理由」**（「文藝」一一月号）も「巴里」、佐川君、四谷シモン、人形、「僕」などの名のかなたにある意味にとりつかれていて、「僕」の錯覚・事実誤認もあとで「真相」を開示するためだけのものだ。ことばの不幸はたしかにつづいている。

〈一二月〉ことばの一定の規範へ迎合を強いる文芸誌
——受賞作よりもはるかにオカシイ撰評者たちの見識・非見識

**小田原直知「ヤンのいた場所」**（「海燕」一一月号）
**若一光司「海に夜を重ねて」**（「文藝」一二月号）
**赤羽建美「住宅」**（「文學界」一二月号）
**佐藤正午「永遠の½」**（「すばる」一二月号）

月々の雑誌はもちろん循環する時の節目をきざんでいる。時間は棒のようにのびるどころか、例によっておなじ季節にくりかえし回帰してゆくだけなのだ。先月の「海燕」、今月の「文藝」「すばる」「文學界」と、輻輳する新人文学賞もほとんど一種の季語になっているようにみえる。

「文學界」いがいは二人受賞だから計七人にのぼる「新人」のうち、とくに批評の欲望をかきたてられるようなものには結局ぶつからなかった。文芸誌を読みつづけたおかげで頭がオカシクなったのか、大半の受賞作よりもむしろ、それぞれに見識・非見識をさらしている撰評のほうがはるかにオカシイのである。受賞作にはひとことも触れていなかったり（**古井由吉**「文學界」）、いちおうていねいに論じてはいても、「もう一度初めから書きなおせばずっとよくなる作品」（**木下順二**「海燕」）、「本気で物を書こうというのなら、まだまだ新人として出たりしないほうがいい」（**阿部昭**・同上）、「作者の持っている批判の枠組みの中に人物を閉じこめないでもらいたい」（**三木卓**「すばる」）、「原稿用紙の無駄遣い」「下手糞なファンテージー」（**安岡章太郎**・同上）等々、そんな作品にいったいなぜ賞をあたえてしまったのか。

じっさい**小田原直知「ヤンのいた場所」**（「海燕」一一月号）など、「列車が痛々しい黒い喘ぎをきしませて止まった」云々と、これはもう一読ふきだすほかない文ばかりがならんでいる。**若一光司「海に夜を重ねて」**（「文藝」一二月号）は週刊誌の実話ものを「文学」的臭気でつつんだとおぼしいワイセツな話だ。「十八歳の時、勤めていた喫茶店の経営者になかば力ずくでからだを開かれた私は、三十ほども歳のちがうその男のあぶらぎったいざないによって、半年もせぬうちに女であることの意味を知らされた」云々と、ことばも物語にみあってなんともワイセツきわまりない。

むろん撰者たち、たとえば人間をつかまえていないという阿部のねごとや、博打のこわさがすこしもないというう安岡のぼけぶりに加担しているわけではない。とがは「新人」たちよりもまず撰者に、またそれいじょうに文芸雑誌なるものじたいにある。受賞作なしあるいは佳作二点よりも二作受賞のほうが売れるだろう、という営業上の利得にかんする邪推だけの問題ではない。撰者もまきこんだ文芸誌なるものが一定のことばのありようを指示し、規範への迎合を強いているのだ。「わたし＝文学」と寝るにはそれなりの「修業」「経験」をつまなければと拒絶する媚態。若一光司にしろ、**「応為坦坦録」**の**山本昌代**（「文藝」一二月号）にしろ、いちおうの「芸」「筆力」をもっているとはいえ、いずれもはりめぐらされた誘惑のかたちをたんになぞっているにすぎず、既成のことばをずらしてゆく契機がまったくない。その通俗にあきてくると、「文学」はときにうぶな童貞で気分を変えるために、小田原直知のようなものをつまみぐいしたりもする。

## 逆上させた功

ようするに新人作家があるから新人賞があるのではなく、新人賞があるから「新人作家」がつくられる。そんなあたりまえすぎる事態をあらためて再確認したということになるのだろう。そのうえであえて相対評価をすると、**赤羽建美「住宅」**（「文學界」一二月号）、**佐藤正午「永遠の½」**（「すばる」一二月号）に多少なりともささくれだつところがあった。「住宅」にはすくなくとも書くことじたいにたいする意識があって改行なしの四つのブロックで直方体のコンクリート建築を模そうとするクラテュロス的な仕掛と、書字・建築の喩にささえられた関係性の世界を実現しようとする試行とをみることができる。ここからなにかが脱臼しないともかぎらないのだ。「永遠の½」は木下順二にならえば書きなおしがききそうである。この失業者の物語じたいはいかにも風俗的だが、七〇〇枚弱に拡散したあれこれの細部からみて、このひとはもっと荒唐無稽な話を書けそうな気がするからだ。安岡章太郎をほほえましく逆上させた功はとにかく認めておかねばなるまい。

こんな「新人」たちといっしょにならんでいると、あいかわらずなんの因果で小説を書いているのかわからない**唐十郎「感傷鬼」**（「文學界」一二月号）でさえ、因果なことにそれなりに読めてしまう。二〇年まえに埋めた日記を掘りだしにきてみると、それをみつけたという酒屋の御用聞きがあらわれ、日記のなかの出されなかったラブレターの下書三通について、宛名の女たちにその内容を伝えたことがいかに女たちの生を変えたかを語るという物語で、ことばの力をつげることばとみえたものがたちまち唐十郎好みの雰囲気におちこむありさまをただ読めばよいのだろうが、それにしても最後に自転車のベルの音とともに二〇年まえそのままの女たちがあらわれる場面など、狂言廻しの科白について背後で演じられる芝居という形式を一歩も出ていないではないか。

**村上春樹「めくらやなぎと眠る女」**（「文學界」一二月号）もやはりどうように読めてしまう。これは薄められた『不思議の国のアリス』なのだ。時間のあわない時計をもっていてたえず時刻を聞く兎のようないとこもいるし、砂糖とクリームを灰皿にあけて吸殻でかきまわす「僕」の気狂いお茶会もある。さらに眠りねずみならぬ眠る女、「めくらやなぎ」という造語もきわめてアリス的だ。物語の構造もいちおうととのってはいるが、そんなものはしかしアリバイにすぎまい。『アリス』の逸脱は薬にするほどもないかわりに、間歇的に難聴になる少年がいつも左側の耳をこころもちこちらへ傾けている、などという細部の集積からうまれる気分や、「誰の目にもみえることは、本当はそれほどたいしたことじゃない」ふうの適度に意味ありげなことばが、計算しつくされた媚態になっているし、じじつそのおかげで作品をつるりと読ませてしまうのだろう。

## めっきり減退

そんな読ませてしまう技術の獲得をえさに、大学の文芸科もカルチャー・センターも大繁盛している。**金井美恵子「文章教室」**（「海燕」一二月号）はこのことばの風化とワイセツさを模すことによって、はればれとした諷刺＝ずらしたりえている。「私はなぜ文章を書きたいと思うのか」「私とは誰か——自分史として自己を見つめる、見つめ直す」という課題を出された主婦が、「折々のおもい」と題した手帖に書きはじめるまでを、その「折々のおもい」からの引用をまじえながら語ってゆく抱腹絶倒の物語なのだ。

孤立無援のようにみえる金井美恵子はこうしてすこしも悲壮になっていない。これを唯一の例外として、文芸誌なるものを読んでいると、頭脳がオカシクなるばかりか、食欲・性欲ともにめっきり減退してしまう。その原因のひとつはとめどない下痢のようにつづく連載ものにちがいあるまい。したがって**辻邦生「銀杏散りやまず」**の完結（「新潮」一二月号）はおおいにめでたいことである。それにこの辻家の歴史すなわち拡張された自分史はこれまでうかつにも気づかずにいたことを気づかせてくれた。つまり最初と最後に引用された**さだまさし**の「詩」。辻のどうしようもなさはまさにさだまさし的だったのだ。あのふぬけた音と詞を「深い宇宙的な悲しみ」といえるのはなみたいていのことではない。

しかしおなじ辻邦生の連作**「ある生涯の七つの場所」**（「海」）は八〇回を数えていまだに終わる気配がない。ほかに『別れる理由』の長大さをさらにしのぐかもしれない**小島信夫「寓話」**（「作品」「海燕」）、よせばよいのに半解の術語をふりまわしはじめた**江藤淳「自由と禁忌」**（「文藝」）など、こんな垂れながしにあてるオムツが発明されないかぎり、なるべく文芸誌には近づかないほうが性器・胃腸・頭脳のためにやはりよいのかもしれない。

# III

# 千の愉楽・万の喩楽——中上健次論

## 1

ことばはもう風のようにみえない。わたしは書きつけるそばからどんどん盲いつつあって、その既往についてはせいぜいあらためて自問してみるだけなのだ。「こんな風にしたのはおまえか」。じっさい書くまえにありえたかもしれない渾沌にたいして、いまではただかすんだ視野に、ことばの業としての分離、対置、類別だけがろこつにさしこんでこようとしている。物語のあとではわたしもすでにこのわたしのようではない。話者とよぶにしろ作者とよぶにしろ、書くことからうまれてくる幻。「おまえ」もまたことばとともに、はるかことばのかなたに遠ざかろうとしている。あるいは『千年の愉楽』でもそうだったように、「こんな風に」と問うわたしこそいまや「亡霊」にほかならないのだろうか。

中上健次のテクストはほぼこのあたりから運動を開始するようにみえる。すなわち物語にもわたしにも不動の同一をもとめるのではない。書くためにはまず分節しなければならないし、ついでその分節が敵にまわるとしたら、どんな関係もうちたてたとたんに歪曲し、相殺し、廃棄しつつ、たえざる書換の渦中にもっぱらただよわせてやるまでのことではないか。「こんな風に」と問いかけるとどうじに、またしてもことばの風を吹きあれさせる。巨視的には「岬」にはじまる連作において、たとえば秋幸と龍造の対偶もたえず変成の途次にあり、『地の果て　至上の時』では父子の関係さえついに顚倒するさなかに、いわば同にして他、他にして同たりうる幻影をつかのま現出させてしまうだろう。さらに微視的な水準でも、というよりもむしろそんな水準でこそ、おなじ書換が一連のテクストの特異性をかたちづくっているのかもしれない。とりわけ『千年の愉楽』ではうねるような書法のいたるところ、一文のなかにもその例をしじゅうみることができる。

風が吹く度にオリュウノオバも見、死んだ半蔵も見た亡霊が人の住まぬ家の板壁をふるわせうめきすすり泣き、イサム、イサムと路地の者の名を呼び、こんな風にしたのはおまえか、と問い、風が吹く度にまた板壁のすすり泣く声がする　（「天人五衰」）

ここにはむろん物語のつねとして〝二〟による生成がある。「オリュウノオバも見」「半蔵も見」、「イサム、イサム」をはさんで、なによりも「風が吹く度に」の復誦があきらかにことばの伸長をうながしている。しかしそこにうまれる第二項もまた一目瞭然、初期関係にたいする同寸の鏡像でもその比例をたもちつづける縮図でもない。はじめは亡霊が板壁をふるわせるのだし、みずからすすり泣くのにたいして、こんどは板壁じたいがただちにすすり泣いてしまう。ようするに亡霊と板壁と、さらに両者をくる風と、いったんつくられた統辞がこの反復のなかでずらされ、ねじまげられてゆくのだ。いわゆる直叙との偏差だけをはかるかぎり、霧散するほかない転位。たとえば風の音が亡霊をおもわせるなどと口ばしるなり、中上健次とよばれるテクストの運動もたちまち消えうせてしまうだろう。喩はしかしたえず〝二〟の逆説のうちに揺動している。いわばこの対称が非対称を産みだす場にあって、およそ無意味にみえる細部にさえ、双数原理がそのつどみずからを否定するためにはたらきかけようとしている。

## 2

〝二〟はずらされるだけではない。『千年の愉楽』ではどんな対称もみずからのうちで溶融されねばならない。火と水、光と闇、空と地、生と死、聖と穢。このそれぞれがまた二項づつ重合するうち、たとえば蓮實重彦のいう火焔＝雄性の運動と河水＝雌性の場。いずれも劈けるとどうじに接ぎあわされる。あるいは分節が統合でもある。すくなくともそんな至上の時にむかって、作品のレヴェルでも「火宅」のすぐあとに「水の家」が書かれるように、ここでは二項がそのためにたえず隣接され、交換されねばならないのだ。一読目をうつ撞着語法にしろ循環する自問にしろ、「高貴な穢れた血」「この世の者だがこの世の者でない」、「生きる事の次に死ぬ事があるのか、死ぬ事の次に生きる事があるのか」等々、むろん対置をできるかぎり失効させようとしているのだろう。

この凝縮はたぶん「現実の事だが一瞬の夢」にすぎまい。あらゆる単位がしかしそのおかげで流動する。たとえば世界と社会、自然と人間とのあいだで、「自然主義」なる名の虚妄をあばくように、樹木もほんらい「自然」であるとどうじに「商品」なのだ（中上健次・柄谷行人「文学の現在を問う」）。物語が衰弱しきっていないかぎり、風も雨も、もちろん花も、世界ならぬ社会においてもなにかを語っているし、盗んだり娶ったりすることも、社会ならぬ世界においてもなにかを語っている。いずれも自然と人間をぬいあわせながら、それぞれに意味しつつある単位、つまりほかの記号によびかけ、ほかの記号にこたえつつある単位にほかならないのだ（J＝F・リオタール『インディアンは花を摘まない』）。

明け方になって急に家の裏口から夏芙蓉の甘いにおいが入り込んで来たので息苦しく、まるで花のにおいに息をとめられるように思ってオリュウノオバは眼をさまし、仏壇の横にしつらえた台に乗せた夫の礼如さんの額に入った写真が微かに白く闇の中に浮きあがっているのをみて、尊い仏様のようだった礼如さんと夫婦だった事が有り得ない幻だったような気がした。（「半蔵の鳥」）

『千年の愉楽』はまず第一篇のこんな一文から「急に」はじまる。発端のひとつの定型にしたがいつつ、「明け方」をとりあえずの起句として、能動的な語り手というよりも物語のすべてが像をむすびにくる焦点、オリュウノオバそのひとの覚醒がとりかえしがたく語りだされている。この発端もむろんあからさまな双数原理に支配されているのだ。読点でへだてられた四節を二節づつにわけて、さまざまな対称が産みだされようとしている。すなわち夢とうつつ。目ざめるまえの嗅覚と目ざめたあとの視覚。家の外部と内部。自然とよばれるかもしれない夏芙蓉と人事とよばれるかもしれない夫。花はひとまず現在・この世に属しているし、毛坊主の礼如さんはもう死んで過去・あの世に属している。さらに各項の内部でもそれぞれ二節がたがいに拮抗しているのだろう。同語ないし隣接する語がまた読点をはさみ、二分法を二度くりかえしている。後半では「礼如さん」、「仏壇」「仏様」、「夫」「夫婦」のうえに、写真という記録にたいする記憶。前半では「におい」、「夏芙蓉」「花」、「息苦しく」「息をとめられる」により、窒息＝死がその対蹠の覚醒＝蘇生をよびだしてしまう。夏芙蓉はしかもつぎの段落に書きつけられるとおり、「暮れ時に花をひらきはじめて日が昇る頃一夜だけの命を終えてしぼむ」のだから、まさにいま息たえる花と甦るオリュウノオバと、そこにも死から生・再生へと転じつつある動きをみてとることができる。

しかし〝二〟がこうして猖獗をきわめる瞬間、たぶん〝一〟への逆転がもうはじまっているのだ。「明け方」とはそもそも双数を無効にする境界だったのではないか。夏芙蓉にとまる小鳥の鳴声のように、「幻のようにかき消えた夜をおしむのか、明るい日の昼を喜ぶのか」。すると睡眠と覚醒、夢とうつつの対照にしろ、二項がおぼろに重なりあいはじめる。眠りとおした一夜がたしかに「幻のよう」であるばかりか、目ざめてみてもまた「有り得ない幻」が浮きあがってくるのだから。これはまさしく『千年の愉楽』の全体、「現実」とおもえばすなわち「一瞬の夢」という構図を告知しているのだろうし、おなじ母型がやがて路地（したがって物語全体）について、「夏芙蓉の見る一夜の夢だとしても一向にかまわない」という反転まで産みだしてゆくのだろう。

夢うつつばかりではない。この刻限には自然界と人間界もまた交通しようとしている。またしても夏芙蓉と礼如さんと、じつはともに不在のものたちがたがいに呼応しつつ、はじめの二分法をなによりも攪乱しあっているのだ。ここにはない花を指示する香気とここにはいない夫を指示する影像。死につつある花と死んだ夫。その写真はまるで夜の花の幻のように「微かに白く闇の中に浮きあがっている」。さらにオリュウノオバによるそれぞれの受容をみても、さきの引用につづく文ではまず直接礼如さんにたいして、「おおきに、有難うございます」と語りかけるし、つぎの段落では間接的に小鳥の声のむこうの花にたいして、「年を取ってなお路地の山の脇に住みつづけられる自分が誰よりも幸せ者だと思う」。ついには「芙蓉」という文字そのものまで、〝二〟の具現のような対称形をたもったまま、この照応のなかで礼如さんとひとつにとけあうのかもしれない。すなわち「夫」を産みかつ喰らう「芙」。

双数性はこうしてみずからに裏切られるようにみえる。二項の対照がことばの生成をつかさどり、芙から夫をよびだすのだが、ことばがいまここに実現されるなり、おなじ対照がたちまち芙に夫をのみこませてしまうのだから。こんなテクストじたいの運動こそ、産婆と坊主の夫婦に意味をあたえつつ、火花のように端的な語法よりも、生と死、昼と夜、夢うつつなど、〝二〟をめぐる撞着と循環をくまなく体現しているのだ。そしてことばの線状性がゆるすかぎり、世界と社会がそのときどうじにたがいのうちに殺到する。夏芙蓉もだからこそあらゆるものと交通できるのだし、たとえばオリュウノオバに、「夏芙蓉のような白粉のにおいを立てていた若い時分」を想起させることができる。

## 3

人物たちはどうやらそこに一種のゼロ項として登場する。産出の場・媒体たるオリュウノオバばかりか、産出される男たちにおいても、対項がかわるがわる交替し、また交換され、たがいに嵌入しあっている。たとえば水に侵されかつ火にも包まれる秋幸のように、この男たちもみなおなじ火焔と流水にしるしづけられている。「火の祖母」をもつ「ポンヤウンペの生れるくだりが、あまりに達男の生れる時に類似している」し、「空から川に雷神《カンナカムイ》が落ちて来て、川から達男が生れたような気」がする（「カンナカムイの翼」）。三好も「花火のように瞬間に燃え上ればいいと思」いながら、死んで「甘露」のような雨をふらせる（「六道の辻」）。それが「澱」み「流れ」たり「炎のように」みえたりする中本の血なのだ。この淫する男たちはしたがって雄性だけに属しているのではない。なかでも「百人の女を腰から先に射落す」半蔵。そのぶんだけかえって性のしきりを乗りこえようとしていて、「男の臭いが厭」で白粉をつけ、その「自分が蔭間のような気がした」り、女に「思いっきり抱きしめてもらおう」と考えたりする。さらに女に後手に縛られると、「われながら色の白い腕の筋肉に喰い込んだ赤い細紐の色がなまめかしいと言って半蔵がわざと女を真似て声をあげる」。

たぶん時間にかんする直線と円環もまた、というよりもまさにこの歴史と神話こそ、かれらをつらぬく対偶のなかでもひときわ突出しているのだろう。親から子、孫へと、「中本の一統」にずっとつらなるとともに、だからこそおなじ滅亡にまきこまれる。だれもがかけがえのない物語として、誕生から死へといっさんに駆けぬけながら、またしてもおなじ物語をぐるりと一巡している。反復の局面だけがともすれば強調されるとはいえ、たとえ曲折があっても、その対蹠には線的にすすむほかないことばの時間がつねにひかえているのだ。

生身の生きた男だから、あらかじめ書かれてある物語のような中本の悲運に無自覚な所作を繰り返しながら、他の者とくらべると圧倒的に短い生の時間のうちで、右にぶつかって一つ知り、左にぶつかって一つ知るという具合に接近していかざるをえない
（「カンナカムイの翼」）

それにしても反復また反復。男たちの一統が幻じみてみえるのもまずそのためである。昏いはるか

な起原のこれもまたひとつ反映にすぎないのだから。兄妹心中と父子の回帰にかかわる秋幸の物語にかぎらず、いわゆる文芸誌での第一作「一番はじめの出来事」においても、「はじめ」ならぬ再現ばかりがすでにしつようにむしかえされる。「僕」は例によってはじめから康一の弟康二なのだ。そのふたりのまえにも伯父たちがいて、「＊＊康一、＊＊康二は、△△康一郎、△△康次郎のものまね」にすぎない。また無数の太陽をめぐる無数の地球に、「僕とそっくりおなじことを考え、不安がっている男の子」が想像される。もちろん「僕」ただひとりを切りとっても、おなじ不安が起原のあいまいな複写のように浮きあがってきて、「いつだったか？　僕にはわからない」が、「やはりいつかこんなことを考えて一晩中眠れなかったことを覚えている」。さらになによりも語られる虚構の核において、「僕」たち小学生が「秘密」とよばれる巣をつくろうとしているが、それもまた「幼い兄」が「建てなおした」家のこだまであるばかりか、反復する火事の環をくるかのように、放火というできごとをよびだす「輪三郎の小屋」からまさに着想されたものにほかならない。

『千年の愉楽』ではめぐる因果の輪がいっそう緊密にまかれている。中本の血による死のさだめのうえに、まず近親の先例がある。町の後家と駆けおちした父彦之助をなぞるように、浮島の後家のところにいりびたる半蔵。盲いた血縁のものを模倣するように、鳥眼がこうじる三好。ついでみずからの軌跡の反復として、「天狗の松」の文彦はかつて神かくしにあった場所を再訪するし、「天人五衰」の康も南米の新天地にむかうまえに新天地満洲から引きあげてくるのだ。また連作という形式のつねとして、あとの物語がさきの物語をくりかえさねばならない。浄泉寺のまえの和尚とおなじように首をくくった三好につづいて、文彦もやはり縊死する。達男を縛った紐も半蔵の赤い細紐のように血に赤くそまる。「ラプラタ綺譚」でも「金色の鳥なら半蔵、銀色の羽根の鳥だったら新一郎」。かれもまた南米に出かけるのだし、半蔵にならって女を縛り、名鳥をまねて鳴くようになる鶯をそだてる。さらにどの物語もさきだつ伝承や書物にちなんでいるのだろう。またしても貴種流離譚であることのほかに、たとえば鶯の名となる能の「天鼓」さながら、半蔵が若く殺されても鳥が鳴きつづけていて、男とまじわって九月九日に死ぬ半蔵も「菊花の約」を連想させる。ラプラタの流域にはいっそガリバーの反対の国を重ねればよいかもしれない。達男の出生譚も既述のとおりユーカラに比定されるばかりか、浮島につたわるという民話、その変奏たる「蛇性の淫」に連環している。もちろん虚構の細部にも輪があふれていて、緊縛する紐、首くくりの紐のほかにも、祭のときにまく縄、荒縄をむすんだ罠、裂けた足をしばる手拭。オリエントの康の包帯、猿ぐつわ、蛇や龍のとぐろ。女は「腕をまきつける」し、その陰毛は「くるくると指でま」かれるし、「輪を描いて災難が起る」。こんな環の主題系もどうやら回帰する神話にまきついてゆくようにみえる。

しかし復誦しておかねばならない。反復も輪もこうしてはてしなく列挙できるとはいえ、それでも物語の条件たるシンタックスの直線に対峙しているのだ。「康夫は由明の子、由明は仁左衛門の子」、「半蔵の子の竹信の子の光輝」のような歴史性があるからこそ、時間の循環がはじめて意識される。あるいはその逆。蛇のとぐろもとけるときがあるし、首くくりの紐も輪になるとどうじにぴんとまっすぐにのびる。縊死した三好からぬけだす刺青の龍のように、身体にまきつく幻にしろ、空にかならず直線と円をかわるがわる描きださずにはいない。

龍が急に顔を空に上げ、空にむかって次々と巻いた縄をほどくようにとぐろを解きながら上り一瞬天空に舞い上って地と天を裂くように一直線に飛ぶと、稲妻が起り、雲の上に来て一回ぐるりと周囲を廻ってみて吠えると、音は雲にはね返って雷になる。
（「六道の辻」）

たぶん一本にのびる紐が輪にくくられるために在り、またそのためにも一本でなければならないように、反復にあらわれる範列がまっすぐ統辞をのばし、そのメトニミーの軸のうえにこそメタファーの軸がくりかえし析出するのだ。たとえば盲目のとりかえしがたい進行がじつは円環を完成させる。あいはその逆。一統の男たちはみずからがそんな場であることを「自覚」するなり、たちまち死んで一統のありようをいまここに再演してみせるだろう。もう安んじていられるからだ。「たたり殺す相手」の不明、「噂」にすぎない落人伝説など、おぼろな起原の反復もいまや歴史において保証されているし、その歴史もさかのぼるほどに反復の起原をうつろにしている。そして自分の模倣もそのつど起原とのあいだに〝二〟をかたちづくるほかないが、無限にたちもどる神話においては千のうちに拡散され、〝一〟のうちに溶融されてゆくはずでもあるのだから。

## 4

起原はつまり希薄になるほど強力にはたらきかける。そこに一種のトーテムがあらわれてくるのだ。真正の体系ではないにしろ、すくなくとも無標と有標をわかっている。もちろん鳥、蛇、龍などにしるしづけられるのはまず中本の一統。半蔵と新一郎の鳥、三好の龍のほかに、康のタンゴは「鳥のさえずり」にたとえられるし、文彦は「異類の子」のように体毛におおわれてうまれ、鴉天狗という異類を視るし、ほかのだれよりも八咫烏をトーテムにしている。達男は「ふくろうの達と仇名され」るとおり、「ふくろうの鳴いた夜生れたんかい。ふくろうが俺の守り神じゃの」と自認してはいるが、父富繁がその晩大蛇に化身したこと、「魔界の事象だとしか言いようのない出来事は知らな」い。しかし死・転生の瞬間には鳥とどうじにその蛇もまた顕現する。

突然、不思議な事が起った。若い衆の身を縛っていた紐が、血の染み入った分の長さの赤い毒のある蛇になってバラバラとほぐれ、誰もが見ているうちに若い衆が起きあがると、赤い小蛇はそれを合図にしたように敵になった者らに噛みついた。若い衆は背中に血糊で張りついていた翼を二度打ちふるって滴を切り、三度目に舞い上った。

（「カンナカムイの翼」）

さらに「伏している蛇とも龍とも見えるという山」のこちら側、路地のものたちにしろ、鴉のように芋飴にむらがる女たち、花鳥をあしらった着物をまとう「直しの男衆」など、いくらか薄められたかたちで鳥を模倣しようとしている。すなわち「トメと菊造がカアカアと鴉の真似をしピーヒョロロとトンビの真似をし」、「果ては若い衆らが耳にしたありとあらゆる鳥の声を真似する」のだ。

起原＝トーテムもこうしてまた虚構の細部をくくろうとしている。半蔵が女とくらしはじめるのは「鳥が巣をつくっているのをみるようなもの」だ。鳥眼の三好は龍とどうじに鳥にも属していて、尾鷲のうまれの桑原といっしょに鵜殿の家に盗みにはいるが、尾呂志（オロチ）の家のときにはとうとう話だけでごまかされてしまう。さらにはある種の花が忌避されるについて、椿は花冠すなわち首がぽろりと落ちるからだろうが、炎の色と水の異和よりもトーテムの原理によるばあいもあるようにみえる。

礼如さんは水死した子供の毎月の命日に行くと大きな子供の頭ほどの真紅の鶏頭を仏壇の花筒に飾っていたのを「神経にこたえるわ」と言った。

（「天狗の松」）

## 5

あるいはトーテムまで数に連動しているのだろうか。脚のない蛇、二本脚の鳥、三本脚の八咫烏。オリュウノオバは系図と命日をそらんじつつ、数と名の物語につらぬかれているのだ。半蔵はちょうど人生五十年のなかば、二十五歳で、「体が半分ほどに縮」んで死ぬ。女に「獣、獣」といわれるように、文彦は「獣の本性」をもつのかもしれないが、その四ないし二の二にたいして、神話の鳥の三によって抵抗しようとする。それでも「岩が二つに裂けたばかり」のような崖に女を追いもとめるし、「二方から引っ張られ二つに裂ける」ヒサシの死を目撃しなければならない。四は不可避なのだ。すでに「十九歳の地図」において、「死のほうへ、ににんがし、にさんがろく、のほうへすべりおちる」と書かれるように、この四という双数の双数こそ、むろん「四つ足」「ヨッ」にくわえて「死」そのものに通底している。

御燈祭りにのぼる予定の者が二ではなく四に縄を巻いてしまい、それが、ヨッに、穢れの最たる者として死とも四つ足の獣とも言葉が通じ、その言葉がつくり上げた仕組みにひっかかって「あかん、やりなおしじゃ」と顔を憤怒で赧らめ縄の巻き直しを命じている若衆らのその気持が悲しく、腹立ち、絶望した。世が世ならば神の子とも神の言葉を持つスメラミコトともなる者らが四に、ヨツに、四つ足に穢れるとどなっている。（「天狗の松」）

輝くような半蔵とともに弦も「この世の者だがこの世の者でない」化身なのだ。その「獣のように二つに裂けた手」に怯えながら、中本の男たちは四にまみれて死ぬ。四月に二十四歳で縊死する文彦をはじめ、享年二十の三好、三十二の新一郎。「八路軍にさんざんな眼」にあった康もやはり二十四（四×六）（三×八）を死んだ年齢とさだめられる。

『千年の愉楽』はこうして絓秀実のいうとおり、六篇の「二の三に対する勝利」、「奇数の偶数に対する敗北」をまずよそおうのだろう。そして掉尾の「カンナカムイの翼」で「無限、無数」のほうに解放される。達男ひとりがじっさい偶数をおそれず、オリュウノオバと四度まじわり、「獣の合いの子みたい」とみずから口にするし、自分とアイヌの若い衆、路地とコタンを積極的に二重化しつつ、やがてオリュウノオバの眼前でそっくり二の交替を演じる。しかし達男＝若い衆が「もう何でも見て来た」と語るなり、そのまま千年を鳥瞰するオバにも重なり、二・偶数にして三・奇数なる原理がそこにうまれてくるのだ。だからこそ最後に「翼を二度打ちふるって滴を切り、三度目に舞い上」るのだという（「偶数と奇数」）。達男の享年・命日だけがついにしるされないのも道理、それもまた千年の「無限、無数」をさしているようにみえる。

　この簡明な読解にあえてなにかをつけくわえておくなら、三好の三も六篇を通じてことばを産みだす原理になっていることだ。「半蔵の鳥」の発端でも嗅覚と視覚の対偶につづいて聴覚、鳥の鳴声が語られ、その三から半蔵ほんらいの物語がはじまる。二項対置とみえるものもじつはゼロ項、ないし比較第三項にささえられていて、中本の一統もオリュウノオバも既述のとおり二の交錯する場所そのものにほかならない。この趨勢はたぶんエロスの場でも女二と男一、男二と女一を組みあわせるだろう。「二本同時には入らず」、「女を交互に乗りこなした」達男と若い衆のまえに、たとえば浮島の後家にふたりでかかる半蔵と男。半蔵が半分でしかありえないのもその相手が「他の土地の男」にすぎなかったからだ。物語じたいがその教訓を学び、こんどは「路地《コタン》」に達男＝若い衆と女をあつめる。そう読みとることとさえできる。

また親・子・孫、子・親・祖父はもちろん、血縁がなくても、三人組で列挙される人物がはじめから多い。ヒデ・サゴ・トシ、勝一郎・デンス・智彦、サンドウ・ヨシキ・三好、桑原・三好・直一郎、ケン・ジュン・タツ。これも「六道の辻」にやがてのみこまれるとはいえ、新宮への三道を縮尺するかのように、路地の「三叉路」がくりかえしできごとの舞台になろうとしている。

さらに半蔵の命日「九かさなり」をはじめ、二と三の配合、組みあわせを問題にするとしたら、和の五、積の六、それらの倍数、四でも足りないときの七（四十三）など、ここにある数字がすべて意味ありげにおもえてくる。物語のなかに数字がそれほどうっそうと蔓延しているからだ。

川に季節には幾分早いズガニ取りに夜中出かけたまま三叉路の青年会館の隣の若衆が戻らず、青年会の若衆らが三日三晩にわたってズガニを取る川上から川口まで潜ったり岸から岸へロープをはって伝馬舟を二艘出して底に沈んでいないか竹竿でさぐったが現われなかった。（中略）そうしてズガニを取りに行って十五日目にドザエモンとして二駅むこうの井田の浜に打ち上げられた。町の葬儀の二日後に、オリュウノオバは広場にラジオ体操に行く子らの声がしたのにいつまでもラジオが鳴らないのを不思議に思っていると、朝、広場の脇から四軒目の、昔、国鉄の機関区に勤めていたが博奕で身を持ちくずして日雇人夫をしていた鉄ドと呼ばれた四十三になる男が、市から一軒一軒に配布されたむかつくにおいのするネコイラズを飲んだ、と下の道に面した家の女が石段を駆け上って来て伝えた。緑色の泡を吐き胸をかきむしって苦しむので飲んだものを吐き出させる為に四人がかりで押えつけようとしたが体が人よりもさして大きいわけでもないのに力が強くてはねとばし、何人もの手助けを要るとさがしたが、起きているのは子供と年寄りだけの時間だから余計手間どり、七人がかりで押えつけて口に手をつっ込み吐き出させた時にはすでに手遅れだった。（「天狗の松」）

三の反復とドザエモン、三×五の十五、二×二の四、四＋三の七、それでも死が勝ちほこるかのように、最後に四回復誦される「手」。これらの数がきわだつのはたんに数字の繁茂のせいばかりではない。物語じたいがときどき数の有意をあっけらかんと宣言しているからでもある。たとえば六とともに五もまた完全数であることをしめすように、天狗狩りの若衆のふたりが三日目に山をおりると、残った三人は急に所在なげに「拍子抜け」して、「五人じゃここでおっても面白いけど三人じゃ寒い」とつぶやかずにはいない。

その意味ではやはり「天人五衰」こそもっとも五の物語たりえているようにみえる。跳梁するおびただしい数字のうち、新天地をめざす会がまず「三ヶ条の規則」、「六人の血判」をしるしたりもするが、そんな数もいつのまにか五の形成と解体にまきこまれてしまう。たとえばはじめに康・花恵・譲治の三があるにしろ、キクヨ・康・タカコのあらたな三があらわれるなり、花恵と譲治がおしかけて五をたちまちかたちづくり、ついでキクヨとタカコが売りとばされて三をもとどおりに回復する。この経緯はさらに康が撃たれる場面でいっそうくまなく明示されるだろう。

地廻りの者だとわかる若衆らが小走りにかけて来てピストルで三発と二発、合計五発眼にもとまらぬ早さでオリエントの康に射ち込んだ。だが奇蹟みたいに至近距離から射ったにもかかわらず右胸部に一発と左腿部に一発の計二発が命中しただけで後の三発ははずれ、どこをどう飛んだのかフロアでダンスに興じていた女の額に命中した。ダンスホールは即死した女と二発体に弾を受けたオリエントの康の血がとび散り、蜂の巣をつついたような騒ぎになったが血に染って倒れているオリエントの康を誰も恐がって救けようとはしなかった。やっと警察と鉄心会の譲治やトシが舞い戻って出血をふさぐためズボンの上から足と胸をおさえ、青ざめてはいるが気も失わず「大丈夫じゃ」と言いつづけるオリエントの康を抱えてそのままダンスホールのある城山の眼科にかつぎ込み出血を止める手術をさせた。鉄心会の五人は廊下でうずくまり若いケン、ジュン、タツの三人はそのうちにシクシクと泣き出し、オリエントの康は鉄心会の会長だが他の地廻りの連中にピストルで撃たれるような事は一つもやっていない、鉄心会として他の地廻りと諍い縄張りを広げる為にイザコザを起したのは手下の自分たちだと言い、オリエントの康に悪いと言った。譲治とトシは後から来たその三人が暗に二人を出すぎてツケをオリエントの康に払わせていると言っていると取った。

（「天人五衰」）

このあとも合計するとどうじに分割することばにつれて、三人と二人、五人のみまもるうち、康も「三日にして」眼をさまし、「五日後」に平熱にもどり、「二ヶ月後」の「三月」に退院する。これはようするに五つの衰微ならぬ五じたいの衰微にかかわる物語なのだ。

## 6

起原と模倣の対もたえず環流する二と三のなかに置きなおすべきかもしれない。路地につぎつぎと「ボウフラのよう」にわきだしては消えるものたちと、空虚な血とトーテムのさだめにしたがう中本の男たちと、水準がたがいにことなっているのではないか。ちょうどレヴィ＝ストロースの三角形のように、前者が周期と恒常をぬいあわせる生の通時態であるのにたいして、後者はさらに可逆的時間と非可逆的時間、夢と死にわかれる通時態にほかならないようにみえる。すなわちどの男たちも起原をまたしても反復しつつ、過去を現在によみがえらせる神話儀礼を演じるとどうじに、現在を過去にほうむる喪葬儀礼により、とりかえしがたく死ぬことでみずから起原に変身しようとしている。〝一〟にして〝一〟、〝一〟にして〝二〟たる近親姦の起原神話さながら、秋幸とさと子が祖型になりかわるように、これまた半人半獣の起原神話にならいつつ、とりわけ達男を筆頭に、トーテムをせおうものたちがまさに祖型になりかわろうとしているのだ。そして千年を生きるオリュウノオバがその通時態と共時態をひとつに溶融している。

こうして生と死の凝固した対立のかわりに、生と死と夢がぐるぐると相手を変えつづける。〝二〟と〝三〟も対峙するかわりに、〝二〟が〝三〟のなかではてしなく循環する。これを展開すればすなわち無限、無数。そんな千を実現するものこそ、たぶん血ということば、ことばという血にほかならないのだろう。この血＝ことばによってまず万世一系を廃棄しなければならない。親のいない半蔵には「路地の大人らが誰彼なしに親がわりにな」るし、半蔵が「手をつけていないのは産婆のオリュウノオバくらいのものだ」。あらゆる時空から路地に、このわたしに流れこみ、路地、このわたしからあらゆる時空に流れひろがる血とおなじように、いまここにある一語もほかの千語にこたえ、ほかの千語によびかけようとしている。その意味作用の結び目をときはなつところに、たとえば「芙」から「夫」が産みだされてくるのだ。あの発端では四（二＋二、二×二）もむしろ産出をつかさどっている。「芙蓉」はさらに不用の花と読んでもよいし、おなじ対称形ということから、中心・根本を含意する「中本」に重ねあわせてもよい。『紀州』ですでに行われたように、「見なれた漢字を取り払い、音だけにする」と、〝二〟と〝三〟に裂かれるフミヒコ、媾合するタツオとオリュウノオバ。ヤスのかわりに即死するヤスコ、ヤスのいないすきに暴れまわるタダヤス。女陰《ホト》の火《ホ》、ホテリ、ホムラにくわえて、いっそホトとホトケ。「鶯」や「ホトトギス」がわざわざ名ざされるとしたら、それが模倣の鳥だったり、夜と昼、生と死のあわいをぬいあわせ、ほかの鳥（とくに鶯）に雛を育てさせたりするばかりか、なによりも二重の「火」、「ホ」、「ホト」を名のうちにふくんでいるからだろう。あるいは古来ふたつとも「文学」におかされつづけてきた鳥たちであって、一方は「歌詠鳥」「経よみ鳥」「百千鳥」、他方は「あやなしどり」「たまむかえどり」などの異称をよびだしてしまうからだ。

それなら「仏様」で「獣のひづめ」の弦にしろ、玄（黒・昏）、絃（「歌舞音曲を好む血」）から、元、現、幻、験、言などにつながってゆくのかもしれない。さらに「血」のなかで「乳繰りあう」こと。「乳を飲ませる」こと。千年の夢のさめたあとに生いしげる「チガヤ」。「血」すなわち「地」、「乳」、「父」、水霊・尾呂霊の「霊」、チガヤの「茅」、虎のような山霊の「魑」、「知」と「痴」、ようするに「チ」。わたしはこの照応の場にまきこまれるなり、無限にひろがる血＝千にほとんど盲いながら、その循環＝直進をできるかぎりつづけていこうとする。奈落をものともせず、喩の愉楽、喩楽をひたすら更訂・肯定しようとする。それが中上健次というテクストの小説でも批評でもあるようにみえる。

# 女、生、文字——近松秋江論

「とにかく恋は罪悪ですよ、よござんすか。さうして神聖なものですよ」

まるで箴言のように、ひとりの男がこうつぶやいたころ、もうすでに、あるいはやっと、構図がほぼさだまりかけていたようにみえる。大正三年（一九一四）、この『こゝろ』の先生の科白のなかに、たぶん明治二十年代にはじまった西欧的恋愛との対峙、というよりも西欧の文学、恋愛小説にたいする日本的な咀嚼、反芻の、ひとつぎりぎりまで切りつめられた成果があるといってもよい。ここではなにが「罪悪」なのか、なにが「神聖」なのか、その内実はまったく言及されないまま、旧来の恋とはことなり、聖／罪の対偶からつむがれる恋愛という物語が、そして語り手の多くが異性愛の男であるかぎりにおいて、そこに焦点をむすぶあらたな女の物語が、いつからとは知れず、いまここにただ定式化されてあることに気づかざるをえない。ちょうど恋のはじまりがつねに事後に詮索されるしかないように、女＝恋愛の物語もいつのまにか、気づいたときにはとっくにはじまってしまっていたのだ。箴言とはそもそもそうしたものだが、恋愛がもう説明するまでもない既知の物語になりかわっているからこそ、先生はけっして「罪悪」や「神聖」の腑分をしようとしないのかもしれない。

それにしても、ああ、あのときからか、という後知恵ならはたらかないわけではない。日本のいわゆる近代文学はだいたい日露戦争後、一九〇〇年代後半にどうやら離陸したと考えられる。すなわち明治三十九年（一九〇六）、島崎藤村の『破戒』、夏目漱石の『坊っちゃん』、翌四十年（一九〇七）、田山花袋の『蒲団』、二葉亭四迷の『平凡』……。そのなかで、だれもがいうとおり、『蒲団』こそがひとつの「事件」になる。作品じたいの評価とはべつに、それが大正、さらには昭和にいたるまで、自然主義とよばれる流れはもちろん、反自然主義をもまきこみつつ、小説の語りのたどるべき方向をおおむね支配したこと、ようするに日本における文学という制度がこの中篇でたまたま素描されようとしていたからだ。そんなふうに遡ってみることができるだろう。

それではなぜ『蒲団』だったのか。すくなくとも大きな理由のひとつとして、恋するもののことばがそこにありありと語られていたからだし、しかもその物語がいわばはじめて実用に耐えうる恋愛小説だったからだ。異性に、あるいは同性にわけもわからずやみくもに惹かれるという事態だけだったら、現実のどこにでもころがっているだろうが、恋愛はそうではない。恋することばの記憶がその渾沌に恋愛という名をあたえるのであって、ひとは恋愛小説がなければばしたがって恋愛をしない。たとえば「前に読んだ書物」を思い出し、「不倫な恋をする女たちの叙情的な一群」のひとりに自分をみたてたとたん、恋が「たのしく沸騰してすっかり一度にわき出した」エンマ・ボヴァリーのように。明治の文学がそんな西欧の恋愛小説をモデルとして書きつがれてきたなかで、ずいぶんと偏頗なかたちだったにしろ、『蒲団』、すなわち主人公の「私」にくまなく参入できるかのように錯覚させる語りの装置、その発明にあって、これがはたして恋であるかいなか、じゅうぶんに指標ないしは参照たりうる小説がはじめて現出したのだ。そして『蒲団』にかんして、「懺悔」「赤裸々」なる評語があれほど喧伝されただけに、そこにわきたつ芳子という女の、女という物語の謎がひときわ謎めいてかたどられたようにみえる。

むろん文学とよばれるものだけが謎の女／女の謎の物語をうみだしていったわけではない。たとえば柳原白蓮の失踪事件について、長谷川時雨は「ありとある新聞が、徹底的に書きつくした」と記しているが、その岩波文庫版『近代美人伝』の編者、杉本苑子が解説で列挙するとおり、明治末年から、「知識階級に属する男女のあいだ」に多発した「自殺や情死を含むスキャンダル」、それにまつわるおびただしい報道記事もやはり女という物語をあやなしたにちがいない。その精査がたしかに必要だとしても、杉本もまず筆頭にあげる森田草平と平塚らいてうの心中行（一九〇八）は、それがいみじくも「煤煙事件」と称されるように、翌年、東京朝日新聞にたちまち連載された『煤煙』のほうが――むしろ文学なるものこそが――いっそう深く、濃く、物語圏のありようをくっきりと劃定していったはずだ。

女はつと立上つて男の側《そば》へ来た。男は女の背へ手を廻して抱へた。指が濡れた髪の毛の中へ這入る。不図それが血汐のぬめりのやうな気がした。其時女は男の腕《かひな》に身を委ねたまゝ、そつと懐の短刀を出して、男の手に握らせた。

死をはらみ、死へといざなう女たちの蠱惑。この死に裏うちされて、あるいは死の裏面、反面として、女の性＝生のまぎれもない力が同時にはかられることになる。どんな意味もかならず関係からうまれるもので、死の物語だけ、生の物語だけがそれぞれ単独になりたちうるわけではないのだ。そんな生／死の対偶が『煤煙』でもじっさい虚構をつかさどろうとしている。男と初対面のときから、「冥府《あのよ》の烙印《やきいん》を顔に捺した」と評されるように、朋子はあらわに死の方位をさしているのだし、恋、死へとふたりをみちびく先行作品、すなわち恋愛の手引たる恋愛小説としても、ダヌンツィオの『死の勝利』があざとく作中につかわれているが、朋子はまた郷里のお倉という女——「みづ〳〵と脂切つ」た生命のさかる女に一方でなぞらえられてもいる。しかし、生／死の対偶だけがいっさいで、それだけが謎のただなかに女をぬりこめるのだろうか。というのも二項対置がただひとつしかないとしたら、均整のある構図のもと、語りも安定し、固着するしかないのであって、動的なことばのディナミークなどついに到来するべくもないのだから。

花袋の『蒲団』をもういちど想起してみよう。ここでもツルゲーネフをはじめ、ヨーロッパの小説が先行する指標にあげられているが、「神聖なる霊の恋」とはたんに「処女の節操」にかかわるだけで、「罪を犯し」たといっても、「その恋の神聖」がたかだか性的関係によって「汚れ」るにすぎない。そんなかたちばかりの聖／罪にもかかわらず、『蒲団』がやはり恋愛小説たりえていること、それはどうやら男の読むひととしての仕草じたいにかかっているようにみえる。男はひたすら女の謎、女という謎を読みとこうとするのだ。しかもまず文字という媒介——「数多い感情づくめの手紙」——によって。

あの熱烈なる一封の手紙、陰に陽に其の胸の悶を訴へて、丁度自然の力が此の身を圧迫するかのやうに、最後の情を伝へて来た時、其の謎を此の身が解いて遣らなかつた。

男はこうして手紙を読み、女を読む。その読むことの齟齬がいつでも恋の失調につながってゆく。ほんの一例だけあげておくなら、漱石の『三四郎』の場合、男がたぶん美禰子の葉書を解読しそこねたあげくに、「索引の附いてゐる人の心さへ中《あ》てて見ようとなさらない」と嘲られるように。

そして生／死もときに文字によって左右される。『煤煙』の巻末近く、山の宿についたところで、「私達はそれより烈しいことが有つた。一日に二本のことも」云々のたえまない書信をめぐる会話があり、男は女のたずさえてきた手紙の束を手にとろうとするが、いまさらのように読みなおしてみたら、それが「死んだ人の墓銘を見る様に、空虚な文字に代つて居る」のではないかと躊躇したため、「お止めなさい」と女にひったくられてしまう。その「墓銘」を読んでさえいたら、情死もきっと成就していたのに。草平、らいてうはついに死にそこねた、と結末をもう知ったつもりの読者なら、生の勝利にたいしてついついそういいつのりたくもなるところなのだ。

恋愛小説がいまほとんど書かれないのだって、書簡の凋落にひょっとして比例しているのかもしれない。いずれにしろ、手紙という虚構がおもうさまはびこる恋愛小説のなかで、生／死／記号のめぐる因果の焦点に、女性の、女＝性の物語がやがていよいよ大きくたちあがってゆく……

ところで、『蒲団』をめぐるやや過剰なほどの反応のひとつに、発表の翌十月、島村抱月以下九名による「早稲田文学」の「『蒲団』合評」があるが、あくまで否定的な片上天弦をのぞくと、小栗風葉、正宗白鳥ら、おおむね称賛、好意的なことばがいならぶなかで、近松秋江（徳田秋江名義）がなぜか留保の多い、しかも「自然派」の猖獗にひとり反撥する姿勢をしめしている。のちに「金無垢の私小説家」（平野謙）ともよばれ、いわば「赤裸々」のきわめつけで、書簡体にもあれほど固執した秋江なのに、いったいどうして、どんな地点で、この「自己に最も直接なる経験」の描出にみとめがたいものを感じたのか。

秋江は「所謂自然派といふことに対してまだ十分に真正の理解《アプレヘンション》を有して居らぬらしい私」の、「余程間の抜けた次第」から語りはじめる。そして花袋の「勇気が実に文学史上の功業」ではあっても、その本領はいい意味での「センチメンタリスト」の部分にあって、「昔の感情の溢れるやうな文章」をなぜみずから放擲しようとするのか、惜しまれてならないともいう。これは紅葉、鏡花の美文にまず惹かれた秋江のことだから、ようするに旧派の残滓ともみなしうるのだろうが、なんだか肩すかしをやはり喰ったようだし、またそれだけだったら、「密室に閉籠つて口を塞いだ其の上にまだ鼻をも撮《つま》むやうな気持」とまで極言する反感がよくわからない。はじめの低いかまえから一転、『ルージン』の英訳の序文をそのまま引用したり、シモンズの『象徴主義の文学運動』をあげて、言語こそ「人間の思想を表はす最初のシムボル」といいきるあたり、ぬけぬけと、高みでひらきなおっているような印象さえあたえかねない。

評論文、随筆にかぎらず、むしろとりわけ小説において、秋江にはこうしてひとをへんに鼻白ませるところがある。いくら新しい生やら新しい女ととなえてみても、それがなにほどのものか、秋江の名によるテクストに直面するなり、その新しい思想じたいが内側からすっかり刳りぬかれてしまう。「神聖」にしろ「罪悪」にしろ、ただとおりのいい、なにかそれだけでわかったつもりの符牒にすぎないのではないか。そんな自問でくまなく掻爬されつくしたあと、皮肉にも、空虚なうろのかたちとして、あらたな物語なるものの輪廓がくろぐろと炙りだされてくるようにみえる。秋江はあたかもそこに女の物語、生の物語をも逆説的にうきたたせる昏い光源であるかのごとくなのだ。

たとえば花袋から漱石、有島武郎まで、いかにも近代的な、西欧を知ったかのような恋愛小説の多くで、女学生をはじめ、文字どおり「新しい女」の諸相が描写されるのにたいして、秋江の場合、もうあまり若くもないし、どこがそそるのかわからない古女房だったり、金であがなわれる遊女、娼妓だったり、「新時代」には一見およそつきづきしくないか、そのゆがんだ鏡像めいた女たちばかりがいつだって恋慕の対象とされる。

「文学者は嫌ひ。文学者なんて偉い人は私風情にはもつたいない。」

「私、文学者とか法学者だとか、そんな人が好き。」

いずれも『別れたる妻に送る手紙』（一九一〇）の、前者は失踪した妻のお雪、後者は待合ではじめて逢ったお宮の科白である。お雪はもうあきらかに女学生などの対極にあって、姿をくらます直前、「好い縁《くち》があれば、明日でも嫁かねばならぬ」といいすてるような三十女だし、他方、お宮のほうは旧態依然の商売女ではあっても、「小説で名高い名」とわざわざ言及されるように、紅葉の翳のなかにありながら、しかし新しさにたいする奇妙なねじれもまた仮装している。この「よく似合つた極くハイカラな束髪に結つ」た女との初会の晩、それが客の好みにあわせた「外見《みかけ》だけのハイカラ」かいなか、男はまず内実の新旧をもっぱらたしかめてみようとするのだ。本郷の女学校に行っていて、法科大学生のところへ嫁いだが、その男にはすでに細君がいて、云々と身上をすこしずつうちあける女。そんな「前後《あとさき》辻褄の合ぬ」話に翻弄されながらも、たとえばはじめての手紙で、「流石は、同情を以つて、その天職とせる文学者に始めて接したる、その刹那の感想は……」と書いてよこす女の、「何うしても女学生あがりといふ処」、男はそれがどうやらまんざらでもないらしい。その男のいい気なところともあいまって、たぶん語り手のおもわくとは無関係に、お宮の物語がそれじたい新しい女へのいいかげんでかつすさまじいイロニーを実現している。

生の物語についてもほぼ同相の見取図をひくことができる。秋江のテクストから、じかに生命にまつわる言説だけ抽きだしたとしたら、じつにどうしようもない紋切型——現在にいたるまでどこかに尾をひいているステレオタイプの羅列にならざるをえない。

あなたのおかげにて新らしき生命を得たる私は、この新らしき生命をあなたに捧げ申すべく候。

（『途中』、一九一二）

働《かせ》ぐといふことが道徳的行為ならば、その元動力たる女は僕に取つては実に生命の尽きざる源泉です。（『黒髪』、一九一四。「大阪の遊女もの」のひとつで、後年のよく知られた「京都の遊女もの」の『黒髪』とは別作）

恋と愛とその変形とを以て人間の生命《いのち》とし

（『青草』、一九一四）

このあたりが生命の物語のたぶん最底辺をかたちづくっているのだろう。『青草』の引用はじつは紅葉のアポロギアともいうべき部分で、論難する側のいいぶんとして、「生理学的心理学と歩調を揃へてゐる近代の、深い生命の泉から奔り出た芸術」云々の観点もまずおさえておきながら、たちまち反転、「浅海に取つては実に第二の生命ともいふべき恋女房」のような語法におちいり、さらにあっけらかんと、たんに女の、遊蕩、情痴の物語のうちにのみ具現する「生命」、というよりも生の気分、生の手ごたえのような感覚にまるごと切りかえてしまう。同時期の『津の国屋』（一九一四）でも、「シュニツレールの語るやうな、むしろ、生理的に必然の結果たる生殖をば憎むやうな恋愛をしたい」という一方で、男は「遊蕩」について、それが「底深い本能に根ざした興味」であり、「自分はそれ故にこそ生きもすれ、またそれ故には死んでも遺憾はないとさへ考へる」のだ。

生命はこうして女＝性の始原的な力、むきだしの身体性のたちさわぐ場にすえられ、それに触れることから、男もみずからの生のありかをようやくつかみはじめる。といってもこれまた単純しごくなのだ。文字どおりに触ってみること。秋江にあって、情痴におぼれる男はみな女の髪への嗜好をあらわにしていて、とにかく「頭髪《かみ》の好い女」でなければいけないのだが、なかでも『黒髪』の大阪の遊女の場合、「抜き衣紋にした羽織の紋の処まで黒い毛が房々と押被《おつかぶ》さつてゐ」る。すると飛込自殺まで想った男があっというまに蘇生するのだ。

> 僕は、その房々とした髪の中へ鼻を突込んで、強い、女の匂ひを嗅ぎました。仕舞には堪えられなくなつて、その髱の処を、口に食へたりしました。

その晩から、僕は、不思議に活きるといふことは矢張り愉快なことだ、といふ気になりました。

その女がやがて台湾へ去ったあと、なんとかあとを追いかけて、どんな犠牲をはらっても、髪の毛を切りとってこようと妄想さえする。なにしろ「あの頭髪は、自分を現世に繋ぐ生命の綱であつた」のだから（『男清姫』、一九一四）。ここまでくると、いまにこの男、髪は女の生命、などといいだすのじゃないかと危惧したくなるほどかもしれない。

ところが、これらのクリシェもやはり奇妙な力線をはなっているかのようだ。秋江はたしかにさほど理において考えないし、西欧の作家、思想家をいちおう引合に出しはするものの、そのとりあわせがいかにもちぐはぐな列挙だったりする。男の遊女にたいする気持をたとえるのに、「恰も、ラスコルニコフが、ソニアを哀れむ如く」（『津の国屋』）だなんて、いかになんでも無茶すぎるにきまっているが、それでは同時代の知識人のうち、いったいどれほどがこの譬喩を、ひいてはその生の物語、女の物語をおもいきり嗤いとばせただろうか。ひとつには一九一〇年代から二〇年代、意識の面では西欧近代をつかまえたと信じたかもしれないものたちの、知見、思考そのものが、たとえば「神」なしにありえない霊の愛／愛の罪のふしぎな転訛のように、たいてい日本的な偏向、歪曲といえばいえる濾過作用をこうむっていたようにみえるからだ。それはまさにこの生命の紋切型にもつながっている。そしてもうひとつ、もちろん秋江の描いた「疑惑」「閨怨」「狂乱」のとてつもない強度――有夫姦さえめったに語られないところにいきなり出現したコキュの、とっぴょうしもない「愚挙」をまえにして、その生の物語のありようじたいの奔出にただただ呆然とするほかないからでもある……

『別れたる妻に送る手紙』から『霜凍る宵』まで、秋江の情痴小説はだいたい日露戦争の戦後、大震災以前をフィクションの時間にとっているが、それは近代化の急流がひとまず沃野にさしかかって、逆渦、停滞があちこちにみられるようになった時代と考えることができる。そこでは生の横溢よりも、むしろ低声部として、生のモラトリアムのほうがざわざわとしきりに波だっている。

「貴下がさう何時までも、のべんぐらりとずる〱にしてゐて」（『別れたる妻に送る手紙』）

「今に良くなるだらう」といいいいしていた妻がとうとう家出し、その長いくりのべがいったん決定的に断ちきられたあと、すぐになにかが起るわけでもなくて、男にとってはまたあらたな猶予期間がはじまってしまう。妻の母親の借家にいすわったまま、その老母にいっさい身のまわりの世話をさせて、ついでに女までこしらえて徒食しつづけるのだ。

仮令お前はゐなくつても、此家に斯うしてゐれば、まだ何処か縁が繋つてゐるやうにも思はれる。出て了へば、此度こそ最早それきりの縁だ。それゆゑイザとなつては、思ひ切つて出ることも出来ない。さうしてゐて、たゞ一寸逃れにお宮の処に行つてゐたかつた。

「何よりも大切な書籍《ほん》」もお宮のためには売るつもりになり、本の名——その筆頭にはサンタヤナの「ライフ・オブ・リーゾン」——を列挙したあと、そこに「哲人文士の精神が籠つてゐ」るようにも、「今まで其等が私に嘘を吐《つ》いてゐた」ようにも思いまどう。かつては本を読み、なにか書いているかぎり、「『今に良くなるだらう。』くらゐには思はないこともなかつた」が、いまや「良くなる」とはどういうことか、それが「考へて見れば見るほど分らなくなつて来た」ともいう。

この「鬱屈」「不安心」こそ生のモラトリアムの兆候にほかならない。お宮にあざむかれても、つぎからつぎへと、大阪の遊女、鎌倉の妾、京都の遊女……。はてしない反復の予感のなかで、心身ともに、生の輪廓がしだいにおぼろにかすみ、その関係性がとめどなく散逸し、霧消していったあげくのはて、唯一、「頭の髪が全然《すつかり》抜けてしま」う性病の痛みと治療と、それだけが生のなにほどかを繋留するよすがにかろうじて遺されるだろう。

自分といふものゝ存在がなくつて、身体の肉も血も其処等にある土や砂や打ち水と同じやうに、砕かれ、蹂躙され撒乱されてゐるやうであつた。（中略）それでも医者の前に行つて、療治をして貰つてゐる間は、意識が何となく鮮明に集中されて、自分の存在も認められ、自分を保存せねばならぬといふ気になるのであつた。

（『桑原先生』、一九一一）

ステレオタイプの場合と同様、この希薄でよどんだ生があるからこそ、そんな地のうえに、男のやみがたい欲動がいっそう異様に波紋をうきたたせるのだ。たとえば別れた妻にむかって、母や兄には話せないことだから、「せめてお前にだけ」うちあけるという手紙で、娼婦との情交をここまでつまびらかに描くものだろうか。「痙攣が驚くばかりに何時までも続いてゐた。私はその時は、本当に嬉しくつて、腹の中で笑ひ〳〵、ぢつとして、先方に自分の全身を任してゐた」（初出伏字）などと書かれたら、いくら「理解の早いお前」だからといって、と躊躇するはずのところだろう。一見とんちんかんで、すっとんきょうな男の狂乱。妻の家出からもう二年もたって、昼食をとったら帰りの汽車賃もない状態なのに、日光まで、かすかな手がかりにつられて、旅館すべての一年前の宿帳をわざわざ調べにおもむく。それはしかし生のいっさいが疑惑、追究という核にぎりぎり凝集する光景でもあったにちがいない。

勉強するのが何だ？　勉強といふことは西洋人の書いた小説を読んだり、自分でも小説を書いたりすることだらうか。それが其様に高尚な職業だらうか、私には、それよりもお前の後を探すことが、生きて行かねばならぬことの、唯一つの理由である。（『疑惑』、一九一三）

男はここで横文字のかわりにひたすら女の名だけを読みあてようとしている。日光の宿帳の「篠田欣次郎」「仝《おなじく》ユキ」という連名を経由して、「深江寿満としるした新しい木札」（『愛着の名残り』、一九一五）をついに岡山の露路裏でみつけるまで——それを「別れた妻」連作のたどる行程とみなすことができる。

というのも男は文字の力を信じこんでいるか、文字の誘惑にきわめて感じやすい質だからだ。それはまず具体として手紙という虚構のかたちをとる。「別れた妻もの」のなかばはむろん妻あての手紙の体裁だったが、秋江には生家の老母へあてた書簡体小説のほか、『女難』（一九一七）など、いくつか女性読者からの通信に胚胎する挿話もあるし、『途中』（一九一二）、『見ぬ女の手紙』（一九一三）をかわきりとして、女のほうからの書簡のみで構成された作品もすくなくない。あるいは「私の手紙の面《おもて》に溢れた切ない情《こゝろ》」がしまいに女を動かし、これまた情にあふれる返信をもらうと、その「覚束ない文字」をくりかえし熟読するたびに、「秘密な喜悦《よろこび》が柔かに身内を包」む（『うつろひ』、一九一五）。そんな呪力をもった書信だからこそ、『閨怨』の男もそれを長田の眼に触れさせないため、お宮からなんとか手紙の束をとりもどそうと腐心するのだ。

「この手紙さへ戻してもらへば私には何にも文句はないんです。」

文字はそして雪岡とお雪など、登場人物の名をはじめ、フィクションの諸要素もでたらめに支配しようとする。たとえば「其処の台の上には、丑之助の好きな赤貝の紐があつた」（『立食』、一九一二）というように、文字じたいがいわばひとりでに照応してゆくようにさえみえる（ちなみにこの男、昼の「紐」のすしにつづいて、夜も屋台のおでん屋で「すぢ」をまっさきに注文する）。

長田は言ふに及ばず、その水田でも前に言った△△新聞社の上田でも、村田でも
（『別れたる妻に送る手紙』）

その長田の常宿のような「桜木」をきらって、「菊水」という待合をたずねる途次、女のいる沢村なる家の所在をたしかめてみると、その棟割長屋の店頭に、「敷島」や「大和」などの煙草がもうしわけのように数箱おかれている。また「三重は昨夜」、と三角関係にとって理想的な名で語りはじめられると、最初の短い段落、「五体《からだ》」の熱をもてあつかったまま、「四時が打つのを聞いて」まどろんだ三重の、「二時間ばかりしてはつと眼が覚め」る場面がつづいて書きつけられたりする（『秘密』、

一九一八)。さらに週にかならず三日かよってくる博士に囲われ、まる三年たったいまだから、家にひきこんだ男にむかって、「三時までは来やしません」という三重の保証がもたらされるのだ。

こうして名がかかってに虚構を産みだしてゆくのに、あるいはだからこそかえって、テクストの構造がしだいに夢幻とみまがう対称を織りなしはじめるのだろう。「別れた妻」連作の場合、作品により、版によって、お雪のかわりに、おすま、おスマという名がつかわれているが、これが秋江の妻そのひとの実名ますの顚倒なのはいいとしても、お宮もじつは下田しまというのが本名であるとうちあけるのだ。すま(お雪)、しま(お宮)の対偶がしたがって意識されるなり、なぜかS、Mばかりを頭文字にもつ女たち——ほかにも下村さよ、お園、むら子、三枝、等々——のあいだに、錯綜した対称軸がつぎつぎと仮設されるがままになりはてるといってもよい。

男が十五あまりも年下のお宮を買い、抱いたように、お雪もおなじような年齢差のある若い男にかつて抱かれた、いや、いまも抱かれていることがやがて判明するし、お宮もいきおい男とほぼ同年の長田に買われてしまう。お宮がもとの男の吉村に追われ、身を隠したように、男もいなくなった妻の居所をしつこくさぐりつづける。お宮の相手についていわれる「汚い身装」、「故郷まで行つて探した」などにしても、一連の物語のなかで、そのまま男の未来のすがたをあらかじめ産みだすさだめときまっているのだ。だから吉村の手紙にかんして、その「文句がまた甘いんだもの。……人に同情を起さすやうに、同情を起さすやうに書いてあるの」とのろけられても、男はいっこうに気を悪くする必要もない。それは男みずからの手紙にたいして、妻がきっと「少しは気の毒だとも思つてくれるだらう」望みにもはねかえってくるのだから。

問題はたぶん疑心をやはり文字として書きつけてしまったことなのかもしれない。文字そのものの不可思議な力。『疑惑』にたいする批評に反論しつつ、秋江は「どの男でも、その作を読んだら、必ず自分の妻を疑つて見る気を起さす作を作つて見たい」というが（『評論の評論』、一九一四）、しかしそれよりもさきに、男の疑いがすべて事後的にあたっていること――いったん書かれた猜疑、ことばが、いつだってかならずことばの事実、ことばのうえの事実になること、その必然こそが男をどんどんと、女の物語、生の物語の尖端にまでいやがおうでも駆りたててゆくほかないのだろう。「生娘《ワージニチー》といふことが、それほど有難くなくなつた」場（『大阪の女』、一九一三）で、男にとって、恋はもうとうに、とうから、「罪悪」でも「神聖」でもけっしてありえない……

# 構造のまぼろし——山の手線から山陰線へ

ことばは夢からうつつかを問わない。語られるものの正体など関知しないまま、白紙にむかってただひたすら語るだけだ。いま桑の木、水の流れと書きつけるなり、樹木や川がたしかによびだされてくるが、その描写じたいがはたして嘱目なのか、それとも熱病による幻覚なのか。それが緻密になるほど夢の気分をたたえることがあるし、凶々しい歪曲がかえって実在の信憑をかきたてることもある。いっそ風景をうつした絵や写真、さらにその記憶、錯視の描写にすぎないのかもしれない。なにかがこうして指示されるとどうじに、むしろ謎にくりこまれてゆくからこそ、夢かうつつかがくりかえし問われてしまうようにさえみえる。

しかしそれだけではない。ある対象をさししめすのだから、逆にそれをうつしだすと考えるところに、たぶん顚倒した欲望がまたしてもそそりたつのだ。いちいちの木の葉、水の襞、褶曲について、できるかぎり近くから、できるかぎり鮮明にうつしだしたい。鏡すなわち迫真のことば。この倒錯からはもう一瀉千里、流路が語られるものの正体へとむかっている。なにがいったい語られているか、ついでいかに如実かという順序ではなくて、じつはその逆、つまり迫真への欲望のほうこそ、語られるものがなにかを問わせる動機にほかならないのだろう。それはしかもいわゆる内面への折りかえしをかならず含意している。語るわたしはいま、うつつのなかにいるのか、夢のなかにいるのか。というよりももっところこつに、作者の意識がはたしてどんな圏域に位置しているのか。そんな分節もまたどうじに問われずにはいないのだから。たとえば志賀直哉とよばれる語り手にかんして、その名のまわりにむらがる一連の語彙にしろ、「写実」と「心境」と、両者をさらにくくる「澄んだ眼」と、表象の倒錯じたいの構図をまさにかたちづくってしまっている。

外部、内部、媒介としての眼？　語はもとより物でも心でもない。書かれたものはすべて言語の論理にしたがっていて、だからついに虚構・錯誤であるほかない。しかしこんな身も蓋もない公理によらずとも、谷崎潤一郎の評語とはちがって、「城の崎にて」が「実に就く」ことの幸福、外・内・眼の予定調和をはたしているともおもえないし、すくなくともその実現のために、「不必要な言葉を省いてある」とはとうていいえないようにみえる。ある種の語がなにしろ目に痛いほど蔓延しているからだ。

> こんな事が想ひ浮ぶ。それは淋しいが、それ程に自分を恐怖させない考だつた。何時かはさうなる。何時か？――今迄はそんな事を思つて、その「何時か」を知らず知らず遠い先の事にしてゐた。然し今は、それが本統に何時か知れないやうな気がして来た。自分は死ぬ筈だつたのを助かつた、何かが自分を殺さなかつた、自分には仕なければならぬ仕事があるのだ

自分が希つてゐる静かさの前に、ああいふ苦しみのある事は恐ろしい事だ。死後の静寂に親しみを持つにしろ、死に到達するまでのああいふ動騒は恐ろしいと思つた（略）。今自分にあの鼠のやうな事が起つたら自分はどうするだらう。自分は矢張り鼠と同じやうな努力をしはしまいか。自分は自分の怪我の場合、それに近い自分になつた事を思はないではゐられなかつた。（傍点引用者）

だれもが指摘する「自分」にくわえて、「それ」「何時か」「死」などの反復と剰余。ほとんどの辞項がかならず復誦されずにはいないかのようだ。「カチッカチッ」「スポッ、スポッ」「ヒラヒラヒラヒラ」の擬音語・擬態語をはじめ、「冷々」「忙しく忙しく」「却々」「益々」「一つ一つ先へ先へ」等々、二進法の統辞がこれまた跳梁するなかで、たとえば名高い（悪名高い）蜂の描写、「淋しかつた」のルフランまでおなじ偏執の文脈におきなおすことができる。それは谷崎のいう「技巧」「感覚的要素」ではないばかりか、また「淋しかつた」の縷言によらずとも淋しくなる、この反復は冗語だという反論もたぶんすりぬけてゆく。そのたたみかけるリズムを写実の効果ではもうはかりがたい。ここでは要・不要の水準がずらされてしまっているのだ。ことばはいかに「実に就く」か、過不足なくつたえるかのまえに、語としてまず対偶をかたちづくらねばならないのだろう。

これはいわばテクストの要請にほかならない。実でなければ夢という翻転もだからついでに失調するのだ。あるひとりの作家をめぐって、実と夢と、評語が二分されうるのもふしぎではない。むしろリアリズムが強調されればされるほど、その対項の幻想性がよびだされてくるといってもよいし、たとえば高橋英夫、饗庭孝男ら、志賀直哉の夢を語るものにまたことかきはしない。じっさい「城の崎にて」でも、墓に埋められた自己のイメージのほか、とりわけ後半、蠑螈を殺す川辺にむかうあたり、死の夢をはらんだ冥界そのものが現出しているかのようにみえる。

山陰線の隧道の前で線路を越すと道幅が狭くなつて路も急になる、流れも同様に急になつて、人家も全く見えなくなつた。もう帰らうと思ひながら、あの見える所までといふ風に角を一つ一つ先へ先へと歩いて行つた。物が総て青白く、空気の肌ざはりも冷々として、物静かさが却つて何となく自分をそはそはとさせた。大きな桑の木が路傍にある。彼方の、路へ差し出した桑の枝で、或一つの葉だけがヒラヒラヒラヒラヒラ、同じリズムで動いてゐる。風もなく流れの他は総て静寂の中にその葉だけがいつまでもヒラヒラヒラヒラと忙しく動くのが見えた。

奇妙な葉の動きがいくら物理的に説明されても（「続々創作余談」）、異変の感触はとうにすっかり沈澱しているだろうし、またそんな語られる現象いじょうに、「一つ一つ」、「急に」から「そはそは」、「ヒラヒラヒラヒラ」、「静」「葉」「動」まで、畳語・反復にみちみちた語りそのもの、この二拍子の歩行、二拍子のはてしなさがなによりも夢魔の横溢にみあっている。さらに蠑螈の死になだれこむ次節など、これはもうほとんど夢かたりの定型からはじまっているのではないか。

段々と薄暗くなつて来た。いつまで往つても、先の角はあつた。

しかしこの冷々と青白い薄闇について、それが幻想の世界に似ているといったとたん、こんどは幻想という現実との距離がはかられてしまう。夢の実態がいかにうつされているか。写実にたいする写夢。幻想の顕彰はしばしばそんな鏡像にたどりついてしまう。ぎりぎり最良の部分でも、「存在が幻覚のようなまぶしい明晰さで浮び上ってくる」(高橋英夫)と、夢うつつの統合がまたしてもことばを鏡にかえずにはいないだろう。ところがテクストの要請はそれでも消えうせるわけではない。ここでは辞項も文もつねに二重化され、それぞれに折りかえされねばならない。それが話線をさきへさきへとのばしてゆく。反復や対偶の装置がいわば自動的にことばの二進法をくりだしてゆくのだ。その動きがこうして夢にもうつつにも比定されうるのだとしたら、夢うつつのいずれか(いずれでもあり、いずれでもないか)を問うまえに、まさに当の夢うつつの分節じたいを問題にする場所、それこそが「城の崎にて」とよばれる作品だというべきなのかもしれない。

双数原理はじっさい個々の局面ばかりか、作品の全体をくくろうとしている。むろん語が対語をよびだす場面にかぎれば生成、その全連鎖をみれば構成になるというじょうに、「城の崎にて」はそれじたいまるごとふたつ折りにすることができる。だれもがみごとな構成とだけいいつつ、その詳細にはあまりたちいってはいないが、あえて確認しておくとしたら、これはまず額縁つきの物語にほかならないのだ。すなわち発端にも結末にも、語りと物語そのものと、あらわなずれが生じている。最初の段落はとりあえず語りのはじまりであり、問題の物語がだれによって(語るわたし)、なぜ(「山の手線の電車に跳飛ばされて怪我をした」「後養生」)、どこで(城崎温泉)、どれだけの期間にわたって(「三週間以上」)展開されるか、つまり次段からはじまる虚構ほんらいのプログラムがあらかじめ告知されねばならないのだし、またほんらいの物語が蠑螈の死によって閉ざされたあとにも、最後の段落があって、後日の時間(「もう三年以上になる」)がようやく語りにとどめをさすにいたる。「城の崎にて」はしたがって「散文詩」「非小説」どころか、この典型的な二重の閉域、物語と言説との二重性において、クリステヴァのいう「ロマン」固有の「記号論的ありよう」(『セメイオチケ』)を呈してしまっている。

この構造だけがしかし折りかえせるわけではない。縁どりの内側、城の崎ほんらいの物語にあっても、発端と結末と、ふたつの並行論理《パラレリスム》がねじれの位置で照応しあっている。

> 頭は未だ何だか明瞭しない。物忘れが烈しくなつた。然し気分は近年になく静まつて、落ちついたいい気持がしてゐた。
>
> 生きて居る事と死んで了つてゐる事と、それは両極ではなかつた。それ程に差はないやうな気がした。もうかなり暗かつた。視覚は遠い灯を感ずるだけだつた。足の踏む感覚も視覚を離れて、如何にも不確だつた。只頭だけが勝手に働く。それが一層さういふ気分に自分を誘つて行つた。

二番目の段落では頭/不明瞭にたいする気分/静穏。最後から二番目の段落では頭/作動にたいして、「さういふ気分」すなわち生死の渾沌(「それ程差はない」)だから、気分/不分明でしめくくられている。こうして起句と結句のかさなる円環というよりも、メビウスの環をちょうど半行程までたどるかのように、対の主語「頭」「気分」と、述語の静・動、不明とがねじれ、交叉し、テクストのなかで表裏組みかえられてゆくのであり、このあいだに山の手線で死をさしむけられた「自分」が、「淋しい秋の山峡」、山陰線のかたわらで死をさしむけるものに変身してゆくまで、そんな道行がひとまず「城の崎にて」なる物語なのだということができる。

この二はそれでは三とどう重なり、どう折りあっているのか。というのも周知のとおり、「城の崎にて」はまた三種の小動物、三様の死との逢着を語っているからでもある。すなわち「或朝」の蜂の死、「ある午前」の鼠の死、「或夕方」の蠑螈の死。この朝から夕、無明へと性急にひたはしる三つの死にたいして、双数原理のどんな折りかえしがありうるのか。これはそれとも二と三の葛藤の物語なのか。

この三はたぶんいきなり現出する数ではない。無前提の三ではないのだろう。ほんらいの物語の導入部たる二段目につづいて、三段目のはじまりこそ、二から三に代表される数の累進、じつは対偶の二重化の過程そのものを顕示しているようにみえる。

一人きりで誰も話相手はない。読むか書くか、ぼんやりと部屋の前の椅子に腰かけて山だの往来だのを見てゐるか、それでなければ散歩で暮らしてゐた。

ここではわたしという「一人きり」の場がみるまに分節されるのだが、その一もたんにふたつの二項対置に、つまりはじめの二（読／書）、またべつの二（椅子／散歩）に順次きりかえられてゆくのではない。あきらかに言語の場と、生活とよばれるかもしれない非言語の場と、そんな一次分節がまずあり、ついで読むか書くか、椅子からながめるか散歩するか、最初の二項がそれぞれ二次分節をこうむってゆく。これは対偶の束をかみあわせる構造化の動きにほかならない。三つの死じたいもきっとそこから、具体的には非言語のほうの二次分節からうまれてくる。椅子／散歩にたいする三次分節に、というよりもその静／動とさらなる対立との二重化にちなんでいるのだ。

第一に蜂の死。これは玄関の屋根で、したがってたぶん縁の椅子にいるときみつけた死骸で、「自分」の静止にみあって「全く動か」ない。第二に鼠の死。もちろん散歩のときだ。ただし小川の流れこむ円山川、さらにさきの日本海がみえる東山公園へと、下流へむかいつつある途中の事件である（それにしてもまた山。これらの名が実在しようとしまいと、山の連環をたどらざるをえない）。鼠のほうはしきりに「動騒」している。第三に蠑螈の死。おなじ散歩でも、こんどは「小川に沿うて一人段々上へ歩いてい」かねばならない。蠑螈は「凝然」から、ふいにはねとび、やがて「全く動かなくなる。ちょうど音韻論でいう母音の三角形がふたつの対立からつくられるように、こうして椅子／散歩と下流／上流と、三角形の死がようするに二者択一の二重構造からたちあらわれようとしている。

最初の段落にはどうやらプログラムだけではなくて、いわゆる主題のメッセージまでついでにはめこまれていたのだ。「そんな事はあるまい」し、「二三年で出なければ後は心配はいらない」が、「傷が脊椎カリエスになれば致命傷になりかねない」。わたしはだから死をはらんでいる。「何時か」「遠い先」ならぬつい間近にある死。わたしはこの物語のなかで死にあうかもしれない。そうあらかじめ宣言したいじょう、「一人きり」のわたしは爾後いくえにも分節されつつ、そのたびに小動物の死を折りだしてしまうだろう。かつて「蠑螈に若し生れ変つたら」と考えたように、いままた「蠑螈の身に自分がなつて其心持を感じ」るように、それはいずれも自己そのものの死のもちろん模像なのだ。みずからが死ねばことばもまた途絶するとき、そんな模擬の死をつぎつぎと消費することによって、ひとり生きのびるとどうじに、その過程で主題とみなしうるもの、生か死かの離接＝選言をおもうさま語ってゆくことができる。たとえば「蠑螈は偶然に死んだ」が、「自分は偶然に死ななかつた」というのである。

この「如何にも偶然」はしかしいかにもいかがわしい。「偶然」があまりにも強調され、復誦されているため、かえって底意を疑われてしまう。問題の石はなかなか投げられない。そのまえに蝶螈にたいする好悪ばかりか、弁解の言説がむしろしかるべき事由、その所在をあばきたてるように、投石の技量がくどいほど書きつけられねばならない。

自分は別に蝶螈を狙はなかつた。狙つても迚も当らないほど、狙つて投げる事の下手な自分はそれが当る事などは全く考へなかつた。

べつに嘘だと断言するまでもない。隠蔽による露顕の図式によらずとも、三のシステムにそもそも組みこまれているかぎり、蝶螈の死もまったくの偶然ではけっしてありえないのだから。むしろ三角形の意味の場がすでにみいだされたいじょう、それぞれの頂点をくりかえしへめぐることから、死の意味作用じたいがおのずと産みだされてしまうだろう。椅子／散歩、下流／上流の初期関係にたいして、ほかの対偶をはたしてどれだけ重ねあわせられるだろうか。

時刻はまず明白だ。蜂の死骸は「朝も昼も夕も」そこにあるが、鼠の死はある午前。蝶螈はしたがって夕方、光の衰微（秋の日の二重の衰微）のなかで殺されねばならない。つぎにこれまた一目瞭然、蜂の死にはなんの標識もないが、鼠も蝶螈もともに加害によってしるしづけられている。ここでは無標から有標へむかって、死への関与がしだいに深まってゆくようにみえる。「自分」は蜂の死骸をただながめているにすぎない。鼠の場合もただの傍観者にしろ、すくなくとも投石をとめなかったあたり、暗黙の共犯にいくらか踏みこんでしまっている。最後はむろん加害者。狙っても「却々当らな」かった鼠にたいして、いっそひとおもいに動騒をたちきるかのように、狙わなければ必中する石を蠑螈にむかって投げつけるのだ。

わたしは一歩また一歩と、死、しかも切迫した死に近づきつつある。それは時間の関係からもたしかめられる。蜂はいつ死んだのか、気づいたときはもう死骸になっていた。鼠は「死ぬに極つ」ているが、その最期にしかしたちあったわけではない。いわば蜂の死は過去に、鼠の死は未来に属していたのだから、こんどはいよいよ死の現在をみとどけるときだ。「見る気がしな」いとどうじに、視ないでもいられない。「もう帰らう」「もうここらで引きかへさう」とおもいながら、夢もうつつもなくなる限界へむかって、わたしは「段々」「一つ一つ」「先へ先へ」と漸進してゆく。偶然ぶつからないとしたら、自分の手で、いまここに現在の死をつくりださねばならない。蠑螈の死はいまや必然の必然、当らずともよい石が当るどころか、この石はどうしても命中しなければならないのだ。

その場所もはじめから指示されていたようにみえる。「山の裾」をまわりこみ、「山女が沢山」あつまるあたり、そこが「いい所」で、よく歩いては「青山の土の下」を幻視までする。それはだから死にあうために「いい所」なのだ。椅子や下流ではほかの蜂、子供や家鴨などがいるのに、山峡ではたったひとり死と対面することができる。この死の特異点を裏づけるように、「三日」あった蜂の死骸、「三寸」づつ鼠からつきでた魚串など、反復する三の強調もここにはまったくない。石でさえ「こツ」という一音をたてるばかり。二が、さらに三への累進がことばの生だとしたら、この一でことばも死にたえようとしている。「自分」はすると音の直後にはたして蠑螈の死をみる。しかしほんとうに死をみることなどできるのだろうか。

自分はどうしたのかしら、と思つて見てゐた。（略）蠑螈の反らした尾が自然に静かに下りて来た。すると肘を張つたやうにして傾斜に堪へて、前についてゐた両の前足の指が内へまくれ込むと、蠑螈は力なく前へのめつて了つた。尾はまつたく石についた。もう動かない。蠑螈は死んで了つた。

この細密描写のなかにも現在の死などあるはずがない。事態をはじめ了解しえなかったのだから、それは蠑螈が動かなくなってから、事後、過去形で逆算されるにすぎない。蠑螈がいつ死んだのか、正確にはけっして特定されないのだ。わたしはついにみずからの死を生きることができない。たとえ模像の死であっても、死の瞬間をみきわめることができない。「いつまで往つても、先の角」がある。せいぜい「土の下に入つて了つた」蜂の死骸か、死んだ鼠の「水ぶくれのした体」をかわりに想像するばかりなのだ。

雨に流された蜂、海岸に打ちあげられる鼠、やはり川水に流されるはずの蠑螈。「青山の土の下」で「青い冷たい」屍体になっている「自分」。ここには水の夢をたやすく読みだしうるにしろ、さしあたってそれが夢であること、幻想のなかでしか死にあえないことだけを確認しておこう。死が夢うつつの分節をくりぬくように、夢もまた生か死かの二者択一をうつろにしてしまう。物語をしめくくる例の生死の渾沌について、クリステヴァふうに選言から非選言へといってもよいだろうが、これもたぶん生・死・夢のほかならぬ三角形から産みだされてくるのだ。生はつねにいまであるほかない共時態。他方いまをかつてに送りこむ通時態の死にたいして、夢はおなじ通時態でも、かつてをいまによみがえらせる機能をになっている。たとえばいま青山の土のなかに、祖父や母の死骸ばかりか、すでに死んでしまったわたしまで幻視させることができる。

そんな力を保証するものこそ、じつは物語をはりめぐらす言語だったのだろう。椅子／散歩でくくられていた小動物の死にたいして、幻はすべて「読むか書くか」、最初のことばの場のほうにおかれているようにみえる。言語こそ二を三に累進させるのだし、またなによりもありえない逆説、わたしはもう死んだをぬけぬけと語らせてしまうのだから。そこでは夢うつつ、生死など、二の凝固がようやく三のうちに廃棄され、生・死・夢がたがいに相手をとりかえつつ、はてしない意味を無限にへめぐろうとしている。

二はこうして三のうちに循環する。折りかえしの構成も最後にそのなかにおきなおさねばならない。ほんらいの物語の発端と終末でも、「頭」「気分」がじっさい「頭」「感覚」「気分」にとりこまれてゆくのではないか。第一段、語りの開始では「二三年で出なければ」、「三週間以上――我慢出来たら五週間」と、二と三、あるいはその和の五でまだ迷っているが、最後の段ではずいぶんと旗幟鮮明に、「三週間ゐて、自分は此処を去つた。それから、もう三年以上になる」と、語りがあらわな三に収束されてしまっている。山の手線から山陰線まで、二から三への行程のなかで、わたしは生と死にわりこむ夢をみたからこそ、「脊椎カリエスになるだけは助かつた」。すなわち構造を夢みたおかげで、この物語ではひとまず死なずにすんだようにみえる。

# 書くかれの行方——初期横光の「問題」

　読むわたしはつねに暗い薄氷を踏んでゆくようにみえる。無数のいまここにはない陥穽がいまここにあるふぜいで待ちかまえていて、手ぶらでただひとり文字の羅列をたどりはじめるなり、字間のほころびが黝々と、眼前にはないのにたしかに現前するかのように裂け、覗きこむわたしを呪縛し、読むことの彼岸へわたしばかりかことばの物語じたいまであっさりと呑みこんでしまいかねない。たとえば余所・過去にたつ作者のぱっくりと大口をあけた腭。読むわたしはついつい誘いこまれる。もう遁れられないのだ。かつて一瞬ことばの場を占めてまた消えうせた幻影にすぎないのに、それが膨脹するとどうじに凝固しはじめ、此処・現在をくくる存在の威容をあっというまに備えてゆく。読むわたしなどたちまち高手小手に縛りあげられてしまうだろう。

　作者ばかりではない。踵を接して裂目からあらわれるのは社会、時代、生活、モデル、心理、思想、主題等々、際限のない行列がつづく。ぞろぞろぞろぞろ出てくるわ。詩人ならずともそう呟きたくなるではないか。

ことばの場はこうして有象無象に占拠され、読むわたしもついにはだれともつかぬ読むかれに乗っとられるが、そのことじたいかならずしも苦痛ではないどころか、いわば深みにぼんやりと溺れてゆくていの愉悦がむしろ濃密にたれこめているのだろう。そこではかれ＝作者のまぼろしに身をゆだね、その生活にしろ思想にしろ、作品のかなたの真実なるものを探るというよりも探らされているだけでよいのだから。これはしかし垂死にいたる快楽にちがいあるまい。読むわたしはしばしば、いつなんどきでも、子供だましの呪文を声高にとなえてみるべきなのだ。すなわち、作者何某はほんとうに存在している（存在していた）のか。

すくなくとも近代以降の作家にかんするかぎり、かれが存在するか存在したことくらいほぼ自明の理であるようにおもえる。現存の作家ならむろん講演会あり、書店でのサイン会あり、またひょっとして街角で出くわさないともかぎらない。その身許証明もかなりさまがわりしつつあり、虚実とりまぜた日記、友人知己の論評、肖像・写真などに加えて、テープやフィルムによる録音・録画がいまや常套手段になってきている。書簡集がわりの電話集という冗談を聞いたのはいったいいつのことだったか。要するにそのありかをすこしづつ変えながら、作家そのひとの存在がますます堅固な像をむすびつつあるのだ。

けれどもこの現身にいまさら眩惑されるものなどほとんどあるまい。生きるかれと語るかれはもとより境涯をことにしている。言語の切実さがときに生の切実さに送りかえされてしまうにしろ、それこそ悪い冗談といわぬまでも、たいてい読むことにおける愚鈍か怠惰か、どう善意にみつもっても未分明のだまされやすいわたしに由来している。

作者の幻影はしたがって書く主体にぎりぎりしぼりこまれる。いったいなにものなのか、語るべきことがらと語りようとを関係づける主体がたしかに存在しているというのだ。たとえばいま、

　真昼である。特別急行列車は満員のまま全速力で馳けてゐた。沿線の小駅は石のやうに黙殺された。

と書かれていたとする。この記述はただちにろこつなレトリックにみたてられるだろう。「効果強く」「溌溂」と褒めるにしろ、「奇を衒ふ」と貶めるにしろ、毀誉の基準はいずれただひとつおなじ過剰によりかかろうとしている。前者はことばから顕現する意味の過剰、後者は意味を隠蔽することばの過剰。まさにそのときなのだ。作者の影がぬっとばかりにあらわれるのは。疾走する特急が小さな駅を通過したと書かれずにこんな代替表現が、直叙のかわりにこんな文彩＝文飾がわざわざ使われるいじょう、その書換をほどこす主体がかならずどこかに控えていなければならないとしたら、「頭ならびに腹」にくっきり署名した横光利一なる存在の近傍がまず探られるにちがいあるまい。つまり横光そのひともたぶん信じていたように、「無類に意志的なもの、腕力的なもの、構成的なもの」（井上良雄）により、比類のない作者がとりあえず保証されるというメカニスムである。

　じっさい制度としての修辞がないかぎりにおいて、それがもっとも自然な経緯だったのかもしれない。しかもひとり横光にかぎったことではない。主体のまぼろしは国語との不逞きわまる血戦によらずとも、度をこした追従・禁欲のたびごとにやはり出来する。いわゆる直叙だけしかない文をはたして適度とよびうるだろうか。作者はあらゆるかたちの過剰にひそんでいる。あるいはその過剰じたい

にほかならぬということができる。

「石のやうに黙殺された」云々はしかしほんとうに過剰だろうか。この起句から『上海』にいたるまで、「新感覚」のことばはいわゆる修辞的技巧、不易の意味にはりつけられた流行の衣装にすぎなかったのだろうか。批評は対象に裏打された直叙とことばとの距離をあげつらいもするが、またそれいじょうに「文体」と「主題」、語りようと語られたことがらとの共犯関係をとかく予想したがるものだ。この関係を設定するものこそ作者である。批評はそう見得をきりたい欲望をなかなかおさえきれない。たとえば「御身」なり「悲しみの代価」なりの意味をひとつの性格悲劇ととらえ、「言葉の新しい試みと作品の意味とのあいだに和解できない分裂」をひとまずみておきながら、「装飾的な文体」がじつは救済であるとどうじに必然であり、「妄想の果てにあらわれる無垢の受身」や「卑小さへの意志」、すなわち作中人物の倫理的意志がそのまま「表現の倫理」に合流してゆくさまをともすれば描きだそうとする。

「彼」は事物を、それが自然や街々の景物であれ、また海や風や季節や動物や植物であれ、また〈悲しみ〉や〈苦しみ〉のような観念の苦痛であれすべて受容する。それらの事物が自己主張し、語りはじめるならば、それをおろおろとへり下って容認する。文体の主語の座もまったくおなじようにいつでもどんな事物にでも明け渡して忍耐する用意がある。またもし必要ならばどんな事物でも主語の座にやってくるかぎり人間なみに扱って尊重することもできよう。これが初期横光の文体、いわゆる新感覚の文体が根源的にはらんでいる倫理であった。

（吉本隆明『悲劇の解読』）

読解はここで過剰は過剰でもそこに必然があったと述べているが、その必然をささえる基底が語られることがらと語りようとの符合にあるいじょう、たとえ「悲劇を緩和する」装飾であってももはや過剰とよぶにおよばないような気がする。あるのはただ畸型とみまがう裸形。こんどはそれが作者のまぼろしを産出してしまう。この引用のように「文体」を「内容」に隷属させるだけでもかまわないから、「悲劇」がそれらを必然的に共振させたせつな、「悲劇」によって結ばれる作品と作者がどうじに浮上し、みるまに屹立し、現前であるかのごとき幻想をいだかせずにはいないだろう。

書く主体がふたたび人格になだれこんでもさしあたり読むわたしの関知するところではない。ただこんな批評があるかぎり、過剰ではないところにも「彼」が、さらには「初期横光」があざやかな輪廓をもつのであり、それだけはだれも疑わずにすすんで納得してしまうようにみえる。読むわたしはだからまた反問しなければならない。作者はほんとうに存在している（存在していた）のか。

吉本は「悲しみの代価」を「病的なまでに異様で古風なあるひとつの性格悲劇」ととらえている。初期横光にとってもっとも決定的な作品とまで断言している。すなわち「奔放な（と思い込まれた）妻をもった夫の病的な嫉妬から起こされた妄想と、その妄想の苦しさに耐えられずに親友と妻とのあいだをのっぴきならない関係に陥し込んでゆく夫の倒錯した心理の劇」である。

夫・妻・親友。横光の名を冠したテクストにとり、この妄想の三角形ほど一読親しげな構図もまたとあるまい。「悲しみの代価」にはじじつ三の機縁がみちあふれているようにみえる。前景にある「彼」と妻の辰子と三島に加えて、「彼」と本屋の夫婦、郷里の「彼」とかん子と東京の妻、「彼」とかん子と新派の役者など、人物の虚構にかぎっても三人組がいたるところに跋扈している。

これはしかし「性格悲劇」だけにちなんでいたわけでもない。跳梁する三は「三島」なる名をはじめ、蓮實重彦ふうにいえばなによりも廃棄さるべき数字だった。目標はむろん二による均衡である。本屋の主婦に会うだけならまだしも、不機嫌な主人、つまり第三項の存在を意識するなり、「彼」はもう本屋へ行くまいと決意せざるをえない。といって家へ戻れば最初の三角形にぶつかるときに、「彼」は東京をはなれて故郷のかん子に再会し、妻と三島、かん子と「彼」なる対偶をでっちあげようとするが、それもじつは三角形の重合にすぎないうえ、かん子についても役者との三巴に気がつき、「それきり愛することをやめて了つた」過去があらわに浮びあがってくる。また二人の少女が映画俳優の写真をながめただけでさえ、その「生々した美しさが美しく見えなくなつ」てしまう。

なるほど「心理の劇」。そう納得するまえに、この作品における数詞、とりわけ一、二、三の異常な発現と葛藤をまず銘記しておかねばならない。それはどうみてもしかるべき頻度、しかるべき無表情から逸走してしまっている。しかも物語の要所にはかならずきりきりと尖りたっているのだ。

三島は一寸天井を仰いでみて、

「二階はどうなつてゐるんだね。ひと間か?」と彼に訊いた。

「ひと間だ。俺らは下で充分なんだよ。二階を誰かに借さうとも思つてゐたんだ。」

「最後に一人残つた親友の三島」が上京して二階におさまる。物語のレベルではこれがそもそもの発端である。頻出する数はとりあえず有用な情報ないし写実として意味にとけこんでいるようにみえるが、一見さりげないそのたたずまいもひとたび虚構の文脈から切りはなせばがらりと変貌せずにはいない。一と三がいまここで二をろこつに押しつつみ、脅かし、襲いかかろうとしている。「二階」にもし二間あったら、「三島」ではなかったら、「一寸」そこに割りこまれることもなかっただろう。「ひと間」「二階」の反復もたぶん包囲網にたいする二のはかない反攻だったのかもしれない。数の配置にしたがうかぎり、こんな意味がみだらに炙りだされてくる。

かん子との関係もじっさい数の魔力に魅いられていた。「彼が二階の窓から閉つてゐるかん子の家の二階を眺めてゐると、丁度そのとき下の細い路をかん子が通」る。かん子は「彼の家の前を一日に二度は通」りすぎる。男湯に「彼」ひとりしかいない時間、女湯にただひとり入りにくる。対偶の二はしかしこれほど欲望されるにもかかわらず、やはり（むろん）成就されぬままに終わってしまう。それはたとえば妹があらわれたり、かつての役者の記憶がよみがえったり、「二人の容子だけが同時に見える番台」の娘に「絶えず見られてゐる処を想像」したり、たんに第三項が語られているせいばかりではない。ほかならぬ三という数そのものの闖入こそ、かん子の背馳・消失、すなわち二の蹉跌をあますところなく語りきろうとしている。

今迄閉つてゐた筈のかん子の家の二階の戸が二枚だけ開いてゐた。開いてゐるのを認めたとき、三枚目の戸がひとり又戸袋の中へ辷つていつた。そして、その戸の中から現れたのはかん子であつた。彼女は最後の戸を戸袋の中へ了ふと髪をいらひながら暫く遠くの山を眺めてゐた。その間、最初から矢張り彼女は一度も彼の方を向かずにそのまま室の中へ入つていつた。彼は彼女が再び出て来るであらうと思つて待つてゐた。が、彼女はいつまで経つても出て来なかつた。

かん子と対面できないのはひとえに数のドラマがあるからなのだ。読むわたしの目は「ひとり」と強調された三にまずひきこまれる。致命的な「三枚目の戸」をあけるかん子。心理がもしここにあるとしたら、それはあとから到来する虚構にすぎない。一、二、三という数がみずからにふさわしい妄想をはじめに撰びとるのであり、けっしてその逆ではありえない。

もっとも横光そのひとも、ときに架空の作者もこの順逆をとりちがえていた証拠に、三枚目の戸については「彼は自分が羞しかつた」、二階のひと間については「さう彼は嘘を云ひながら（中略）、ある痛快な快感を感じて来た」云々と、心理なるものが引用文のすぐあとにおかれ、数の現前をそれぞれやみくもに隠蔽しようとしている。数はそんな意味との競走をたえず強いられているのだ。「悲しみの代価」はしたがってそれが後知恵をかいくぐり、結局あちこちの裂目から突出するドラマだとかんがえることができる。

そういえば郷里をめざす「彼」は駅で「三十分」待たねばならなかった。「宇宙が十三万あると書かれた書物を見て以来、空を見るとその見たときに限つて、十三万の宇宙と人間とを比較しながら想像して自分を極度に軽蔑する気にな」る。あるいはこの「空を見るとその見たときに限つて」や、「痛快な快感を感じて来た」のような統辞法。とりわけ「これは面白いぞ。面白いぞ」、「重い重い」、「姉さん姉さん」、「素敵だ！　素敵だ！」、「待つて、待つて」、「あぶないわ、あぶないわ」等々、科白・独白がほぼつねに復誦されるのはいったいどうしてだろう。鶏の卵でさえなぜか「二つ産んであ」るくらいである。さらには一と三のはざまでたいていい二にすがりつこうとする時間の虚構。

二年とたたない間に三島ひとりを残して殆ど総ての親しい者を失つた。

今初めて二年半振りで彼は彼女を見た

三島が引き転つてから手紙の着くまで二日はかかつてゐるとすれば、自分と再び一つになる気がない辰子ならその間に辰子はどこかへ行つてゐさうにも考へられた。

彼は時々閉つているかん子の二階を見た。いらいらし続けながら、二度目の配達の時間まで待つたが、矢張り手紙は来なかつた。

いずれも二の均衡にはついに到達することができない。足りないか超えるか、あるいは訪れるべき二が空を打ってしまう。「二年半振り」の再会にはしょせんはじめから無理があった。残るのはただ「三島ひとり」か、零ないし待ちつづける「彼」の一だけである。「曳き舟が一艘流れに逆らつて上つて来た」り、「森の木立を逆さまに映した水面の上でただ一つ動いてゐる小さな水澄しの黒い身体」があったり、この一もとくに倒錯の蠱惑をもつだけになおさら廃棄さるべき数字にほかならなかった。たとえば「一人の客」が帰っても「一寸」しか「彼」をみようとしない本屋の主婦。「一ヶ月程は本屋へ行かな」い。「一封の書面」がしきりに不安をあおりたてる。かん子は「一座の中でも一番綺麗で有名な役者」にぼんやりとみとれている。一の媚態はこうして斥けられ、嗜欲の目はひたすら二のほうに注がれるだろう。

ただ自分は彼らより二年早く彼女から媚弄な微笑を送られたと云ふことそのことだけで結婚が成り立つたのだ。してみれば今自分が彼女から身を退いたとしても、彼女は自分に代つた第二の良人の妻になることを新らしく着物を着変へるやうにしか思つてゐないにちがひない。

或る日、病気で郷里へ帰つてゐた三島が二年振りに上京して来て彼の処へ来た。

けれども二にたまたま合致する時間じたいまた皮肉な意味しかもたらさない。「彼」と辰子が二でいられるのはたぶん「二年」、辰子がいま「第二の良人」をさがすとしたら、「二年振り」に上京した三島とあらたな二を構成するのではないか。読むわたしはそう予想することができる。「辰」とは日月星の総称であり、「三島辰子」、「三辰」となればぴったりと符合する。そう読みたくさえなるかもしれない。

「彼」は爾後一として弾きだされ、二度の帰郷、かん子との交渉など、二にむかって四苦八苦しつつ、

自分の身体に男女両性を備へてゐて、産期が来れば自然と体分裂をし始めるアミーバのやうになりたかつた

と一にして二であること、

或る夜全く辰子が不快になつて我慢がならなくなると、彼は妻の横から起き上り、黙つて自分の器管を斬り落して了ふ

と中性項、零になることまで妄想したあげくに、つまるところ三島を排除し、東京の辰子のもとへふたたび舞いもどってゆく。これが「悲しみの代価」の物語なのだ。心理劇と微妙にからみあいながら、一と三から遁れてもっぱら二を希求する数じたいの物語である。

物語が双極なる主題系をもち、対偶の原理によって語られている。これはけっしてめずらしい現象ではない。むしろありふれた構図であり、作品をめざすことばの常套手段でさえある。しかし科白の復誦ひとつをとっても、横光の名をになうテクストはまた格別なのだ。双極・対偶への異様な拘泥。境界をいっさい無視し、ただ二項対置のみの世界に憑かれているようにみえる。

それが題名にまで波及する例も初期作品ではことに多い。「南北」「芋と指環」「馬に乗る馬」「頭ならびに腹」「馬鹿と馬鹿」「ナポレオンと田虫」のように明白な対偶のほか、「悲しめる顔」「落された恩人」「鼻を賭けた夫婦」「青い大尉」「負けた勝者」等々、やはり多用される限定辞／被限定辞の結合においても、ある程度まで題名一般に通じることではあるが、音的等価か意味的対照がまぎれもない二拍子、すなわち時間軸に投射された対偶のリズムをしばしばほのめかしている。

これらの題名はもちろん衣装の裂目にすぎない。ただし肌というよりも肉が、骨格がそこには露出している。読むわたしはもはや一瞬たりとも逡巡しえないだろう。それほどあられもない物語なのだ。村の南北でにらみあう二組の母子、姉妹・従兄弟という血縁を地にした対立のあいだに、病衰した縁

者が第三項としてほうりこまれ、その死による二項対置の回復までキャッチボールのようにやりとりされる「南北」。軍団の進撃につれて頑癬も版図をひろげる「ナポレオンと田虫」。かれは腹を占領されるとどうじに原でたぶん没落する云々と、こんどは二項対置のねじれがまさに物語を締めくくろうとしている。要するに双極の形成・動揺・解消こそ語りの道行じたいであり、均衡か瓦解が決定的になったとたんに口をつぐまざるをえない。そんな姿態をたいていかいまみることができる。

QS両川の抗争・消長をたどった「静かなる羅列」。先行するライヴァルに追いつくまでを語った「敵」。AとQ、Qと「私」とのいかんともしがたい上下関係のただなか、「私」との再婚にいたるまでリカ子を往来させつづける「鳥」。妻の死にむかって花と魚が死闘をくりかえす「花園の思想」。じっさい枚挙にいとまがないというよりも、ほとんどすべての物語が対偶のメカニスムによって紡ぎだされ、断ちきられてゆくようにみえる。「日輪」の規模でも理窟じたいに変わりはないまま、卑彌呼との対置と卑彌呼をめぐる対置とがいくえにも交錯し、そのつど反復されているだけであり、デニス・キーンのようにそれを「悲しみの代価」の書換にみたてる批評さえある。

「政治と文学」「西欧と日本」などの問題設定もあるいはこの偏執につらぬかれていたのかもしれない。いずれにしろ、語るまえに語らされてしまう単調さがいまここを支配しようとしている。転石はもう止めることができない。対偶がはじめは意志、嗜好、気質だったとしても、いまやその主体を乗っとり、傀儡にしたてあげ、かってにことばを産出しよう（産出させよう）ともくろんでいるのだ。

梶は彼の印象の中で、「梶は担ぎ屋だ。」と書かれたことがある。書き手は伴だ。所が伴も担ぎ屋だ。梶は葉子と結婚した。すると、伴は豊子と結婚した。二人はそれ以来、出逢ふと細君の太さについて、嘆かはしさうに語り合つた。無論、どちらの細君もしなしなと撓んで貴品のあるほど痩せてゐた。
（「担ぎ屋の心理」）

ここでは起句の一語のあと、対偶の要請により、ことばがほとんどひとりでに書きつけられている。読むわたしにはすくなくともそう読みとれる。あるいはそう読みとらされてしまう。「梶」「彼」にはじまるカ音の連鎖が「担ぎ屋」を産み、「書かれたこと」と同定すると、書く／書かれるの関係において、やはり一字名の「担ぎ屋」、「書き手」たる「伴」がそこにかならず伴われねばならない。「書き手」のつねとして「書かれたこと」のあとから、対称形のためにおなじ属性をになって登場するという文脈である。語りはこうして語られることがらの均衡をめざすが、まったき均衡はまた語りの死でもあるから、梶と「葉《ヨウ》子」の結婚が対偶のありかをわきへずらすと、伴もつづいて「豊《トヨ》子」と結婚し、二項どうしのあらたな対称形をすかさず重ねあげてみせる。こんどは「豊」ともあいまって「細君」がその「太さ」を「語り合」わせ、さらに「太」が畳語「しなしな」をはさんで「痩」を出来させずにはいない。

つまり二項対置をながめるかぎり、まるでシーソーか天秤さながら、安定と破綻とがきりのない交替をくりかえしている。というよりも二にちなむ虚構をいったん対峙させ、その一項をふくむあらたな対偶へとたえず身をずらしながら、語りが前進し、物語をつくりあげてゆくのであり、「所が」「すると」「無論」などのつなぎにしろ、書くかれによる統御よりも、運動することばじたいの論理・対照をまざまざと語っているようにみえる。「太」とあるからには「無論」つぎに「痩」とつづけねばならぬというのだ。

このあと、豊子は「一年たつて」床についた。伴は「道の三つ角」でそのことを梶につたえる。はじめは見舞に敷布を贈ろうとするが、敷布をもらった病人はきっと死ぬと聞かされ、担ぎ屋の梶はカステラを贈る。おかげで豊子が癒ると、葉子のほうが「その病気を引き受けたやうに」床についてしまう。伴からの見舞は敷布。「その無気味な符牒」の予告どおり、葉子は「それから三ヶ月たつて」死んだ。とたんに「彼の中の担ぎ屋」も「自然に盡く刺し殺されて了つた」(「担ぐ」とはそもそも照応の原理そのものではなかったのか)。物語は梶が伴夫婦と出会い、対偶=縁起のとりかえしがたい死を確認するところで終わっている。

これほどの単調さはどうやらただごとではあるまい。細部の符合にさらに踏みこめば踏みこむほど、およそ退屈きわまる物語であることをおもいしらされるばかりだろう。ここにはおのずから語りつぎ、語りやむことばの自動装置がある。もちろん伴がカステラを贈り、したがって葉子も対称も死なないハッピー・エンド等々がありえたとはいえ、いまここにあることばの軌条がそれじたい有無をいわせぬ理路を備えていて、読むわたしには二項対置のべつの可能性などもはや目にはいらないのだ。だれも疑いようのない語りの発条。対偶の支配になんの留保もつけず、ひたすら語らされるままに語る(語らされる)。そんな無私の漂流、捨身の姿勢こそ、たぶん恐るべき単調さの元凶にみたてることができる。

横光とかりによばれる書き手はいま自律することばのさなかに行方をみごとにくらましつつある。テクストはじっさいあらゆる機会をとらえてみずからの理路を現前させようとしている。たとえば科白復誦のシステムには音の等価も利用されるだろう。

「音う。」

河の中では霧の底で農夫が馬を洗つてゐた。

「音う。」

遠くの路を提灯の火が一つぶらぶらと揺れて来た。暫くすると、音の声だけが霧の中から聞えて来た。

「お母ア、お父《と》うはどこにもをらんぞな。」

「もういつぺん捜して来い。」

「お母ア、お父うはどこにもをらんぞな。」

そのうちに音の声は勝手に唄に変り出した。


（「芋と指環」）

聞えるのはひとり「音」の声ばかりだ。「唄」に変わるのも道理、ここでは母子の応酬が文字どおり「音」に由来することまで明示されているようにみえる。
あるいは捨児を拾いに行った「私」の虚構にかんして、
樹の幹が時々立ち停つてゐる人のやうに見えた。すると拝殿の前に一人の黒い人影が鈍く静かに動いてゐた。
と錯視から事実（静から動）へとびうつったあげくに、

その者も前に一度そこを通り過ぎたとき捨児に逢つて、さうしてそのまま彼も見捨てて逃げ出したものの、またそれが心にかかつて舞ひ戻つて来たのではなからうか。

私はその人影の方へ近寄つて黙つてその者の挙動を観察しようと考へた。(中略)その男の傍へだんだんと近づいた。するとその男は男の方から私の方へ近寄つて来た。片手を帯へ挟み片手を懐へ入れてゐてどこかに萎れた様子が見えた。はて此の男、私がこの男を観察しようとしてゐるやうに、此の男も同じ心理で私を臭ぎつけようとしてゐるのではないか。私はその男の傍を擦れ擦れに通つて顔を見た。暗い顔の真中からその男の眼がまた私の顔を覗き込んだ。疑ひ深さうなその眼の光りが私には不快であつた。(「無礼な街」)

云々とあからさまな分身=鏡像、おそらくは語る私/語られる私の乖離が産みださずにはいない対峙もぎりぎりまで活用されるだろう。

これらの短篇ばかりではない。「悲しみの代価」にもその改稿(川端康成や吉本隆明によれば改悪)「負けた良人」にも、ほとんど自動的に書かれうる(読まれうる)脈絡がいたるところに貌をのぞかせている。既述した三の林立もじつは二の重合ではなかったのか。「彼」と辰子の二をずらした「彼」と本屋の主婦にたいして、一方では本屋の主婦と主人が、一方では辰子と男手の封書、辰子と三島がもっぱら均衡の回復につとめねばならない。本屋の主人も三島も語られぬところできっと二の連鎖をのばしているとおもえるくらいだ。「彼」が二度帰る郷里にはかん子がいるが、これも「彼」と辰子からのずれであるいじょう、かん子と新派の役者、かん子と許婿と、過去・未来の二によってやはり相殺されねばならない。

そういえば「彼女は自分に代つた第二の良人の妻になることを新らしく着物を着変へるやうにしか思つてゐない」とか、「二度新らしい女を妻に持たうと思ふ望みなどは少しも感じなかつた」とか、たまにみかけた悪しき二にしろ、代置・代行・代価の否定であるとどうじに、このあらたな対偶(三にはまりこむ二つの二)の否定でもあったにちがいない。問題はそれにもかかわらず二が輻輳してしまうところにある。いくら忌避してもみずからの理路から遁れることなどできない。物語はじっさい廃棄さるべき偶数の蔓延によって命脈をたもち、ジグザグに前進してゆくいがいの道にまったく不案内だからだ。

双極をひとりでに反復してゆく数々の絡繰。それが「悲しみの代価」はもちろん、さらに構成的な「負けた良人」ではいっそう強力にはたらいている。「芋と指環」のばあいもそうだったが、語りは二の発現があってはじめて進捗するのであり、ことばがあらためて復誦されぬかぎり、

「稲妻はいつ出るんです?」

主婦は彼の眼を避けて一寸口を動かさうとしたがまた黙つた。

「もう出るんでせう?」

「ええ。」と主婦は低く答へた。あの主人が恐いのだ。

彼は会釈して外へ出た。

と対話者のがんこな沈黙も、

彼は本屋の方へ引き返さうとした。が、足が動かなかつた。

「行かう。」と彼は云つた。

が、矢張り彼は立停つてゐた。

「行くぞッ！」

彼は本屋の方へ歩き出した。

と行動へのしつようなな呪縛もけっして打ちやぶることができない。ことに二問一答の動機はこのあと辰子と「彼」を筆頭に、ほぼ機械的とおもえるほどさまざまに反復・変奏されているのだ。

「あなた。」と妻は不意に云つて眼を開けた。

彼は黙つてゐた。

「私、今夜途中で帰つて来たの。」

「直ぐか？」

「ええ、風があまりひどいんですもの。」

さう云ふと妻はまた眼をつむつた。

「誰と逢つて来たんだ！」と彼は云ひたかつた。が、それは彼自身にも云ふべき言葉であつた。彼は黙つて自分の部屋へ引き返した。

暫くして、彼の後の襖が開くと、

「あなた。」と妻は云つた。

彼は黙つて顔を上げた。

「お眠みになつては。」

「お前は寝てればいいぢやないか。」

彼はパイプに煙草を詰めた。


さらに「本屋の主婦を見に行くには妻に見られない方が得」とかんがえる「彼」にたいして、ことばがいわば自動的に折りかえされ、鏡像の繁殖による虚構をジグザグにかたちづくってゆくつぎのような一節。

ふとそのとき、消えた筈の妻の半身が街角から傾いて彼の方を一寸覗いた。あの妻が暫くの別れを惜しんで、いま一度と自分を見たとは彼には思へなかつた。なほ木橋の欄干に凭れて見てゐると、また妻は「鬼」の来るのを見るやうに、街角からひよッと顔を現はした。彼は恐怖を感じ出した。実家へ行くと云つたのは、それは彼女の嘘なのだ。誰かに逢ひに行くのに相違ない。自分が妻を送る顔をして、実は本屋の主婦を見に行くやうに。彼女が自分の方を覗いたのも、今自分が本屋の方へ行くために、「鬼」を見送つてゐるやうに、彼女も彼女の後を追跡しようとする「鬼」を見届けたかつたに相違ない。——彼はくるりと自分の家の方へ向き返つた。

「彼」の恐怖は二度目に妻があらわれたときからなのだ。反復することばの趨勢をさとって焦燥し、かつ怯えている。そんな気配をうかがうことができる。それでも「鬼」の対称が自走し、その可能性がひとまずくみつくされてしまう（均衡にいちおう到達する）と、「彼」も家のほうへむきなおり、自分が戻れば妻も帰宅する符合をたのみつつ、この挿話（章）にとりあえずの収束をもたらすことになるのだろう。さきほどの引用で「彼」が「会釈して外へ出た」のも、「黙つて自分の部屋へ引き返した」のも、二がやはり成就し、屈曲の一段階がはっきりと劃されてしまったからにちがいあるまい。

物語はそこであらたな対偶を探しはじめる。心理が口実ないし結果にすぎないなかにあって、それは自己保存をはかる物語の欲望でもある。このことばのかってな運動にたいして、もはや作者が語るべきことがらをもったり、それを独自の語りように関係づけたりするまでもない。書く主体はつまるところ雲散霧消、もしかれに意志の名残りがまだあるとしたら、最後の死力をふるって自死をまっとうするしかない。たとえ無味乾燥といわれようとも、まぼろしの作者がこうして失踪し、物語＝機械にことばをそっくり委譲したときから、テクストのただならぬ退屈さがはじまる。これがおそらく「初期横光」の問題にほかならなかった。

ひとりの作家がある特権的な位相を通りすぎることがある。とりたてて豊饒な局面ともおもわれないのに、読むわたしの意識になんとも引っかかっていて、それらの作品群ぬきでは当の作家にも食指がさほど動かないのではないか。

新感覚派時代の横光とはそんな特異点であるようにみえる。驚天動地の傑作はおろか、かろうじて成功とよびうるのも「街の底」など、二、三の小品があるにすぎない（『上海』は評価されたとしてもたぶんべつの面で秤量されている)。だいたい「新感覚の文体」を最後まで押しとおした作品などきわめてまれだったのだ。「頭ならびに腹」も冒頭の昂揚のあと、ごくふつうのことばにたちまち顚落してしまっている。それでもこの逸脱があるからこそ、後年の『旅愁』もひときわ生彩をはなつというこ とができる。同時代の喧噪とはうらはらに、いまそれを歴史の一隅に押しこめるか、ていよく黙殺しようとする多くの批評にしろ、どこかにしこりを感じていて、奥歯になにかはさまったような渋面をじゅうぶんに隠しきれてはいない。

まるで一種の禁忌でもあるかのように、新感覚のことばじたいの批評はじつに寥々たるものだ。わずかに由良君美、デニス・キーン、吉本隆明らの論考を数えるのみである。おそらく格好の手懸にちがいない主題系さえあまり動員されていない。内臓・血に結びつく花のけがれ、硬軟の対立、黴・癬・花粉の系列など、だれかがもっと跳びついていてもよさそうな気がする。

もっともこれまた作者の生理に送りかえされてしまうかもしれない。翻訳文学そのほかの影響をうかいなかにかかわらず、すでに触れたとおり、ここにあることばをひとつの意図、過剰といいくるめる習慣があっけらかんと横行しているのだから。いっさいの盲点はいわゆる新感覚のことばも機械的に書かれている(と読みうる)ところにある。これはまたべつに精査しなければならないだろうが、「歩道の敷石が曲つて来た」「建物の石線が斬り結んでゐた」(「表現派の役者」)等々の暗喩も無生物主語も、いったん定式化されればほとんど条件反射めいた手続であり、むしろ直叙なるものの自動的排除とみなしうる側面を備えているうえ、ともに主語の座を占める「歩道の敷石」「建物の石線」のように、意味作用の結節たる一語からつぎなる一語が、ある統辞からそれに並行する統辞がひとりでに、というよりも必然的に産みだされていて、その過程がたしかに箇別にたどられるしかないまま、言語じたいにすでに組みこまれてある関係をたまたまいまここに実現しつつ、ことばの渦中にある物語をさきへさきへといっさんに投げかけてゆくのだ。

たとえば「街は祭りだ」の頭韻にはじまり、「崩れかかった夜の街」が「胴の歪んだ廂」に、「烟を横に吐」く煙突が露路の「鍵形」になだれこむ「無礼な街」。あるいは「青」「蒼」がいかにフェティッシュと自認されている（「花婿の感想」）とはいえ、「蒼ざめた顔をして保護色を求める虫のやうに、一日丘の青草の中へ坐つてゐる」と、「青黒い職工の群れ」が「低い街の中を流れていつた」り、「露店の青物市場へ行く」と、「時ならぬ菜園」が「青々と」開かれ、「水を打たれた青菜」が「青い微風の源」のように「冷たい匂ひを群衆の中へ流し込んだ」り、虚構の要素がまずこの色と流動性にもとづいてつぎつぎに撰びだされてゆく「街の底」。

新感覚の描写はしたがってたんなる点描ではない。しばしば俳句になぞらえられる叙景（デニス・キーン、丸谷才一）にさえ、じつは連鎖の仕掛がほどこされ、あるときはなめらかに、あるときはぎくしゃくと、まるで水切のような物語の生成＝構成を一手にとりしきっている。

その街角には靴屋があつた。家の中は壁から床まで黒靴で詰まつてゐた。その重い扉のやうな黒靴の壁の中では娘がいつも萎れてゐた。その横は時計屋で、時計が模様のやうに繋つてゐた。またその横の卵屋では、無数の卵の泡の中で兀げた老爺が頭に手拭を乗せて坐つてゐた。その横は瀬戸物屋だ。冷胆な医院のやうな白さの中でこれは又若々しい主婦が生き生きと皿の柱を蹴飛ばしさうだ。

その横は花屋である。花屋の娘は花よりも穢れてゐた。だが、その花の中から時々馬鹿げた小僧の顔がうつとりと現れる。その横の洋服屋では首のない人間がぶらりと下がり、主人は貧血の指先で耳を掘りながら向ひの理亭の匂ひを嗅いでゐた。その横には鎧のやうな本屋が口を開けてゐた。本屋の横には呉服屋が並んでゐる。そこの暗い海底のやうなメリンスの山の隅では痩せた妊婦が青ざめた鰈のやうに眼を光らせて沈んでゐた。

その横は女学校の門である。午後の三時になると彩色された処女の波が溢れ出した。その横は風呂屋である。ここではガラスの中で人魚が湯だりながら新鮮な裸体を板の上へ投げ出してゐた。その横は果物屋だ。息子はペタルを踏み馴らした逞しい片足で果物を蹴つてゐた。果物屋の横には外科医があつた。そこの白い窓では腫れ上つた首が気惰るさうに成熟してゐるのが常だつた。

（「街の底」）

ここでも一見孤立したイメージの羅列とおぼしきもののかげに、断片をつらぬく枠組と運動がまぎれもなくひそんでいる。まず三つの段落の並行があり、「横」で劃された施設が四軒づつと、女にはさまれた男がそれぞれに配置されている。最初の段落ではたぶん靴もふくめ、時計、卵、瀬戸物の硬い主系列にたいして、「萎れて」「繁つて」「泡」「生き生き」など、軟かい生命にかんする語彙をよりそわせている。色はあっさり黒と白。第二の段階では「花屋」から「青ざめた鰈」にいたる色彩があらわれる。花、洋服、本、呉服と、軟質だが量感のない主系列。こんどは「眼」「耳」「口」に嗅覚経由の鼻もついた「顔」を中心に、「穢れ」「貧血」「妊婦」なども加えて、生理・感覚の場である身体が対旋律として言及されている。最後の段落では処女たちの彩色から白い窓への帰還。女学生、人魚、果物、病軀など、いずれも軟かい量塊の主系列に、「新鮮な裸体」「逞しい片足」「腫れ上つた首」の点景が合流し、身体も物じたいと化すまでになった極界をかたちづくっている。

さらに細部では「萎れる」「繁る」の頭音一致と意味的対照とが靴屋と時計屋をつないでいる。卵屋の主人だからつるりと禿げていなければならない。その「老爺」の対極として、瀬戸物屋には「若々しい主婦」が生まれる。花のなかから顔だけがあらわれると、洋服屋には「首のない人間」がぶらさがっている。顔・耳・口・眼の流れのほか、四軒目の「メリンスの山」がやはり第一段最後の「皿の柱」に照応している。「処女の波が溢れ」るからとなりは人魚のいる風呂屋なのだ。「新鮮な」はつぎの果物にもかかり、「成熟している」もおなじ果物のこだまである。しかもこの大詰では「白い窓」から「医院のやうな白さ」、「腫れ上つた首」から「首のない人間」と、外科医が瀬戸物屋、洋服屋にそれぞれ通底してしまっている。

こうして「静止したカット」(キーン)のような断片がたがいに間隙をたもちつつ、点々と縫いあわされ、語りの運動がその針の跳躍じたいからひきだされる。並行・交差のこみいった関係が編みすすめられ、物としての人体と人体にみまがう物とがついに等質の虚構にとかしこまれるのだ。そこにまだ作者の残像がゆらめくとしたら、もはや網目のほころびからでてきたたんなる遺漏にすぎまい。「負けた良人」でも事情に変わりはない。『悲劇の解読』もこれを「改悪」と断じるにさいして、「印象の一行ずつを点綴しながらとび移る文体」を難詰している。

「愛はもう彼に蹴飛ばされてゐた。」という転倒された主語のうしろ側に、すでに妻に心を冷たくして修理がきかなくなった「彼」の心の位置のようなものを想定することはできる。けれど主語の倒置が持続を分断してしまうために、それにつづくどんな微細な内面の波紋の描写も文体的に不可能にしてしまっている。（中略）「樹の梢は塀の上へ突つ伏さうとしてゐた。」という擬人の表現もおなじだ。どう見込んでも、樹の枝が塀におおいかぶさっている有様を描写するのに、樹を擬人化して唐突な印象を押しつける必然はない。もうそれにつづく描写が不可能なために、まったくべつの印象を点綴する文章「パッと街の火が明るく見えた。」をはじめからやり直すよりほかない。

ところがまさに必然と連繫そのものなのだ。「負けた良人」は斜線と歪曲、つまり直立の排斥と、叩く／叩かれるの対置からはじまっている。


風が闇の中で吹きつけてゐた。外では塀の慄へる音がした。巻き上げられた木片が時々カタッと戸を叩いた。それでも妻は実家へ行くと云つてきかなかつた。もう彼は黙つてゐた。二人は外へ出ると、いきなり妻の遅れ毛が風に吹きつけられて斜めに彼女の顔へ吸ひついた。

「ここへ這入つてもいいぜ。」

彼は和解のつもりでマントを拡げてやつた。

「いいわ。」

「さうか。」

また彼は叩かれた。女の子がひとり溝板の上でひよろけてゐた。高い塀の上からアーク燈の強い光りが足元へ斬り込んでゐた。妻はひたひたと打つ髪の毛の下で青白い顔を顰めてゐた。


語られる世界はいちように震え、傾いでいる。木片が戸を叩くのについで「彼」もまた叩かれると、風が「彼」の意向をくみとったのか、顔を顰めるまでひたひたと妻を髪の毛で打ちすえる。その遅れ毛の斜線、ひょろける女の子、アーク燈の斜光。このあと「二人は曲つた坂を下つて」ゆくのだ。数行さきの樹の枝もむろんこの文脈＝傾斜のなかに戻してやらねばならない。

樹の梢は塀の上へ突つ伏さうとしてゐた。パッと街の火が明るく見えた。坂路を降り切ると嵐の底で歪んだ街が騒いでゐた。桁の脱れかかった木橋があつた。

すると街の火もけっして途絶ではない。さっきも塀のうえから光が斜めに斬りこんできた。ことばはそう回想している。それが直後の坂路にずれこみ、しかも底へついたら、だいたい街からして歪んでいるではないか。突っ伏そうとする梢はだから枢要な斜線であり、語りによってしだいに繋ぎあわされ、テクスト全体の共鳴にむかいつつある連鎖の一環ということができる。「夫の嫉妬妄想の地獄と何のかかわりもない」どころか、この傾いだ点景があるからこそ、もしそう読みたければそんな心象・意味がはじめてまざまざと幻視されうるようになるのだ。

「愛はもう彼に蹴飛ばされてゐた」についても同断である。叩く／叩かれるの変形であり、愛もあるべきでない姿勢に組みこまれているほか、「飛んで来た」自転車、「飛び出て来」る鰯開き、「吹き飛ばされる」雀など、飛ぶ／飛ばされるによる系列の起点として、やがて「彼」が文字どおり「妻を跳飛ば」し、「妻が横に倒れる」ことまで予示しているのだろう。

叩打も飛行もつねに虎視眈々、語られる機会をうかがっている。連環はしかしとめどなく拡散してゆくわけではない。そこに対偶という軌条がたぶん介入してくるようにみえる。遅れ毛からうまれる斜めの点綴もじっさい妻の退場、再登場の引鉄となり、二拍子をきざんだうえ、すでに引いた二匹の「鬼」、たがいに見られたくない夫婦の対称へと収束している。

妻のショールの端が袂と一緒に飛ぶやうに靡いてゐた。間もなく妻は橋を渡つて次の街角へ消えて了つた。しかし、彼はまだ立つてゐた。本屋の主婦を見に行くには妻に見られない方が得であつた。淋しい屋台の店からは暖簾のはためく音がした。街角の塵埃が山のやうに積つてゐた。その山の頂きには斜めに竿が刺さつてゐて、湿つた布切れがその竿の尖端を揺つてゐた。ふとそのとき、消えた筈の妻の半身が街角から傾いて彼の方を一寸覗いた。

「ふとそのとき」はもちろん韜晦なのだ。語りの理路はあきらかに傾斜を挺子にしていて、「だからそのとき」のほうがむしろつきづきしい。対偶の一項たる「彼」もしたがってこのあと「なほ木橋の欄干に凭れて見てゐ」なければならない。

一連の点景はつまり連続ならぬ連繫をめざしている。持続とはことばも生命現象を模倣しなければという神話にすぎないのだ。細部どうしがいま離れたままに共振し、細部そのものとしてふくれあがり、おもいもよらぬ意味を発信しはじめる。たとえばついに買えない「稲妻」もこのきわだった（ありふれた）点景のひとつだった。それは語りのジグザグと語られる斜線とをどうじに体現する架空の誌名であり、結局本屋にも本屋の主婦にも求めえない妻の否認と読むことができる。すなわち「否妻」。「負けた良人」を読むとはひっきょうそんな点綴、それらの連繫と断絶、そこからひとりでにたちあがる物語にまきこまれることにほかならない。

書くかれは数字、対偶、斜線等々のなかにようやくまぎれこんだ。「負けた良人」はどうやらそう語っている。対比を憎悪する「彼」じしんもやはり対比によって語られざるをえない。末期のあがきは一にして二であること、二にして一であることだが、それもまた重合することば、意味のポリフォニーが実現してしまっている証拠に、

真昼である。特別急行列車は満員のまま全速力で馳けてゐた。沿線の小駅は石のやうに黙殺された。

という発端がこれまでどれほど引用されてきただろう。たんに点景であるせいでも、「飛躍の多い形容」の「新鮮な印象」（伊藤整）のせいでもない。いわば引用性をもつ文の典型として、二重の意味になっているからなのだ。日常の些事にひたりきった小駅、すなわち自然主義なるものを石のように黙殺し、全速力の特急列車、すなわちテクストが真昼という非日常の時間を驀進する。これは「文藝時代」創刊号における一種の宣戦布告だった。読むわたしはそんな意味を産みだすにちがいあるまい。「初期横光」はこの自律することばの重層性にまれにしか化身しきれなかった。あるいは化身しきれなかったときに「初期横光」があらわれるといってもよい。たまさか身をくらませばただならぬ退屈さ。ただし凡百のおもしろさを問いつめ、顚倒させてしまうような退屈さである。というのもどこかまだ私小説めく「悲しみの代価」が「真率」（川端康成）であり、はるかに作品らしい「負けた良人」のほうがつまらないとしたら、なぜそうなのか、なぜそう感じさせられるのか、その心性を支えてい

る基底こそまず問われねばならないからだ。作者も作品ももろもろの意匠、もろもろの過剰で身を鎧っているつもりらしいが、だれがほんとうに語っているのか。物語＝機械いがいに語るものがいるのか。この不逞きわまる単調さがいきなり裂けるたびごとに、主題、文体等々から作者まで、あらゆるまぼろしがその陥穽に呑みこまれてしまう。だから読むわたしにかわって、いまや書くかれこそつねに暗い薄氷を踏んでゆくようにみえる。

# 探偵はいつ（ま）でも姦淫する——小栗虫太郎『黒死館殺人事件』

## 妄想

連接じたいはいたって単純な動作だし、反応の経過、結末ともにいつのまにか知りつくしている。未験の体位や未聞の術語など、技術的にそれぞれ啓蒙たりうるばあいがあるにしろ、これがすくなくともなんの物語なのか、なにも知らない処女でさえくまなく感得している。いわゆる現実では絶頂をきわめるどころか、いちいちの嵌入さえままならないのにたいして、物語ではいつでもずぶずぶと首尾をとげることができるのだから。ひたすら物として硬くなり、摩擦し、突きあげ、機械のように灌水する。一物がまさに物じたいになりきらねばならないし、じじつなりきろうともする。たとえば処女、レスビアン、冷感症、強姦にたいする嗜好。物にひとしい身体がやがてあつく湿り、濡れそぼち、あかあかと開き、締めつけ、物じたいとして痙攣する。ようするに屍体がいっそう屍体そのものに、意味する身体そのものに変容してゆくのだ。

しかもそれは、いつものような紙片にではなく、今度は、伸子の身体に印されていた。と云うのは、その——投げ出した、左手から左足までが一文字に垂直の線をなしていて、右手と右足が、くの字形にはだけ、なんとなく全体の形が、kobold《コボルト》のKを髣髴とするように思われたからである。

（小栗虫太郎『黒死館殺人事件』）

ポルノグラフィーのようにもうとっくにわかっている。風精《ジルフエ》、火精《サラマンダー》、水精《ウンディネ》がすでに各殺人に記されたいじょう、犯人のメッセージをしめくくるために、地精《コボルト》がこうして最後の死骸にとりつかねばならない。四つの頭文字がようやく一語「küss」をかたちづくり、ロダンの「接吻」の模像から犯人の正体と動機がついにあらわされる。たとえこの媾合固有の体位、射精の部位（どの女、男に、どの腔孔、皮膚に？）を推理できないまでも、ぎりぎりなんらかの体位がとられ、精がはなたれることくらいははじめから諒解しているのだ。「奇怪な事件」がまず生起し、しかもその瞬間、物語の結語、「閉幕《カーテン・フォール》」があらかじめ想定されてしまう。なにしろ蔽われた局所が、犯人の身体がどこかにあるにきまっていて、その秘密が開かれたとたんに話線をかならず閉ざしてしまうだろう。語られるものも既知、語りの行方も既知。それが探偵たちにつきまとう定命だとしたら、『黒死館』という探偵小説の探偵小説もまたおよそポルノグラフィックであるようにみえる。

もっともどんな物語にもむろんエロスの欲動を読みだすことができる。言説からさぐられる深層はともすれば性の妄想を捏造し、ついでいまさらのように発見するが、この趨勢にしろ個々の妄想にしろ、かならずしもそれじたいつねに猥褻であるとはかぎらない。あるいは『黒死館殺人事件』をポルノグラフィックと規定するよりも、妄想を産みだす統辞がここではポルノグラフィーの統辞と相同だというべきなのかもしれない。たとえば反復・模倣による意味の生成と遅延。そのつど初会であるとどうじに狎れきってもいる媾合のように、かけがえのない事件もいっぱんにかさねて出来する。まだらの紐がふたたび口笛とともにあらわれ、帽子がまたしてもかすめとられる。探偵たちはそんな反復によって習熟し、意味をしだいに構成しつつ、一方で最終的な意味の到来、とどめの放出をはてしなくさきへ遅らせようとするのだ。

『黒死館』ではじっさいまず起句、「聖《セント》アレキセイ寺院の殺人事件に法水が」云々をはじめ、既往の事件・症例・背景がいたるところ無数になぞられている。「地域はサヴルーズ谷を模し、本館はテレーズの生家トレヴィーユ荘の城館を写し」た邸内にあって、終幕のロダンの模像のように、いっさいがまさに写影であるかぎりにおいて書きつけられ、なんらかの意味をもつようにさえみえる。手がかりはほとんどコピーばかりなのだ。「プロヴィンシア繞壁模倣」、階段廊をかざる「複製画」、「佳人テレーズ・シニヨレの精確な複製」たる自動人形、「パロヒアル寺院を模本とした」鐘鳴器、「露地式葬龕を模した」墓窖、「シュヴェツィンゲン風を模した宮廷楽師《カペルマイスター》の衣裳」、云々。小栗虫太郎といえばとりあえずペダントリーとこだまするのだろうし、いまここにある事象と推理がすべて虚実とりまぜた典拠をくりかえしていて、薬理・病症から心理試験まで、むしろ典拠を典拠たらしめるためにこそいまここに語りだされてくるのかもしれない。しかしすでに交媾したものがいないとしたら、どうしてわたしがまた交媾できるだろうか。「序篇」がなければならないし、虚構の前史がそこに記されていなければならない。「建設以来三度」この館につづいた「怪奇な死の連鎖」。降矢木一族の祖にあたる「惨虐性犯罪者」カテリナ・ディ・メディチとビアンカ・カペルロ。本文で「毒殺者の彷徨が始ま」

るまえに、算哲、ディグスビイら、ファウスト博士に擬すべき人物たちがそれぞれに呪詛をこらしている。さらに「血系意識から起る帝王性妄想」、「降矢木の三事件と同じ形で絶滅されてしまった」キューダビイ家など、前例がいわゆる中心紋のようにあらかじめ嵌めこまれていなければならない。

ようするに既視感がいっぱいにたちこめているのだ。『マイ・シークレット・ライフ』から『肉蒲団』、『花と蛇』まで、ポルノグラフィーの引力がおよそただならぬ退屈そのものだったように、おなじ一事のありとあらゆるヴァリエーション（性器の形状、四十八手の裏表）を網羅・蒐集するか、いつでもきまった姿態・部位・小道具（もたげた尻、灌腸）、したがって常套句（「暗いうるみ」、「金蓮を高くかかげて」）に執着するか、いずれにしても耐えがたい既視感のただなかで、探偵もきりなく交わりつづけ、精がいよいよつきはてるまで抽送と痙攣をくりかえそうとしている。すなわち「十年一日のごとくに」、密室がひとつ、またひとつと、糸、絲、紐のトリックでかたちづくられ、その扉の開閉のたびごとに死にそうにない、死ぬものたちがいる。ほかにも紐の特殊な結び目、火術弩の絃、大階段の裏にかくされていた梯状琴をはじめ、さまざまな楽器の弦、こすれあう二本の弓《キュー》の弦、咽喉を絞める竜舌蘭の繊維と革紐など、嗜欲の眼がみつめ、とこうとする紐がはてしなく繰りだされずにはいないのだし、また「実に奇妙な事」に、まるで「運命」のように、算哲がとどめを刺されるのもまさに「把手を引く糸が切れて」いたからにほかならない。法水もさすがにこの妄執に気がさしたのか、みずから、しかも再度、ほとんどおなじ紋切型の科白をもらしてしまっている。「実際今日の僕は、糸とか線とかいうものにひどく運命づけられてい」るし、「あの夜の貴女は、妙に糸とか線とか云うものに運命づけられていた」というのだ。他方またしても死骸、死骸でありながら、意味する差異にもむろんことかかない。たとえばファウスト博士の呪文、水精・風精・火精・地精がそれぞれに既述のとおりわりふられている。どの死にようもそのつど算哲博士の黙示をなぞっている。「グレーテは栄光に輝きて殺さるべし」「易介は挟まれて殺さるべし」「オリガは眼を覆われて殺さるべし」「オットカールは吊されて殺さるべし」。この同形のシンタックスにしたがって、というよりもむしろその同形をきわだたせるように、辞項の変換、体位の変奏がまたそれぞれ予言と成就の二拍子によってくりかえされるだろう。

　こうして事件のたびごとにあいもかわらぬ解決、快楽の峰をひとまずきわめながら、ついに気息奄々、窮極のオルガスム＝反復にまでいっさんにのぼりつめる。探偵小説という形式のつねとして、いっぱんに事件の発現にはじまって事件の再現におわる語りの円環、反復のほかに、ここでは語られる殺人も真相もやはり必然の円環、反復にちなんでいるのだ。伝次郎とみさほ、筆子と鯛十郎、父算哲と、先行する序篇の変死にたいして、ダンネベルグと易介、クリヴォフとレヴェズ、娘伸子と、本篇でもどうように三組計五人の変死。たとえ犯人だった伸子の自殺をとりのぞくとしても、対称形がいぜんそっくり投影されていることにかわりはない。なにしろ算哲の死こそ「二重の殺人」であり、前史におけるディグスビイと正史における伸子と、「二つの狂暴な意志」「呪詛」によって二度斃されているのだから。そして「伸子の親殺し《ファーテルテーツング》」にまでたどりついてみると、この絶頂がそのまま降矢木家の祖、序篇に説かれた「近親殺害者」カテリナを反復しつくしているではないか。そんな再現いっさいの完了とともに、その瞬間にだけ、屍体がくまなく意味する屍体となり、物語の欲望も探偵の精力もはじめて最後の死を死ぬ。この意味の充足はただし『黒死館』にはなかなか到来しないだろう。それまではまるでポルノグラフィーの倦怠と偏執さながら、これほどおなじ行為、おなじ所作をくりかえし妄想することばの渦中で、耐えつづける法水にしろかれの読者にしろ、媾合するものたちどうようの背理にじりじりとまださいなまれようとしている。すなわち井上良夫のいうように、「期待される結末へと急ぐ一方では、あまりに早く完了することを懼れながら、しばしば我を忘れるばかり」なのだ。

## 伺窺

気をやってしまえばいかにもあっけない。このていどの快楽にいままで焦がれていたのか。『黒死館殺人事件』の最終ページ、伸子の嗜血癖を「遊戯的感情」でときあかすにあたって、法水もあっけらかんと弛緩したまま、後戯もほとんどおこなわない。「この事件は、一つの生きた人間の詩」とくくる腑ぬけぶりだし、あとはもう屍体をそそくさと地中に埋めるだけだ。だからこそできるかぎり抑制しつつ、いまここの感触を深々とつらぬかねばならないようにみえる。

それにいまなにものともつかない肌にしろ、あとでかならず意味を分泌するにちがいないのだから、あるいはそのあとから逆算していまに意味がかけている気配だからこそ、必死になんらかの裂目をさぐり、深層の光景をひたすら窃視しようとしているのではないか。できれば動きをとめたまま、いちいちの細部をうかがい、みつめ、みきわめたい。服をぬがせるのはもちろん、肌ばかりか、腔孔、内部にみなぎる快感までのぞきこみたい。こうして指示対象に淫し、惑溺すること、これもまた探偵たちの物語にかならずつきまとう要請なのだ。教養文庫版の編者をりちぎに語句補正にかりたてたように、『黒死館』ではいわゆる装飾とおぼしい叙述もうとっくに装飾ではなくなってしまっている。ただし大きな代償もしはらっているのだろう。校訂が「誤まった知識」「事実に反する事物」についてほどこされるように、言語の肌ももっぱら「現実」のためにみずからを殺していて、外貌や情景もたんに「内奥」をあらわすかぎりにおいて描写されるにすぎない。そんなみたてがいきおい蔓延してしまっている。たとえば司書の久我鎮子にかんして、

繊細をきわめた顔面の諸線は、容易に求められない儀容と云うのほかはなかった。それが時折引き締ると、そこから、この老婦人の動じない鉄のような意志が現われて、隠遁的な静かな影の中から、焔のようなものがメラメラと立ち上るような思いがするのだった。

あるいはオリガ・クリヴォフにかんして、

耳朶《みみたぶ》が頭部と四十五度以上も離れていて、その上端が、まるで峻烈な性格そのもののように尖っている……顴骨から下が断崖状をなしている所を見ると、その部分の表出が険しい圭角的なもののように思われ、また真直に垂下した鼻梁にも、それが鼻翼よりも長く垂れている所に、なんとなく画策的な秘密っぽい感じがするのだった。

いまや「鉄のような意志」「峻烈な性格」など、指示されるものだけが切実な問題になってくるのだ。ここでは長大な鼻も顔の緊張も、指示するものも指示する行為じたいも、「表出」される意味、あらかじめいっぱいにこめてある意味にすっかり奉仕している。すべてはみかけどおり。たぶん勁い顎でも薄い唇でも、この「内面」さえみすかせればよいのだろう。じっさい先在する意味のいうままになるかぎり、任意の対象をかってに切りとりうるとしたら、「外面」などもはやなきにひとしいの

だろうし、描写もたんにまたひとつ例示的な価値しかもたない。これは一見反対のみかけだおしでもおなじことだ。内・外の関係にまつわる常套句はようするにただふたつ、みたとおりかみかけによらずかという択一において、『黒死館』でも風貌が内実をうつさなければかならず裏切り、その陰画、つまり反転した内実そのままをあらわしてしまうのだから。こんどは意外な意味をいったん匿し、「外面」からはうかがえない意味をあらためて追認するため、そのためにだけ、症例としての描写がたいてい対照法のレトリックによってくりひろげられる。

暗緑色のスカートに縁紐《バンド》で縁取りされた胸衣《ボディス》をつけ、それに肱まで拡がっている白いリンネルの襟布《カラー》、頭にアウグスチン尼僧が被るような純白の頭布《カーチーフ》を頂いている。誰しもその優雅な姿を見たら、この婦人が、ロムブローゾに激情性犯罪の市《まち》と指摘されたところの、南伊太利《イタリー》ブリンデッシ市の生れとは気づかぬであろう。

頻出する心理試験も文字謎もまたどうようにちがいない。さまざまな語句を利用し、発音、韻律、ポリセミー、アナグラムと、言語じたいをみすえるふりをしながら、じつはその「甲羅」がうちくだかれ、おもいもよらぬ深層＝真相があらわになる瞬間をひきよせようとしている。どんな言説もまず隠蔽するためにあり、しかし覆いがたちまちすきとおるか、その工作が一転かえって秘密を「曝露」してしまう。たとえば『ゴンザーゴ殺し』の引用にさいして、「Ban」と「thrice」をひとつづきに発音し、しかもそのとき「いきなり顔色を失」うとしたら、「三たび」をなんとかとっさに匿そうとしたからだし、「Banthrice《バンスライス》」の連結が「Banshee（ケルト伝説にある告死婆）」の化身「Banshrice《バンシュライス》」のように響くから」

にほかならない。またゴットフリートの伝説詩の朗誦にさいして、「Sech《ゼッヒ》（短剣）」と「Stempel《シュテムペル》（刻印）」のあいだに「不必要な休止を置」くとしたら、「とりもなおさず、Sechs Tempel《ゼックステムペル》（六つの宮）と響くのを懼れたから」だし、その神殿のなかで不可視となった六人目の存在を「問わず語らずのうちに暗示」している。秘匿する言語はそんなみずからのありようを否定するために秘匿しているのだ。すなわち暗号＝女はたえず解読されることを欲していて、解読されてしまえばもう交媾のあとのようにかえりみられない。「Thérèse」じつは「Serena」という名の変換にしろ、たちどころに「自動筆記」の失敗、利手のいかんに還元され、そのとたんに誤記じたいの触感などもうすっかり無視されてしまうだろう。

　言語のおかげで、言語があるにもかかわらず、到来するべき意味が言語を忘れさせるほどに到来する。ここでは匿すことがかえって顕わすことにひとしい。探偵たちはまさに犯人の匿そうとする妄動から匿された犯行じたいを発見する。ドイルはちょうどフロイトの同時代人なのだ。探偵たちはデュパンこのかた精神医に擬され、精神分析はラカン学派にいたるまで探偵小説を語りつづけてきた。これもまた理由のないことではない。沈黙、嘘、隠蔽こそ、深層＝真相にいたるあらわな裂目であり、パロルの齟齬、「言い損い」こそ、欲望・罪障のうごかぬ証拠にほかならないのだから。法水もこの相同のうちで心理試験の「唱《うた》合戦」に執心しつつ、言説の場をそのつど分析者のように宰領している。ただし言説の欠落ないし剰余の場。それがそっくりコノテーションの意味論にも似ているのだ。すなわちディグスビイ自筆の英文がそれじたい「明白な告白」でありながら、「紋章のない石」を含意する「秘密記法《クリプトメニツエ》」でもあったように、いまここにある記号も意味するものと意味されるものに分節されるが、その記号全体がいっそう拡張された二次体系の一項、しかも意味するほうの部分をかたちづくっている。さらにこんな入れ子の構造にたいして、探偵は真相とともになぜ真相がそうなるかも解明

<table>
<tr><td>3　探偵の言説</td><td>意味する</td><td colspan="3">意味される</td></tr>
<tr><td>2　真相＝深層</td><td></td><td colspan="2">意味する</td><td>意味される</td></tr>
<tr><td>1　被疑者の言説</td><td></td><td>意味する</td><td>意味される</td><td></td></tr>
</table>

するいじょう、かれのことばは問題の構造全体をみずからの「内容」とする三次体系でなければならない。

　この統合じたいはしたがってむろん淫行ではない。たぶん秘奥の真相だけをやみくもに伺窺し、齟齬という初期関係なり、隠＝顕の場たる言語の総体なりを忘れさること、そんな没入がなによりも猥褻だといえるのかもしれない。あるいはどんな外貌にもやがてはりつけられる意味・解明を予想しつつ、その未来を現在にたぐりこもうとする姿態が、統辞の時間をここ空間の深さにすりかえる姿態がまさにポルノグラフィックにみえてしまうのだろうか。いずれにしても「期待」と「懼れ」との緊張のうちに、いっさいの指標が舐めるように読まれ、孔のあくほどみつめられ、深いかなたへむかって突きやぶられることを懇望している。

> 玄関の突当りが広間になっていて、そこに控えていた老人の召使《バトラー》が先に立ち、右手の大階段室に導いた。そこの床には、リラと暗紅色の七宝模様が切嵌《モザイク》を作っていて、それと、天井に近い円廊を廻っている壁画との対照が、中間に無装飾の壁があるだけいっそう引き立って、まさに形容を絶した色彩を作っていた。馬蹄形に両肢を張った階段を上りきると、そこはいわゆる階段廊になっていて、そこから今来た上空に、もう一つ短い階段が伸び、階上に達している。

物語の導入部、館の腔内へはじめて侵入するにあたって、一見克明な描写がほとんどことばをのりこえ、館じたいにかんする情報、まるで指示対象の見取図を要請しているようにさえみえる。凸起、襞、皺、褶曲ひとつひとつの現実。ところがこれこそ不可能な建築であり、ありえないほど異常に奥行のある踊場か、さらにありえないこととして、円形ホールの壁面にそうのではなく、壁の奥へくいこんでゆく馬蹄階段を妄想しなければならない。というのも「階段を上りきった正面には、廊下を置いて、岩乗な防塞を施した一つの室《へや》」がある。円廊のほう（「今来た上空」）へすこしもどる階段の上部、「そこを基点に左右へ伸び」る廊下、廊下をこえた正面の古代時計室。吹きぬけのホールをめぐる円廊があるとしたら、その広い部屋のさらにむこうにあたっているはずだからだ。「短い階段」が現実によくみられるように、扇形階段の頂部から横手にのびていると考えることもできない。それはやがて書きこまれる階段の絵と時計室の位置関係からも、またすぐあとにつづく右折、左折の記述からもはっきりしていて、階段が円廊のほうに折りかえすのでないかぎり、この順路にしたがうと現場からかけはなれたところにたどりついてしまう。

　やがて、右手にとった突当りを左折し、それから、今来た廊下の向う側に出ると、法水の横手には短い拱廊《そでろうか》が現われ、その列柱の蔭に並んでいるのが、和式の具足類だった。拱廊の入口は、大階段室の円天井の下にある円廊に開かれていて、その突当りには、新しい廊下が見えた（中略）。
　それから、左右に幾つとなく並んでいる具足の間を通り抜けて、向こうの廊下に出ると、そこは袋廊下の行き詰りになっていて、左は、本館の横手にある旋廻階段のテラスに出る扉。右へ数えて五つ目が現場の室《へや》だった。

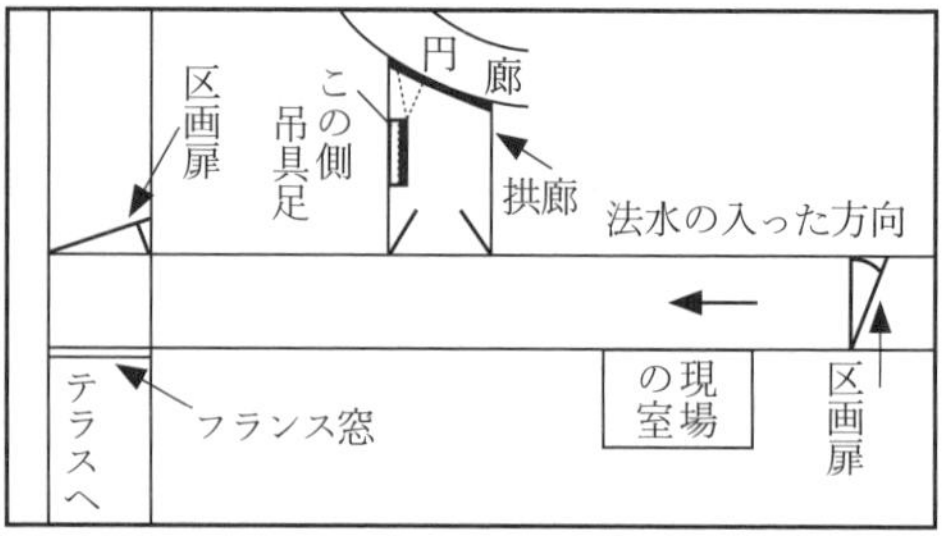


ようするに克明に書きこめば書きこむほど、局所のようすが、迷宮の間どりがますますおぼろになり、細部の矛盾撞着がつぎつぎに産みだされてくるのだ。建築設計をひととおりのことばでしか知らず、城館のなかにもじっさい立ったことのない小栗だから、不可能な階段や不経済な廊下、奇妙なところについた洗面台なども当然出てくるのだろうが、そんな「事実」「知識」の水準だけではなくて、虚構じたいの内部でも一貫した整合性がまったく欠けてしまっている。たとえば中央の礼拝堂の「左手」にある玄関からはいり、円形の階段室はその奥の「右手」、つまり建物のとにかく中央付近にあるはずなのに、円廊に発する「短い拱廊」をぬけたところ、「袋廊下の行き詰り」の「左」に、はたして「本館の横手にある旋廻階段のテラスに出る扉」がありうるだろうか。しかも第二篇でこのあたりが図示されてみると、こんどは左右の関係そのものがすっかり逆転している。はじめは拱廊から出てくるのだから、図によれば右手にテラスへの扉、左手に現場の部屋。さらにその現場じたいの描写についても、ことばだけからもわかった空虚があらためて確認される。すなわち唯一の扉からはいった「左手」に、「横庭に開いた二段鎧窓」などありうるはずがない室なのだ。深奥・かなたをうかがおうとしても、猥褻な視線はこうして裏切られ、つねにむなしく宙をさまよう。重合する見取図がたがいを相殺し、壁から褶曲まで、堅固にみえた指示物もぽっかりと、嗜欲の眼をかわしながら、五里霧中のうちにくりぬかれてしまう。いまやなにを伺窺し、凝視し、ポルノグラフィックに貫通すればよいというのか。もうこ

ここには蝟集する名のみのまぼろしだけ、意味するふりをすることば、指示する対象なしに指示することばの迷宮だけしかないようにみえる。

## 抽送

意味される身体はいつ、どこで、どんなふうに空をうつかわかったものではない。たとえば優美なセレナもじつは「犯罪の市」ブリンデッシの生まれではない。楽人たちも、久我鎮子も伸子も、「真実の身分」がやがて「曝露」される。このやがてという遅延の関係があるかぎり、いまここはいつでも仮相であり、したがって、「峻烈な性格」も「優雅な姿」も、いっさいが書きかえられる（書きけされる）可能性をはらんでいるのだ。

まぼろしの舞台で、探偵はまぼろしを眼前にしている。かれがなんらかの行為にじっさい本腰をいれるとしたら、期待される役どころに反して、「実相」をすでにみたようにはてしなく遅延させることだ。いまここの情報にむかわせる指標と、継起のやがてにむかわせる機能と、あるシークェンスにたえず二重の使命をになわせ、けっして終局の指標、もうやがてのない指標だけにきりつめてしまわないこと。むしろ警官や検事など、官憲のほうが性急に、こらえきれずに、どんな結論にもすぐさまとびつこうとしている。捜査局長の熊城は「もはや我慢がならないように息を呑」み、扉や羽目板を「叩き破」り、「何もかも夢中になって、伸子の肩口を踏み躙」る。いつでも「もはや躊躇する時機ではない」のだし、「狂暴な風を起して」しまう。これはたんに局長がたまたま「熊」であるためだけではない。早漏なのだ、官憲というやつは。技術もたないし、おまけに短小なのかもしれない。だから「熊城はここぞと厳しく突っ込んだ」が、伸子はすこし唇を痙攣させるくらいで、「その口からは、氷のように冷やかな言葉が吐かれ」るにすぎない。あるいは早漏であるとどうじに、いきやすい小娘なのだろうか。検事の支倉たちは法水のことばにいちいち「陶酔する」。推理の緊迫に「いい加減上気してしま」う。円華窓の暗号をとき、仮の犯人クリヴォフを指名しおえた瞬間、「法水が喫いさしを灰皿の上で揉み潰すと、検事は少女《おとめ》のように顔を紅くし」ている。一方探偵はもちろん遅漏なのだし、解読された暗号がまたべつの暗号、ディグスビイの遺筆にみちびくように、さらなる絶頂にむかっていま激発をおさえようとしている。たとえば現場の部屋に達するまでにさえ、法水はいくども引きぬいたり、腰をふととめたりしつづけるだろう。

その二つとも、上流家庭にはありきたりな、富貴と信仰の表徴《シムボル》にすぎないのであるから、恐らく法水は看過すると思いのほか、かえって召使《バトラー》を招き寄せて訊ねた。

甲冑武者を一基一基解体して、その周囲は、画面と画面との間にある龕形の壁灯から、旋旗の蔭になっている「腑分図」の上方までも調べた

彼は中途まで来たのを再び引き返して、もと来た大階段の頂辺《てっぺん》に立った。そして、衣嚢《かくし》から格子紙《セクション》の手帳を取り出して、階段の階数をかぞえ、それに何やら電光形《ジグザグ》めいた線を書き入れたらしい。

法水が拱廊の中に入ろうとした時、何を見たのか愕然《ぎょっ》としたように立ち止った。

玄関から部屋まで五ページ余の行程。法水がたちどまると、「さすがこれには、検事も引き返さずにはいられな」い。そのあいだに「腑分図」の画面、召使の聴いたかすかな音をはじめ、多くの疑問がときには数百ページ後の釈義まで、「彼が提出した謎となって残されてしま」う。こんな静止・迂回による遅延こそじっさいひとつの常套手段にほかならない。扉を破ろうとする警官を制し、その浮彫をみつめるだけならまだしも、拱廊で易介が殺されているといいだしながら、「法水はすぐ鼻先の拱廊へは行かずに、円廊を迂回して、礼拝堂の円蓋《ドーム》に接している鐘楼階段の下に立」つ。地精の札が伸子の部屋にあると推断しながら、「古代時計室の前まで来ると、何を思ったか、不意に立ち止」るのだ。「何故か」「途中で」「通りすがりに」「突然」「釘付け」。類比の紋切型はそれこそきりなく列挙することができる。

　さらにはもうひとつ、意味の二転、三転による遅延もかれの常套句にちがいない。「何故、最後の一歩というところで追求を弛めたのだ?」と熊城になじられるほど、女をじらす術にたけているばかりか、相手が応答＝抽送につれて「亢奮」し、「ワナワナ身を慄わせ」るなかで、偽の解決、偽のオルガズムをしばしば大腰によそおいさえする。あたかも真斎が犯人であるかのような「整然たる条理」をうちこみ、「絶えず唾を嚥み下そうとするもののような苦悶の状」におちいらせたあと、「あれを本気にしているのかい」と検事たちを嘲笑する。あるいは気をはなってもふじゅうぶんな射精にすぎないため、みずからの言説をくりかえし更新・亢進してゆくのだろう。史書のなかに発見したクリヴォフの名、その心理の剔抉。ところが「僕の戴冠式」を口にしたとたんに、クリヴォフ狙撃の報がもたらされる。するとあらためて弩の絃のトリックが語られ、クリヴォフのアリバイが暗号解読でつきぬかれる。いわば物語じたいもそのつど偽のオルガズムを演じているのだ。

ついに、黒死館事件の循環論の一隅が破られ、その鎖の輪の中で、法水の手がファウスト博士の心臓を握りしめてしまった——ああ閉幕《カーテンフォール》。

もちろんその直後、クリヴォフがこんどこそほんとうに刺殺されるように、書換につぐ書換により、「終局」がこうしてさきへさきへと延期されつづける。そのためには探偵がしかし不能ならぬ無能を強いられているのではないだろうか。無自覚に無能な警官たちにたいして、名探偵であればあるほど、すくなくとも無能なふりをよそおわねばならない。一発で解消すればもう繰りのべることができないからだ。それにしても敗北、また敗北。最後にやっと到来するべき歓喜にしろ、それがすなわち精＝物語の死であるいじょう、いっそう皮肉な敗北がそこにまちかまえているようにみえる。

したがってそんな探偵の言動じたい、入れ子の構造をくくる体系じたいがなにを指示しているのか、もはやその場でいちいち反芻してみるまでもあるまい。問題はむしろ書換そのものの連鎖、組織、書きつがれてゆくなめらかな肌にほかならないのだ。『黒死館』ではたとえば日付という「事実」まで書きかえられてしまう。序篇では算哲の死が「去年の三月」と記されたのに、第二篇では「自殺なされた前月昨年の三月」とあらためられる。その自殺いらい「開けずの間」にされた部屋なのに、「鎖されていた三年」と書きつけられる。ここでは一目瞭然、三という数字が妄想されているのだろう。「三たび《スライス》」のように匿されずに、降矢木の三事件、過去三回の変死がしつようにむしかえされる。算哲の名とひびきあう三の三唱。序篇の誤記（?）もかえってほぼ必然のはこびだったのかもしれない。

なにしろ「三十何年か過ぎた去年の三月に、三度動機不明の変死事件が起った」というのだから。この固執をささえるかのように、序篇ではほかに名の共鳴もあって、法水麟太郎、大友宗麟をかわきりに、動物にかかわる文字がしきりに跳梁している。降矢木鯉吉、田島象二、大鳥文学博士、熊城、神鳥みさほ、嵐鯛十郎、とどめに探偵小説家小城魚太郎。さらに算哲と論争する八木沢博士に、この物語いっさいをくくる降矢木、八木沢の連音がこだましている。

こんな裸形の伸展がいずれ語りきられるとしたら、たぶん猥褻ではない欲望の物語がそのときこそかたちづくられるはずだ。そこではむきだしの肌に、襞、皺、毛孔のひとつひとつが、汗、血、内分泌のすべてが、蠕動、痙攣のひとつひとつがくまなく拡げられ、ありありと陰ひとつなく、視線とたがいに感応しあっている。欲望はそしてなんの根拠もないまま、ふいにとりとめのない局部、なにも指示しない局部にとりつくだろう。

この婦人は、顔をSの字なりに引ん歪め、実に滑稽な顔をして死んでいた。

いったいどうすれば顔をS字形にゆがめられるのだろうか。この不可能なSはしかしその一字で「どういうものが表わされている」か、法水の長広舌をまぼろしのように産みだしてしまう。

第一に太陽、それから硫黄ですよ。ところが、水銀と硫黄との化合物は、朱ではありませんか。朱は太陽であり、また血の色です。つまり、扉の際で算哲の心臓が綻びたのです（中略）。それから、もう一度Sの字を見るのです。まだあるでしょう。悪魔会議日《サバスデー》、立法者《スクライブ》……。そうです、まさしく立法者なんです。犯人はあの像のように……

「貴方《あんた》は夢を見ておる」といわれるとおり、これも「実状」をさしているわけではないし、それなら風精《ジルフエ》、火精《サラマンダー》から短剣《ゼツヒ》、刻印《シユテムペル》のS、シニヨレ、自殺《シユイサイド》、象徴《シムボル》のS、いっそ言及されない性《セクス》のS、算哲、三のSにまで連結してもかまいはしない。それに失神した伸子の姿態までなにやらS字ふうに、「廻転椅子に腰だけを残して、そこから下はやや左向きになり、上半身はそれと反対に、幾分右方に傾いていて、ガクリと背後にのけ反っている」。あとはもう勢いのおもむくところ、おなじ伸子の屍体のK、抛物線と双曲線によるK、「双生児の形」Pとd、「処女宮《ヴイルゴ》のY字形」、ダンネベルグの屍体に刻印された紋章のFRCO、グレーテとガリバルダのG、オリガとオットカールのO、降矢木のFと絃楽器のf孔等々、あらゆる身体が文字になりかわるまでアルファベットを舐めつづけることができる。

　この抑制も節操もない照応においてこそ、最後の抽送が文字どおりいつまでも到来しないようにみえる。ちょうど言語そのもののように、単位の組あわせがおもうさま無限に生成されてゆくのだから。結論じみていた「遊戯的感情」もローマ字いがいの記号群、ヘブライ文字、漢字とルビ、占星術の標徴などにまでときはなてばよいし、手帳に記された「電光形《ジグザグ》」もついにふたたび論及されないまま、それでも遊戯のなかの法水じしんの歩行、推理・交媾の迂余曲折（S字との相同？）にしどけなく重ねあわされる。あるいは数字、文字とどうように頻出する右左の指示に、その顚倒を妄想する過程じたいに、まるで嘘のようにそのまますっぽりと嵌めあわせられる。二本の旗 Acre と Mass の「左右を入れ違えて置いた」虐殺 Massacre の予告。右旋すると低くなる廻転椅子のうえで左旋しながら失神した伸子。「二つ置きに左、右、左」と斜めをむいた吊具足の列。刺した左胸にではなくて右に心臓のあった算哲。「左利にもかかわらず、現在弓を右に、提琴を左に」（右利のように）もっていた旗太郎。一連のこんな「右から左へ廻る行列法」のうちに、図で逆転した現場の方向までいれたくなるほどかもしれない。すくなくとも無能であればあるほど有能な探偵にとって、この左右反転のジグザグこそまず銘記するべき指針なのだろうし、また古代時計室の扉をあけるトリックにかんして、ダイアル錠の文字盤とオルゴール時計の筒をつないだ糸のように、「右に左にまた右に」の行程をまさに折りかえすこと、その顚倒がつねに反復＝抽送するほかない探偵の使命として課されていなければならないのだ。

検事の手によって文字盤が廻転してゆくにつれて、廻転琴《オルゴール》の筒が廻りはじめた。そして、右転から左転に移る所には、その切り返しが他の棘に引っ掛って、三回の操作が、そうして見事に記録されたのである。それが終ると、法水はその筒に、旧どおり報時装置の引っ掛けを連続させた。それが、ちょうど八時に二十秒ほど前であった。機械部に連なった廻転筒は、ジイッと弾条《ゼンマイ》の響を立てて、今行ったとは反対の方向に廻りはじめる。その時固唾を嚥んで見守っていた一同の眼に、明らかな駭きの色が現われた。何故なら、その廻転につれて、文字盤が、左転右転を鮮かに繰り返してゆくではないか。

それともやはり一方的にうかがう眼しかないのであり、現場付近の見取図など、妄想の図をみつめ、のぞきこむわたしの位置だけから、門扉、室、腔孔の左右を視姦しようとしているのだろうか。窮極のオルガズムじたいもじつはきわめていかがわしい。法水にあの遺骸のKがみてとれたはずがないのだ。伸子の屍体は「仰向けになって横たわ」っていたのだから、「左手から左足までが一文字に垂直の線」、「右手と右足が、くの字にはだけ」ていたとしたら、伸子じしんにはKであっても、伺窺するものにとっては左右の顚倒した鏡像をかたちづくっているにすぎない。いっさいは嵌入し、抽送するふりばかり。それともこのわたしこそ伸子=真犯人にほかならなかったのだろうか。

# 痕跡について——石川淳とみたての運動

ある女たちにはなぜかさまざまな標徴がくっきりと刻みつけられている。顔、背中、頸、胸もとなど、たいていは白い地肌を暗くかげらせて、雀斑のしみ、疵痕、癩の赤斑、靴墨のはね、救世主イエスの聖なる略号。まるである種のフォークロアの主人公のようだ。そもそも生誕のときから、あるいは遍歴中の負傷で、なんらかのマークがかならず捺されていなければならない。家出や誘拐のあと、どれほどの年月がたっていても、いかに魔法にかけられていても、その瘢痕がやがてかれらの身もとを同定するのだから。石川淳とよばれる語り手の一群のみじかい小説にあっても、あらわな徴がやはりそれぞれに女たちの出自、ただしなにものともつかない化生のありようじたいを指示しながら、その女たちが跳梁するいまここではない場所をうつろに刳りぬいているようにみえる。

千草はかなしい声をあげて飛び立とうとしたが、宗頼は力まかせにこれを押し伏せて、髪をつかんで、膝もとに引き据ゑた。そのみづみづしいはだかの背に、一すぢいたましく、まぎれもない矢傷の痕がさらし出された。

この「紫苑物語」ではたしかに、千草なる愛妾じつは宗頼の射あてた子狐と、矢傷の痕がそんな変化の消息をつたえている。しかもそれが化生のあかしであるからこそ、「そなたは世にもうつくしい生きもの」なのだし、「今こそ、わしはしんからそなたに恋ひわたつた」というのだ。

これは魔と神、妖と聖とを問わない。「癩」の病斑からIHSの象嵌まで、いわばどんな痕跡にしろ、ひとしなみに、この世ならぬ力をもつものどもの特権的な徴であり、とりあえずその一点において、生のエネルギーの凝集をまざまざと誇示しようとしている。というよりもそんな痕跡をとおして、いまもここ、生活の場にありながら、ほんの一瞬、くりかえし永遠に、どこともつかない異界をかいまみることができる。たぶん女じつは子狐ときめつけてはいけないのだろう。女たちにうたれた標徴、標徴をうたれた女たちこそ、いまここには現前しないなにものかのうろんな痕跡だとしたら、女はその女であり、その女ではない。あるいは女に狐の影がやどり、狐に女の影がやどる。背中の瘢痕はまさにこの往復をうけあう仕掛にほかならないのだ。ときに虚構そのものの死命まで制するような痕跡である。じじつ「普賢」「かよひ小町」「雪のイヴ」「処女懐胎」など、一連のいわゆるみたて／やつしの物語もそこにはじめて現出するのかもしれない。かつてお竹大日如来の説話にも、白象やちぢれ髪などの符牒が要請されたように（「江戸人の発想法について」）、たとえば蒔絵の聖餅箱にしるされた文字が、やがて道の土に、「ひとりでにうごいて行くふぜい」の日傘のさきで書きつけられ、ついで聖痕のように女の胎内からかがやきを発するにいたる。それが貞子＝マリアのみたてを保証しつつ、「処女懐胎」という物語じたいをそのまわりに産みだそうとしている。

そのとき、徳雄は熱した瞳に、ついいましがた土の上で読みとつた三箇の横文字がはつきり、くろぐろと、貞子のよそほひの上にうつり出て、風の中に透きとほつて、IHSと光つたのを見た。たちまち、徳雄はほとんど地に膝を突かうとしたほどに戦慄した。IHSそれは貞子の生理の中からではなくて、どこから光り出たのだらう。たしかに、それは貞子の内にはらむものにちがひなかつた。今や貞子の胎内のこどもであつた。あはや吹き去つて行く風のうちに、一瞬にしてさつと消えた三箇の横文字の、くろぐろと打つた刻印に於て、たま消えるまでにせつなく、瞳にしみて、貞子の懐胎をそこに見た。

聖なる文字があらわれた瞬間、貞子が貞子をこえて、たぶんはるかな聖母のほうにさしむけられる。ＩＨＳの三文字はこうしてありえない変相をあざやかに告知するが、それはただ告知されたものにとって、女の顔を荒廃させた「十年の残虐」（「普賢」）、「生きながらくさりはじめてゐる部分の赤い斑点」（「かよひ小町」）と同様にまがまがしいのだ。徳雄はすなわち「ぞっと」し、「戦慄」する。しかしそれだけではない。男はそんな痕跡をみたとたんに逆上してしまう。徳雄のようにみずから怪我をし、「あへぎ傷ついて、手に巻きつけた布は血にまみれ」ないまでも、それら「非情の刻印」「畏るべき記号」にひたすら魅いられ、「まぼろしが実在でしかない」あかしにその場で呪縛されもするだろう。いまみきわめた一点から異界に吸いこまれるかのように、すくなくともつねに欲望し、ときには業病の女とただちに「結婚してカトリックに帰依」しようとさえする。

だぶだぶの仕事服が肩からずれかかつて、ぼたんのとれてゐる胸もとに色あざやかな真赤なセーター、乳房のかたちがうかがへるまでにむつくり盛り上つて、はだかつた襟の、頸筋あらはに白く、そこにちよつと靴墨のはねの附いてゐるのがいつそなまめかしかつた。

（「雪のイヴ」）

目のさきに、染香の肉体、おののく肉体の、乳房の下にふかくしみついた赤い斑点のほかには今や地上に見さだめうるなにも無かつた。その肉体を抱きよせて、秘めたる赤い斑点の、牡丹花の薄くれなゐの上に、こちらのくちびるを押しあてるやうなぐあひに、染香のくちびるの上に強く接吻した

（「かよひ小町」）

徴をみとめたら最後、わたしは憑かれずにはいない。その有標の女に、というよりもその標識じたいにである。わたしの眼にはもうその徴しかみえないのだ。なにしろみたて／やつしの物語の場合、もはや女に標徴があるのではなくて、標徴があるところに女もいきなり存在する。雀斑、疵痕、墨跡、赤斑、聖文字があるからこそ、まぎれもなくその女であり、その女ではなくなることができる。そんな経緯をことばで跡づけてゆくこと、それが石川淳の名でくくられる物語のじつは動機にほかならなかったのかもしれない。いまたどりはじめた書字の筆勢にあって、痕跡はどうやら女の身もといじょうに、いつのまにかことばじたいの機制をうつしだそうとする気配なのだ。

なにも女にかぎった話ではない。題にまで跡の一字があるとおり、「焼跡のイエス」にはおびただしい痕跡がまきちらされているなかでも、「デキモノとウミ」でしるされた少年すなわちイエス・クリストというみたてがある。「眼をひらけばお竹、眼をとぢれば大日如来といふ変相の仕掛」どころ

か、わたしはしっかりと眼をみひらいたまま、人の子にして救世主のおもかげを異形の少年にみとめている。

今、ウミと泥と汗と垢とによごれゆがんで、くるしげな息づかひであへいでゐる敵の顔がついわたしの眼下にある。そのとき、わたしは一瞬にして恍惚となるまでに戦慄した。わたしがまのあたりに見たものは、少年の顔でもなく、狼の顔でもなく、ただの人間の顔でもない。それはいたましくもヴェロニックに写り出たところの、苦患にみちたナザレのイエスの、生きた顔にほかならなかつた。わたしは少年がやはりイエスであつて、そしてまたクリストであつたことを痛烈にさとつた。

この「今」は一見「すでに昨日がなくまた明日もない」時間であり、少年＝イエスにしろ、刻印の瞬間の貞子や染香もそうだったように、いわば倒立したユートピアにあらわれでた原初の現前であるようにみえる。今日でしかない闇市はじっさい現前の時間、空間いがいのなにものでありうるというのか。少年はそのただなかにあって、「これから焼跡の新開地にはびこらうとする人間のはじまり、すなわち『人の子』の役割を振りあてられてゐるものかも知れない」。この少年はさらにある階梯の顛倒にかかわる契機もはらんでいる。すなわちまがりなりにもホワイトシャツを着こみ、亡びた過去＝歴史もたしかに記憶しているわたし。不潔と悪臭とにみちた闇市で、「はだか同然のシャツ一枚」の男女。「此世ならぬまで黒光り」し、市場の「賤民」仲間でさえぎょっとする風態の少年。その序列がここではあっけらかんと逆転して、少年のボロが「威儀を正した王者」の「盛装」になりかわってしまう。闇市の「瘋癲」「兇徒」のほうがまだしもそのイエスに近いのであり、「なるべきどつて、品のよささうな恰好をこしらへあげる」わたしこそ、「市場の中のいちばんの恥知らずよりもなほ恥知らずで、まことに賤民中の賤民」なのだ。「それでもなほ行きずりに露店の女の足に見とれることができるといふ俗悪劣等な性根をわづかに存してゐたおかげ」で、イエス・クリストの顕現にかろうじて際会する。そんな構図がまずいやでも立ちあがってきてしまうだろう。

逆転はしかしみたての効果ではあっても、けっしてみたての動機ではない。たんなる顚倒ははじめの審級をそのまま保存し、むしろ対照によってかえって補強するばかりなのだ。そんなありふれたレトリックをただなぞるだけなら、石川淳のいわゆる「ペンのはたらき」などほとんど無用の長物ではないか。しかも書くことはもとよりいまここにあらざるものにかかわる。たとえ「けふ昭和二十一年七月の晦日」「上野のガード下」と明記されていても、たとえば久保田万太郎の書いた浅草が「今はもとより、さういふ浅草はかつて実在しなかつた」（「わが万太郎」）ように、「焼跡のイエス」の物語もかならずしも真正の歴史、現実の土地にそのまままちなんだものではありえないはずだ。焼跡をそのときそこにある現前におとしめないためにも、イエス・クリストのみたて／やつしをふたたび機能させるためにも、文字どおりことばの運動のあとについて、テクスト全体にまきちらされた無数の痕跡をあらためてたどりなおしてみなければならない。

まず眼にはいるのはもちろん炎の痕。「焼跡のイエス」は猛火のあと、その火熱のなごりのような「炎天」の一語からはじまる。ここは徹底してなにかが亡びたあとの世界であり、ひとまずその過去、亡びがあったことさえ忘れさられているため、いまは後日でありながら「すでに昨日がな」い。

炎天の下、むせかへる土ほこりの中に、雑草のはびこるやうに一かたまり、葭簀がこひをひしとならべた店の、地べたになにやら雑貨をあきなふのもあり、衣料などひろげたのもあるが、おほむね食ひものを売る屋台店で、これも主食をおほつぴらにもち出して、売手は照りつける日ざしで顔をまつかに、あぶら汗をたぎらせながら、「さあ、けふつきりだよ。けふ一日だよ。あしたからはだめだよ。」と、をんなの金切声もまじつて、やけにわめきたててゐるのは、殺気立つほどすさまじいけしきであつた。

例によって固有の長文のはじまりで、句点に行きつくところにはそのはじまりがもうおぼろに霞みかけるなかに、天から地、ひとかたまりの囲い、さらに屋台の食物と、焦点がしだいにしぼりこまれてゆき、ついに主食という核が産みだされるなり、いっさいがそのまわりでたがいにからみあって、「けしき」すなわち物語の空間がたちまちはりめぐらされる。それに呼応するように、最初の声がくっきりとひびきわたる。これはもうほとんど発端の定型に近いのだろうし、たとえば「葦手」「かよひ小町」「処女懐胎」などにも、おなじけしきの生成をひとくぎりする声を聴くことができるが、ただしその発声がここでは物語の時間までついでにかぎろうとしている。どうあがいても「けふ一日」かぎり。「明くる八月一日からは市場閉鎖といふ官のふれが出てゐる」のだ。したがって「また明日もない」今日といっても、明日にはこの焼跡の闇市が、もっぱら痕跡に、痕跡のうえの痕跡になりはてることを警告している。そのことに「うつかり気がつくやうな間抜けな破れ穴はどこにもあいてゐない」とはいえ、じつは「今日といふものがつい亡ぶべき此世の時間」にほかならない。すでにして跡のただなかにはらまれ、またそれじたいのうちにも跡をはらんでしまった光景。「ああ、くるしい」という貞子の一声から、「処女懐胎」の物語がやがて「人間の苦患のいろ」に染めあげられてゆくように、この「焼跡のイエス」でも、売手の気合がはじまりを劃定するとどうじに、これから語られる虚構のプログラムじたいまでろこつに告知しているのだ。
こうしていま芽ばえた物語の空間、関係性の網のなかで、あとは筆勢のままに、いったん開始された交換、照応、みたての運動をうまずたゆまずたどってゆくこと。酷熱と土煙にみちた天と地のあいだに、はびこる雑草がまず葭簀ばりの小屋のみたてとなり、ついでたぶん「雑貨」にも、のちにかたちをとる「雑鬧」にもさしむけられる。これはもちろんありふれた譬喩なのだが、みたては未知のあたらしさではなくて、すでにある常套をかならず変換するのだから、この雑草もやみくもに繁茂しながら、ありとあらゆる粗雑なもの、猥雑なものの痕跡をやがて一身にやどすにいたるだろう。そのほかの辞項もまた同様に、話線がさらにのびてゆくにつれて、いっそう緊密な交通と共鳴をもとめずにはいないはずだ。たとえば「まつか」な顔色が、「殺気」が、つぎの一文の「血」や「毒気」をてんでに召喚しようとしている。

さきごろも補吏を相手に血まぶれさわぎがあつたといふ土地柄だけに、（中略）刺青の透いてゐるのが男、胸のところのふくらんでゐるのが女と、わづかに見わけのつく風態なのが、葭簀のかげに毒気をふくんで、往来の有象無象に嚙みつく姿勢で、がちやんと皿の音をさせると、それが店のまへに立つたやつのすきつ腹の底にひびいて、とたんにくたびれたポケツトからやすつぽい札が飛び出すといふ仕掛だが、買手のほうもいづれ似たもの、血まなこでかけこむよりもはやく、わつと食らひつく不潔な皿の上で一口に勝負のきまるケダモノ取引札をみてから皿をだす手つづきなんぞはいっそまだるっこしい。皿をがちゃんといわせるなり、その音だけでたちどころに札のあらわれる取引において、「さ」の頭韻にちなむ札／皿の交換にはたして瞬時のずれがあったのかどうか、それをみさだめる隙さえないうちに、皿の中味ももう一口に食われてしまっている。いっさいのみたてがみたてられた瞬間に出来するように、痕跡の世界ではあらゆる交換が、たがいの照応がいわばまったく同期化されているのだ。まるで合詞のような「とたんに」「たちまち」の気合である。これらの副詞がやはり継起を含意するとしても、それは語られる時間のなかのことではなくて、語りついでゆく時間のうえでの継起を指示しているにすぎない。ようするに「血まぶれ」「血まなこ」なる対偶にしろ、そんな語りの時間軸のうえに投げかけられ、物語のなかではただ無時間に共鳴しあうのだし、さらにはその「血」が、たがいちがいに、これまた二度あらわれる「皿」とも気脈を通じているようにさえみえる。すくなくとも「血まなこ」は数行あと、第二の段落で、冒頭の一文の「あぶら汗をたぎらせ」とともに、皿にもるべき食物のひとつ、目の赤くなった鰯の虚構のなかにそっくりうつしだされるだろう。

あやしげなトタン板の上にちと目もとの赤くなつた鰯をのせてぢゆうぢゆうと焼く、そのいやな油の、胸のわるくなるにほひ

ここまでくればもう大丈夫だ。いまや語りにはすっかり弾みがつき、譬喩がまたつぎの譬喩、交通がまたつぎの交通を誘いながら、痕跡＝ことばを組織する動きにもたえて寸秒のよどみもない。

うすよごれのした人間が蠅のやうにたかつてゐる屋台には、ほんものの蠅はかへつて火のあつさをおそれてか、遠巻にうなるだけでぢかには寄つて来ず、魚の油と人間の汗との悪臭が流れて行く風下の、隣の屋台のほうへ飛んで行き、そこにむき出しに置いてある黒い丸いものの上に、むらむらと、まつくろにかたまつて止まつてゐた。

人間はイワシ屋で蠅になるが（またしても紋切型の効果）、蠅は蠅としてイワシにたかれないままに、「あぶら汗」と「油」「汗」の関係が再確認されたあと、ことばの流れのような風にのって移動してゆく。それが止まったところがまさに問題なのだ。というのもそこで描写もはじめて静止し、第二のいっそうはりつめた風景が鮮烈にかたちづくられてゆくのだから。その黒い丸いものとはいったいなにか。とたんに物語のなかで第二の声が聞えてくる。

「さあ、焚きたての、あつたかいおむすびだよ。白米のおむすびが一箇十円。光つたごはんだよ」。

ところがこの白米のムスビはすこしも白米のムスビらしくない。海苔は「紫蘇の枯葉のやうにしをれた貧相なやつ」だし、「めし粒もまたひからび」て、「とてもあたたかい湯気の立ちさうなけはひはない」。すでに蠅が蠅のようではなく、人間が蠅のようであるときに、白米がいま白米のようではないとしたら、この四項式の解はもはやさだまったも同然、どなる女のほうが白米のようにみずみずしいのだ。

焚きたての白米といふ沸きあがる豊饒な感触は、むしろ売手の女のうへにあつた。

これがテクストそのものの論理である。色艶のわるいしおれた海苔につつまれ、さらに蠅のいっぱいにたかったムスビにたいして、肌のうぶ毛に「血の色がにほひ出」るばかりか、「白いシユミーズを透かして乳房を匕首のやうにひらめかせ」る若い女。ごはんはとうてい光るどころではないが、女の軀はひたすらまぶしく、白昼の陽光のほうがくすむほどの「光源」にほかならない。こうして人間から蠅、にぎりめし、女と、ことばがジグザグにつむぎだされてきたあと、すべてがこのムスビ＝女体＝光輝の核においてむすぼれてしまうと、あらたな「けしき」をまた締めくくるように、女がさっきの売声をどこかあどけない調子で復誦する。

まさにそのときなのだ、その結び目に、いまやはりめぐらされた空間に、異形の少年がぬっとばかりに出現するのは。はんぱな海苔とも透けるシュミーズとも対照をなして、「芥と垢」と「烈日に乾きかたま」った「ウミ」と、体表の被膜じたいが少年の属性のようでもあり、「垂れさがつたボロと肌とのけぢめがな」い。こいつが風にあおられながら、「通り魔」のようにおのずと歩いてゆくのだから、そこに恐怖という破れ穴があきかけるのも当然とはいえ、それはしかしたんに少年の群をぬいた悪臭、質において隔絶したきたなさの現前にちなむばかりではないようにみえる。

少年はふた目と見られぬボロとデキモノにも係らず、その物腰恰好は乞食のやうでもなく掻払ひのやうでもなく、また病人とも気ちがひともおもはれず、他のなにものとも受けとれなかつたが、次第に依つてはずいぶん強盗にもひと殺しにも、他のなにものにでもなりかねない風態であった。

少年いがいのものがそのつどなにかに、限定されたなにかにみたてられるのにたいして、少年はなにものとも不明のまま、浮遊する零記号さながら、つねになにものでもありうる存在、というよりも非存在であるかのように書きつけられているのだ。これは一なる現前どころではない。自己いがいのあらゆる痕跡をとどめていて、いかなる他にもさしむけられることができる。それがもしかしたらイエスであること、クリストであることのぎりぎり根本条件だったのではないか。このあまねき痕跡の作用においてこそ、たぶんいちいちの交換、みたてもことばとして生起しうるのであって、たとえば女とにぎりめしの結び目にしろ、もちろんその秘跡によってあらためて聖別をほどこされなければならない。

まつくろに蠅のたかつたムスビを一つとつて、蠅もろともにわぐりと嚙みついた。はたからさへぎる隙もない速い動作で、店番の若い女がなにかさけびながら立ちあがらうとしたひまに、ムスビはすでに食はれてゐた。そして、おなじくすばやい身のうごきで、少年は今度はムスビではなく、立ち上らうとした女のほうにをどりかかつて腰掛の上に押しつけるぐあひに、肉の盛りあがつたそのはだかの足のうへに、ムスビに嚙みつくやうにぎゆうつと抱きついた。

少年＝イエスにともに食われることによって、女とムスビの往復が奇蹟のように完了する。痕跡の照応はどうやらこのとき一段階あがったものとおぼしい。というのもわたしが、じつはずいぶんと遅ればせながら、物語の表面にここでようやく浮上してくるからだ。すなわちとなりの屋台のまえにいたこのわたしのほうに、少年と女が「一かたまりの肉塊」になって倒れかかってくる。わたしは「もつぱら女の背中をねらつて」抱きとめようとするが、女もろともにころぶのはわたしの十八番のようなもので、倒れたあとに「まつくろな浅い穴」（「雪のイヴ」）こそ遺さないものの、ここでは交錯したはずみに、煙草の火でシュミーズにてきめん「大きな焼穴」をこしらえてしまう。そしてみずからもむろん刻印のはたらきを身体にこうむらずにはすまない。

肱と膝とをすりむき、痛さをこらへて、わたしがやつとおきあがつたときには、少年はどこに消えたのか、もうその影も見えなかつた。

わたしもまたそこで顔を「まつか」にして遁走するが、気がつけば「あたまから泥まみれ、手足のすりむきで血に染んで」というありさまなのだ。少年が「一瞬の白昼のまぼろし」のように消失したあと、さまざまな痕だけがたしかに残るばかり。わたしはようするにその標徴にかかわる操作子なのかもしれない。登場したとたんに刻印に加担し、みずからひきうけ、やがて聖跡をみとどけるとどうじに、その痕跡の痕跡をたぶんことばとして白紙に記録する。そもそも上野までやってきた目的じたい、じつは焼けのこった墓碣銘の拓本をとるためにほかならなかった。そうなにくわぬ顔で、まるで当然の経緯のように、事後の説明がかなりたってから書きつけられるだろう。

げんに、わたしは小さい風呂敷包をさげてゐる。包の中には、拓本用の紙墨とともに弁当用のコペが二きれはいつてゐる。拓本がとれたときには、それは亡びた世の、詩文の歴史の残欠になるだらう。

仮寓の壁の破れをつくろふにはちやうどよい。

ところがつい市場にまぎれこみ、女の足にみとれてしまったのだ。いわば生活につきまとうごたごたである。「拓本用の紙墨」もここでは「弁当用のコペ」と対句になり、詩文の残欠もいまは壁の破れ（またしても穴）をふさがざるをえないのだから。

こうしてすべての平仄がひとまず合ったところで、すぐつづく段落のはじまり、わたしが「なにげなくうしろをふりむく」と、例の少年がこちらへ歩いてくるではないか。「他のなにものにでもなりかねない」とおり、市場のなかとはうってかわって、この山中では「悪鬼が乗り移つた豚の畜」のようにしかみえない。さらにつぎの段落、「またなにげなくふりかへる」と、こんどは「血に飢ゑた狼」がついそこまで迫ってきている。この「なにげなく」の反復こそいかにもいかがわしく、それが少年のめまぐるしい変相をそのつど合図するうちに、わたしは「もうふりむいて敵をむかへ打つ」余裕さえなくなってしまう。これもまたもちろん物語の必然なのだ。遁げきれればクリストの顕現もついにありえないのだし、手にしたものはたった一枚、不運（幸運）にもまだなんの痕跡もない紙片だけで、わたしは「このうすい白紙をとつて狼の爪牙とたたかはなくてはならない」。語りもあとは一瀉千里、はじめに引いたイエス・クリストのみたてへとなだれこんでゆくが、あの格闘もいまや型どおりの結果にむかって、すさまじい速度でもうほとんど自動的に筆記されたかのようにみえる。

白紙が皺だらけになつて散り、二きれのコペが泥の中にころがつてゐた。敵はすばやくそのころがつたパンを拾ひとると、白紙をつかんで泥といつしよにわたしの顔に投げつけて、さつと向うへ駆け出して行つた。

あとで、わたしがおきあがつてみると、手足のあちこちに歯の傷、爪の傷を受けてゐた。


遺されたのは例によって傷の痕と、ほんらい文字の痕、文字という痕をしるすべき一枚の白紙。たった一枚とはいっても、「人間の仕事は究極に於て一枚の紙でしかないといふ宿命」(「仕事について」)をはらんだ紙片である。いずれにしてもこれはとうてい現前の物語ではないし、また一瞬の現前とその痕跡の物語でさえありえない。あきらかに一連のみたての物語、とりわけ「焼跡のイエス」の場合、捺す／捺される、みたてる／みたてられるの二項対置が、すくなくとも各項になにを代入するかのレヴェルですっかり変質してしまっているのだ。これはいったいなにものの徴なのか。この標徴をもつものをなににみたてればよいのか。そう問うことがここではもはや意味をなさない。貞子はマリア、染香は小町、少年はイエス・クリストでした、おしまいというやつで、それではすこしも「焼跡のイエス」を読んだことにはならない。なににみたてられ、なににやつすかではなくて、みたてる／やつすというその転瞬のはたらきそのものこそすべてであり、それがほかならぬ痕跡の場でつねにとりおこなわれる。なぜかみおぼえのある刻印において、ありえない一瞬、貞子とマリアが、染香と小町が、少年と豚の裔、狼、イエス・クリストがとりあえずただちに交通している。そしてつぎからつぎへと、そのみたての操作が連鎖してゆく運動について、たとえば草・血・皿・札、人・蠅・米・女としるしてゆく筆勢のあと、文字どおり筆跡を、ふたたび、はじめて、読むことでいつかどこかに産みだそうとしなければならない。

たぶんどんな標徴でも、どんなみたて／やつしでも、それじたいなんであってもかまわないのだ。

いっさいが他のいっさいの痕跡をとどめていて、書字の場でただそのつどなにものかにさしむけられる。そのとき現前と痕跡、さらには現前と不在の対立もあぶくのように解消されているのだろう。なにしろ痕はけっしてあとから、あとに生じるものではないのだから。それはいわばはじまりの以前にある。もし「人間のはじまり」がかつていちどもなかったとしたら、例の少年が、いまが、またしても「はじまり」だとどうして認知（再認知）できるというのか。またその少年＝イエスを現前とよぶのだとしたら、現前のほうがむしろ痕跡のあとからやってくるのだ。ヴェロニックがかつて磔刑者の顔をぬぐい、その布に写りでた痕跡がすでにあるからこそ、わたしは「少年がやはりイエスであつて、そしてまたクリストであつたことを痛烈にさと」ることができる。

物語はしたがって「今日」だけでおわらずに、いつでもかまわない「あくる日」において、もろもろの痕跡をくりかえしかえりみつづける。そのときいつのまにか、めずらしく実行された市場閉鎖のあとに、「邏卒」たちが「杭のやう」に突ったち、聖地をくぎるかのように縄が角々にはられている。

白服の杭の隙間から中のほうをのぞくと、しらじらとして人間の影もささなかつた。（中略）もしわたしの手足にまだなまなましく残つてゐる歯の傷爪の傷がなかつたとしたならば、わたしはきのふの出来事を夢の中の異象としてよりほかにおもひ出すすべがないだらう。

横町の内部、きのふまで露店がずらりとならんでゐたあとには、ただ両側にあやしげな葭簀張りの、からの小屋が立ち残つてゐるだけで、それが馬のゐない厩舎の列のやうであつた。横町のずつと奥のほうまで、地べたがきれいに掃きならしてあつて、その土のうへにぽつぽつとなにやら物の痕の印されてゐるのが、あたかも砂漠の砂のうへに踏みのこされたけものの足跡、蹄のかたちのやうに見えた。

疵痕がなければいっさいも夢といいきったあと、むすびの段落、たたみかける痕跡の連鎖が、いっそそれじたい夢であるかのようにみえる。厩舎にしろ砂漠にしろ、イエスをめぐる文脈のなかに再現された痕跡、痕跡の痕跡であって、そこ、しらじらと掃きならされた地にも、「物の痕」がぽつぽつとしるされているあたり、白紙のうえにまきちらされたふしぎな書字をまざまざと夢みさせてもくれる。そのうつろな徴から、いまここにない異界がいまここに立ちあがってくるのだ。わたしはそんな痕跡において、いつからか、嘘のようにあらためて戦慄しつづけている。

# 名と引用の彼岸――初期柄谷行人の「文体」

『失われた時を求めて』のなかに、架空の作家ベルゴットにたくして読書の悦楽を語ったところがある。話者はなによりも「悲しい章句のうちにあるそっけなさ、ほとんど嗄れたような調子」に惹かれ、「あのおなじ旋律の流れ、あの古風な表現」をすっかり暗誦してしまう。「ごく単純でわかりきった表現をことさらきわだたせている場所では、かれの特別な趣味があらわれているようにみえる」し、「たぶんベルゴット自身も、それらの表現にこそ自分の最大の魅力があることを悟っていたに相違ない」とかんがえる。

この悦楽はいがいにめんどうな問題である。「文体」「個人言語」などとおおげさにことあげしないまでも、ほんのささいな突起が読むたのしみの触手をたしかに刺戟している。たとえばプルーストについて語るばあい、このベルゴットからラ・ベルマ、ジルベルト、アルベルチーヌまで、固有名詞のまわりにむらがる音節「ベル」、さらにゲルマントをふくめれば音節 er の反復がもつような魅力にたいして、批評はいったいどう対処すればよいというのか。

柄谷行人はみずからに禁足を命じたかとおもえるほど、この誘惑することばじたいの感触にほとんど踏みこもうとしない。現在はもちろん、かつて「文学」を論じたときでさえ、「一種の抽象的な貧しさ」をあえて撰びとっていたようにみえる。たとえば「高橋和巳の文体」と銘うっておきながら、「どんなリアリティも伝えていない新聞のプロレス記事まがい」のふぬけた比喩をいくつも引用してはいるが、『悲の器』の「硬く、ひたすら明晰を期した法律家的文体」になると、それを可能にした語り手の設定に触れてもそれじたいの詳細にはけっして立ちいろうとしない。柄谷は結語にこう書いている。

その文体が僕らに概念が与える以上の不可視の地平をのぞかせてくれないのは、結局氏が思弁の上では社会的言語を拒絶しながら表現行為においてはそれと密通していたからである。
　要するに、高橋和巳の不幸は、生活の累積が導きだす観念のかわりに、観念の累積が導きだす生活をもったことだ。

ここではいっさいが「要するに」へむかって溶解してしまう。「文体」はむしろ欠如においてのみ語られていて、「法律家的文体」がなぜかえって『文学』を感じさせ」るのか、その所以は「要するに」以下の意味をみいだすためにたちまち回避されるといってもよい。
「閉ざされたる熱狂──古井由吉論」のばあいもどうようである。「古井氏の小説の文体にはいくつかのキイ・ワードがある」とまず語りはじめ、うつらうつら、ゆらゆら、じりじりなどの畳語、ふうっと、ぬうっと、ぼうっとなど、「ものうくひきのばされていく言葉」をとりあえず列挙し、「氏の文体はわれわれをごく自然に語り手と共振れさせていき、いつのまにかわれわれを周囲の現実から遮断してしまっている」とたしかにいう。ところがそのキィ・ワードに「夢心地」へと誘いこむ力をみてとったのもつかのま、話題はたちまち「淫ら」の感覚からムンクの絵へと跳びうつり、「孤独の極みに達した人間が他者を呼び求める声にならない叫びのようなもの」を手懸に、「心的異常とそこからの回復」「強烈な実在感覚」「一体性が崩れ落ちる体験」等々、古井由吉の作品に語られた（とみなされる）意味の王国のほうへしゃにむに殺到してしまう。「文体」じたいはたぶん手ごろな前置にすぎなかったのだろう。キィ・ワードは「軽い催眠状態に導いていく効果」をもちはするが、それじたいが「肉感的にうねりだし」たりはしないし、淫らにみえるのはあくまでも描かれた「事物」でしかない。柄谷行人はつまり（おそらく正当にも）「文体」などたんに有効であればよいと問わず語りに語っているのだ。

いまここにあることばの感触からなぜ遁れねばならないのか。かれがなによりも思考するひとであって、感じるひとではないから、などという空疎な遁辞を弄することはできない。禁欲的だからといってもまた袋小路だ。事態は動いている。たとえ「あとがき」のなかであるにしろ、「批評は何よりもまず文章であって、文章の力以外のものをあてにすることはできない」といちおう註記した地点から、対象となりうることばをますます捨象し、いわば透明にする方向へむかって、すべてがもはや身振りなど顧慮するいとまさえない性急さで加速されつつあるようにみえる。

個人言語との対峙はどうやら二重にフェティッシュな関係であるのかもしれない。ある署名につきまとう語彙の偏向、おなじ構文の反復、漢字とかなの配分、句読点の布置など、ようするにほとんど生理に管轄されてしまっている痼癖の総体。それを署名のかなたの作家に固有のものと認知する、というよりもそこに作家としての痼癖、痼癖としての作家を一挙動で視てしまうとしたら、まず言語一般が、さらに具体としていまあらわれたことばじたいがわたしのフェティッシュであるばかりか、おなじ二拍子のフェティシズムが対象の作家そのひとにおいてもどうじに類推されていなければならない。例のベルゴットにかんして、「かれみずから楽しんでいる部分がそのままわたしたちのとりわけ好むところだった」とあるのも、まさしく二重化のプロセスを終点のほうから逆にながめかえしているにすぎないのだ。

このフェティシズムの因業とどんな関係を結べばよいのだろう。そこに「エクリチュール」の構築をめぐるさまざまな言説があった。たとえばロラン・バルトはこういっている。

文体の名のもとにひとつの自給自足的な言語がかたちづくられるのであって、それはもっぱら著者の個人的で秘密な神話のなかに沈んでゆくばかりなのだし、語と事物の最初のカップルがかたちづくられ、著者の実存に由来するもろもろの言語的主題が最終的にさだめられる場、すなわちことばの亜自然のなかに沈んでゆくばかりなのだ。
（『零度のエクリチュール』）

これはバルト自身の批評の一起点と目されているが、むろん今日の記号論というような知の意匠とはなんの関係もない。しかしこれをたんに「文体」の否定なのだといって澄ましていてよいわけではない。バルトはいっぱんにソシュール的なラングを「地平線」に追いやるとどうじに、生理と個人史によって保証された文体の「垂直線」もかえす刀で切りすて、作家にはいかんともしがたいふたつの「自然」を批評の場から排除したとみなされている。そんなことができるともし期待しているなら、あまりにも安易すぎる。プルーストのいうとおり、読むことも書くこともしょせんフェティッシュの尾を引きずらざるをえない。バルトはむしろフェティシズムからはけっして遁れられないという覚悟を語っているのだ。

「文体」とはなにか。この問いに答えることはできない。「文体」とはほんらいそれについて語りえないものである。語りうるものをぎりぎりまで語りつめたあげくに、やはり語りえないものにからめとられた自己をみいださざるをえないだろう。それは黙って引きうけるほかない。この覚悟がたぶんバルトの媚態を可能にしたのにたいして、柄谷行人はおなじフェティシズムへの愛憎から、ある意味で痩せほそれるだけ痩せほそろうと決意したかのようにみえる。あいもかわらぬフェティッシュの横行にうんざりし、暗然としながら、みずからのことばが暗然とし、うんざりとするようなものに変わってゆくありさまを凝視している。語りうるかぎりのものをできるかぎり明晰に語りきってしまうこと。これはしかしかれの撰択であるとどうじに生理でもあったにちがいない。むろん不可能な夢にほかならないのだ。柄谷行人と署名された書物にあって、「痩せられるだけ痩せきれば後は肉づきふくらんでいくのみといえるような地点」など、まだどこにも、つねにどこにもかいまみることとさえできない。

わたしもそろそろ「うんざり」している。ここまで語りつがれた「意味」はもちろんなにほどのものでもない。柄谷行人の名を冠したことばの手口をあちこちで真似してまわることじたいも本意ではない。ただ演じるわたしを演じられるわたしのなかに、たとえつかのまでも反転させようとしているだけだ。したがってプルーストやバルトの名にしろ、近代日本文学を支配するフランス文学の影という妄想をいっそうかきたてようとしているわけではないし、逆に柄谷行人がばらまいた固有名詞の圏を劃定し、その外郭をあらためてなぞってみようとするつもりもまったくない。

それにしても『畏怖する人間』から『隠喩としての建築』まで、柄谷を読むだれもがおびただしい名と引用の氾濫にめまぐるしいおもいをさせられるだろう。機会さえあれば会話に知己の名前を、ことに知名人の名前をはさむネイム・ドロッパーを連想してしまうくらいだ。たとえばかれは書いている。

アルチュセールがラカンから継承した「重層的決定」という概念は、精神分析という場からはなれたとき、すでに決定論の変種にすぎず、「構造的因果性」という概念は因果性の変種にすぎない。それはサイバネティックスによって説明可能であり、たぶんマルクスやフロイトならそうしたであろう。

(「形式化の諸問題」)

あるいはこうも書いている。

罪《シュルト》とは債務《シュルト》であって道徳的価値は商業的起原をもつとニーチェがいうとき、ヘーゲル派のいう普遍的《アルゲマイン》とはもともと中世における共同的(土地所有)のことだとマルクスがいうとき、彼らはけっしてハイデッガーのように語原学をふりまわしているのではない。

(「隠喩としての建築」)

たぶんどこを切っても金太郎的にあらわれるこの名と引用こそ、一見かぎりない無名性のうちに、もっとも柄谷的なことばの「肌ざわり」をかえってかたちづくってしまっているのだ。ほかのどんな「個性」もついにこの一点にとりこまれてしまう。たとえば第一作を意味ありげにあつかう悪趣味にのっとり、「意識と自然」の特徴的な主題系をみきわめつつ、柄谷行人なる一貫性をそこからつむぎだしてみてもはじまらない。漱石の語法における「自然」の両義性。本心／欺瞞や無意識／意識の図式では解けない「一瞬のずれ」。対象化の極限にのこる「対象化しえぬ私」。いずれも後年の柄谷的フィギュールに通底しているとはいえ、固有名詞と引用はまさにそれらの「意味」のありようじたいを問題化しているからだ。

柄谷行人の語法による「意味」は一義的には使われていないが、それぞれにはっきりとした文脈に位置づけられている。ひとつはいわゆる「意味内容」にすぎない。「形式化は、指示対象・意味・文脈といった外部性を還元し、意味のない恣意的関係（差異）と一定の変換規則（構造）をみることである」（「言語・数・貨幣」）というばあいである。柄谷はじっさい引用において、この「意味」をとりだす（はりつける）ことしかしていない。引用文のあとにはたいてい「結局」「いいかえれば」「要するに」などの語句をつぎつつ、「右の文が示しているのは」「といっているのだ」「が右の文からわかる」云々と、そこに語られている（とみなされる）ことがらの要約・書換をかならず励行しようとしている。『意味という病』などその最たるものにちがいあるまい。

ここではしかしその「意味」を云々しているのではない。意味とはある言説についてたとえば柄谷が語るときのずれ、たとえばわたしが語るときのずれと、そんな書換の可能性の総体にほかならないのだ。書換の実践はそのつど意味をせばめるとどうじにひろげるわけだが、そのはたらきを意味作用とよぶとしたら、引用と読解がめざましく連鎖するかぎりにおいて、柄谷行人と署名されたテクストこそきわだった意味作用の場なのだということができる。
それではどんなレトリックがじっさいの書換を支配しているのか。例はいくらでもあり、それぞれにろこつすぎるほどろこつにみえる。

人間のうちで纏つたものは身体《からだ》丈である。身体《からだ》が纏つてるもんだから、心も同様に片附いたものだと思つて、昨日と今日と丸で反対の事をしながらも、矢張り故《もと》の通りの自分だと平気で済ましてゐるものが大分ある。のみならず一旦責任問題が持ち上がつて、自分の反覆を詰《なじ》られた時ですら、いや私の心は記憶がある許りで、実はばらばらなんですからと答へるものがないのは何故だろう。かう云う予盾《ママ》を屢経験した自分ですら、無理と思ひながらも、聊か責任を感ずる様だ。して見ると人間は中々重宝に社会の犠牲になる様に出来上つたものだ。(『坑夫』)

漱石はここで「無性格論」を展開しているのではない。そうではなくて、私が「いまここに」あることと、次に私が「いまここに」あるということの間にいかなる同一性も連続性も感じられぬ心的な状態を語っているのだ。(「意識と自然」)

実際、ロックが語や言語に関する理論を発展させるとき、彼が構築するのは実は比喩の理論なのだ。むろん彼自身はけっしてこのことを認識しないし承認しないだろう。われわれは、ある程度、ロックを、その明示的な言明に抗って、あるいは無視して、読まねばならない。とりわけ、啓蒙主義の思想史において一般にそう考えられているような常識を無視しなければならない。……すなわち、ロックは、明示的な言明《ステイトメント》においてでなく、とくに言明に関する明示的な言明においてでなく、意図や確認できる事実に還元できないような、彼自身のテクストのレトリカルな動きにおいて読まれるべきである。（ポール・ド・マン「メタファーについて」）

このような逆説は、しかしテクストの意味生産性というような一般論からくるのではなくて、ロックが明示的に「言語の厳密な使用」を追求したからこそ生じる。ロックの建築的な意志が、その反対のものを露出してしまうのだ。（「隠喩としての建築」）

この書換＝読解じたいがあたっているかいないかは問うところではない。いずれのばあいも説きあかす手つきにすこしの震えもないし、論理の展開はいたって明晰に、明晰すぎるほどに一貫したおなじ型にのっとっている。さきに引用したニーチェ・マルクス・ハイデッガーへの言及もじつはどうようだった。すなわち、

xはaではない、bである

というのである。xのはらむ意味のうちからまず否定さるべき意味作用aをかりに実現させたあと、肯定的な意味作用bをとどめに実現させる。「無性格論」ではなくて「私」の不連続性、テクストの意味生産性ではなくてロックによる「言語の厳密な使用」をかならず読みとらねばならない。前者はすでにある了解であり、後者はいまあらたに産みだされる了解。あるいは書換aを手垢のついた観念、通説・俗説、制度化された物語といってもよいだろう。柄谷そのひとのことばを借りれば「作品のふつうそうみえるような意味や内容」と、「まったく違ったところにある見えない核心のようなもの」

との対立である。いわゆる表層／深層の二項対置はきわどく回避しようとしているが、「aではなくてb」という手続じたいは否認していない。むしろ自認している。またラカン・アルチュセール、フロイト・マルクスにかんする記述にしろ、この輻輳する「aならぬb」の文字どおり変種にすぎない。「決定論の変種にすぎず」「因果性の変種にすぎない」等々の語法は暗黙のうちに逆接をふくみ、明示されない「薄汚れた観念」を無言のまましりぞけようとしている。つまりアルチュセールの概念をなにか画期的なものとかんがえたり、「決定論」や「因果性」との類縁など夢想だにしなかったりするふつうの了解。それを言外に前提としたうえで言外に断罪し、よき了解への捨石にしようとしているのだ。

「そうではなくて」がだからいたるところに響きわたっている。柄谷行人の逆説法はいつもこの逆接法にちなんだものでしかない。そして「意味」なる語のもうひとつの用法もまたそこにあらわに黙示されているようにみえる。『意味という病』でてんでに剝ぎとられたり、廃棄されたりした「意味」。あきらかに「意味内容」ではない。それはほかならぬ否定さるべき書換、通説そのもの、すなわち「整理された意味」、「物語化」されてしまった「意味」だったのだ。

カフカの作品にはなんの寓意もないし象徴性もない。むしろそのような「意味」を切りすてることによって、読む者をあまりにリアルな世界のなかにまきこむのだ。われわれはそれを「夢のようだ」という。しかし、そのときわれわれは、ふつうは「意味」によって汚染されている現実世界を原型的に感受しているのである。

（「夢の世界」）

耳にも胼胝ができているかもしれない。「整理」「物語化」すなわち「リアル」からの疎隔であり、そんな過程をへた「意味」などとるにたりない皮相なもの、通俗にすぎないというのである。しかしこの「寓意」や「象徴性」にしろ、「無性格論」や「テクストの意味生産性」にしろ、じつは柄谷じしんがカフカ・漱石・ロックのテクストにそれぞれほどこした書換ではなかったのか。たとえそれがすでに書かれてあっても、いっぱんに流布していても、意味作用はそのつどあらわれるしかないのだから、柄谷のいう「意味」はかれが再言しないかぎりいまここに反復されることはけっしてない。潜在としてすでにあるといってみても、その潜在を潜在たらしめるのはまさしく柄谷じしんのことばなのだ。

ようするに名と引用をめぐって、みずからみたてた物語にみずから反論をくわえる。すくなくとも形式的にはこの循環がはてしなく繰りかえされ、もはや敵を仮想しては撃破する動きじたいが書くことの目的と化したかのようにさえおもえる。逆にいえば「意味」が、手垢のついたみたて、手垢のついたというみたてが柄谷をかきたてているのだ。ことばは死んだとみなされたとたんに、そのときはじめて死ぬ。それはあらたなことばに媚びる瞬間でもある。「ふつうそうみえるような意味や内容」がなかったとしたら、みたてられなかったとしたら、たぶんなにひとつ書かれることもなかったのだろう。じっさいこの逆説的な動機こそ、ひとり柄谷行人にかぎらず、無数の語り手をくりかえし陥れつづけてきた誘惑にほかならない。

誘惑されてしまえば代償をしはらわねばならない。「意味」にかんして柄谷の黙殺したとおぼしい因子がどうやら柄谷の「意味」に復讐する。というのもことばは「意味内容」にはおさまりきらない剰余の「意味」をどうしてももたざるをえないからだ。たとえば変形文法の教科書に、「芝生は少年のうえに寝ころんだ」という文があるとしたら、それはなんの「意味」ももたないどころか、「これは文法度の低い文の典型です」と声をかぎりに叫んでいる。どうように柄谷の「そうではなくて」もむろんわめきたてているのだ。あまりにも型どおりに、「これが真理です、権威です」と語っているにちがいあるまい。なにしろ「薄汚れた観念」をあざやかに粉砕し、制度的な了解をもののみごとに反転させてしまうのだから。あとにあらわれるのは「真理」「権威」いがいにないではないか。反転じたいがまた二項対置にとらわれているという説明もこの観測にいっそう拍車をかける。引用文、「a」、「aではなくてb」、その反転じたいにひそむ循環とつづく叙述にたいして、読むものはほんらい線的なことばに縛られ、いまそこで行われつつある書換の連鎖にまず目を奪われざるをえないからだ。「このように考えることも、修辞学／哲学、内容／形式という上下関係（価値）の反転にほかならないから、けっしてこの装置の外部（上位《メタ》）に立つことにはならない」云々も歯止になるどころか、註記によるさらなるメタレヴェル化の実例のようにうけとられるだけだろう。書換＝反転が演じられる度数に応じて、最終的な「真理性」「権威性」の強度もますます上昇する。すくなくとも柄谷行人とおなじくらい明晰なことばがあらわれ、みずからの「権威」において柄谷のことばにそくしながら、知についての知がもはや知にたいして超越的でないことをたしかに明証してしまわないかぎりは。それはむろん不毛な作業でもある。「真理」「権威」の共示はしたがって「そうではなくて」の論理が明晰になればなるほどごうごうと響きわたってしまう。

そして最終的な書換がまず「意味」の剝落、すなわちまだ「物語化」されていない「あるがままの世界」、「人間の生存の構造」だったことをおもいかえさねばならない。「現実世界」「人間的なもの」

が不変であり、不可避であるからこそ、たとえばエリオットのことばを漱石の文脈に、ロブ＝グリエのことばを古井由吉の文脈にと、引用を自在に換骨奪胎する（ハムレットに宗助を代入する）ことが可能になっていたのだ。「無名の存在として、『片付かない』問題を前にして震え憤り怖えている」健三。「裸形の人間としての不安」。「われわれがこの世界で存在するありようそのもの」。この仮想された常数こそ名と引用の王権をささえていた「意味」にほかならない。

いわゆる「意味」、しかも「あるがまま」という「意味」に執着しつつ、できるかぎり明晰であろうとする姿態。そこからあふれだす剰余はたぶん不透明なものにたいする嫌悪、というよりも透明性にたいするあこがれである。あるいは距離の廃絶にたいするというべきかもしれない。名と概念とがぴたりと融合し、どちらが透明なのかわからない状態をまさに夢みているようにみえる。固有名詞なるフェティッシュもやはりこの文脈に置きなおしてやらねばなるまい。それは唯一の指向対象のみを指示する「本質化の能力」と、名を口にするだけで名にこめられた本質のすべてを喚起する「引用の能力」とをそなえている（バルト）。その拡張がつまり漢字の特性にささえられた実詞への夢だ。たとえば漱石もおなじ夢について語っている。

ある坊さんに、あなた一寸魂を手の平へ乗せて見せて御呉れんかと云はれて、弱つた人があります。是が私なら、魂と云ふ字を手の平へ書いて坊さんに見せてやらうと思ひます。それと同じ事で客観的に愛が見られるなら、客観的に愛を書いて見ろと云はれるなら、只愛とかいて見せます。

（「創作家の態度」）

じっさい柄谷行人のばあいも、無数の固有名詞を誘水として、フランス文学であえて押しとおせば「ハシッシュの詩」でボードレールがいっているように、「実詞がその壮重な実質をともなって」みるまに「立ちはだかってくる」世界がある。最近はことに異常としかおもえないほど、実詞があまりにもおもうさま跳梁している。

## 形式化の諸問題

形式主義は、諸学問・芸術において異なった意味をもっており、またときには異なる名称でよばれている。このことはわれわれの認識を混乱させたり意志疎通を妨げているが、それをむりに統一するのは不可能であり且つ不必要である。

この異常さをできるかぎりきわだたせようとするなら、たとえばレーモン・クノーとポテンシャル文学工房の発案にかかわる言語遊戯、「S＋7法」で書きかえてみるとよい。ここにあるすべての実詞に、任意の辞書でそれぞれ七つあとに出てくる実詞を代入してゆくのである。

## 芸者化の諸門弟

芸者主義は、諸神楽・警鐘において異なった依命をもっており、またときには異なる名数でよばれている。このことはわれわれの刃傷を混和させたり意地俗間を妨げているが、それをむりに同韻するのは不堪であり且つ不悃である。

(岩波国語辞典第二版による)

## 閨室化の諸門柱

閨室主義は、諸確約・刑賞において異なった忌数をもっており、またときには異なる迷情でよばれている。このことはわれわれの忍従を金輪させたり遺屍俗界を妨げているが、それをむりに頭韻するのは深問であり且つ浮氷である。（広辞苑第二版による）

たいていのテクストはこれほどひどくはならない。いわば実詞に貼りついた「真理」「権威」に復讎されているわけだが、しかしそのことじたいがまた「真理」「権威」の皮肉な証拠にもなっているのだろう。というのも「S＋7」による書換をさらにつづけてゆくと、反復する実詞じたいの力により、「芸者主義」「閨室化」など、実質をもちえないはずの語がいつのまにかあらためて重々しくひびきはじめてしまうからだ。

柄谷行人と署名されたテクストをこの「真理性」「権威性」から解きはなつためにも、いまここにあることばをフェティシズムから、さらにそろそろまといつきつつある「真理」「権威」から解きはなつふりをするためにも、ありとあらゆる機会をとらえてたえず書換をつづけていかねばならない。「S－7」「S＋3」でもよいし、どんな辞書を使っても、あるいはいっそ辞書などまったく使わなくてもかまわない。たとえばこれまたポテンシャル文学工房の発案、というよりも語学の授業にうんざりした劣等生の復讎にちなむらしいゲームにのっとって、「形式主義の諸問題」にはこんな「同音翻訳法」をほどこすことができる。

Qu'est-ce qui sue, Guy ? oie ? chois, gars, que mon gai jeu te nie, oui, t'écote ! O natte, aïe, mi-homme ! O tes hauts lits mats ! Ta toque y nie Un, quand on a le mai chaud et, Job, arrêté; ils……

（大意――いったいなにが脂汗をかいているのか、ギイ、愚かな鵞鳥？　選ぶのだ、さあ、ぼくの愉しい遊びがおまえを否むように、そうだ、おまえを骨抜きにしてしまうように！　ああ編むのだ、なんと、半＝人間よ。ああ、おまえの高く寝呆けた寝床の数々！　おまえの帽子はそこで一なるものを否んでいる、暑い五月、そして太陽を止めたヨブよ、止まってしまった五月に。それらの寝床こそ……）

## 歌＝物語の時空――伊勢物語第六十九段の「構造」

定家は伊勢物語をいくたび書写したのだろう。その筆のはこびをふと想像してみることがある。伊勢解題のたぐいに、定家本諸系統の因縁こそとかれていても、筆写する歌人の貌、姿態のしるされた事例をあいにくと知らない。物語のなかで歌に出会うたびに、たとえば百首歌の部類が、俊成の古来風体抄が、脳裡をさっと一瞬よぎらなかっただろうか。あるいは物語じたいが一種の歌のようにたちあがってきたのだろうか。どんな分類もいわゆる構造をもたずにはいないし、書かれた文字がたとえ同一であっても、分類がそのつど、その構造ごとにことなる意味をくりかえし産みだしてしまう。というよりも構造とどうじに意味が、意味とどうじに構造とよばれるものが現出するのだ。定家が筆をはしらせるにつれて、そのときはじめて、定家をつつみこむ歌圏、構造とともに、伊勢物語のことばがあらためて意味を発信する。その意味はいまたぶんかれの歌じたいから読みとることができる。伊勢のまぼろしのような借景。詠みつぎや編纂からうまれる物語的な叙情。さらには東くだりの段に唱和するかのように、「ふりにけりたれか砌のかきつばた」（重奏和早卒百首）。あるいは伊勢第百六段、「からくれなゐに水くくる」を換骨奪胎して、「くれなゐくくる天の川波」（花月百首）。いずれも伊勢とともに、しかし伊勢をこえて、ある大きな物語の構造にひたっているようにもみえる。

照応の渦中にひびきあう歌と歌、書写する定家と書写される物語と、この本歌取、本説取ほんらいの構図をひとまずしあわせな関係とよびうるのかもしれない。ある歌圏があらかじめはりめぐらされていて、それに養われ、それを養うところに、歌、歌、歌がおこる。定家の用語にしたがえば「歌の道」、「以旧歌為師」の境地である。

意味はしかしひとつではない。構造もそうだ。なにしろことばにさきだつ意味や構造があるわけではなくて、いずれもそれをみようとするときに、ことばを読むときに、そのつどはじめて産出されるものにすぎないのだから。同一ならぬ反復、更新。そして伊勢とよばれる物語のなかで、歌じたいがそもそもまたべつの出自、またべつの命数をになってもかまわないのだろう。古今集などに撰入された場合とはちがって、歌の道の静謐をはなれ、物語そのものにかかわる歌の膂力もたしかに読みだすことができる。

ましていつからか、もうはっきりと、物語の構造のさまざまなモデルがすでに意識されてしまっている。日本の昔話研究だけにかぎっても、いったいどれほどの語がついやされてきたことだろうか。民話学の多くはただし物語の主題にまずよりそおうとしている。たとえば婚姻、誕生、葛藤、致富、彼岸と、関敬吾による五つの主題類型。しかも起原や伝播をおもにつきとめようとしている。成果はそれでもあがっていて、ますます広範に、無数に、同相の物語がついでに蒐集されてきている。もちろん昔話の領野において、構造などほとんど自明のようにもみえるし、だれもが、語りきかされる幼児でさえ意識しているのかもしれない。花咲爺、雀のお宿、おむすびころりん、黄金の斧。どれもみなおなじ物語なのだ。すなわち二拍子による反復と、反復にともなうずれ、顚倒の物語である。それがアジアはおろか、ヨーロッパ、アメリカ、さらにアフリカにまでみいだされるとしたら。文化人類学の展開につれて、たんなる同相の確認も、あまりに遠距離の伝播も、ほとんど問うことじたい無意味になってきたかのようにみえる。

例はいくらでもあげることができる。ナイジェリアの西部、ヨルバ族のある説話も、典型的なとなりの爺の失敗譚だという（山口昌男『アフリカの神話的世界』）。かつて大飢饉のときに、アジャイという名の男が川のほとりで椰子の実をみつけた。もぎとろうとすると、水に落ちてどんどん流れていってしまう。海まで追いかけたあげくに、沈みだした実のあとについてもぐり、ついに海神オクロンの宮殿にたどりつく。そこで奇妙なかたちのスプーンをもらうが、おまえのつとめはなにかと問いかけるだけで、それが食物をつぎつぎに出してくれるのだ。アジャイは故郷にもどり、家族ばかりか、住民すべてを養うことにする。そこへ一匹の亀がやってきて、スプーンに椰子の実をだしてもらうと、川岸まで行ってそれを水中へ投げこむ。あとはおなじ経緯でオクロンの宮殿につき、スプーンをもらおうとするが、海神はこんどは一本の鞭をあたえる。家にもどり、家族とともに閉じこもって、おまえのつとめはなにかと問いかけると、鞭は亀たちをさんざんに叩きのめしてしまう。

相同は一目瞭然だろう。欠如ないし喪失――移動――異郷――財宝の贈与――帰郷。その宝物が発端にあった欠如を補塡してくれるのだが、たとえ結果がそうして有益であるにしろ、そこには一種の呪力がはたらいていて、いわば日常世界の秩序がだから破綻してしまったことになる。この破綻がなんらかのかたちでかならず補綴されなければならない。物語はそこで反復する。偽の喪失――移動――異郷――負の宝の贈与――帰郷。はじめの正の呪力をうめあわせるように、こんどは負の呪力がはたらきつつ、均衡をとりもどしたところで、物語のいっさいがようやく解決する。椰子の実でもおむすびでもかまわない。地底でも海底でも、金銀でもスプーンでもかまわないのだ。ありとあらゆる宝、ありとあらゆる異界。ちょうど音韻の基本構造、母音の三角形が、各頂点にあたる音の発音をじっさいに問わなかったように、そこにたまたま語られた内容などもう問題にするまでもない。内容のない形式、ようするに構造だけがのこる。しかもきわめて単純な三角形から、音韻の全構造がやがて導きだされていったように、この二拍子の反復、破綻と補綴の説話からも、はるかに複雑な物語すべての構造がしだいに産み出されてゆくにちがいないのだから。

いや、そんな物語の分析もすでにいくつか知られている。もはや古典となったウラジーミル・プロップの『昔話の形態学』。王が勇者に鷲をあたえる。その鷲がかれを他国へ連れてゆく。老人がスーチェンコに馬をあたえる。その馬がかれを他国へ連れてゆく。王女がイワンに指環をあたえる。その指環から出てきた若者たちがかれを他国へ連れてゆく。人物の身許こそたえずことなっていても、それぞれの役割はいつでもきまって相同ではないか。さらにそのプロップに触発されたとおぼしいフランスの言語学者、A＝J・グレマスによるアクタンActantのモデル。行為項ないしは関与項のモデルである。つまりある物語のなかで行為者がどのように分節されているか、これは個々の物語そのものに係属するが、それを形式化すると、行為項・関与項の構造がもっと大きな物語、たぶんジャンルとよばれるかもしれないものを記述できるだろうというのだ。プロップが七つの要素をたてたのにたいして、グレマスはさらに一項目すくなく、六つの関与項だけであらゆる物語を律しきろうとしている。

これはむろん人物の役柄というよりも、言語、その文法的機能にのっとったモデルにほかならない。

ある動詞について、アクタンとはそれがあらわす過程にかかわる辞項すべての呼称であり、逆にどんなアクタンをもちうるのか、もちえないのか、いちいちの動詞がそのことによって性格づけられ、分類される。Sujet/Objet はしたがって主体と対象でもありながら、そのまえにまず主語と目的語なのだ。Destinateur/Destinataire はさしむけるものとさしむけられるもの、送り手と受け手で、フランス語ではやはり主語と、間接目的補語とよばれるものとの関係に相当する。たとえば「わたしはあのひとに花を贈る」のような文にあって、わたしは主語兼送り手であり、花が目的語、あのひとが受け手。さらに Adjuvant/Opposant は援助者、敵対者と訳せるだろうか、これはいわゆる状況補語、さまざまな副詞句にあたるのだろう。

Le modèle actantiel mythique

Destinateur — Objet → Destinataire
↑
Adjuvant → Sujet ← Opposant

A. J. Greimas :《Sémantique structurale》,
Larousse, 1966, Paris.

言表のレヴェルでは主語、目的語がそのつど変化したとしても、それぞれが展開される場、統辞構造のスペクタクルがいっこうに変化しない。共演項とも訳されるアクタンの機能がまったくおなじままだ。そんな事態はおよそありきたりで、ことばの舞台ではしじゅう目撃されている。グレマスはそれを物語の過程にまで拡張しようとしているのだ。言語でも当然そうだったように、どんな物語も六種の要素すべてをそなえているとはかぎらない。いくつかのアクタンが欠けている場合もあるし、ひとりが複数のアクタンを兼ねている場合もある。たとえば男女ふたりだけの恋物語、婚姻譚をみると、目的語・対象たる女がみずからを贈与し、主語・主体たる男がその贈与をうける。聖杯物語では主語・主体が騎士たち、目的語・対象が聖杯であり、送り手が神、受け手がいっさいの人間たち。むしろこの欠如や兼任のありようから、物語の類型をあるいはさだめうるのかもしれない。もちろん六項すべての布置によっても、たぶん主題論にすこし踏みこみながら、それぞれの類型をたしかに劃定することができる。グレマスの図式によると、古典主義時代の哲学者にとって、主語＝哲学者、目的語＝世界、送り手＝神、受け手＝人類、敵対者＝物質、援助者＝精神。マルクス主義のイデオロギーにとって、主語＝人間、目的語＝階級なき社会、送り手＝歴史、受け手＝人類、敵対者＝ブルジョワ階級、援助者＝労働者階級。これがそれぞれの欲望の構図なのだという。

いかにもおおざっぱで、いかがわしげな「構造」。プロップのようにきちんと限定されたコーパスにもとづいているわけでもない。しかもグレマス自身、大文字の物語やジャンルが対象だと明言しているのに、それをどのように個個の物語について変奏しようというのか。鍵はたぶん反復にみいだされる。二拍子のリズムどころか、おなじ主語の回帰のような次元においても、反復こそがまず物語をなりたたせる第一条件なのだし、復誦によるずれ、再編成、変化があるからこそ、物語なるものがはじめて過程として意識される。R・ヤコブソンの詩学、メトニミーの軸にたいするメタファーの軸の投射にしろ、この反復の理論化という相貌をもっているようにみえる。だから反復の局面ごとに、その行為項の構造をみていったとしたら、なにか荒唐無稽な世界がひょっとして到来しないともかぎらない。それは夢のまた夢としても、すくなくともこんな類型学、こんなモデルの記憶が、たしかに短くても、昔話ほど素朴ともおもえない物語に、たとえば伊勢とよばれる歌物語に、はたしてどんな意味をつかのま妄想しうるだろうか。

むかし、をとこありけり。そのをとこ、伊勢の國に狩の使にいきけるに、かの伊勢の齋宮なりける人の親「つねの使よりは、この人よくいたはれ」といひやれりければ、親のことなりければ、いとねむごろにいたはりけり。

初冠本の第六十九、狩の使の段。任意の段というわけではない。質量ともにまず特筆するにたりる。この物語のなかでも屈指の長編だし、古くはこれが巻頭におかれ（小式部内侍本）、書題の由来になったとする説のある段でもある。念のため周知のはこびをたどりなおしておくと、男は伊勢につかわされた勅使であり、女は斎宮。三日間、すなわち三回の反復がありうるうち、二日目の夜に、男が「われてあはむ」と誘うのにたいして、女もまんざらではないらしいが、人目の多さになかなか逢うことができない。みなようやく寝しずまったころ、女のほうから忍んでくる。一夜は夢のようにすぎて、

まだ何事も語らはぬにかへりにけり。をとこ、いとかなしくて、寝ずなりにけり。

そしてあくる三日目の朝、「君やこし我や行きけむおもほえず夢か現かねてかさめてか」、「かきくらす心の闇にまどひにき夢うつゝとはこよひ定めよ」と歌の応酬ののち、男はただ宵の逢瀬をたのみにまた狩に出かける。ところがこの最後の夜、伊勢の国守がもよおす終夜の宴のため、ふたりはついに逢えないままわかれざるをえなくなってしまう。

夜やう〳〵明けなむとするほどに、女がたよりいだす杯の皿に、歌をかきていだしたり。とりて見れば、

かち人の渡れど濡れぬえにしあれば

とかきて、末はなし。その杯の皿に、續松の炭して、歌の末をかきつぐ。

又あふ坂の關はこえなむ

とて、明くれば尾張の國へ越えにけり。

歌の契機はどうやら一目瞭然のようでもある。かなわぬおもいの表出。歌はあれこれの障碍をつきぬけようとするところに出来する。ただそれが虚構のなかではたす役割、産出する意味をめぐって、一瞥ではとらえきれない関係もやはりはりめぐらされているようにみえる。

そこで物語じたいの構造。これもかなりはっきりとしていながら、しかし三日という反復において、仮象と実象とよびうるかもしれない分節がいくえにも重合している。行為項、関与項について整理してみると、帝が主語・主体たる男をさしむけ、狩をさせて、獲物を国庫におさめさせる。齋宮とその親が男の使命をわきから援けようとする。狩の使という実態のあいまいな語に、仮、借をかけてみよう。これが一日目、仮に、あるいはおもてむきに借りてこられた枠組である。

むろんその裏に実とよべそうな枠組があって、それなしには物語も、歌もけっして成立しえない。すなわち齋宮の親がこの詩人、主語でも主体でもある男をさしむけ、齋宮をとらせるのだ。男はだからどうじに受け手でもある。形態的には第六十五段、逢瀬——追放——かなわぬ逢瀬という二条の后の段とおなじことで、さきほどのヨルバ族の説話や黄金の斧など、物語のあらわな基本型のひとつ、反復にともなう成功と失敗の二拍子をきちんとふまえている。はじめは二日目の夜、人目にいったん邪魔されながら、それでもいちおうの成就をみた。ところがつづく三日目の夜、国守なる強力な敵対者があらわれ、前夜の成就のかわりに、男がこんどは血の涙を流さなければならない。斎宮という未婚を義務づけられた巫女、聖なるものの侵犯をその苦悶であがなわなければならない。これが秩序の破綻と補綴による基底の構図である。

というよりもそれが狩だけの一日目、たてまえの一拍にさきだたれているのだから、じつは斎宮という目的・対象にかんするかぎり、ここでは〔0・+・−〕とあわせて三拍子にやはり数えておくべきかもしれない。そのリズムはしかしゆらいでいる。当然ゆらいでいる。たとえ物語にひそむ唯一の真実ではなくて、読まれるたびにあらわれる関係だとしても、ある種の昔話のように、そのつど一意的な構造がくりかえされるとしたら、それは勁くてもおよそ単純きわまる物語にすぎないのだ。なんらかの決定不能、意味のゆらぎがあるからこそ、いつまでも読みつがれ、たえず批評のことばをおびきよせつづけることができるのだから。

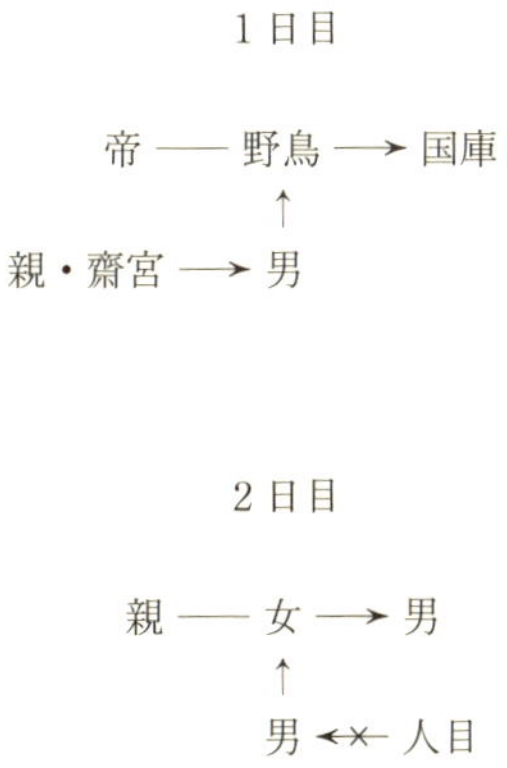


物語はすきさえあれば顚倒する。「血の涙」はほんとうに負の事態なのか。その三日目、女をとれないかわりに、ただし歌が詠まれるという幻像。むしろ歌をうるためにこそ、ふたりの密会がその夜さまたげられるのではないか。たぶん歌が、したがって歌物語がうまれるために、男はかならず頓挫しなければならないのだろう。そこでは女まで仮の目的・対象に追いやられてしまうのだし、そのかわりに実の目的・対象、歌そのものが獲得されるかのようにみえる。逢ってしまってはいけない。逢っているかぎり、そのあいだずっと、なにも語らうことができないばかりか、歌も

とうてい産出されない。そもそも「君やこし」にしろ、「かきくらす」にしろ、二首ともけっして得恋の歌ではなかった。この応酬はじっさい「明けはなれてしばしある」ころに詠まれている。闇がまたたくまに去り、回復された秩序のもと、女は過去の逢瀬に、男は未来の逢瀬におもいをたくしながら、現在のへだてられてしまった悲嘆をそれぞれにまぎらわせようとしているのだ。

歌物語とは歌につけた詞書がしだいに長く、重くなったものだという。そんな起原などべつに信じなくてもかまわないが、これが歌物語とよばれているいじょう、歌こそが核心の目的・対象だと意識されていないはずもない。歌圏が男をさしむけつつ、歌、歌、歌、さらに歌物語を産みだすようにしむけ、それをみずから、みずからの保持のために受けとる。まさにこの歌の場において、女をめぐる三拍子もたちまち逆転するのだ。なにしろ逢瀬が負であり、血の涙が正なのだから、こんどは〔0・一・十〕。リズムははてしなく揺れつづける。

つまり零項の野鳥と、女、歌と、三つの獲物をめぐるそれぞれの構造が、どうやら三巴、三重の入れ子をかたちづくっているのだ。その序列はどうか。狩はたぶん仮、借にすぎないが、この動機なしにはやはり出会もありえないため、それがまず外側のようでありながら、しかし読みすすんでゆくうちに、歌の動機がやがて語られたいっさいを呑みこみ、もちろん狩を内側に、口実の位置におしこめてしまうようにおもえてくる。

語りの論理もまたそれを裏づけるだろう。歌は語るながれの特異点であって、地の文にたいする隆起、あるいは陥没にほかならないのだから、この狩の使の場合、さきほどの掛合としめくくりの付合と、計三首の歌にはさまれた部分をとりあえず特権的な場とみなすことができる。すなわち三日目、ふたりの首尾をはばむ狩と酒宴の挿話。三首の歌はしたがってみずからの成因たる障碍の前後をかこみつつ、その叙述を特殊化していて、ただし掉尾の歌がうまれるのはぎりぎり男の出立のとき、ようするに狩、勅命の動機がまたあらわに歌の場に介入してくるときでしかない。めぐる因果のこんな重合をほかならぬ反復として、三昼夜の経過として実現するところにこそ、いっぱんに時間的、線的でしかありえない語りの論理そのものがあるわけだが、ここではそれを強調するように、括弧でくくるように、まさに最後の一昼夜を特異点でかぎることにより、歌＝究極の目的がその論理のはたらきを読みださせずにはおかないのだ。そのとき「江にし」「あふ坂」とごくふつうの掛詞まで、重なるべき関係をひそかに指示しているかのようにみえる。こうして物語の時間のただなかに、語るはこび、語られるまぼろしから歌が産出され、その歌が語るはこび、語られるまぼろしじたいを照射しようとしている。

3日目

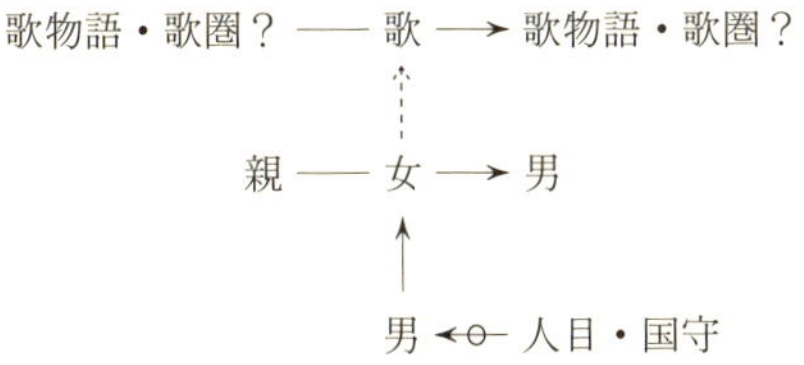


　グレマス自身もみとめているとおり、アクタンのモデルももちろん読むことの半面でしかない。諸辞項の機能にたいして、たぶん象徴論的に、それぞれの属性もやはり問われなければならない。しかも相補的に。一項づつ属性なるものを孤立させるのではなくて、さまざまに組みあわせながら、その全体をいわば対偶の束でつらぬいてやらなければならない。時間だけではないのだ。こんどは物語のいっさいを俯瞰することができる。この歌・歌物語と、それをつつみこむ意味の世界とのかかわりにつ

いて、いま時間とともに、虚構の空間まではるかに視野におさめることができる。

まずそこにもまた顕在と潜在のあきらかな対置がある。語られる場所はむろん伊勢の国。しかしこれまた一目瞭然、その背後には語られない京がのぞいているのだ。男はそこからやってくる。昼の狩はおかしがたい勅命であって、狩の野にはげんとして京の意志がはたらいている。さらには朝廷の代理人、国守の存在もけっして忘れてはならない。どうやら国の守こそ、ことよそとの矛盾を一身に体現しているらしいのだから。いずれにしろこの顕在と潜在と、ともに特殊な意味にみちみちた場所、伊勢と京をそれぞれの項としているいじょう、その第一の対偶に、祀と政と、ふたつのまつりごとの対置がさらに重なっているとみなすことができる。げんに「國の守、齋宮のかみかけたる」とあるように、政がすでに祀を支配していながら、しかし祭祀の一点をつかれたとたんに、政治もたちまちそこから崩れざるをえない関係。そんな構図がほのかに浮びあがってくるだろう。

顕在と潜在、闇と光、祀と政。この対偶のシステムのなかに、逢瀬の意味もまたおのずからたちあらわれる。それは治めがたい闇を伊勢の社に封じこめ、まるで剰余のように、場面のすみにくくりつけた体制じたいの顚覆であり、いわば政にまつろわぬエロスじたいの発現であるようにみえる。まず未通であるべき齋宮が男と契りかけ、禁忌をおかそうとする結果、神＝呪力の反撥がいつなんどき出来しないともかぎらない。なによりも女のほうから忍んでゆくこと、それがもちろん狂気の風なのだし、たぶん暗喩としての性の力、色好みの力がいまやみくもに秩序をくつがえそうとしている。やがてくる負の応報も陰陽の順も、いっさい歯牙にかけずにかきみだそうとする狂気。その闇の呪力がついに光の領分にまで侵攻するとしたら。物語の空間はいまや危殆にひんしつつある。

この二重の脅威にたいして、あわやという瞬間、齋宮寮頭をかねる国守がどうしても登場しなければならないのだ。政の破綻をおさえるため、その代理人がもう虚構に乗りこんでくるほかないのだから。それは紋切型の評釈にいうおもわぬ邪魔どころか、すでに必然の障碍、歌の必然でもあることにくわえて、語られる空間の均衡や秩序の必然であるとさえいうことができる。

こよひだに人しづめて、いととく逢はむと思ふに、國の守、齋宮のかみかけたる、狩の使ありときて

国守の出はだからきわめて劇的なのだ。ふたたび時間のほうにもどるとしたら、こんどは語られる三日間、いわゆる虚構の時間ではなくて、語りそのものの時間をみきわめなければならない。たとえば物語のなかではかなりの間があいているはずなのに、話線のうえではぴったりと隣接している。そんなねじれこそろこつな合図にほかならないのだろう。男の欲望をかぎつけ、男女が逢おうとしている気配を察知して、国守があわてて駆けこんでくる。この一節はどうやらそう読んでもさしつかえないようにみえる。

色好みはこうして紊乱する。「野にありけど、心は空にて」と、狩の使命、政の意向をないがしろにする。ただしそのままではどんな天変もおこらない。行為の領域にとどまりつづけるかぎり、性の動機など虚構のなかでさしたる力も発揮しえないまま、国守の掣肘に手もなくひねられるていのものでしかない。男はここでは血の涙を流すのだし、二条の后の段ではどこか他国へ流されてしまう。

体制をしんそこ紊乱するのはだから色好みそのものではない。その事件を語ることばなのだ。この歌物語と、男女の唱和があるという事実こそ、秩序がかつて乱れえたまぎれもない証拠であり、それ

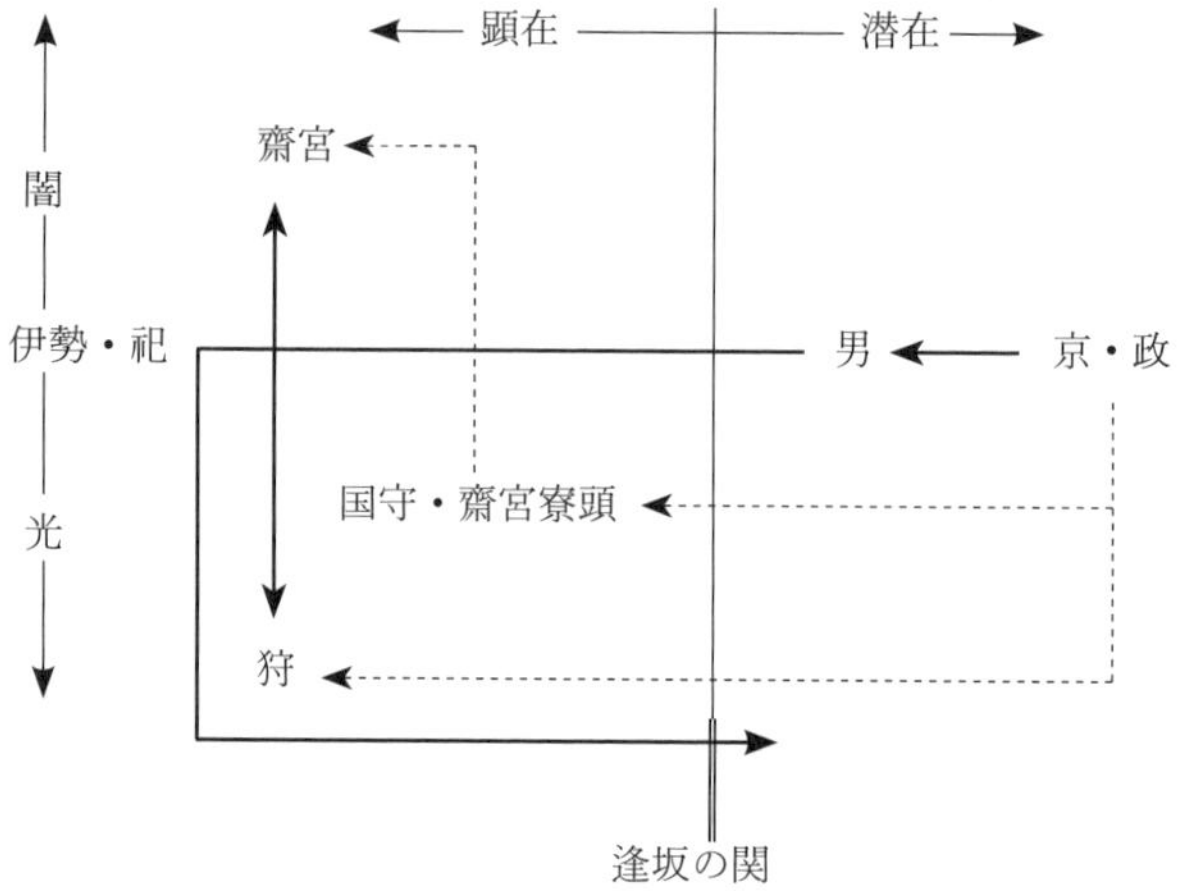


がいま制度にとって最大の脅威をつきつけようとしている。語られた事件による意味の汚染。あるいは語ることばによる意味の汚染。事件とはそもそも語られた事件にほかならず、語られない事件など事件にもなりえないのだから、語りとよびうるほどの語りがつねにあらゆる騒擾のはじまりに位置している。ことばがあるかぎり、はじめの醜聞をうちにたくわえつづけ、世界をいつまでも震撼させる。伊勢にたくされた色好みの物語もそうだ。やがて王朝風の恋なる想像界にとりこまれてゆくとはいえ、そこで語り、語られることのなかに、可塑性とともにたしかな弾性のようなものがあって、とらえたつもりがいつのまにか、きっと、またもとのことばにぶつかるような事態を体験させずにはおかないのだから。

だから歌をある一劃におしこめることなどできない。ある類型にしたがわせることなどできない。そう、分類不能。三拍子の反復がゆらゆらと、重なりあい、決定不能な時間をきざんでいたのにたいして、この空間にはあからさまに、どの極にも、どの区劃にもわりふれない一点が存在している。三首の歌をたとえば再読してみると、どの軸をとるにしろ、それが不分明の境界にあることがわかるだろう。最初の二首はむろん夢とうつつの境を詠み、その決着が「こよひ定め」られないままにおわる。空間的にはいうまでもなく「あふ坂の關」の歌。京と東方との関門だからそのいずれでもないし、しかもそこを「わたる」「こえなむ」と、二項の区分をうつろに刳りぬいてしまっている。時間的には三首とも、昼夜のほぼ境目に詠まれていて、この事実はだれも疑うことができない。

歌、すなわち属さないもの。およそいっさいの場、戸籍をさだめたがるシステムにとって、こんな不分明ほど始末に悪いものもまたとないはずなのだ。ただし現実の歌のありようが物語に反映されているわけではない。そう考えるとしたら、せっかく産出された歌の力がまた根こそぎ抜きとられてしまう。境界という虚構のなかに置かれているからこそ、紊乱する歌のかたちがはじめて意識され、おかげで現実の力になりかわりうるのだろう。歌を受動のなかに閉じこめてはならない。それはまさしく不分明を選びとろうとしている。最初の二首こそ境からすこしずれ、「明けはなれてしばしある」ころに応酬されるかもしれない。光があり、もはや逢う刻限ではないから、歌もただたんに寄りそっているばかり。ところが「あふ坂の關」の歌はどうか。夜がまさにあけようとするころ、女が吟いかけ、男がそれに応えると、夜がただちにあける。光と闇と、未必と既往とのちょうどあわいに詠まれているのだ。しかも句切は句切として、この歌はどうしても切ることができない。頭も尻尾もない。上二句で「江にし」だけを誘きだすようにおもわせておいて、それを結びの「關はこえなむ」につないでゆき、さらにぐるりと反転、初句の「かち人」に旅人のイメージをひびかせながら、

かち人の渡れど濡れぬ江　えにしあればまた逢ふ　またあふ坂の關はこえなむ　こえなむかち人の

と読ませようとする連環。その瞬間、「夜やうくく明けなむとするほど」と「明くれば」のあわいで、上句たる女と下句たる男がてんめんと抱擁しているのではないか。男女はたぶん歌のかたちでようやく首尾をとげるにちがいない。陽光はもとより、暗闇まで封じられてしまったとき、歌は不分明の一瞬、もう夜でもないし、さりとて朝でもない一瞬をついて、国守にさまたげられた逢瀬をやすやすと成就している。歌物語とはついに歌をめぐる物語ではなくて、ようするに歌をうみだす物語にほかならなかった。そして虚構の時間、虚構の空間にこめられた辞項のすべてが、この歌による交媾、歌そのものの交媾をたえず用意していたかのようにみえる。

復誦しておこう。構造にしろ原型にしろ、そんなものがはじめからあるわけではない。作品のかなたに唯一の構造をさぐってしまうとしたら、またもとのもくあみなのだ。かつて真実なるものをひめていたように、作品がいままた構造をかくしているという錯誤、安堵。言語における差異がそれをみてとるところにだけ成立するように、構造もひとがそのようにみるところにはじめて現出する。歌やエロスの原型がもしあるとしたら、ひとがそれをくりかえし原型と意識するとき、そのたびごとにあらためて原型となるにすぎない。物語を書いたり読んだりする営為にしろ、原型をそのつど反復しながら、またはじめて原型をつくりだすことにすぎないのだろうか。それはしかもいつなんどき、うろんに、でたらめに、ふいに顚倒しないともかぎらない場所でおこなわれるらしい。

というのも歌＝エロスはこうして秩序の裏をかくが、そのとたんに奇妙な寝がえりをうつのかもしれないからだ。歌はすべてを可能にするかわりに、すべてを要求してやまない。万事がそのために語りかつ語られるいじょう、歌こそ物語の原理そのものとかんがえることができる。ところがこの境地から、万事が歌圏のためにあるような境地にたどりつくまで、たぶん扉が回転するほどの時間しかかからないのだろう。紊乱する歌から調整する歌圏への変貌。伊勢物語はたちまち手本として、忠実に書写されるべき対象にばけてしまう。あるいは生きのびるために、ばけなければならないともいえる。

この延命をなんとよべばよいのか、定家の場合もじつはどうようだった。歌風の革新がそのまま歌圏の肥大につながっていて、「水くくる」から「紅くくる」、くぐるからくくり染と、そんな読換もあらかじめ歌語の通念がなければ生きてこないうえに、つい本歌には望むべくもない風情などとほめると、そくざに、ここではあまりにも当然すぎる剰語になってしまうのだから。それがことばほんらいの姿態ではあっても、すでにたてまえとしての体勢もかためつつあるにちがいない。すくなくとも定家とその同時代人にとって、伊勢は個々の歌の前提たりうる制度であり、攪乱する異端どころか、保証し、監視する体系にかかわるものだったようにみえる。

そんな歌はもう猟官の道具にすぎないのだろうか。もちろんそうではあるまい。歌圏をうみ、歌圏にのみこまれる歌にたいして、そのシステムを意識したときから、修辞につきまとう矛盾がいやおうなく機能しはじめるのだ。レトリックの構図はかならず紊乱・調整、恫喝・保証という二極のあいだを揺れつづけていて、詩歌の場もその埒外ではありえない。というよりもむしろすすんで参入する。それはしかもけっしてことばだけの遊戯にはとどまらないはずだ。ちょうど扉のように、あちらにもないし、こちらにもないものが言語なのだろうが、じつはもうひとつ、言語とともに、言語とどうじに、そうして揺れる構造がたしかにほかにもある。その意味の構造をいわゆる現実とよびうるとしたら、「紅旗征戎非吾事」とうそぶいた定家こそ、ことばの意識、ことばによる世界の産出をとおして、ほかのだれよりも現実を規制し、変革しつづけてゆくことになるのだろう。歌の行方をうらなうその無名の筆勢をつねにしっかりとみさだめなければならない。

伊勢物語第六十九段

むかし、をとこありけり。そのをとこ、伊勢の國に狩の使にいきけるに、かの伊勢の齋宮なりける人の親、「つねの使よりは、この人よくいたはれ」といひやれりければ、親のことなりければ、いとねむごろにいたはりけり。あしたには狩にいだしたてやり、夕さりは歸りつつ、そこに來させけり。かくてねむごろにいたづきけり。二日といふ夜、をとこ、「われてあはむ」といふ。女もはたいとあはじとも思へらず。されど、人目しげければ、え逢はず。使ざねとある人なれば、とほくも宿さず。女の閨ちかくありければ、女、人をしづめて、子《ね》ひとつばかりに、をとこのもとに來たりけり。をとこはた寢られざりければ、外《と》のかたを見出だして臥せるに、月のおぼろなるに、ちひさき童《わらは》をさきに立てて、人立てり。をとこ、いとうれしくて、わが寢《ぬ》る所に率《ゐ》て入りて、子《ね》ひとつより丑《うし》三つまであるに、まだ何事も語らはぬにかへりにけり。をとこ、いとかなしくて、寢ずなりにけり。つとめて、いぶかしけれど、わが人をやるべきにしあらねば、いと心もとなくて待ち居れば、明けはなれてしばしあるに、女のもとより、詞はなくて、

君やこし我や行きけむおもほえず夢か現かねてかさめてか

をとこ、いといたう泣きてよめる。

かきくらす心の闇にまどひにき夢うつつとはこよひ定めよ

とよみてやりて、狩に出でぬ。野にありけど、心は空にて、こよひだに人しづめて、いととく逢はむと思ふに、國の守《かみ》、齋宮《いつきの》のかみかけたる、狩の使ありとききて、夜ひと夜酒飲みしければ、もはらあひごともえせで、明けば尾張の國へ立ちなむとすれば、男も人知れず血の涙をながせど、え逢はず。夜やうやう明けなむとするほどに、女がたよ

りいだす杯《さかづき》の皿《さら》に、歌をかきていだしたり。とりて見れば、

かち人の渡れど濡れぬえにしあれば

とかきて、末はなし。その杯《さかづき》の皿《さら》に、續松《ついまつ》の炭して、歌の末をかきつぐ。

又あふ坂の關はこえなむ

とて、明くれば尾張の國へ越えにけり。

齋宮は水の尾の御時、文徳天皇の御むすめ、惟喬《これたか》の親王《みこ》の妹。

# 書誌一覧

▼は本書に収録した文章を表す。

一九七四年（二五歳）

▽小説は如何に書かれるか――クロード・シモンの場合（早稲田大学大学院　文学研究科紀要別冊1）

▼クロード・シモン論――その謎の探求と運動（「早稲田文学」四月号）

一九七五年（二六歳）

▽小説の論理――「フレミング効果」から遁れて？（「現代文学」一三号　「現代文学」編集委員会）

一九七八年（二九歳）

▽モンペリエ――ある日の日記より（「基礎フランス語」七月号　三修社）

一九七九年（三〇歳）

▽鼠たちの物語――またはは美徳とは犯罪につながる道である

▽映画と小説のアンチノミー――シネ・ロマン「ヨーロッパ横断特急」（以上二本　アラン・ロブ＝グリエ著　翻訳「海」一月号　中央公論社）

▽プロヴァンスの闇（〝littérature〟欄「ふらんす」一月号　白水社）

▽カイヨワの遺産（〝littérature〟欄「ふらんす」二月号）

▽『幻影都市のトポロジー』（アラン・ロブ＝グリエ著　翻訳　新潮社　二月二五日発行）

▽モードと神話（〝littérature〟欄「ふらんす」三月号）

▽アジャールの新作（〝littérature〟欄「ふらんす」四月号）

▽ボーヴォワールの老年（〝littérature〟欄「ふらんす」五月号）

▽一番の敵、それは凝固である（ロラン・バルト『彼自身によるロラン・バルト』書評「日本読書新聞」五月一四日号）

▽テーブルの上の時間（「流行通信」五月号　流行通信）

▽エロスの詞華集（〝littérature〟欄「ふらんす」六月号）

▽フランスのhaute intelligentsia（〝littérature〟欄「ふらんす」七月号）

▽シクスース／ビュトール（〝littérature〟欄「ふらんす」八月号）

▽シンポジウムの季節（〝littérature〟欄「ふらんす」九月号）＋

▽再版・世紀末の風俗（〝littérature〟欄「ふらんす」一〇月号）

▽スニーカー（構成・糸井重里〝男のブッブツ話①〟「装苑」一〇月号　文化出版局）

▽新人点描（〝littérature〟欄「ふらんす」一一月号）

▽千一年のノスタルジア（〝littérature〟欄「ふらんす」一二月号）

一九八〇年（三一歳）

▽シオランの新刊（〝littérature〟欄「ふらんす」一月号）

▽旅の本（小林信彦『つむじ曲りの世界地図』、陳

舜臣『北京の旅』書評「装苑」一月号）
▽ワイン（構成・糸井重里〝男のブツブツ話④〟「装苑」一月号）
▽フェミナ賞（〝littérature〟欄「ふらんす」二月号）
▽目と眼鏡（大岡信『アメリカ草枕』、河盛好蔵『巴里好日』書評「装苑」二月号）
▽言葉の追跡と、遁走のテロリスム（吉本隆明『悲劇の解読』書評「日本読書新聞」二月二五日号）
▽グランヴィルとオリエ（〝littérature〟欄「ふらんす」三月号）
▽短編集を二つ（吉行淳之介『菓子祭』、アンドレ・ピエール・マンディアルグ『燠火』書評「装苑」三月号）
▽サンゴール　文学と政治（〝littérature〟欄「ふらんす」四月号）
▽抜目のないテクスト　ロラン・バルト一九一五─八〇（「週刊読書人」四月一四日号）
▽女性と女流（富岡多恵子『仕かけのある静物』、田辺聖子『日毎の美女』書評「装苑」四月号）
▽ロラン・バルト　1915─80（〝littérature〟欄「ふらんす」五月号）
▽子どものイメージ（今井祥智『やさしいまなざし』、フランソワ・トリュフォー『子供たちの時間』書評「装苑」五月号）
▽シネマ・映画・ムービー（池波正太郎『映画を見ると得をする』、筒井康隆『不良少年の映画史PART1』書評「装苑」六月号）
▽その晩年と死の反響から（〝サルトル追悼〟欄「ふらんす」六月号）
▽フローベールの1世紀（〝littérature〟欄「ふらんす」七月号）
▽食べる（北大路魯山人『魯山人の料理王国』、石毛直道『食卓の文化史』書評「装苑」七月号）
▽ル・クレジオの『砂漠』（〝littérature〟欄「ふらんす」八月号）
▽読者と「戯れる」身振り（足立和浩『知への散策』書評「日本読書新聞」八月一一日号）
▽本の虫たち（紀田順一郎『古書街を歩く』、ヘーレン・ハンフ『チャリング・クロス街84番地』書評「装苑」八月号）
▽出版点描（〝littérature〟欄「ふらんす」九月号）
▽町のイメージ（小中哲治『時は静かに流れ　私は宇宙に向いている』、足達富士夫・小杉八朗ほか『歴史の町なみ　北海道・東北篇』書評「装苑」九月号）
▽子供のことば（〝littérature〟欄「ふらんす」一〇月号）
▽音楽を読む（諸井誠『ロベルトの日曜日』、三宅榛名『地球は音楽のざわめき』書評「装苑」一〇月号）
▽アラゴンの短編集（〝littérature〟欄「ふらんす」一一月号）
▽分析や記述を敬遠（ロラン・バルト『恋愛のディスクール・断章』書評「週刊読書人」一一月二四日号）
▽読む事典・SFと推理小説（ブライアン・アッシュ編『SF百科図鑑』、中島河太郎編著『ミステリ・ハンドブック』書評「装苑」一一月号）
▽ドゥルーズ＝ガタリの新刊（〝littérature〟欄「ふらんす」一二月号）
▽フローベールとサルトル（〝同時代〟欄「作品」一二月号　作品社）
▽遊びの本（澁澤龍彦編『玩具館・遊びの百科全書7』、岸田衿子訳『ケイト・グリーナウェイの遊びの絵本』書評「装苑」一二月号）

## 一九八一年（三二歳）

▽80年文学賞①（〝littérature〟欄「ふらんす」一月号）
▼想定・書換のはてしない連鎖（蓮實重彥『大江健三郎論』書評「日本読書新聞」一月五／一二日号）
▽ロベール・パンジェ　書物をめぐる書物（〝littérature〟欄「ふらんす」二月号）
▽Immortelle の誕生（〝littérature〟欄「ふらんす」三月号）
▽閉ざされた場所の臭い（〝同時代〟欄「作品」三月号）
▼作品とテクストのあいだ──クロード・シモンの中心紋をめぐって（「ヨーロッパ文

学研究」二九号　早稲田大学文学部ヨーロッパ文学研究会）
▽現実の幻／幻の現実――ムハンマッド・ディブをめぐって（「早稲田文学」三月号）
▽パトリック・モディアノ　青春のピカレスク（〝littérature〟欄「ふらんす」四月号）
▽ロブ＝グリエのフランス語教本（〝littérature〟欄「ふらんす」五月号）
▽断片の集合による多面体（ドナルド・バーセルミ『雪白姫』書評「日本読書新聞」五月一八日号）
▽消えがての声（〝littérature〟欄「ふらんす」六月号）
▽夢の地下4階（〝littérature〟欄「ふらんす」七月号）
▽飛地のフランス語（〝littérature〟欄「ふらんす」八月号）
▽ワイン・分類の魔（「ハイファッション」八月号　文化出版局）
▽エミール・アジャールの死（〝littérature〟欄「ふらんす」九月号）
▽（レ）トリックへむかって（「早稲田文学」九月号）
▽ユートピアの顔（〝littérature〟欄「ふらんす」一〇月号）
▽クロード・シモンあるいは干戈と土（〝littérature〟欄「ふらんす」一一月号）
▽ジュヌヴィエーヴ・セローの彼岸（〝littérature〟欄「ふらんす」一二月号）

一九八二年（三三歳）

▽文学賞1（〝littérature〟欄「ふらんす」一月号）
▽出版・文学賞システムの老廃　大手3社が選考委員を独占する（〝海外文化展望　フランス〟欄「週刊読書人」二月一日号）
▽ヌーヴォー・ロマンその後（〝同時代〟欄「海燕」二月号）
▽消費されることば（〝littérature〟欄「ふらんす」二月号）
▽*Robert Pinget ou le pouvoir des lettres* (LA SOCIÉTÉ JAPONAISE DE LANGUE ET LITTÉRATURE FRANÇAISES, N°40, 日本フランス語フランス文学会）
▽ブージェドラあるいはピュロスふうの勝利（〝littérature〟欄「ふらんす」三月号）
▽アラゴン『全詩集』完結　〝消しがたい矛盾〟に真骨頂（〝海外文化展望　フランス〟欄「週刊読書人」三月一五日号）
▽〈私〉という倒錯（〝同時代〟欄「海燕」四月号）
▽延命をはかる人間主義　『家の馬鹿息子』素描（「日本読書新聞」五月二四日号）
▽亡霊甦らせる　詩人ラフォルグを問い直す（〝海外文化展望　フランス〟欄「週刊読書人」六月一四日号）
▽『フランス小説の現在』（石崎晴己・臼田紘・野村圭介・芳川泰久との共著、堀田郷弘監修　高文堂出版社　六月二五日発行　以下の四本を収録）
▼ヌーヴォー・ロマン――継承と照応
▼ヌーヴォー・ロマン以後――さまざまな模索
▼ロベール・パンジェ
▼ジョルジュ・ペレック
▽〈文学〉のポテンシャル（〝同時代〟欄「海燕」七月号）
▽復活した書籍の〝定価〟　読書会にもミッテラン政府の影響（〝海外文化展望　フランス〟欄「週刊読書人」九月一三日号）
▽反復また反復（〝同時代〟欄「海燕」一〇月号）
▽氾濫する若手の新刊小説　歳時記があれば小説は秋の季語？（〝海外文化展望　フランス〟欄「週刊読書人」一二月六日号）

一九八三年（三四歳）

▽狼なんか怖くない（〝同時代〟欄「海燕」一月号）
▽〈文化〉を丁重に遇する国柄　お祭りさわぎだったボルヘスの滞仏（〝海外文化展望　フランス〟欄「週刊読書人」二月二八日号）
▽〈私〉という悪夢（「早稲田文学」三月号）

▽ソンジュ氏の夢（〝同時代〟欄「海燕」五月号）
▼書くかれの行方（「杼」一号 国文社）
▽サルトルの遺稿が次つぎ刊行 600頁余の『倫理学ノート』ほか書簡集も（〝海外文化展望 フランス〟欄「週刊読書人」六月六日号）
▽テクスト（「翻訳の世界」六月号 日本翻訳家養成センター）
▽偽・欺・擬（〝同時代〟欄「海燕」七月号）
▽固有性を抹殺することばの運動（ジャック・デリダ『エクリチュールと差異』書評 「週刊読書人」七月一一日号）
▼秘所を露わにしようとする見せ物（〝文芸時評〟欄「日本読書新聞」七月一一日号）
▼読めてしまう物語の共犯関係（〝文芸時評〟欄「日本読書新聞」八月八日号）
▽賭に勝ったスタンダール 生誕200年でまきかえす（〝海外文化展望 フランス〟欄「週刊読書人」八月一五日号）
▼広場の恐怖にとりつかれる作品群（〝文芸時評〟欄「日本読書新聞」九月一二日号）
▽老作家サロートの回想録 81歳にして初めて自らを語る（〝海外文化展望 フランス〟欄「週刊読書人」一〇月三日号）
▼際立つ特性＝隠居のディスクール（〝文芸時評〟欄「日本読書新聞」一〇月一〇日号）
▽物語ものがたり（「早稲田文学」一一月号）
▽見知らぬわたしの肖像（〝同時代〟欄「海燕」一一月号）
▼「わたし」と海のアンビヴァレントな交渉（〝文芸時評〟欄「日本読書新聞」一一月一四日号）
▽アロンの死の重み 多様なメディアが大きな特集（〝海外文化展望 フランス〟欄「週刊読書人」一一月一四日号）
▼ことばの一定の規範へ迎合を強いる文芸誌（〝文芸時評〟欄「日本読書新聞」一二月一二日号）
▼名と引用の彼岸（「杼」二号）

一九八四年（三五歳）

▽虚構の衰弱、批評の停滞（〝海外文化展望 フランス〟欄「週刊読書人」二月六日号）
▽空虚の饗宴――後藤明生『汝の隣人』（「文藝」三月号）
▽短篇のまきかえし（〝海外文化展望 フランス〟欄「週刊読書人」三月一二日号）
▽明晰さの闇（〝同時代〟欄「海燕」四月号）
▽「知識人とはなにか」（〝海外文化展望 フランス〟欄「週刊読書人」五月二八日号）
▽瓦解する世界――安岡章太郎と語ることの悪意（「杼」三号）
▽多岐にわたる領野を横断（柄谷行人『思考のパラドックス』書評 「週刊読書人」八月二〇／二七日合併号）
▽絶えず退屈を語りつづける物語（マルグリット・デュラス『死の病い・アガタ』書評 「日本読書新聞」八月二七日号）
▼ロブ＝グリエを愉しく読む（「早稲田文学」九月号）
▽生きられる書物（〝同時代〟欄「海燕」九月号）
▽スポーツ評も比喩で（〝海外文化展望 フランス〟欄「週刊読書人」九月一〇日号）
▼センチメンタル（「早稲田文学」一一月号）
▽デュラスの新作『恋人』（〝海外文化展望 フランス〟欄「週刊読書人」一一月一二日号）

一九八五年（三六歳）

▽わたしは死んでしまった（〝同時代〟欄「海燕」一月号）
▽フランス小説の最前線（「ふらんす」一月号 白水社）
▽紙誌に見るJAPON（〝海外文化展望 フランス〟欄「週刊読書人」三月一一日号）
▽語られる政治 ハマコーをめぐる九の断章（「杼」四号）
▽亡霊たちの鏡（〝同時代〟欄「海燕」五月号）
▽ロラン・バルト（「學鐙」五月号 丸善）
▽盛んな日本文学紹介（〝海外文化展望 フランス〟欄「週刊読書人」五月六日号）

▽アラン・ロブ＝グリエ（〝現代のフランス文学〟欄「基礎フランス語」五月号）
▼解説（金井美恵子『単語集』講談社文庫）
▽クロード・シモン（〝現代のフランス文学〟欄「基礎フランス語」六月号）
▽M・レーリスの近刊（〝海外文化展望　フランス〟欄「週刊読書人」七月八日号）
▽ミシェル・ビュトール（〝現代のフランス文学〟欄「基礎フランス語」七月号）
▽ジョルジュ・ペレック（〝現代のフランス文学〟欄「基礎フランス語」八月号）
▽おまえたちの幻想（〝同時代〟欄「海燕」九月号）
▽J．M．G．ル・クレジオ（〝現代のフランス文学〟欄「基礎フランス語」九月号）
▽ロラン・バルト（〝現代のフランス文学〟欄「基礎フランス語」一〇月号）
▽『〈批評〉のトリアーデ』（絓秀実・渡部直己・蓮實重彥・柄谷行人・中上健次との共著　トレヴィル　一〇月二五日発行　以下の一本を収録）
▼千の愉楽・万の喩楽
▽アラブ二人の新作（〝海外文化展望　フランス〟欄「週刊読書人」一一月四日号）

一九八六年（三七歳）

▼探偵はいつ（ま）でも姦淫する（「杼」五号）
▽三角形の旅（〝同時代〟欄「海燕」三月号）
▼紋切型についての紋切型（「蒼生」二一号　早稲田大学第一文学部文芸専修）
▽シオラン『賛美の練習』（〝海外文化展望　フランス〟欄「週刊読書人」三月三一日号）
▽僕は失敗したと語ることに失敗したと・・・（「現代詩手帖」五月号）
▽批評の拠点を問う（加藤典洋・川村湊・菊田均・竹田青嗣・富岡幸一郎との座談会・司会「早稲田文学」五月号）
▽ジュネの「死」と作品の「生」（〝海外文化展望　フランス〟欄「週刊読書人」六月二日号）
▼構造のまぼろし――山の手線から山陰線へ（「早稲田文学」八月号）
▽パリの異邦人（〝同時代〟欄「海燕」八月号）
▽フランスにおける日本ブーム（「現代詩手帖」九月号）
▽準備に二年かけた追悼（〝海外文化展望　フランス〟欄「週刊読書人」九月二九日号）
▽「欲望論」の領野を確定（竹田青嗣『意味とエロス』書評「週刊読書人」一〇月一三日号）

一九八七年

▽フーコー／ドゥルーズ（〝同時代〟欄「海燕」一月号　フーコーは何も知らないと改題して、後述『世界の文学のいま』に収録）
▽伝記・評伝に事実を追う？（〝海外文化展望　フランス〟欄「週刊読書人」一月一二日号）
▼歌＝物語の時空――伊勢物語第六十九段の「構造」（「比較文学年誌」二三号　早稲田大学比較文学研究室）
▽ロラン・バルトの少年たち（〝同時代〟欄「海燕」五月号　ロラン・バルトと少年たちと改題して『世界の文学のいま』に収録）
▽免疫不全症候群小説（〝海外文化展望　フランス〟欄「週刊読書人」五月二五日号）
▽際限なき註としての小説（山口泉『世の終わりのための五重奏』書評「図書新聞」六月二七日号）
▽ポルノグラフィーの風景――漱石、J・L・ボルヘス、C・シモンらによる（「杼」六号）
▽インディアンは花を摘まない（ジャン＝フランソワ・リオタール著　翻訳『レヴィ＝ストロース――変貌する構造』国文社に収録）
▽昨年度の読書調査（〝海外文化展望　フランス〟欄「週刊読書人」七月二〇日号）
▽フランス語で読む日本文学（〝同時代〟欄「海燕」九月号）
▽翻訳の悪夢（「新潮」一二月号）

一九八八年（三九歳）

▽外国文学の現在（青野聰・高橋源一郎・青山

南との座談会・司会「海燕」一月号）

▽敵、n個の分身たち（〝同時代〟欄「海燕」二月号）

▽不機嫌な『シモン』の奇妙なおかしさ（〝海外文化展望　フランス〟欄「週刊読書人」三月七日号）

▼ステレオタイプからテクストへ――ロベール・パンジェ「ソンジュ氏」を中心に（「ヨーロッパ文学研究」三五号）

▼痕跡について――石川淳とみたての運動（「早稲田文学」五月号）

▽フローベールと呼ばれる書く機械の工房（〝海外文化展望　フランス〟欄「週刊読書人」五月二二日号）

▽ロブ＝グリエ／シモン――事実の仮面をめぐって（〝同時代〟欄「海燕」七月号）

▽不可能な建築へむかって――現代フランス文学の場合（「建築雑誌」八月号　日本建築学会）

▽シェーラザードの世界？（〝同時代〟欄「海燕」一一月号　ああ、友よ、物語はまだはじまったばかりだと改題して『世界の文学のいま』に収録）

▽模範的な物語にむかって（新井満『尋ね人の時間』書評「新潮」一一月号）

▽三人三様の「回想録」（〝海外文化展望　フランス〟欄「週刊読書人」一二月五日号）

▽「やさしさ」の始まり――庄司薫『赤頭巾ちゃん気をつけて』（「新潮」一二月号）

**一九八九年（四〇歳）**

▽だから、現代文学はおもしろい（青山南・絓秀実との座談）

▽恋愛小説がレンアイ小説になった日

▽後藤明生はほんとうはおもしろい

▽小林信彦はほんとうにおもしろいのか？

▽フランス（フランス語圏）「よそもの」を取り込んでしまうこの図々しさ！

▽シモン　圧倒的にリアルな妄想と幻影

（以上六本『別冊宝島88　現代文学で遊ぶ本』宝島社二月発行）

▽墓のかなたの追憶（〝同時代〟欄「海燕」三月号　ポール・ド・マンは有罪かと改題して『世界の文学のいま』に収録）

▽顎十郎ノート――はじまりの捏造について（「ユリイカ」六月号）

▽女の／女による／女のための（〝窓―文学〟欄「新潮」七月号）

▽石川淳――虚実の皮膜で（鈴木貞美・小林恭二との鼎談「早稲田文学」七月号）

▽物語の果樹園（〝窓―文学〟欄「新潮」八月号）

▽「フランス文学はどこへ行くのか」（〝同時代〟欄「海燕」八月号）

▽『昭和の文人』をめぐって（竹田青嗣・渡部直己との座談「新潮」九月号）

▽少女という謎（〝窓―文学〟欄「新潮」九月号）

▽アカシアの葉の発見にむかって（〝同時代〟欄「海燕」一二月号　アカシアの葉を発見しようと改題して『世界の文学のいま』に収録）

**一九九〇年（四一歳）**

▼金井美恵子『本を書く人読まぬ人　とかくこの世はままならぬ』を読む（金井美恵子『本を書く人読まぬ人　とかくこの世はままならぬ』書評「マリ・クレール」二月号）

▽異語を書く――ベケット、ブノジグリオ（〝同時代〟欄「海燕」三月号　ベケットが死んでしまったと改題して『世界の文学のいま』に収録）

▽移住者の文学――八〇年代から九〇年代への外国文学（富士川義之・沼野充義・青山南との座談「海燕」四月号『世界の文学のいま』に収録）

▼濃密な言葉の渦から生まれる「物語」を綴るヌーヴォー・ロマンの作家（「マリ・クレール」四月号）

▽危機の危機めぐるフランス現代詩（『総展望フランスの現代詩』書評「図書新聞」八月一一日号）

▽毀たれた生／毀たれた話（〝同時代〟欄「海燕」九月号　私の記憶は孔だらけだと改題して『世界の文学のいま』に収録）

▽彼方の芝生（〝窓―海外〟欄　「新潮」九月号）
▽恋人たちの腹具合（金井美恵子『道化師の恋』書評　「新潮」一二月号）

一九九一年（四二歳）

▽伝統とよばれるものの総体を横断する実践（フィリップ・ソレルス『遊び人の肖像』書評　「図書新聞」一月二六日号）
▽肖像《ポルトレ》を蒐集して――モーリス・ナドーの文学的回想（〝同時代〟欄　「海燕」二月号　編集長の面会日は火曜日だったと改題して『世界の文学のいま』に収録）
▽ユルスナールの日本（〝同時代〟欄「海燕」六月号）
▽アンヌ・ウィアゼムスキー『わたしのすてきな船』書評（〝外国文学・現在進行形〟欄「Cardie」七月号　福武書店）
▽百年の夢幻（古井由吉・川村湊・中島国彦との座談会・司会　「早稲田文学」一〇月号）
▽水のなかで名が溶ける（〝同時代〟欄　「海燕」一一月号）
▽『世界の文学のいま』（青山南・沼野充義・樋口大介・富士川義之との共著　福武書店　一一月二五日発行）

一九九二年（四三歳）

▽一世紀の詞華集（「新潮」一月号）
▽マリ＝クリスティーヌ&ディディエ・クレマン『おいしいコレット』書評（〝外国文学・現在進行形〟欄「Cardie」三月号）
▽そそっかしい古典作家（「新潮」七月号）
▽ジョルジュ・ペレック『人生使用法』書評（「すばる」九月号）
▼なんの因果か……（『色川武大　阿佐田哲也全集一二巻』月報　福武書店刊）

一九九三年（四四歳）

▽ウンベルト・エーコ『フーコーの振り子』書評（「海燕」五月号）
▽『奇蹟』をうむために――六つの断章によるEXERCICES（「早稲田文学」六月号）
▽物語のアンチ・クライマックス　中上健次『異族』を読む（「図書新聞」一〇月二日号）

一九九四年（四五歳）

▽ルイ＝ジャン・カルヴェ『ロラン・バルト伝』書評（「すばる」一月号）
▽エルヴェ・ギベール『赤い帽子の男』書評（「すばる」二月号）
▽三角形の旅――クロード・レヴィ＝ストロースの生成の方法をめぐって（「早稲田大学大学院文学研究科紀要　文学・芸術学編」四〇号）
▽菅野昭正『セイレーンの歌』書評（「すばる」三月号）
▽解説（内田百閒『旅順入城式』　福武文庫）
▽ボウルズが氾濫する（ロベール・ブリアット『ポール・ボウルズ伝』書評　「新潮」八月号）
▽十三年ののちに（中沢けい『楽譜帳　女ともだち　それから』書評　「新潮」一一月号）

一九九五年（四六歳）

▼女、生、文字（『大正生命主義と現代』鈴木貞美編著　河出書房新社）
▼忘れるからこそ、また憶えられる（〝新今からでもおそくないフランス語〟欄「マリ・クレール」五月号）
▽小林康夫『出来事としての文学』書評（「すばる」七月号）
▽物＝語と／の恋愛（金井美恵子『恋愛太平記』書評　「新潮」九月号）
▽小沢秋広『中島敦と問い』書評（「すばる」九月号）
▽『恋愛太平記』から『岸辺のない海』へ――長い長いお話のあとで（金井美恵子インタヴュー　「早稲田文学」一〇月号）
▽うがたれた闇（保坂和志『この人の閾《いき》』書評「図書新聞」一〇月一四日号）
▽ハイパーテクストのように（金井美恵子『岸辺のない海』書評　「文藝」冬号）

**一九九六年（四七歳）**

▽記憶・記録・記号（ジョルジュ・ペレック『Wあるいは子供の頃の思い出』書評「すばる」二月号）

▼彼らの、そして「私」の「郊外」とはいかなる場所か（堀江敏幸『郊外へ』書評「図書新聞」二月一〇日号）

▽映像の呪縛（ミシェル・トゥルニエ『黄金のしずく』書評「すばる」六月号）

▽過剰な空無（田久保英夫『空の華』書評「新潮」八月号）

**一九九七年（四八歳）**

▽石井直志さんの思い出（「ÉTUDES FRANÇAISES」四号　早稲田大学文学部フランス文学研究室）

**一九九八年（四九歳）**

▽書くことの不在（清水博子『街の座標』書評「図書新聞」三月七日号）

▽屈強な小説家（松浦寿輝との対談「一冊の本」六月号）

**一九九九年（五〇歳）**

▽ロラン・バルトの《ロマネスク》——《Incidents》をめぐって（「ÉTUDES FRANÇAISES」六号）

▽幽霊のような語り手（丹生谷貴志『死者の挨拶で夜がはじまる』書評「図書新聞」七月一〇日号）

**二〇〇〇年（五一歳）**

▽パリだより（全3回　宮内勝典公式サイト「海亀通信」）

**二〇〇二年（五三歳）**

▽ジェローム・ランドン（ジャン・エシュノーズ著　翻訳「早稲田文学」七月号）

▽ヌーヴォー・ロマン論——虚構の運動をめぐって（『岩波講座　文学3　物語から小説へ』小森陽一・富山太佳夫・沼野充義・兵藤裕己・松浦寿輝編　岩波書店刊　一〇月一八日発行）

**二〇〇三年（五四歳）**

▽息子（ロベール・パンジェ著　翻訳「早稲田文学」三月号）

**二〇〇七年（五八歳）**

▽「物語作者」のファンタスム（松浦寿輝『川の光』書評「小説トリッパー」冬号）

**二〇〇九年（六〇歳）**

▽*Tombeau d'Alain Robbe-Grillet: pour un Mort Immortel*（「ÉTUDES FRANÇAISES」一六号）

**二〇一〇年（六一歳）**

▽『グラミネ』終刊によせて（「GRAMINÉES」一一号　早稲田大学第二文学部表現・芸術系専修）

（書誌作成・山本均）

## 編集にあたって

本書に収録された文章は、生前の江中直紀氏が単行本の刊行を目的に整理していた執筆物のリストとコピーをもとに、編者が追加と削除を行ったものです。収録にあたり、初出時のあきらかな誤字・脱字は修正を、曖昧な箇所は夫人の江中千佳氏にもご相談しつつ判断を行いました。また、編者の判断で本書収録時に副題を添えた論考があります。

重松清・絓秀実
芳川泰久・渡部直己

江中直紀（えなか・なおき）

一九四九年、東京都生まれ。早稲田大学大学院博士課程修了。七五〜七七年にフランス政府給費留学生としてモンペリエ第三大学に留学ののち、七九年、平岡篤頼研究室の後輩だった芳川泰久・渡部直己と「レトリック研究会」を立ち上げ、批評活動に入る。八一年、早稲田大学文学部専任講師。後に、助教授、教授。八三年、批評誌「杼《ひ》」を絓秀実・芳川泰久・渡部直己らと創刊。文芸誌「海燕」等でフランス同時代文学を批評・紹介する傍ら、第九次「早稲田文学」編集人として重松清らと同誌の編集にあたった。ヌーヴォー・ロマンおよび日本文学に関する多くの論文のほか、共著書として『フランス小説の現在』、『〈批評〉のトリアーデ』『世界の文学のいま』、訳書にアラン・ロブ＝グリエ『幻影都市のトポロジー』がある。二〇一一年二月、肝硬変により死去。

ヌーヴォー・ロマンと日本文学

二〇一二年三月二十一日発行

著　者　江中直紀



発行者　船橋純一郎

発行所　株式会社せりか書房
東京都千代田区猿楽町一—三—一一
大津ビル一階
電話　〇三—三二九一—四六七六
振替　〇〇一五〇—六—一四三六〇一

印　刷　株式会社平河工業社

装　丁　奥定泰之

ISBN978-4-7967-0310-9